Tous nos soleils sont morts

Jean-François Coatmeur

Tous nos soleils sont morts

ROMAN

Albin Michel

COLLECTION « SPÉCIAL SUSPENSE »

© Éditions Albin Michel S.A., 2002
22, rue Huyghens, 75014 Paris

www.albin-michel.fr

ISBN 2-226-13571-5
ISSN 0290-3326

À mon ami Alistair Whyte.

1

Samedi 18 avril, soir.

Ils s'étaient donné rendez-vous à la pointe de Penerf. Ils aimaient cet endroit, ils s'y retrouvaient assez souvent, toujours très tard le soir. Ils appréciaient le calme, la dentelle sauvage de la côte devinée au bas de la falaise, et l'indispensable solitude.

Aujourd'hui, c'était Gilou qui avait proposé la promenade. Mel, fatiguée par une semaine d'insipides démarchages en voiture, de Vitré à Lamballe, aurait préféré rester chez elle, au Bono, ils se seraient téléphoné, comme presque chaque jour, et elle se serait couchée tôt, aurait essayé de noyer dans le sommeil l'appréhension qui la gagnait à mesure qu'ils approchaient de l'heure fatidique. Mais il avait insisté avec une telle détermination qu'elle avait dit oui.

Ils s'engagèrent sur le sentier. À leurs pieds, la marée s'aiguisait les dents sur les rochers, invisible, hormis une phosphorescence parfois de la vaguelette qui lessivait les galets avec un grésillement doux. Elle lui avait saisi la main, ce qui les contraignait à se placer en file indienne, lorsque le chemin se rétrécissait. La nuit était très noire, sans étoiles. La jeune femme buta contre une pierre, sa chaussure dérapa. Il la retint de sa poigne solide, l'attira contre lui.

— Pas l'endroit pour jouer les ballerines ! dit-il en désignant l'abîme.

Elle se laissa aller entre les bras musclés. Tout près, au-dessous d'eux, un oiseau de mer émit un inharmonieux cri de crécelle, qui résonna longtemps dans le silence. Elle eut un frisson. Il accentua son étreinte, passa son menton dans ses cheveux bouclés, taillés court, elle était bien contre sa poitrine, elle entendait les battements réguliers de son cœur.

À nouveau elle frissonna.

— Tu as froid ?

— Oui... non, je ne sais pas.

Il l'écarta de lui, tenta dans l'obscurité de déchiffrer la pâleur de son visage.

— Qu'est-ce qui ne va pas, Mel ?

Lui dire, j'ai peur, peur comme jamais, bêtement peur... Mais elle hésitait, n'osait pas avouer sa faiblesse à cet homme devant elle si carré, si tranquille, si fort...

— C'est idiot, je n'arrête pas de penser à demain, je devrais me raisonner, mais... Gilou, on a eu de la chance jusqu'ici. Elle nous lâchera bien un jour et...

Il eut un geste impatient...

— On a la chance qu'on mérite, assura-t-il. Depuis toujours je m'efforce de rogner au maximum la part laissée au hasard. Sois tranquille, j'ai tout prévu pour demain soir !

Elle l'écouta sans joie détailler le plan qu'elle connaissait déjà par cœur. Instruit par le demi-échec de l'an passé au motel de Saint-Brendan à Surzur, il avait repensé le programme de l'opération dans ses moindres détails, revu le minutage à la seconde près. Tout était affûté, les rôles parfaitement distribués. La nuit très sombre comme aujourd'hui leur serait un atout de plus. Et par Pierre-Henri ils savaient que Sabatier n'avait même pas jugé utile cette fois d'alerter la police.

— J'ai eu Patrick au téléphone tout à l'heure, il nous donne sa bénédiction. Pas pu échapper au sermon de rigueur, bien sûr, prudence, discipline, etc., tu connais l'oiseau. J'en ai profité pour lui redire que trois coups montés en moins d'un an en l'honneur du seul Sabatier, ça suffit comme ça ! Je veux bien risquer ma peau, mais pas pour régler les problèmes personnels de l'ami Camille ! C'est dingue comme il a mis complètement le curé dans sa poche !

— Camille est un grand gosse, dit-elle avec bienveillance. Tous nous l'aimons bien.

— Ouais...

Il se remit à marcher, reprit :

— Donc demain ça passera comme lettre à la poste. Quant à la suite... Eh bien, Mel, il n'y aura pas de suite !

Elle tressaillit.

— Comment cela ?

Il se retourna, botta un caillou. Elle suivit à l'oreille les premiers ricochets de la pierre contre l'escarpement, imagina le floc sourd dans la vague. Elle savait ce qu'il allait dire. Depuis le temps qu'elle pressentait cet instant...

— Il me semble qu'on en a déjà parlé tous les deux. J'ai beaucoup réfléchi. Et ma décision est prise. Elle est irrévocable, j'en aviserai Vatel, l'affaire terminée. Mel, je quitte le groupe.

Il lui saisit la main.

— Je ne veux pas t'influencer. Disons que si tu devais m'accompagner, j'en serais très heureux.

Oui, il en avait déjà été question entre eux. Et pourtant elle avait refusé d'y croire. Sans Gilou, c'est la fin d'Hadès, songea-t-elle avec tristesse. C'était elle qui l'avait introduit dans leur petite bande, son départ était pour elle un constat d'échec. Elle connaissait ses raisons, elle ne les discuterait pas : de quel droit le jugerait-elle ? Depuis la fin de l'adolescence, Gilou avait mené une vie en marge, riche d'expériences fortes, pas toujours des réussites, mais à chaque déconvenue il changeait son fusil d'épaule, il rebondissait, nourrissant ses engagements les plus extrêmes d'une faim de justice jamais assouvie. Était arrivé le moment du renoncement. Le monde était pourri, Gilou plus que jamais l'abominait. Mais, lassitude, lucidité, détachement d'un futur inaccessible, il avait admis qu'il ne le transformerait pas.

— Tout va si vite, continua-t-il. J'ai vingt-huit ans. Je ne veux plus de cette vie faussée, de ces jours tronqués, réduits au mieux à quelques heures. Je ne veux plus être celui qui doit se cacher pour aimer et compter sur la nuit pour être avec celle qu'il aime !

Elle l'écoutait, émue, torturée. Oui, Gilou rentrait dans le rang, ils allaient eux aussi revendiquer leur petite part de bonheur et se replier sur elle frileusement. Comme les autres, la même petite existence à l'étouffée, après avoir volé si haut. La fin d'une longue illusion. Et elle ne pouvait lui faire de reproches, elle comprenait son choix, déjà elle l'acceptait.

Elle serra plus fort sa main.

— Je serai avec toi, Gilou. Je t'aime.

Il la prit de nouveau dans ses bras, et ils demeurèrent soudés dans la grande paix nocturne, bercés par la chanson des flots.

2

Dimanche 19 avril, fin d'après-midi.

— Doucement, Véro. Prends ton temps, ma chérie.

Encadrant la jeune femme et la soutenant aux coudes, Sabatier et Alice, l'infirmière, descendirent le dernier degré de la terrasse, et se dirigèrent vers la Saab qui attendait, moteur en marche. Avec précaution ils l'aidèrent à se glisser sur le siège arrière, au creux duquel elle se carra, les deux mains étalées sur son ventre gon-

flé. Sabatier étendit soigneusement un plaid sur les cuisses de son épouse et referma la portière. Il cria :
— Marguerite ! Le bagage !
— Voilà, voilà !
Cueillie à ses fourneaux, l'employée accourait, aussi vite que le lui permettaient ses jambes courtes, couturées de varices. Il lui arracha le sac besace bleu qu'elle lui tendait.
— Qu'est-ce que vous foutez, bon Dieu ! Vous ne voyez pas que c'est urgent ?
Il jeta le sac dans le coffre, s'installa au volant. Véronique adressa à l'infirmière penchée vers elle un sourire pâlot.
— Ça irra, Véro, l'encouragea Alice, de sa voix râpeuse qui faisait vibrer les *r*, je suis sûrrre que ça irra !
Sabatier fit craquer sa vitesse, la Saab s'ébranla. Abandonnée contre le dossier, Véronique agitait deux doigts. L'infirmière les regarda sortir de la propriété, salués par Lucien, le jardinier, qui s'était posté au coin de la grille.
Elle allait remonter au manoir lorsqu'elle aperçut Cyril, qui quittait son refuge à grandes enjambées et lui faisait signe.
— Ça y est, dit-elle, notre petite Véro est en route pour Les Saints-Anges.
— Oui, j'ai assisté au spectacle. De mon palace je vois tout !
— Et tu n'es même pas sorti ? le gronda-t-elle. Ça aurait fait plaisir à Véro, elle t'aime beaucoup.
Il eut une moue désinvolte.
— Les départs mouillés me fichent le cafard.
— La pauvre Marguerite s'est fait rabrouer. Ton père paraissait bien nerveux.
Il ricana.
— Ça se comprend : repiquer à la paternité à plus de quarante-trois carats, il doit avoir perdu la main, mon papa ! Je suis verni, j'avais déjà la belle-doche enfant, et à présent la petite sœur ! J'ai hâte de voir la mouflette que Véro nous aura pondue.

Il frisa les narines, renifla avec bruit, en fixant sur elle ses yeux verts. Bien qu'accoutumée à ses pitreries, elle l'observa, surprise.

— Ton parfum m'enivre ! déclama-t-il, théâtral. C'est quoi déjà ?

Elle secoua la tête avec indulgence.

— « Sentiment », d'Escada.

— « Sentiment », bien sûr, tu me l'as déjà dit. Tout un programme ! N'en change pas. Il va à ravir à ton type de beauté.

Elle sourit.

— Flatteur ! Toi, quand tu te mêleras de parler aux femmes !

Elle nota la furtive crispation des lèvres.

— Les femmes ne m'intéressent pas. Sauf toi, bien entendu.

Il continuait à la détailler. Visage quelconque, se répétait-il, pas plus de finesse dans les traits que dans l'accent, carrément provincial, mais quel corps !

Elle plaisanta :

— Eh bien, seigneur Pâris ? Examen réussi ?

Il battit des paupières.

— Pourquoi ce nom ?

— Consternant ! Qu'est-ce qu'on vous enseigne dans les écoles ? Pâris, le Troyen, l'arbitre des grâces.

— J'ai toujours été un cancre, demande à mon père.

Il la toisa de plus belle.

— T'as pas une tronche à se damner pour elle...

— Merci, c'est d'un galant !

— ... mais le reste vaut le détour. Et pour te fringuer, chapeau ! T'as beaucoup de goût. Mon père aussi. Ce qui pose un problème.

— Quel problème ?

— Véro. Elle casse vraiment pas des briques, ma jolie-maman. Même franchement moche. Et fagotée comme l'as de pique. Certains jours on lui refilerait quinze ans de plus !

— C'est peut-être ce qu'elle recherche, dit Alice, vu

l'écart des âges. Dis donc, mon cher, ce n'est pas gentil ce que tu dis sur ta jeune belle-mère ! Vous vous entendez bien pourtant, non ? On vous voit souvent l'un avec l'autre. Tiens, pas plus tard que le mois dernier, tu te rappelles, quand vous êtes partis enregistrer dans les bois...

Cyril eut un petit rire. De ses doigts en rateau il fourragea dans son épaisse tignasse sombre.

— Tu es ici jusqu'à quand ?

Elle écarta les bras.

— Tant que je serai utile. Véro n'a pas une santé de fer, elle aura encore besoin d'assistance.

Elle sonda la face boutonneuse, crut y lire, voilant les pupilles grises, une détresse inattendue.

— Alice, murmura-t-il, j'aimerais tant que tu restes... Ne t'en va pas.

3

Même jour, 22 h 40.

Camille Le Lann tapota familièrement le genou de sa passagère.

— Calme, Mel, tout baigne.

Il affectait devant elle une sérénité qu'il était loin de posséder. Il avait été stupide d'accéder à sa requête, il ne savait pas résister à Mel. Sa participation ne figurait pas au plan, elle n'avait aucune justification technique. Et Gilou avait piqué une rogne rouge en la découvrant dans la Clio. Après avoir parlé de la débarquer séance tenante, puis lui avoir enjoint de se faire oublier, il s'était résigné à contre-cœur à sa présence. Mel s'était pliée à l'ukase et se tenait à carreau, trompant son angoisse en se rongeant les ongles jusqu'au sang. Jamais Camille ne l'avait vue aussi tendue, son appréhension était palpable et irradiait dans l'habitacle, contagieuse. Et comme Camille ce soir avait lui-même tendance à broyer du noir...

Il sollicita le portable :

— Ça va toujours, Gilou ?

— Oui, dit une voix essoufflée, je distingue le bâtiment. Putain, ce fourbi pèse une tonne, j'ai l'épaule en compote !

La Renault était logée à l'amorce d'un chemin de terre, qui débouchait sur la rue depuis peu baptisée des Boréales, presque devant le portail de fer du vaste chantier de la pointe des Émigrés, d'où sortaient de terre les premières villas de l'ensemble résidentiel édifié par le promoteur Sabatier. De leur poste de guet ils avaient vaguement deviné la forme qui se hissait au faîte de la clôture métallique, agile comme un félin, en dépit de la charge qu'il transportait, et se fondait dans l'obscurité compacte, trouée fugitivement par les phares d'une voiture qui s'engageait rue des Salines.

Gilou devait être tout proche de l'objectif. Ils entendaient ses chaussures grincer sur les gravillons qui garnissaient les abords du pavillon témoin. À ce moment, il parut s'arrêter. Il poussa soudain une exclamation étouffée :

— Merde alors !

Camille contint le mouvement de Mel et demanda :

— Quelque chose qui cloche ?

— Je ne sais pas. On dirait... Je vais voir.

Ils perçurent avec netteté le martèlement lent de ses pas qui reprenait. Une autre halte, des bruits indéfinissables. Et le coup de feu éclata.

— Gilou ! hurla Mel. Gilou !

Le silence était retombé, oppressant. Au loin, vers l'avenue du Maréchal-Juin, un diesel ahanait. Au portable, Camille Le Lann à son tour appelait, s'énervait :

— Qu'est-ce que c'est, Gilou ? Parle, nom de Dieu ! Gilou ?

Pas de réponse.

— Il lui est arrivé quelque chose, dit Mel, la voix décomposée. Je vais voir.

La main de Camille bloqua la sienne sur la commande d'ouverture.

— Pas d'enfantillage, Mel. Je suis sûr que c'était le flingue de Gilou, donc...

— Pourquoi il aurait tiré ? le coupa-t-elle. Sur qui ? Et pourquoi il se tait ?

Elle se dégagea violemment.

— J'y vais !

Elle parvint à ouvrir, glissa sur le fauteuil.

— Non, Mel ! ordonna Le Lann. Tu ne dois pas...

Et ce fut l'explosion, une déflagration énorme, dont le souffle rabattit la portière et projeta la jeune femme en arrière, dans un fracas de verre pulvérisé. Là-bas, une pluie d'objets continuait de tomber. Encore sous le choc, tympans sifflants, Mel gémissait, hébétée :

— Il faut que j'y aille, Gilou a besoin de moi...

Mais Camille lui avait attrapé le poignet et la maintenait fermement.

— Ça ne servirait à rien, Mel. Écoute.

Sur la grande artère voisine, une, deux voitures freinaient, déjà des portières claquaient, des appels se croisaient.

— On se taille. Sinon, avant cinq minutes, on se fait piéger comme des rats.

Tous feux éteints, il remonta le chemin, rattrapa l'allée Maisonneuve, puis l'avenue du Maréchal-Juin et prit la direction de Vannes, tandis que Mel sanglotait, affalée contre son avant-bras.

4

Même nuit, 23 h 05, Rennes.

La sonnerie du téléphone le cueillit dans son premier sommeil. À tatons il saisit le combiné, grogna :
— Valentin, j'écoute.
— Pardonnez-moi de vous relancer à cette heure, prononça la voix froide du commissaire Bardon. Une explosion a eu lieu à Vannes, aux Boréales, le nouveau chantier que Sabatier a ouvert, pointe des Émigrés.
— Quand ?
— Il y a une vingtaine de minutes.
— Des dégâts ?
— Considérables. Le pavillon témoin est en miettes. Comme la résidence n'est pas encore occupée, l'origine criminelle...
— Hadès ?
— On peut légitimement le penser. Je n'ai pas réussi à toucher le commissaire Touzé. Je lui ai laissé un message à la permanence du service. Et j'ai prévenu le parquet.
— J'arrive. Merci, Bardon.
Valentin raccrocha et composa aussitôt le numéro du lieutenant Carola.
— Anne-Laure ? C'est Valentin. Vous dormiez ?
— Non, pas exactement, je...
Elle eut un mince rire de gorge, auquel fit écho un autre gloussement étouffé.
— Qu'est-ce qui se passe ?
— Ils ont remis ça. Les Boréales, l'ensemble résidentiel que Sabatier construit à...
— Je connais, hélas. Comme tout Vannes.

— Je file sur place. Pas le temps de vous attendre. Utilisez exceptionnellement votre bagnole personnelle, on se retrouve là-bas. Désolé d'avoir perturbé le tête-à-tête. Salut.

Il s'habilla, passa son holster, prit son arme de service et retira de dessous l'armoire le sac de voyage contenant pyjama et objets de toilette qui accompagnait, toujours prêt, ses départs en mission. Il sortit dans le corridor, toqua légèrement à la porte mitoyenne, d'où coulait la musique d'un radio-réveil.

Adossée à ses deux oreillers, une cape en angora parme jetée sur les épaules, Roberte lisait encore : insomniaque, elle éteignait souvent très tard.

— Je dois me rendre à Vannes, dit-il.
— Tout de suite ?
— Je ne sais pas quand je rentrerai, ça risque d'être long. Ne m'attends pas.

Elle eut un geste fataliste : longtemps qu'elle ne posait plus de questions.

— Je devais passer aux Colchiques demain matin, ajouta-t-il. Est-ce que tu pourrais...
— Oui, j'irai.
— Embrasse-le bien pour moi.

Il referma la porte. Il y avait des années qu'ils faisaient chambre à part. Disposition commode, vu les servitudes du métier. Et logique, puisque toute intimité entre eux était morte. Deux solitudes côte à côte.

Il gagna le rez-de-chaussée, caressa dans le hall la vieille bichonne Milady qui s'amenait en balançant ses mamelles hypertrophiées et descendit au garage.

0 h 05. Vannes.

Bardon avait rapidement pris la mesure de la situation. Quand Valentin se présenta devant Les Boréales, cinquante minutes plus tard, la quasi-totalité des effectifs disponibles de la Sûreté urbaine était à pied d'œuvre.

Un projecteur avait été monté au centre du domaine, son phare irisait le jet d'une autopompe arrosant les décombres. Des torches sur le pourtour dessinaient au ras du sol un ballet de lucioles.

À la grille de la résidence un flic en uniforme lui barra le passage.

— Vous ne pouvez pas... Oh, excusez-moi, commandant, corrigea-t-il, je ne vous remettais pas !

Valentin reconnut le brigadier Bleuniou, du commissariat central.

— Je vous ouvre, commandant, votre collègue le lieutenant Carola est arrivée.

Valentin gara la Laguna de service, sortit du véhicule. Une jeune femme habillée en jean de pied en cap accourait : Anne-Laure.

— Déjà là ? Je vous croyais encore au plumard !

— Bertrand, je ne me lasserai jamais de votre humour !

— Vous avez dû rouler comme une dingue, grommela-t-il. Un accident au volant de votre foutue Golf et c'était pour ma pomme, j'étais bon pour le conseil de discipline !

Elle émit un long bâillement. Dans la réverbération incertaine, il entrevit une jolie binette fatiguée, aux paupières endeuillées de cernes sombres. Elle mène une vie de patachon, songea-t-il, il faudra qu'un jour je mette les choses au point. Il s'en voulut de cette pensée. Vie privée, mon vieux, pas touche ! Tant qu'elle s'acquitterait correctement de son boulot... Et force lui était de convenir qu'au plan professionnel il n'avait rien à reprocher à sa jeune coéquipière.

Ils s'enfoncèrent au cœur de la zone dévastée. La lumière crue du projecteur inondait un paysage de guerre hallucinant. La plupart des villas en construction avaient souffert et ils durent se frayer un chemin entre les monticules de gravats.

— Je crois que c'est la bagnole à Sabatier, dit Anne-

Laure, en pointant du doigt une grosse cylindrée anthracite arrêtée sur leur gauche. Et voici l'ami Bardon.

Valentin accepta sans chaleur la patte molle qu'on lui proposait. Il n'éprouvait aucune sympathie pour le commissaire divisionnaire et la réciproque était sûrement vraie.

— Nos prévisions étaient fondées, dit Bardon. Voyez plutôt.

Il exhiba un débris noirci.

— Un temporisateur de cuisinière, leur technique de mise à feu n'a pas varié. Mais cette fois ils ont mis le paquet.

Valentin examina le fragment de métal tordu.

— Et Sabatier ?

— On l'a prévenu immédiatement. On a dû insister : il avait absorbé un somnifère, mais après il a fait vinaigre et il était ici à 23 h 20.

Valentin effectua un rapide calcul.

— L'explosion remonte à 22 h 45, d'après ce que vous m'avez dit au téléphone ?

— C'est ce qui ressort des diverses déclarations recueillies, approuva Bardon. Le bruit a été perçu de fort loin, jusqu'au-delà de Vannes. Plusieurs habitants du lotissement voisin font état d'une détonation qui se serait produite quelques minutes avant la déflagration, version corroborée par un des résidents du camping de Conleau, qui vient juste de rouvrir au public. Venez, Valentin, vous allez pouvoir parler à Sabatier. Il devrait se trouver encore près du pavillon témoin, enfin de ce qui en reste. Vous l'avez déjà rencontré avant ce soir, je crois ?

— Le lieutenant Carola, oui, dit Valentin. Moi, très peu.

Il n'occupait ce poste que depuis quelques mois. Mais il connaissait bien le dossier Sabatier. Ils n'avaient fait que quelques pas lorsqu'on appela derrière eux :

— Patron, patron !

Bardon se retourna.

— Qu'y a-t-il, Lopez ?
— Venez vite, patron, dit le flic, on a trouvé un machab !

Bardon le suivit à vive allure.

— Occupez-vous de Sabatier, Anne-Laure, dit Valentin. Je reviens.

Il rattrapa son collègue. À plus de cinquante mètres de l'épicentre, presque à la périphérie, dont la clôture éventrée témoignait de la puissance du souffle, deux policiers accroupis promenaient une pile sur des gravats. Le rond de lumière s'immobilisa, faisant jaillir de la nuit un magma innommable, lambeaux de chairs sanguinolentes, bouillie de viscères.

— On dirait un remake de l'« arroseur arrosé », dit Bardon, le gars se sera fait exploser lui-même.

— Vraisemblable. À moins que... Y avait-il un service de surveillance sur le domaine ?

— Pas aujourd'hui.

— Rien n'interdit d'imaginer que quelqu'un se soit trouvé malencontreusement sur les lieux au moment où ça éclatait, un clodo, par exemple.

Il désigna les débris humains.

— L'identité n'est pas encore là ?

— Elle ne devrait pas tarder, dit Bardon. Le parquet aussi promet d'être ici d'une minute à l'autre. Si vous voulez parler à Sabatier...

Ils rallièrent ce qui avait été la luxueuse vitrine de la résidence et dont ne subsistait plus qu'un amoncellement de parpaings, d'ardoises, de lambourdes noircies, d'effilochures de tissus qui achevaient de se consumer en dégageant une fumée noire pestilentielle. Un peu en retrait, Anne-Laure et le promoteur discutaient. Sabatier tendit la main à Valentin et fulmina :

— Encore ces salopards d'Hadès, commandant ! Et ils auront bien choisi leur jour : comme je le disais au lieutenant, le dimanche mon vigile a congé.

Valentin secoua la tête :

— Ça paraît signé, en effet. Pourtant ils auront ce coup-ci frappé sans préavis. Ce n'est pas leur style...

Il enregistra la mimique muette de dénégation que lui adressait Anne-Laure, décocha un regard interrogateur à Sabatier, lequel, secoué par une quinte de toux, était bien en peine de lui répondre. Les fumerolles s'échappant du foyer, s'additionnant aux poussières abrasives qui flottaient dans l'air, rendaient l'atmosphère irrespirable. Le promoteur prit une ample respiration.

— Excusez-moi, dit-il.

Il paraissait soudain mal à l'aise.

— Comme je l'expliquais au lieutenant, j'ai reçu leur habituel poulet.

— Il y a longtemps ?

— Trois semaines environ.

— Vous ne nous en avez pas avertis ?

Sabatier se décrassa la gorge. À quelques mètres, Bardon gardait un mutisme contraint.

— J'avais à l'époque pas mal de soucis, d'ordre familial en particulier. J'ai surtout pensé à ma femme, dont la grossesse arrivait à terme, j'ai voulu lui épargner les tracasseries d'une nouvelle enquête policière. À la vérité, je n'ai pas cru à leurs menaces, j'avais du mal à concevoir qu'ils me prendraient une fois encore pour cible.

Valentin opina sans un mot, avant de remarquer :

— Nous aurons besoin de ce document.

— Bien entendu. Passez à mes bureaux quand vous voudrez.

— En tout cas, ce soir la chance n'était pas avec eux : le type d'Hadès a sauté avec sa bombe.

— Quoi ? s'écrièrent de concert Anne-Laure et le promoteur.

Ils remontèrent jusqu'au lieu de la découverte macabre. Sabatier examina les restes sans manifester d'émotion.

— On ne peut pas se réjouir de la mort d'un homme, dit-il d'un ton dur. J'aimerais le plaindre mais, franchement, je ne peux pas.

Valentin secoua la tête en silence. Bardon se rapprochait en rangeant son téléphone mobile.

— Le substitut du procureur Gagnepain est sur la route. Il passera le relais à ses collègues de Paris, c'est de leur ressort.

— Sans aucun doute, approuva Valentin. Je vais encore essayer d'avoir Touzé.

— Parfait, dit Bardon, la mine pincée, je rentre. Il va de soi que notre équipe est à votre disposition, n'hésitez pas. Bonne chance.

Il s'éclipsa.

— Touzé va être ravi, dit Valentin. Il l'aura enfin son instruction en bonne et due forme ! Avec un cadavre en prime.

Anne-Laure avait relevé sans surprise le persiflage. Sabatier eut l'air interloqué.

— Je vous demanderai de m'excuser, dit-il alors. Je vais jusqu'à ma voiture pour passer un coup de fil à la maternité. Ma femme accouche dans les heures qui viennent et, c'est complètement irrationnel, mais après ce qui est arrivé, j'ai besoin d'entendre sa voix.

Perplexe, Valentin lorgna le mâle visage du promoteur.

— Vous n'allez pas lui parler de...

— Non, évidemment. C'est son premier enfant, il lui faut la sérénité, beaucoup d'affection.

Sabatier partit à longues foulées sportives.

— Je ne le voyais pas comme ça, dit Valentin, songeur.

— Vous le voyiez comment ? fit Anne-Laure.

— Pas du tout genre fleur-bleue. Un de ses principaux chantiers est en charpie, lui n'a qu'un souci, sa femme en couches.

— L'approche de la paternité doit accomplir des miracles !

— Même chez les rapaces...

Anne-Laure sourit.

— Vous ne l'aimez pas.

— Je n'aime pas sa réputation. Qu'est-ce que c'est ?

À droite de la grille d'entrée, presque à la lisière de la départementale, un policier leur faisait de grands gestes. Ils se hâtèrent.

— Regardez, dit le flic en balayant de sa torche un enchevêtrement de lambris calcinés.

Valentin eut un réflexe de recul. Encastrée entre deux lames de bois, on discernait une espèce de moignon rouge, d'une quinzaine de centimètres de longueur. Une des extrémités présentait une coupe nette, qu'on eût dite réalisée par le tranchoir d'un boucher, vernissée d'une couche de sang noir qui étincelait sous la lumière.

— Rapprochez votre loupiote, dit Valentin.

Il posa un genou sur l'argile grasse.

— On dirait un fragment de bras, dit Anne-Laure.

— Une partie d'avant-bras. Le dessus n'est pas taché, ce qui fait que...

Il distinguait les sillons parallèles creusés par un bracelet. La victime était assez velue, les poils à cet endroit précis étaient écrasés, et plus haut il lui semblait... Il emprunta la lampe du policier dont il dirigea le pinceau sur la portion qui l'intéressait.

— Il y a des couleurs, des figures régulières, comme des espèces de losanges...

— Un tatouage ? hasarda Anne-Laure qui se penchait à son tour.

— Ça m'en a tout l'air.

Il se releva, tapota son pantalon.

— J'appelle Touzé. Anne-Laure, vous veillerez à ce qu'on ne touche à rien tant que l'identité... Ah ! les voici.

Le faisceau d'un gyrophare sur la route déchirait la nuit. Valentin reprit la direction du portail. Il éconduisit vertement un correspondant de la presse locale qui, non content de l'aveugler de ses flashes, sollicitait ses impressions :

— Pas le temps, voyez mon adjointe.

Il rattrapa la Laguna. Au même moment, Sabatier s'extrayait de la Saab garée à proximité.
— Pas encore papa ? lui lança Valentin.
— En principe, pas avant demain matin. J'avais calculé large, on n'est jamais assez prudent, n'est-ce pas ? Véronique est très calme.
— Tant mieux, tant mieux. À propos, on a peut-être une chance d'identifier le poseur de bombe.
— Vous n'aurez pas perdu de temps ! s'exclama Sabatier. Vous avez découvert quoi ? Un morceau de vêtement ?
— Beaucoup mieux, dit Valentin. Le malheureux nous a laissé un dessin.

5

Lundi 20 avril, matin.

La sécurité du groupe Hadès reposait sur un strict anonymat. Ses membres ne se montraient jamais ensemble et leurs rares rencontres se tenaient toujours tard dans la nuit. Comme ils disposaient de peu de planques ou de caches sûres — leur matériel de travail était stocké au fond de cantines dans la propre cave de Mel, au Bono —, ils se retrouvaient tantôt chez l'un, tantôt chez l'autre, au domicile de ceux d'entre eux qui n'avaient pas de famille. Cette disposition écartait Pierre-Henri, qui, après le décès de sa femme, avait fait venir sa mère pour s'occuper de leur fillette, ainsi que Vatel, car Marion, depuis la naissance des jumeaux, avait renoncé à son job à *Ouest-France*.

Il n'y avait pas de hiérarchie, chacun mettant au service de tous les avantages découlant de sa situation personnelle et de sa compétence. Ainsi, Gilou, qui avait fréquenté quelque temps les guérilleros d'Amérique centrale, avait été promu artificier du groupe. De même, Pierre-Henri était leur contact, ô combien précieux, au sein de la police, et la mobilité de Mel, que son métier de représentante appelait toute la semaine sur les routes de la région, s'était révélée un atout important.

Vatel, quant à lui, rédigeait et imprimait, à l'insu de Marion, tracts et communiqués d'Hadès. Il était d'abord, malgré leur mépris de la notion même de chef, l'autorité morale reconnue par tous.

L'équipe avait maintenu, au fil des mois, le caractère d'amateurisme généreux de ses débuts, deux ans plus tôt, lorsqu'à l'issue d'une commune expérience écologiste, Patrick, Mel et Camille s'étaient découvert de solides affinités de pensée et beaucoup de sympathie réciproque.

Malgré l'incorporation à la bande, peu après, de Pierre-Henri et surtout de Gilou, qui leur apportait une forme de professionnalisme, Hadès demeurait une structure modeste, quasi familiale. Ils étaient avant tout cinq copains, qui ne supportaient plus les désordres du monde et qui, écœurés par le cynisme des politiques, s'étaient résignés à recourir à la violence pour se faire entendre. Ils ne se réclamaient d'aucune idéologie, ne se reconnaissaient aucun modèle et excluaient tout prosélytisme, la limitation de leur champ d'action et de leurs effectifs constituant, pensaient-ils, la meilleure des protections.

Leur rencontre à neuf heures dans l'appartement de Camille Le Lann, rue Saint-Patern, était une réunion de crise tout à fait exceptionnelle, initiée par Vatel dans l'urgence. Seul Pierre-Henri n'avait pu modifier son tableau de service.

L'ambiance était lourde. Il y avait la perception de cette place vide, le choc de ce trou béant dans leur petite fratrie, et ils s'en remettaient mal. Le Lann et Mel avaient répété leur témoignage, les ultimes paroles de Gilou confronté à une difficulté qui n'entrait pas dans le plan, et puis, très vite, le coup de feu et cet interminable silence avant le tonnerre de l'explosion.

Ils en avaient débattu, sans parvenir à une amorce d'explication. Comme toujours, l'opération Boréales avait été préparée avec un soin maniaque. Des semaines durant, les lieux avaient été inspectés, mesurés, photographiés, les horaires des personnes fréquentant le site épluchés, les passages du vigile minutieusement consignés : ils avaient vérifié à plusieurs reprises que les dimanches soir le gardien n'effectuait point sa ronde quotidienne. Gilou, qui était la rigueur incarnée, maîtrisait parfaitement la technique des explosifs. Une étourderie de sa part était inconcevable.

Une déficience du système de mise à feu ? C'était difficile à imaginer, tant le principe en était élémentaire. Surtout, elle ne cadrait pas avec ce qu'avaient entendu Mel et Camille, la réaction de leur camarade arrivant sur l'objectif, et la détonation.

Camille soutenait qu'elle provenait de l'arme de Gilou, un PPK tchécoslovaque, ramené de son passé aventureux, qu'il portait effectivement sur lui la veille, mais dont il ne s'était guère servi jusqu'alors que pour la mise à mal des vitrines de la boutique Fauchon à Vannes, un an et demi plus tôt.

Mel ne se prononçait pas et Vatel, sans nier la remarquable acuité auditive de leur ami musicien, se montrait peu convaincu qu'il fût possible d'identifier un son aussi bref à quelques centaines de mètres de distance. Les examens de laboratoire trancheraient peut-être le débat : Pierre-Henri, leur taupe au commissariat, leur avait dit que les enquêteurs avaient découvert une douille, passablement abîmée, qu'on allait quand même essayer de faire parler.

En tout état de cause, le mystère restait complet. Pourquoi Gilou aurait-il tiré ? Et sur qui ? Mais s'il n'était pas l'auteur du coup de feu...

Tout de suite, Mel avait subodoré un piège et avancé une explication dont elle ne démordait pas : c'était Sabatier qui avait abattu Gilou. Ou alors l'un de ses sbires : elle songeait particulièrement au vigile, disait qu'il serait intéressant de le faire parler. Le type, quel qu'il soit, devait être planqué dans le pavillon témoin. Profitant de la demi-surprise, il avait neutralisé Gilou. — Sabatier était un costaud, très sportif, soulignait-elle — et s'était sauvé en escaladant la clôture. Le coup de feu ? Soit tiré par l'assaillant, soit parti de manière accidentelle au cours de l'affrontement. Et pour conforter l'idée d'un traquenard, elle rappelait que, selon Pierre-Henri, Sabatier avait caché à la police l'avertissement d'Hadès.

Cette version n'était qu'une hypothèse fragile, avait répété Patrick Vatel, sans entamer les certitudes de la jeune femme. Il avait des préoccupations plus immédiates. Par Pierre-Henri encore, mais le journal aussi y faisait allusion, il avait appris la découverte du tatouage et pour lui, persuadé que la police allait très rapidement remonter jusqu'à Gilou, la priorité était de couper les ponts.

La sévère discipline prévalant dans le groupe — son cloisonnement, en particulier — les mettait en théorie à l'abri. Mais Vatel ne sous-estimait pas Valentin, responsable depuis peu de la section anti-terroriste de Rennes, dont le quotidien traçait d'ailleurs un médiocre portrait. Un homme de caractère, selon Pierre-Henri, intelligent, opiniâtre, et Vatel croyait le policier capable de faire la synthèse des précédentes opérations d'Hadès et de creuser des pistes neuves. Sans compter qu'il y avait cette fois mort d'homme et qu'avec l'ouverture annoncée d'une instruction la situation était radicalement transformée.

Plus que jamais donc, insistait-il, la plus extrême prudence s'imposait. Et hors de question d'assister à la mise en terre de leur camarade, comme Mel avait paru en nourrir l'intention.

— Nous serons auprès de Gilou par la pensée ou la

prière. Une présence de notre part aux obsèques, même discrète, serait suicidaire.

Une fesse mollement posée sur le dossier du canapé, Mel l'écoutait avec ennui en aspirant sa gitane. Il causait bien, Patrick, il avait été dans les ordres et ça se sentait, de l'onction, du charisme, une autorité naturelle de meneur d'hommes. Mais ça ne prenait plus. Mel avait bien percé son jeu, au cureton. Pendant qu'il parlait de sagesse et de repli stratégique, elle ne voyait qu'une chose : Vatel avait la pétoche. Elle le détestait, en cet instant.

Le Lann, installé devant son Seiler, jouait en sourdine un nocturne de Chopin. Mel aimait ce morceau, mais la mélodie ce matin avait le don de l'exaspérer. Vingt-quatre heures qu'elle n'avait pas dormi, elle était à bout.

Elle balança sa cigarette dans le foyer.

— Camille, tu pourrais pas stopper ton zinzin ?

Le Lann se retourna sur son siège, l'observa de ses yeux doux qui papillotaient sous les verres épais.

— Pardonne-moi, Mel. Je croyais que tu adorais ce...

— Ton Chopin m'emmerde !

Le Lann n'était pas de taille à tenir tête à Mel et il n'en avait aucune envie, il mesurait sa détresse.

Lui aussi était crevé. Il avait somnolé une heure, cette nuit, s'était levé à l'aube, et, sur le conseil de Vatel, avait pris la voie rapide vers Nantes. À une station-service, un peu avant Pontchâteau, il avait fait remplacer le pare-brise éclaté de la Clio, dont il avait auparavant changé les plaques d'immatriculation : c'était leur pratique coutumière lorsqu'ils partaient en expédition et ils en avaient toujours plusieurs jeux en réserve, planqués au moulin de Mel, au Bono.

Assis sur le canapé, Vatel se tapotait les dents à l'aide d'une pointe Bic.

— Tu es bien nerveuse, Mel, dit-il. Personne ne te le reprochera, on te comprend.

— Suffit, l'abbé ! dit-elle, méchamment. (Elle savait qu'il détestait l'appellation.) Épargne-moi ta pitié, dis-

moi plutôt où on va. Si j'interprète bien ton sermon, on se fait hara-kiri ?
— Je proposais simplement que nous mettions le groupe en veilleuse.
— En veilleuse ! Hadès n'existe plus et tu le sais bien ! Il est mort avec Gilou.

Elle eut conscience d'être en pleine contradiction avec son propos précédent. Mais ni Patrick ni Camille n'eurent le cœur à le lui faire remarquer.

— La disparition de Gilou bouleverse la donne, c'est vrai, dit Vatel, toujours conciliant. Il nous faut prendre du recul, étaler le grain et attendre.
— *De profundis* ! grinça-t-elle. La vérité est que vous crevez tous de trouille !
— Tu n'as pas le droit de dire ça ! protesta Vatel.

Elle se contenta de les observer l'un après l'autre, d'un regard qui faisait mal. Puis elle dit, la voix sourde :
— Au fond, vous avez raison. On a cru qu'on pouvait à quelques-uns changer le monde. Foutaises ! Le monde est toujours là, en pleine forme, merci pour lui. Et Gilou est mort. Pour rien.

Comme ses compagnons, elle se rappelait les débuts de l'aventure, les projets élaborés dans la fièvre, leur credo commun : la société était condamnée et il était vain d'envisager de l'amender par les voies ordinaires. Chacun d'eux, à son niveau, s'y était essayé et ils avaient abouti au même constat : lois et codes, sous leurs défroques de circonstance, défendaient l'ordre établi, face respectable de l'abjecte dictature du fric. Seule l'action directe était susceptible de l'ébranler, leur engagement serait contagieux, d'autres autour d'eux prendraient le relais, un jour ils abattraient le vieux cadavre pourri !

L'avènement d'une humanité plus juste, ils y avaient tous cru, passionnément, naïvement, leur dérisoire agitation à cinq s'inscrivait dans cette espérance. C'était fini. Gilou disparu, Vatel, Camille, Pierre-Henri, elle n'en doutait pas, tous passaient la main. Et Gilou lui-même...

Elle se souvenait des paroles désenchantées de son ami l'avant-veille, lui aussi avait abdiqué.

Elle prit son blouson accroché au dossier d'une chaise.

— Je pense qu'on s'est tout dit ?

— Non, dit Vatel, ne pars pas, Mel. Pas de cette façon.

Il se leva du canapé, pesamment. Comme ses camarades, il paraissait très las, sans ressort.

— Nous devons à la mémoire de Gilou de demeurer unis. Notre solidarité a été et restera notre force.

Mel haussa les épaules. Ce genre de prêchi-prêcha lui était devenu insupportable. Vatel scrutait son visage fermé. Derrière eux, Le Lann effleurait des doigts les touches du Seiler, plaquant des accord voilés pareils à ceux d'un miserere.

— Mel, fit Vatel, je te sens si amère ! Peinée comme nous tous, plus que nous... Mais cette rancœur que je lis en toi... Pourquoi m'en veux-tu ? Qu'attendais-tu de moi ?

— Que tu n'oublies pas Gilou aussi vite.

— Je ne l'ai pas oublié, Mel.

Le visage de Vatel était douloureux.

— Pas une minute depuis cette nuit je n'ai cessé de penser à lui.

— Et tu pries pour le repos de son âme, je n'en doute pas. Moyennant quoi, tu te crois quitte.

— Je te le redemande, Mel, qu'attendais-tu de moi ?

— La justice. C'était un peu notre drapeau, non, la justice ? Gilou a été assassiné, tu ne veux pas l'avouer, mais tu le sais. Attiré dans un guet-apens et liquidé. Par Sabatier en personne ou par l'un de ses hommes de main, peu me chaut, le responsable c'est Sabatier !

— Le chagrin que tu éprouves n'est pas le meilleur conseiller. Pourquoi ne pas faire confiance au temps ?

— Tu veux dire : à la police...

— Le commandant Valentin n'a pas l'air d'un mauvais bougre.

Mel eut un ricanement de mépris.

— Il ne fera pas le poids. Sabatier est trop fortiche pour ton bon bougre de flic ! Un fait serait de nature à infléchir l'enquête : hier soir, Gilou s'est trouvé devant un obstacle imprévu. Mais comment s'en prévaloir ? Sabatier croit pouvoir dormir tranquille. À moi de le réveiller !

Vatel examinait avec attention le visage fermé.

— Qu'as-tu l'intention de faire ?
— Lui mettre la main dessus, le juger, le châtier.
— Seule ?
— Ai-je le choix ?

Le piano s'était tu. Camille Le Lann s'avança alors.

— Patrick a cent fois raison, dit-il, et ton idée, Mel, est absolument dingue !

L'eau de ses pupilles brillait, diffractée par les grosses loupes.

— Mais hier j'ai perdu un ami et je sais mieux que quiconque que Sabatier est une crapule. Je ne te laisserai pas seule, Mel.

Elle posa la main sur l'épaule de Camille, adressa à Vatel un regard radouci.

— Alors adieu, Patrick.

Il hésita une seconde, puis la serra contre lui.

— Prends bien soin de toi, Mel. Et n'oublie pas : rien n'est changé, je suis toujours là.

6

Même jour, vers 9 h 30.

ANNE-LAURE écarta de son visage le combiné, dont elle masqua de la main le micro.

— Un certain M. Chatenois, directeur du grand magasin Casino. Il dit que le poseur de bombe pourrait être l'un de ses salariés.

Assis en face d'elle, Valentin compulsait des notes. Il releva le nez, eut une grimace incrédule. Le quotidien avait scrupuleusement reproduit les maigres indications consenties par Anne-Laure : « un tatouage en forme de losanges » et, depuis qu'ils étaient arrivés au bureau, plusieurs correspondants s'étaient manifestés, qui tous avaient leur idée sur le propriétaire des dessins géométriques. Les contrôles qui avaient pu être effectués — magnanime, Bardon avait prêté ses flics — n'avaient rien donné.

— Pour le tatouage il est formel, insistait Anne-Laure. Il ne s'agissait pas de losanges, mais d'une hermine.

Par-dessus la table, Valentin empoigna l'appareil.

— Commandant Valentin. C'est quoi, cette histoire d'hermine ?

— Bonjour, commandant. J'ai près de moi Corentin Le Béguec, un de mes magasiniers. Il affirme avoir reconnu, d'après la description du canard, un camarade de travail. Un nommé Gildas Stéphan qui, comme lui, bosse au service « marchandises ». Le Béguec est catégorique : Gildas Stéphan portait au bras gauche un tatouage sans doute assez ancien, représentant les trois pointes d'un blason breton, une hermine stylisée.

— Passez-le-moi. Non, vous me le gardez au frais : j'arrive.

Il se leva, décrocha son trench-coat d'une patère.

— Venez, Anne-Laure. Je crois que c'est sérieux.

En sortant, ils faillirent buter sur le major Marzic, qui rentrait des Boréales, fourbu. Toute la nuit, les policiers de Bardon étaient restés sur place et, pendant que l'identité soumettait le domaine à une expertise en règle, ils avaient poursuivi leurs recherches. La majorité des voisins entendus, disait Marzic, confirmaient qu'il y avait bien eu un coup de feu avant l'explosion.

— Rien d'autre ?

Marzic bâilla, découvrant deux rangées de crocs déchaussés, jaunis par la nicotine.

— On a découvert pas mal de verre brisé dans le coin, dit-il de sa voix traînante que l'insomnie plombait encore. Vitres des maisons du quartier et vitres de bagnoles.

— J'imagine les dégâts en effet, dit Valentin. Les assureurs ont du pain sur la planche !

Marzic pinçait pensivement sa joue adipeuse.

— On en a même trouvé en haut du chemin de terre qui donne sur la rue des Boréales. Ce qui est plutôt étonnant, n'est-ce pas ?

— Pourquoi étonnant ? demanda Anne-Laure.

— Le chemin en question est un cul-de-sac. Pas d'habitation, pas de passage. Mais il se trouve qu'un cuistot du lycée Lesage, un nommé Galliot, a depuis quelque temps installé sa caravane tout au fond de l'impasse. Il était absent hier dimanche et c'est en regagnant sa roulotte tôt ce matin, avant de reprendre son service, qu'il a remarqué les débris de verre. Galliot se demande qui pouvait bien traîner en voiture au moment de l'explosion, à l'entrée d'une voie privée.

— Qui sait ? fit Valentin. Un couple d'amoureux, pourquoi pas ? Mettez-moi ça au net, Marzic, avant de vous pieuter. On verra s'il convient de lancer un appel à témoins, O.K. ?

Chatenois les attendait dans le bureau directorial, avec son employé. Le patron du Casino, grande bringue filiforme affligée d'une belle tête chevaline, arborait la tronche calamiteuse du chef qui panique rétrospectivement d'avoir abrité un terroriste dans ses murs.

— Stéphan n'était pas présent à son travail ce matin, alors qu'il aurait dû être là dès huit heures. Quand Tino (il désigna Le Béguec) est venu me faire part de ses craintes, j'ai téléphoné chez lui, à deux reprises. Personne. C'est alors que je vous ai appelé. Tino, dites ce que vous savez.

Le Béguec, un balèze indolent, moulé dans une combinaison grise, rétorqua qu'il n'avait pas grand-chose à dire, sinon que son pote Gildas le portait bien, ce fichu motif, à l'avant-bras gauche, très haut, presque au niveau du coude, et qu'il l'avait remarqué alors qu'ils procédaient à leur décrassage de fin de journée, aux toilettes du personnel.

— Des tatouages, c'est de plus en plus courant chez les jeunes, mais cette sorte de dessin, j'en avais encore jamais vu, je l'ai dit à Gildas.

— Et il vous a répondu quoi ? demanda Valentin.

— Qu'il était breton et qu'une hermine peinturée sur sa peau, ça valait bien une ancre de marine ou une femme à poil ! On en est restés là. Il était pas causant, pas le mec à vous tenir des discours, encore moins à vous faire des confidences. On parlait du boulot, on se rendait service quand on pouvait et voilà. Un gars très correct, Gildas, et bosseur avec ça.

— Oui, approuva Chatenois, Stéphan était un agent de qualité, régulier, sans problèmes. Même pas syndiqué, c'est dire ! Ça faisait deux ans que nous l'avions embauché et jamais...

— Quel âge ? dit Valentin

— Vingt-huit ans, je viens de vérifier au fichier.

Valentin ouvrit son carnet, commença d'écrire.

— Pourriez-vous, monsieur Chatenois, intervint Anne-Laure, nous fournir une copie du curriculum de Stéphan ?

— Bien entendu, lieutenant, on vous le prépare.

Il donna un ordre à l'interphone, revint vers les policiers.

— Ça sera fait dans une minute.

— Merci, dit Valentin. Monsieur Le Béguec, enchaîna-t-il à l'adresse du magasinier, qui attendait, placide, les deux mains enfouies dans les poches ventrales de sa salopette, vous pouvez disposer.

Le géant salua et quitta aussitôt la pièce.

— Si vous le voulez bien, dit Valentin, je note dès à présent l'adresse de Gildas Stéphan. Ma collègue et moi aimerions sans plus tarder y faire un saut. Il habitait Vannes ?

— Un meublé, dans le quartier de Ménimur, au 29, rue Jim-Sévellec, très précisément. Je connais le gérant, commandant, je le préviens de votre passage.

Le 29 de la rue Jim-Sévellec était un immeuble gris de trois étages aux tristes fenêtres sans balcons. Un ancien hôtel qu'on avait réaménagé en studios, expliqua Rio, le gérant, quinquagénaire affable à l'allure militaire.

— M. Stéphan y louait le sien depuis un an et demi. Un client bien tranquille. Dieu sait si je ne l'aurais pas imaginé en terroriste !

— Il vivait seul ?

— Oui. Il n'avait apparemment pas de relations à Vannes, il ne recevait jamais de visites.

— Du courrier ?

— Rarement. Enfin, corrigea Rio, à ce qu'il me semble. Je ne surveille pas le facteur, chacun des résidents a son casier.

Il les accompagna au troisième, ouvrit une porte.

— C'est ici.

— Je vous remercie, dit Valentin. Nous vous reverrons pour la clé tout à l'heure.

Le gérant tourna les talons, quelque peu dépité, car il devait se croire utile. Ils pénétrèrent dans le studio, grande pièce carrée, encore dans la pénombre, dont Anne-Laure alla tirer les doubles rideaux et qui les frappa par son austérité : une banquette clic-clac faisant office de lit, un chevet et une armoire de grande série, une petite table revêtue de formica, deux chaises en tubes métalliques, un mini-téléviseur, deux étagères superposées en pin verni constituaient l'ameublement. Sur la table, un téléphone, un bloc éphéméride et un journal plié en deux.

— Le dernier numéro du *Monde diplomatique*, précisa Anne-Laure, étonnée.

À gauche, le coin-cuisine, sommairement équipé. Sur la tablette de séparation, un réveil, trois pommes rouges dans une assiette. Pas une gravure aux murs, pas un élément de décoration. Linge et vêtements étaient soigneusement rangés dans l'armoire-penderie, rien ne traînait, rien n'évoquait un souvenir et l'éphéméride, pourtant ouvert à la date du samedi, paraissait n'avoir jamais servi.

— Complètement vierge, constata Valentin après avoir fait rouler les pages du bloc sous son doigt.

Seule modeste fantaisie dans ce décor glacé, les couvertures colorées de livres au format de poche sur les étagères. La tête penchée, Anne-Laure cueillit des titres : *La Révolution* de Michelet, en six volumes, *Histoire générale de la Chouannerie* d'Anne Bernet, *1984* de Georges Orwell... Plus une quinzaine de « Que sais-je ? ».

— On dirait une cellule de moine, murmura-t-elle. Rarement vu une piaule aussi lunaire ! À vous coller le bourdon !

Valentin grogna un assentiment mesuré. Il venait d'extraire du tiroir du chevet une liasse d'enveloppes bleues reliées par un élastique. Il les feuilleta, en libéra une.

— Intéressant ? dit Anne-Laure, qui s'était rapprochée.

— Intéressant comme peut l'être la correspondance d'une maman. Toutes sont de Mme Stéphan.

Il replia vivement la lettre. Et la jeune femme eut l'impression qu'il s'en voulait devant elle de sa curiosité, pourtant toute professionnelle.

— Vous voulez la lire ? proposa-t-il du ton rogue dont il aurait dit : « Ne vous avisez surtout pas de vous mêler de ça ! »

— Non, pas pour le moment.

Elle montra l'enveloppe qu'il avait encore en main :

— Je crois qu'il y a une adresse au dos.

— Nicole Stéphan, 13 *bis*, allée du Clos-de-Bermes, lut-il.

Il prit l'heure au réveil :

— Dix heures cinq. Eh bien, on y va.
Il replaça la liasse dans le tiroir, réfléchit, se ravisa :
— Il est préférable qu'on se dissocie. Vous, Anne-Laure, vous filez à l'entreprise de Sabatier, au Prat, et vous récupérez la bafouille d'Hadès. Essayez aussi de rencontrer le vigile des Boréales.
— Sabatier nous a bien dit que le type était absent hier soir ? remarqua-t-elle.
— Oui, mais il n'est pas interdit d'entendre le gardien nous le confirmer.
— D'accord. Reconduisez-moi à ma voiture, Bertrand. Je suis trop flapie ce matin pour me farcir le trajet à pattes !

Avant même que Valentin eut décliné sa qualité, il sentit que le monsieur déférent qui l'accueillait à la porte de la coquette villa de style néobreton était déjà au courant du drame, et il en fut soulagé, car il ne s'était jamais adapté à ce rôle de messager du malheur.
Tandis qu'il le guidait à l'intérieur de la maison, Stéphan déclara que c'était son épouse qui, ayant lu l'article dans le quotidien, une heure plus tôt, lui avait téléphoné au bureau, affolée. Il était rentré aussitôt, avait appelé le commissariat où on n'avait pas su le renseigner.
Ce n'était pas utile, enchaîna Mme Stéphan qui les avait rejoints en larmes au salon, la description du tatouage valait pour eux signature : leur fils n'avait pas dix-sept ans, il allait passer son bac, quand il s'était fait tatouer en secret cette effigie sur l'avant-bras dans une officine de Lorient ; elle se rappelait la colère du père découvrant la chose et la rude explication qui avait suivi.
Laurent Stéphan était un petit homme impassible au visage blanc, à la mise stricte : costume trois pièces en serge anthracite, cravate sombre, chemise blanche au col fermé à deux boutons. Valentin apprit qu'il était cadre au service départemental de la répression des fraudes. Nicole, sa femme, ex-secrétaire administrative à la pré-

fecture, avait profité d'une retraite anticipée, car elle avait élevé trois enfants : Gilou, l'aîné, Muriel, en poste à Lannion dans une boîte d'informatique, et la benjamine, Sandrine, arrivée à la traîne, loin derrière les autres, une blondinette de onze ans, qu'ils apercevaient par les larges baies vitrées donnant sur le jardin, où elle s'amusait à faire courir un caniche nain.

— Elle ne sait encore rien, dit Stéphan. D'ailleurs, elle ne connaissait pas son frère, il s'est si peu manifesté ! Longtemps qu'il n'avait plus de famille.

Nicole protesta :

— Tu ne peux pas dire ça, Laurent !

Blonde elle aussi, elle avait dû être une jolie femme, les traits étaient réguliers, la figure à peine empâtée, avec des joues fraîches que le chagrin n'enlaidissait pas. Oui, affirmait-elle, leur fils leur avait causé beaucoup de soucis, mais ça ne changeait rien, une maman restait une maman et Gilou serait à jamais pour elle le garçon tendrement chéri.

À quoi tenait un destin ? s'interrogeait-elle tristement. Il était sans doute le plus doué des trois gosses et ses maîtres de l'école primaire — les Stéphan habitaient à l'époque au Guerno — lui promettaient un bel avenir. Études secondaires effectivement brillantes au lycée Lesage de Vannes. C'était après, son baccalauréat en poche, qu'il avait déraillé. Abandonnant des études de droit tout juste entamées à Rennes, il s'était engagé dans les commandos de marine de Kélenn et y avait servi trois ans.

Puis il avait pris le large, Paris, les milieux hippies d'Amsterdam, l'Amérique, où il avait dû vivre d'expédients. En fait, ils en étaient réduits aux hypothèses car, durant près de six années, leur fils ne leur avait donné aucune nouvelle.

— Et vous n'avez pas essayé de retrouver sa trace ? s'étonna Valentin.

Il y eut un moment de gêne. Nicole guettait la réaction de son mari en tamponnant ses pommettes humides.

— Non, dit Stéphan, très sec, je m'y suis opposé. Il était majeur. J'estime l'avoir convenablement éduqué, il avait fait librement le choix de gâcher ses chances et de compter pour rien le chagrin de sa mère. J'ai essayé de l'oublier.

— Moi, je ne l'ai pas oublié ! s'écria Nicole dans un sanglot. Et lorsqu'il est rentré, voici deux ans, j'étais si heureuse !

— Nous ne l'avons autant dire pas revu, dit Stéphan, toujours imperturbable. Deux ou trois passages en coup de vent, pas l'ombre d'une conversation sérieuse. Nous n'avons jamais su ce qu'il avait fabriqué durant toutes ces années, il éludait nos questions.

Une crispation fugace griffa le masque uni, couleur de craie.

— Rien de bien recommandable, je suppose, et lui-même ne devait pas en être fier.

Un silence. Sur la pelouse le caniche jappait éperdument.

— À votre avis, demanda Valentin, avait-il noué des relations ici depuis son retour ?

— Il me semble, fit Stéphan, que les événements de la nuit sont assez éloquents sur ce point, non ? Et quelles relations ! Cela dit, je vous répète que nous ne savions rien de lui. Nicole a appris, il y a peu, qu'il avait été embauché au supermarché Casino de la ville, mais en ce qui me concerne j'ignorais son adresse, ni même qu'il eût une adresse.

— Rue Jim-Sévellec, dit Valentin. Votre épouse la connaissait.

Stéphan souleva les épaules et ne dit mot. Sa femme regardait ailleurs en se tapotant les joues d'un mouchoir. Laborieusement, Valentin tentait de réamorcer l'échange.

— Vous n'auriez donc jamais imaginé que votre fils puisse appartenir à un mouvement activiste...

— Le groupe terroriste Hadès, dit avec calme Stéphan, c'est ce que j'ai lu tout à l'heure.
— Vous n'avez pas l'air vraiment surpris ?
— S'agissant de ce garçon, ça fait longtemps que j'ai renoncé à être surpris !
Valentin ne répliqua point. Tant de froideur le mettait mal à l'aise. Insensibilité foncière ? Ou n'était-ce qu'un paravent, derrière lequel cet homme rigide cachait sa blessure ? La figure dans les mains, Nicole Stéphan s'était remise à pleurer sans bruit.
Valentin se leva.
— Je vais vous laisser... Ah ! un dernier détail. Vous occupez cette maison depuis combien de temps ?
— Quinze ans, dit Stéphan, qui se redressait lui aussi. Nous l'avons fait construire l'année avant que nous quittions Le Guerno.
— Si j'ai bien compris, votre fils a vécu un certain temps avec vous ici même ?
— Jusqu'à son départ pour la fac de Rennes, il avait sa chambre là-haut.
— Cela vous contrarierait-il que j'y jette un coup d'œil ?
Les deux époux échangèrent un regard. Et Stéphan dit :
— Ma femme va vous y conduire.
Elle l'accompagna à l'étage, poussa une porte, le précéda dans la petite pièce à pans coupés sous le toit, alla remonter le rideau occultant du vélux.
— Elle est restée en l'état depuis onze ans, dit-elle, je n'ai touché à rien. De temps en temps je monte l'aérer, je passe l'aspirateur. J'ai longtemps cru qu'un jour, qui sait, il aurait plaisir à la revoir.
Elle émit un soupir.
— Il n'y a jamais remis les pieds.
Valentin faisait lentement le tour de la chambre, dont la tapisserie fanée était recouverte d'affiches aux titres violents : « Non à la torture au Maroc » — « Solidarité avec le peuple chilien » — « Halte aux marées noires »...

Il songeait au triste studio de la rue Jim-Sévellec, à ses murs nus.
— Il militait en ce temps-là ?
— Je ne dirai pas cela. Il n'acceptait pas l'injustice et le faisait savoir, à sa manière. Comme beaucoup de jeunes, je pense.
— C'est vrai, admit Valentin. Si on n'est pas un peu fou à seize ans !

Sur la tablette d'un pupitre scolaire, au-dessous d'un immense poster rouge du Che, il remarqua une photographie sans cadre, insérée dans un socle de bois verni entre deux plaques de verre. Il se pencha. C'était un rassemblement de très jeunes enfants costumés, garçons et filles, disposés en couples. Derrière lui, Nicole Stéphan commentait :
— C'était au Guerno, pour la fête de l'école. Il avait neuf ans.
— Lequel est-ce ?
— Tout à fait à droite, l'écuyer en tunique verte. Je me suis demandé pourquoi il avait gardé jusqu'à la fin cette unique photo.
— En effet, dit Valentin en désignant les murs, il paraissait avoir d'autres préoccupations à l'époque.
— J'ai l'impression que c'était à cause d'elle... la petite brune en cotte et hennin, qui lui tient la main, Armelle. Sa très bonne amie d'enfance, la gentille Armelle Page. Oui, ils étaient inséparables. Nous avons déménagé au moment où Gilou entrait au lycée. Au début, Armelle venait quelquefois à la maison. Et puis ses parents sont morts, à quelques mois d'intervalle, jeunes tous les deux, elle a quitté le pays, on ne l'a plus revue. Je ne sais pas ce qu'elle est devenue.

Valentin avait ouvert son aide-mémoire et prenait des notes, se faisait préciser des dates. Il referma le carnet.
— Je vous sais gré de votre aide, madame. En de telles circonstances, elle est méritoire. Vous aurez encore, hélas, dans les heures qui viennent, à subir quelques désagréments de notre part, le parquet fera procéder à

une perquisition en règle. Je veillerai à rendre cette nouvelle épreuve autant que faire se peut supportable.

— Merci, monsieur.

— On va aussi vous convoquer pour l'identification du corps.

— Le corps..., fit-elle en écho, comme hébétée.

Et Valentin soudain eut honte. Il revoyait les images de la nuit, les restes martyrisés de Gilou, cette bouillie sanglante...

— Pardonnez-moi.

Elle l'escorta en silence jusqu'à la porte de la villa, ils se séparèrent. Stéphan ne s'était pas montré, mais du jardin, alors qu'il regagnait sa voiture, lui parvenaient encore les rires de la fillette.

Un post-it du standard attendait Valentin, collé à la porte de son bureau : « Le commissaire Touzé vous a demandé. » Il téléphona aussitôt à Rennes.

— Ça y est, Valentin ! jubila Touzé. Comme prévu, Gagnepain, le proc de Vannes, a dessaisi le juge Aubrée au profit de Paris. Et on a le feu vert de la D.N.A.T., avec délégation, commission rogatoire générale et tout le bataclan ! J'envoie nos spécialistes des explosifs sur place. Il faudrait qu'on se voie. Vous pouvez, cet après-midi ?

Valentin dit qu'il serait à quatorze heures dans le bureau du chef. Un briefing avec son supérieur s'imposait, en effet. Il importait de redéfinir sa mission, dans un contexte qui, après l'instruction ouverte « contre X, pour association de malfaiteurs, dégradation de biens immobiliers, assassinat » était sans commune mesure avec la situation précédente. S'il avait une minute, il passerait à la maison, Roberte aurait visité leur fils aux Colchiques, ses impressions seraient toutes fraîches. Par courtoisie, il appela Bardon et lui fit part de l'identification du poseur de bombe. Pour échapper au harcèlement des journalistes — il y en avait en permanence deux ou trois à traîner leurs guêtres dans le hall —, ils convinrent d'une communication officielle à la presse.

Bardon, toujours très aimable, se chargeait de la convoquer au commissariat, après le retour de Valentin.
— Disons dix-huit heures trente ?
Valentin parcourut et affina les notes prises le matin, qu'il confronta à la copie du curriculum fournie par le directeur du Casino. Mention faite de l'année commencée en droit, le jeune homme avait résumé la longue période d'absence qui avait suivi d'une ligne lapidaire : « Voyages de recyclage », formulation qui laissa Valentin rêveur. Il ouvrit le dossier Hadès, sur lequel avait surtout travaillé Janicot, son prédécesseur, et se força à l'éplucher, feuille après feuille.

Hadès avait commencé à faire parler de lui début 96, ce qui, constata Valentin, coïncidait avec la réapparition du jeune Stéphan, en janvier de la même année. Les terroristes avaient frappé à neuf reprises.

Dans l'ordre :

— janvier 96. Successivement, à quinze jours d'intervalle, deux voitures avaient été détruites par le feu : à Mellac, le 5, la Patrol d'un gros éleveur, champion des extensions illégales de porcheries ; à Locminé, le 18, la Jaguar d'un administrateur judiciaire, réputé particulièrement inhumain ;

— 3 novembre 96, à Belle-Île, mise à sac de la villa d'un industriel de Munich, inoccupée onze mois sur douze ;

— 22 décembre 96, à Vannes, mitraillage des vitrines de l'épicerie Fauchon, rue Hoche. Début d'incendie maîtrisé par des agents de sécurité ;

— 1er janvier 97, à Surzur, attentat par explosif contre le motel Saint-Brendan, bâtiment en voie d'achèvement construit par Sabatier. Dégâts très importants ;

— 13 septembre 97. Tard dans la soirée, deux individus cagoulés cueillent Sabatier sur le parking du restaurant de Rochevilaine, à Billiers, le déshabillent, lui enduisent le corps de goudron et de plumes et l'abandonnent sur la départementale 5. Des photos de la vic-

time seront adressées aux journaux et aux autres médias ;
— 9 janvier 98, à Guéméné-sur-Scorff, attentat par explosif contre une agence du Crédit agricole. Installations partiellement détruites.
Et ce 19 avril 98, Les Boréales.
Valentin, qui avait inauguré son détachement à la section antiterroriste du S.R.P.J. de Rennes deux semaines après l'agression contre Sabatier, avait déjà eu le loisir de s'interroger sur certaines caractéristiques frappantes du dossier.

D'abord, les coups de main d'Hadès étaient circonscrits au Morbihan ou, dans un cas, Mellac, à sa frange finistérienne. Ils visaient les biens de personnes fortunées, des entreprises supposées florissantes, mais non des représentations de l'État. Jamais de proclamation de paternité a posteriori, mais chacun des attentats avait été précédé d'un courrier sommaire, sorte d'avertissement à connotation morale.

Dans ce tableau, la place accordée à Sabatier posait problème, à la fois parce que l'homme avait été physiquement attaqué et humilié et que, en trois occasions, les terroristes s'en étaient pris à lui et à ses intérêts.

Il était aussi à noter qu'après des débuts relativement anodins — destructions de voitures, saccage d'une propriété bourgeoise ou de l'un des symboles du luxe —, l'activité d'Hadès était montée en puissance, avec, depuis janvier 97, l'utilisation à trois reprises d'explosifs, le plasticage de cette nuit en constituant le point d'orgue. À rapprocher sans doute du vol d'importantes quantités de dynamite signalées fin 96 aux carrières de Saint-Lubin.

Valentin prit dans sa poche une pastille de menthe et fit quelques pas dans la pièce, pensif. Après plus de deux années de recherches, on était obligé de reconnaître qu'on ne savait rien d'Hadès. Les terroristes se livraient à des opérations limitées, très bien ciblées et, jusqu'à ce jour, servis par une chance insolente ou bénéficiant d'une organisation hors pair, ils n'avaient rien laissé derrière eux qui permît de s'en approcher. Impossible de les rattacher à un courant nationaliste répertorié, et les investigations pratiquées par Janicot en direction des milieux indépendantistes s'étaient perdues dans les sables : Hadès, à l'évidence, n'était pas l'A.R.B. (armée républicaine bretonne). La revendication qui se dégageait de ses manifestes, de type libertaire-populiste, était bien trop générale pour renvoyer à quelque mouvance politique ou philosophique connue.

Et c'était là le hic. La machine policière, avec ses sommiers informatisés, ses techniques de recoupement sophistiquées, ses sources de renseignements croisées et mises à jour en continu, peut se révéler d'une impressionnante efficacité. Privée de ses outils de base, elle cafouille et bégaie.

Qui était Hadès ? Qui se cachait sous ce rude vocable antique ? Quels étaient ses effectifs ? Le seul à avoir eu un contact immédiat avec les terroristes était Sabatier · il avait parlé de deux agresseurs masqués dans une Audi 100 blanche, dont il avait relevé le numéro d'immatriculation. Information cependant inexploitable : la voiture avait été volée le matin même sur un parking de Coëtquidan. En définitive, Sabatier s'était montré fort peu bavard. Et Valentin, qui le rencontrait alors pour la première fois, avait compris qu'il était surtout désireux de faire oublier au plus vite une mésaventure aussi cuisante pour son amour-propre.

Valentin referma le dossier et faxa les coordonnées du mort au fichier central, avec demande instante de retour rapide. Il s'étira. Le poids de sa nuit blanche lui écrasait les tempes. Il passa la main sur son menton, éprouva la rudesse du poil. Il sortit de la valise son Philips de voyage, le brancha et, debout, le promena au hasard sur son visage. Onze heures cinquante. Il avait le temps de manger un morceau avant de filer sur Rennes, au rendez-vous de Touzé.

L'Ami Pierre, rue de la Boucherie, était un troquet

sans prétention, où les policiers de Rennes avaient leurs habitudes, car la cuisine y était honnête et l'addition compatible avec les quatre-vingt-un francs du forfait royal que leur allouait le S.G.A.P. (Service général administratif de la police).

Cela faisait plusieurs semaines que Valentin n'y avait pas mis les pieds, et Dréano, le patron, l'accompagna avec force démonstrations amicales à la table qu'il occupait généralement, au fond de la petite salle proprette au plafond bas.

Le bistrot à cette heure était encore vide. En quête d'informations recueillies à la source, Dréano, qui brandissait le quotidien, s'évertua à confesser son hôte, mais Valentin tint bon, et le bonhomme se lassa et réintégra ses fourneaux.

Valentin commanda le menu « express » et un carafon de gamay. Il attrapa le journal et lut les vingt lignes de la une consacrées à l'affaire, assorties d'un portrait de lui piqué au flash cette nuit, en gros plan livide, la bouche coléreuse. Il ingurgita sans appétit — il avait rarement faim — le céleri rémoulade et la blanquette de dinde figurant au menu.

Anne-Laure le rejoignit alors qu'il terminait sa crème au caramel. Elle s'assit en face de lui, parcourut la carte d'un œil blasé et, soucieuse de sa ligne, sélectionna la formule diététique.

Il lui raconta sa visite chez les Stéphan, elle-même rendit compte de son entretien avec Sabatier, entretien cordial mais écourté, car l'homme d'affaires avait la tête ailleurs : il venait d'apprendre qu'il était papa d'une petite fille et il repartait pour la maternité, rue Maurice-Marchais.

Valentin prit le message d'Hadès à Sabatier qu'elle lui tendait, cinq lignes sans en-tête, imprimées sur un papier courant, et le lut, la lippe maussade : « Par la présente nous vous sommons de mettre un terme à l'implantation de l'ensemble résidentiel Les Boréales. Implantation frauduleuse, véritable viol de l'intérêt général, vouée aux plaisirs de quelques parasites friqués. Faute de renonciation publique de votre part dans les huit jours, vous serez soumis à la rigueur de notre loi. Hadès. »

Il rendit le papier à sa collègue, bougonna :

— Ils se répètent. Toujours aussi pompiers ! Mais qu'est-ce que c'est que cette histoire d'« implantation frauduleuse » ?

Anne-Laure eut une grimace expressive.

— Ils disent ce que beaucoup à Vannes continuent à penser. Les conditions d'acquisition du terrain sur lequel Sabatier bâtit son complexe sont encore dans toutes les mémoires. Le périmètre des Boréales jouxte et, affirment certaines mauvaises langues, grignote parfois un site protégé. Rien de moins. Jamais, en saine pratique républicaine, Sabatier n'aurait dû obtenir sa licence de construction. Il l'a eue, il y a mis le temps, mais il l'a eue. Exemple éloquent de la puissance des protections dont il peut se prévaloir.

— La loi est faite pour être tournée, dit Valentin, flegmatique. Vous l'ignoriez, ma belle enfant ?

Anne-Laure planta sa fourchette dans sa portion de carottes râpées au yaourt maigre.

— Ah, reprit-elle, la bouche pleine, j'ai aussi vu Toudic, le vigile. Il assure qu'hier il se trouvait à Josselin, au repas de baptême d'un petit neveu. Rentré tard cette nuit. Déclaration étayée par son épouse. À vérifier, bien entendu.

Valentin soufflait sur son café, y mouillait une lèvre prudente.

— Je pars à Rennes. L'enquête vient d'être officiellement confiée au service et Touzé en trépigne déjà d'impatience. Si je peux, je ferai un saut chez moi : ma femme a dû voir le fils ce matin à Combourg et...

Il s'arrêta, la regarda, comme confus d'avoir failli s'engager sur la voie de la confidence. Valentin était en général très réservé sur ses problèmes personnels.

— Bon, j'espère être rentré assez tôt pour recevoir la presse. Sinon, vous me suppléerez. Auparavant, puisque vous avez la Golf, il faut que vous vous rendiez au Guerno. Vous connaissez ?

— Je sais que ça existe, soupira Anne-Laure. Eh là, Bertrand, c'est pas la rue d'en face ! Qu'y ferai-je ?

— Le Guerno est le village d'origine de Gildas Stéphan. Il y a passé toute son enfance, il doit y avoir encore des gens là-bas qui l'ont connu, de la famille... Mme Stéphan a cité une certaine Armelle Page, à qui il était très lié quand ils étaient gosses. Essayez de ce côté. Pensez aussi à l'appel à témoins pour la bagnole qui a paumé son pare-brise sur le chemin du cuistot, voyez ça avec Marzic, s'il est sur pied. O.K. ?

Anne-Laure, qui avait posé près de son assiette un agenda où elle avait jeté quelques mots, releva les yeux.

— C'est tout ?

Valentin ignora l'inflexion ironique.

— Pour l'instant, oui.

Elle ramassa le carnet, reprit son couvert.

— Voilà une excellente nouvelle, merci. Je suis rétamée !

Valentin se levait, enfilait son trench, sortait sa carte de crédit pour régler la note au comptoir.

— Oui, couchez-vous tôt ce soir. Et rappelez-vous, Anne-Laure : les lits, ç'a été aussi conçu pour dormir !

7

Même jour, vers 16 h 30.

VÉRONIQUE regarde dormir son bébé. Cette menue pomme rouge fripée, émergeant de la dentelle, est sa fille, Tiphaine, et l'émotion est encore trop forte, qui fait éclater sa poitrine, elle arrive tout juste à y croire.

Elle se rapproche, s'imprègne de l'odeur acide montant du berceau. Et elle se laisse aller sur le dos, ferme les yeux. Le radiateur, sous la grande baie rectangulaire, ronronne, paisible. La chambre est tiède, chargée de senteurs fraîches de feuillages, que percent un parfum subtil de violettes et celui, plus entêtant, émanant de la composition de roses blanches que Judith, sa belle-fille, a fait livrer par Inter-Flora depuis l'Allemagne. Quelques instants auparavant, devant le parterre coloré qui envahissait la chambre, l'infirmière, Mme Potain, a tiqué.

— Il faudrait mieux les enlever ce soir. Pas fameux, toutes ces fleurs pour la pitchounette !

Véro s'étire avec délices. Oui, malgré la fatigue et les élancements de sa chair déchirée, elle se sent bien dans son corps. Elle est maman, à vingt-neuf ans, d'une belle petite fille, elle est heureuse comme jamais et elle se dit qu'elle a beaucoup de chance.

Quand elle a repris ses esprits à la salle de réveil, pour découvrir la chose piaillante que la sage-femme lui fourrait entre les bras, elle a éprouvé un sentiment d'orgueil. Mon bébé pour moi seule ! Tout de suite, elle a rappelé son choix :

— J'aimerais qu'elle s'appelle Tiphaine.

Et Jacques a approuvé. Lui non plus ne cache pas sa joie. À sa seconde visite, il lui a apporté une superbe parure, or et brillants, elle s'est exclamée :

— Tu es trop bon, mon amour !

— C'est toi, ma chérie, qui viens de me faire le plus merveilleux des cadeaux !

Et il souriait, radieux, en effleurant le front de l'enfant, à la limite des fins cheveux collés à la peau, douce comme un satin. Pourtant, à un moment, elle a remarqué qu'il se rembrunissait et apparaissaient au coin de ses lèvres ces deux sillons qui lui creusent les joues quand il a des soucis professionnels. Une appréhension a saisi Véronique.

— Tu n'es pas déçu ? lui a-t-elle demandé. Tu espérais peut-être un garçon ?

Jacques a étouffé sa crainte d'un baiser.

— Ça n'a aucune importance, c'est notre fille, notre soleil à tous les deux !

Depuis l'accouchement, il est venu aux Saints-Anges à quatre reprises. Il saute sur le moindre prétexte pour y faire un saut, il déserte bureau et chantiers, lui le chef d'entreprise hyperoccupé, et une fois dans la chambre il ne tient pas en place, il teste les dispositifs de sécurité, dérange la femme de service :

— Vous êtes sûre qu'elle ne risque pas de prendre froid ? Il y avait encore de la gelée blanche ce matin.

Dès que Tiphaine pleure, une ombre inquiète voile son regard. Et c'est assez impressionnant de voir cet homme énergique, ce sportif accompli, si maître de soi, si dur à l'occasion, perdre ses moyens et s'agiter comme un gosse affolé, suspendu à la respiration ténue d'une minuscule poupée blonde dans son berceau.

Toujours paupières closes, rencoignée dans son bonheur, Véronique laisse vaguer sa pensée au fil d'une rêverie très douce. Tout le monde a été adorable, Jacques, sa mère, Judith, sans oublier Cyril et Alice, qui se sont présentés ensemble, une demi-heure plus tôt. C'est Cyril qui lui a offert les violettes.

Elle rouvre les yeux, alertée par d'insolites clapotements s'élevant du berceau, elle tourne la tête, observe le manège des lèvres gourmandes, qui battent dans un bruit mouillé de succion. Elle frôle la frimousse encore chiffonnée, s'émeut de la fragilité des deux mignons poings serrés sur le drap blanc.

Un doigt gratte à la porte.

— Entrez.

Mme Potain, l'infirmière, insère dans l'entrebâillement sa sympathique bouille de clown rigolarde, et contrôle de loin le berceau.

— Tout va bien, madame Sabatier ?

Véro dit oui, de la tête.

— Tiphaine dort. Elle fait une drôle de musique avec sa bouche, ajoute-t-elle, candide. Elle a peut-être soif ?

Mme Potain a un rire insouciant :

— Disons qu'elle rêve sans doute à la prochaine tétée, et ça ne doit pas être bien désagréable ! On reviendra bientôt pour changer la demoiselle.

Véro s'assoupit, se réveille, la gorge altérée. Elle boit un verre de Vittel, éprouve le besoin de se passer un gant sur la figure. Elle se coule hors du lit, chausse ses mules, se redresse. Comme plusieurs fois déjà, quand elle adopte la position verticale, elle a un léger malaise, le mur tangue devant elle. Elle s'appuie au chevet, le temps de reprendre son assiette.

— Rien d'alarmant, l'a tranquillisée Alice, à qui elle signalait ces débuts de vertige, vous avez été bigrement secouée, Véro ! Eh oui, mettre un môme au monde, c'est pas comme se faire arracher une dent !

À petits pas glissés, elle se dirige vers le cabinet de toilette, dont elle pousse la porte. Elle s'examine dans la glace, toujours un peu contrariée par la pâleur persistante de son visage et ses traits creusés. Elle se rassure, normal ça aussi, à quelques heures de ses couches, et elle est loin d'être bâtie à chaux et à sable.

— Il faudra que tu te reposes beaucoup, l'a prévenue Jacques. Alice nous sera encore très utile.

Elle s'avance, aperçoit le journal, plié en quatre sur le carrelage, à gauche de la colonne du lavabo. Tiens, qu'est-ce qu'il fiche là ? Elle ne l'a pas remarqué à son précédent passage au cabinet de toilette. Une des employées l'y aurait laissé traîner par mégarde ? Négligence choquante dans un établissement aussi bien tenu, songe-t-elle en se baissant pour le ramasser.

Elle a un saisissement. Il lui a semblé voir son nom, se détachant en lettres énormes, au centre de la page. Le sol devant elle commence à ondoyer, de la sueur glace ses tempes.

Elle serre les dents, se force à s'accroupir, déplie le journal. Stupide, une main se pétrissant le cœur, elle lit le titre gras : « NOUVELLE ATTAQUE À L'EXPLOSIF CONTRE LES ÉTABLISSEMENTS SABATIER. LE TERRORISTE SAUTE AVEC SA BOMBE. »

Elle se relève péniblement. Tout recommence à tourner autour d'elle. Elle croit qu'elle va tomber, s'accote à la bordure de la vasque.

Et soudain elle se met à hurler.

— C'est inadmissible ! tempêtait Sabatier. Une vraie honte !

Il avait surgi comme une furie dans le bureau de Michaud, le directeur de la maternité, et chargeait aussitôt, de toute la violence de ses cent kilos de muscles, la colère lui déformant la face.

— Mes ordres étaient stricts : que ma femme soit tenue dans l'ignorance des événements de la nuit. Une négligence de cette gravité est proprement criminelle !

Debout devant lui, Michaud pliait l'échine sous l'orage.

— Je me mets à votre place, monsieur Sabatier. Mais je n'arrive toujours pas à réaliser ce qui a pu se passer. La consigne était connue de tous. J'ai moi-même interrogé chacune des personnes du service qui ont eu à pénétrer dans la chambre de Mme Sabatier. Elles m'ont juré que...

— Eh bien, l'une vous a menti ! coupa grossièrement Sabatier. Reprenez tout à zéro, j'exige, vous entendez, j'exige réparation !

Le directeur se forçait à rester calme. Il connaissait l'homme d'affaires de réputation, pas commode l'individu, quand il avait jeté le masque de la civilité ordinaire, et même brutal, teigneux, vindicatif. Avec cela, des tas de relations à tous les niveaux, dont il ne se faisait pas faute d'user, au mieux de ses intérêts. Surtout, se disait Michaud, ne pas le heurter de front, profil bas, mon garçon, c'est ton poste qui est en jeu. Il te cassera, s'il le veut, comme une coquille de noix.

— Je tenterai l'impossible, promit-il avec humilité,

pour que la lumière soit faite sur ce déplorable incident, que je continue à ne pas comprendre.

Il se risqua à lorgner le mufle courroucé, hasarda :

— Mme Sabatier a reçu plusieurs visites en cours de journée. Ne peut-on imaginer que l'un ou l'autre, par distraction...

— Exclu, trancha Sabatier. Je vous avais donné des instructions formelles pour que ne soient admis auprès d'elle que de rares intimes, dont je vous avais fourni la liste nominative. Vous ne l'avez pas oublié ?

— Bien entendu, monsieur Sabatier, vos instructions ont été respectées à la lettre. Seuls les membres de votre proche entourage...

— Je réponds de ma famille ! Personne d'autre ? Vous en êtes sûr ?

Troublé par la fixité minérale des prunelles gris acier, Michaud cilla et baissa la tête.

— À part les femmes du service, non, et, je vous l'ai dit, elles affirment...

— Reconvoquez-les, revoyez ça avec elles et pas de ménagements, hein ? Le coupable est ici. Débrouillez-vous pour le débusquer au plus vite. Dans votre intérêt.

Michaud encaissa la menace et se tint coi. Sabatier, qui avait ignoré le siège qu'on lui proposait, se dirigeait vers la sortie. Il s'arrêta, virevolta.

— Je viens de m'entretenir avec le Dr Nabeul, le psychiatre. Ma femme est dans un état de choc extrême. Vous devez savoir qu'on a dû la séparer du bébé...

— Oui, dit Michaud, mais je peux vous rassurer. Nous disposons à la maternité d'une équipe de puéricultrices de tout premier ordre : votre enfant est en de très bonnes mains.

— Et la maman ? s'écria Sabatier, mû par un nouvel accès de rage. Vous avez songé à la maman ? À ce nouveau traumatisme qu'on lui inflige ? C'est inhumain, on ne prive pas une mère de son petit ! Et pour combien de temps ? Nabeul parle d'éloignement indispensable, de maison de santé. Voilà le bilan provisoire de votre carence scandaleuse !

Il s'excitait à son propre discours, sans cesser de pourfendre du regard l'infortuné Michaud, qui fuyait le contact, les yeux rivés sur la pointe ajourée de son richelieu noir.

— Alors, martela Sabatier, un bon conseil, mon vieux : vous faites votre police, ou je m'en charge ! Et je porte plainte !

Il sortit en claquant la porte.

8

Même jour, fin d'après-midi.

— Voilà, mesdames et messieurs, ce que je peux dire pour le moment sur cette enquête.

Valentin s'arrêta et considéra la ligne brisée de la demi-douzaine de journalistes qui noircissaient leurs calepins, avant de reprendre :

— La mort d'un garçon de vingt-huit ans, quel qu'il soit, commande le respect. Mais ce respect ne doit pas déguiser l'essentiel : le terrorisme reste une déviation criminelle, qu'il importe de combattre avec détermination. Je suis quant à moi bien résolu à consacrer toute mon énergie au mandat qui m'a été confié. Je vous remercie.

D'un geste sans réplique il tua dans l'œuf toute question. Il tourna les talons, traversa le hall. Dans le corridor il se servit à la machine à café et pénétra dans son bureau, un gobelet de plastique à la main.

Anne-Laure y était passée avant de prendre la route

pour Le Guerno, et lui avait laissé un mot sur le sous-main : « Pour l'appel à témoins c'est O.K. »

Il remarqua aussi l'orchidée rose dans son pot de terre, au coin de la table. Il sourit. Elle l'avait entendu un jour parler de ses cultures de Phalaepnosis dans le pavillon de Rennes, elle savait qu'il serait sensible à l'attention. Un de ces petits gestes féminins par lesquels, avec son parfum de lilas qui traînait encore dans la pièce, tentait de s'humaniser la déprimante aridité du vaste bureau que Bardon mettait à leur disposition.

Il s'assit, absorba une gorgée brûlante. Il détendit les lacets de ses chaussures, qui lui comprimaient le cou-de-pied, se frotta les yeux. Il se sentait vidé d'influx, sans ressort. La fatigue de la nuit, sans aucun doute. Il se répéta sa dernière déclaration aux représentants de la presse : « Je suis résolu à consacrer toute mon énergie au mandat qui m'a été confié. »

Il imaginait le mâle jeu de mâchoires soulignant ces fortes paroles. Il devait se croire sincère en les prononçant, alors que... Des mots. Nous ne sommes que des machines à fabriquer des mots. En perpétuelle représentation. Avec un masque épais collé au visage. Je triche, je n'arrête pas de tricher, j'interprète une partition que, depuis des lustres, je ne sais plus lire, mais je m'accroche, je ne suis pas disposé du tout à quitter la scène.

Sa rencontre avec Touzé l'avait incommodé. Le chef de section affichait une jubilation que Valentin avait trouvée indécente.

— Le choix de la juge par le proc parisien, avait-il claironné, est pour nous excellent. Cette femme, c'est pas Bruguière, elle va nous foutre une paix royale ! Enfin, Valentin, on va pouvoir travailler sérieusement. Près de deux ans que ça dure, la guéguerre, et qu'est-ce qu'on a dans notre besace ? Des clous !

Valentin ne s'était pas fait faute de lui rappeler qu'il n'était en charge d'Hadès que depuis moins de huit mois.

— J'aimerais que l'on me juge sur mon boulot, pas sur celui des copains ! avait-il précisé aigrement.

— Personne ne vous juge, Valentin, avait corrigé Touzé, conciliant. Ne retenons qu'une chose : la balle est désormais dans notre camp. À nous de foncer !

Valentin, jeta sa timbale vide dans la corbeille et fit jouer dans les derbys ses orteils échauffés. Il observa, acrimonieux, la grande carrée froide, si impersonnelle avec ses classeurs métalliques défraîchis et sa table en bois noir ciré, épave dépareillée d'une précédente génération et qui sentait encore, sous le désinfectant bon marché, le rouleau encreur et la vieille pipe. Un bureau de flic standard, où s'était fourvoyée une ridicule orchidée rose. Son univers quotidien. Lassitude. Dans son cœur autant que dans son corps.

Il avait été un bon policier, un flic ayant foi en sa mission, honneur et discipline, le brave petit soldat toujours prêt. Il se rappelait le temps, où, jeune inspecteur, il s'immergeait dans une enquête avec l'ardeur du bon limier sur la voie, cette rage en lui d'aller jusqu'au bout, de savoir, et sa fierté d'avoir aidé à rétablir un ordre bousculé. « Je défends le droit et la justice. »

Valentin ricana. Balivernes. Non, il défendait un système, on l'avait recruté pour protéger un état de fait qui, depuis l'aube des temps, discriminait jalousement ses privilégiés et ses parias, ce qu'on nommait l'équilibre social. Équilibre auquel, à l'évidence, Hadès, avec ses moyens dérisoires, avait osé s'attaquer. On le payait donc pour éliminer l'importun. Logique.

Hadès, le dieu grec des espaces souterrains et de la vengeance... Valentin écouta résonner en lui les deux sinistres syllabes. En dehors de Gildas Stéphan, dont il devinait le parcours tourmenté, il ne savait pas qui étaient ceux qui se cachaient sous ce nom, quelle révolte ou quelles candeurs nourrissaient leurs combats. La nuit passée, l'un d'eux avait explosé avec sa machine infernale. Pour une cause perdue d'avance. Au temps de l'argent roi et de la jouissance à tout prix, qui donc était encore capable de mourir pour une idée ?

Valentin revoyait la bouillie d'entrailles, cette portion de chair rouge à vif, où tremblotait sous le pinceau de la torche un dessin d'hermine. Et malgré la folie de tels engagements, à des années lumière du père qui condamnait, il se prenait à envier ce destin avorté.

À cet instant, une image lui sauta au cerveau, celle d'un ado au vieux visage fané, agitant sa carcasse démantibulée au fond d'une voiturette d'infirme : Romain, leur unique enfant. À dire vrai, elle était gravée dans son esprit, mais les grimaces de la vie arrivaient à la voiler, sans jamais l'effacer. Romain, leur chère souffrance. Roberte avait vu le gosse ce matin mais il n'avait pu entendre ses impressions — ses tristes impressions, il n'y aurait jamais de miracle —, elle était absente quand il était passé à la maison tout à l'heure.

Il tendit la main vers le combiné, calcula. Dix-huit heures vingt-cinq. À cette heure, Roberte était à son bridge, comme tous les lundis. Tant pis, il lui téléphonerait plus tard.

Il rouvrit le dossier Hadès, s'y replongea.

Anne-Laure entra peu après. Elle s'affala sur la chaise du Mac poussif que Bardon, après beaucoup de palabres, avait fini par leur prêter, s'exclama :

— Je suis sur les rotules !

Valentin eut une moue indulgente.

— Ça me rassure. Moi itou. Ah ! poursuivit-il en pointant le doigt vers l'orchidée au coin du bureau, bravo pour la décoration.

— Cette turne est d'un lugubre ! dit-elle. Bardon nous a fourgué tous ses rossignols. Alors ? Vous avez vu le grand manitou ?

Valentin lui détailla l'entrevue avec Touzé.

— Il était dans les meilleures dispositions. On aura du renfort si nécessaire. Il accepte même que, par convention dérogatoire, vous gardiez la Golf comme seconde bagnole de service, il se charge de la régularisation admi-

nistrative, de l'assurance, etc., c'est dire ! Mais il veut du résultat. Et vous, vous nous rapportez quoi ?
Elle résuma son après-midi au Guerno. Concernant Gilou, elle n'était guère plus avancée. Les Stéphan y avaient encore des parents, mais, depuis leur départ pour Vannes, leurs relations avec la famille s'étaient fortement distendues. On s'accordait à dire que Gilou avait été un gentil garçonnet, la suite, on l'ignorait, et on tombait des nues en apprenant son embrigadement dans le groupe Hadès.
— Et cette Armelle Page ?
— On se souvient qu'effectivement les deux gosses se fréquentaient. Armelle était une petite fille très ouverte, très studieuse. Ses parents instituteurs ont longtemps exercé au village. Ils sont morts l'un et l'autre prématurément — accident de voiture — et sont enterrés là-bas. Armelle, leur seule enfant, était encore très jeune quand c'est arrivé. Elle ne manque jamais de fleurir leur tombe à la Toussaint, on ne la voit très brièvement au Guerno qu'à cette occasion. On n'a pas été capable de me donner son adresse actuelle. On avance cependant qu'elle serait démarcheuse dans la région Ouest pour le compte d'une agence en statistiques établie au Mans ou à Laval. Ça devrait suffire pour remonter jusqu'à elle. Si toutefois le jeu en vaut la chandelle. Parce que je ne vois pas très bien, Bertrand, où ça nous mène.

Valentin ne releva pas la remarque en forme d'interrogation. Un silence, qu'Anne-Laure meubla en demandant, un peu inconsidérément :
— Vous avez eu de bonnes nouvelles de chez vous ?
Elle fut consciente de sa maladresse. C'était un sujet sur lequel il évitait de s'étendre, il n'apprécierait pas la sollicitude de sa collaboratrice, il allait la rembarrer. Non, il se contenta d'un abrupt « Pas de nouvelles », et bifurqua aussitôt :
— Je suis passé au labo avant de quitter Rennes. La douille a été expertisée. Elle pourrait provenir d'un 7.65 browning, peut-être un Walther allemand. Une

catégorie d'armes, vous le savez, assez répandue en Occident depuis la dernière guerre. Et à ce propos un rapprochement s'impose...
— Le mitraillage de la boutique Fauchon ?
— S'il ne s'agit pas du même produit, c'est de la proche famille. On en saura peut-être un peu plus bientôt. On n'a pas encore les conclusions du légiste, mais je doute qu'avec ce qu'il a il nous apprenne... Oui, entrez !
Un planton apparut.
— Un certain M. Ripol est là, commandant, il insiste pour vous voir.
— C'est qui ?
— Il dit qu'il représente la compagnie d'assurances de M. Sabatier.
Valentin bâilla au creux de sa main.
— Ça va, amène-le-moi.
Ripol entra et trotta menu jusqu'au bureau, enveloppé dans un kabig marine, une serviette de cuir gaufré se balançant à son poing. C'était un petit homme fluet à la tonsure sacerdotale et au sourire appliqué, avec une face banale de fonctionnaire, qu'agrémentait seule une grosse excroissance rose bonbon implantée à la base de sa narine droite. Il salua avec beaucoup d'urbanité, s'assit, à l'invitation de Valentin, libéra deux boutons de son manteau et, ayant disposé la serviette sur ses genoux serrés, donna les motifs de sa présence.

Spécialiste de l'actuariat à la société La Transcontinentale, il avait été chargé de l'enquête sur l'accident survenu la veille aux Boréales, procédure de règle après un sinistre aussi important, et il avait estimé expédient de rencontrer la police.

Valentin rebâilla.
— C'est entendu. Repassez demain dans la matinée, on vous aura préparé un petit aide-mémoire.

Il se leva, mettant fin à l'entretien. Ça l'indisposait toujours un peu, ces investigations parallèles. Nécessaires à leur niveau, d'accord, mais chacun à sa place, ne pas tout mélanger.

Ripol n'avait pas bougé, toujours bien calé sur la chaise de fer, cuisses jointes, ses avant-bras étalés sur la poche de porc grenu. Il n'avait pas une sale gueule, se disait Valentin, oui, même assez sympa, avec cette enflure de gugusse qui brillait comme un soleil sur la tronche fade, mais bon Dieu, qu'est-ce qu'il attendait ?
— Je peux quelque chose pour vous ?
Ripol eut une mimique circonspecte.
— C'est-à-dire, j'envisageais... Je pense, commandant, que nous avons tout intérêt à nous entendre.
Valentin se percha à l'angle de la table.
— Je vous écoute.
Ripol secoua son volumineux cartable.
— Je viens de survoler le dossier de mon client. La bombe de cette nuit n'a pas fait que des malheureux : M. Sabatier va toucher un joli paquet !
— Et ça vous fend le cœur ! rigola Valentin. Vous devriez être blindés pourtant, à La Transcontinentale, c'est bien la seconde fois, non, que l'enseigne Sabatier déchaîne la fureur d'Hadès ? Le motel Saint-Brendan, ça ne vous rappelle rien ?
Le petit homme souriait toujours.
— Oh si ! La différence, voyez-vous, c'est que, dans l'affaire qui nous occupe ce jour, M. Sabatier, bien que prévenu de l'imminence de l'attentat, a omis de vous en avertir.
— Il s'en est expliqué, il n'y a pas cru, voilà tout.
Valentin examina attentivement son interlocuteur, essayant de déchiffrer ce que recouvrait ce sourire trop ajusté.
— Vous avez des raisons précises de mettre en doute sa parole ?
— Non, dit Ripol, pas la moindre preuve. Mais une déjà longue expérience en la matière m'aura appris à savoir humer le vent.
Il tapota du doigt sa verrue translucide.
— Question de flair, commandant. J'ai le sentiment que M. Sabatier ne nous a pas dit l'exacte vérité. Je me

propose donc d'éplucher le dossier et de vous tenir au fait de mes travaux. Si vous n'y voyez pas d'inconvénients. Vous-même...

— Bien sûr, dit Valentin, on s'occupe de votre topo. Passez demain matin. Au plaisir, monsieur.

Ripol se leva, s'inclina cérémonieusement et s'en alla à pas comptés.

— Tous les mêmes, fit Anne-Laure qui n'avait pas desserré les lèvres durant l'entrevue. À nous les picaillons, c'est leur devise. Mais dès lors qu'il leur faut casquer, autre musique : ils ont paumé la clé du coffre !

Valentin approuva vaguement et s'abîma quelque temps dans ses pensées.

— Ripol insinue donc que Sabatier aurait gardé par-devers lui la menace d'Hadès, par calcul sordide.

— Oui, dit Anne-Laure qui se détachait à son tour de son siège, une classique escroquerie à l'assurance.

— Mais avec un mort au final. Ça serait monstrueux !

Après une brève hésitation, il se pencha sur le bureau et fit courir le curseur d'un répertoire. Il décrocha, composa le numéro de l'entreprise Sabatier, zone industrielle du Prat, obtint une secrétaire.

— Commandant de police Valentin. Pourrais-je avoir votre patron ?... Oui, immédiatement... Merci... Monsieur Sabatier ? Valentin. Serait-il possible de vous rencontrer ?... Oui, j'aimerais... Rassurez-vous, nous ne vous importunerons pas longtemps... D'accord. À tout de suite.

— Je croyais, madame, qu'on s'était tout dit ce matin ? s'étonna Sabatier à l'intention d'Anne-Laure, après les avoir priés de prendre place sur les superbes fauteuils design et s'être lui-même assis derrière la table cossue, métal brossé et acajou, du bureau directorial.

Il paraissait épuisé, nerveux.

— J'aurai peu de temps à vous consacrer, je dois retourner auprès de Véronique.

Ses visiteurs ignoraient encore ce qui s'était passé à la maternité quelques heures plus tôt et Valentin s'inquiéta :

— J'espère que la maman va bien ?

La mine défaite, Sabatier leur apprit alors l'incident du journal. Très éprouvée, sa femme avait été examinée en urgence par le Dr Nabeul, un psychiatre ami et, en plein accord avec la direction de la maternité des Saints-Anges, il avait été décidé de l'envoyer en maison de repos à Evron, dans la Mayenne.

— Je l'y conduirai moi-même après-demain. Pour le moment, elle est soignée à La Boissière, la clinique où travaille Nabeul. Elle se remet lentement, reste très marquée. Pas question, il va de soi, de lui laisser le bébé. On l'a confié à une puéricultrice des Saints-Anges. Par la suite, j'aviserai.

Il porta les mains à ses tempes, les massa lentement, ses yeux clairs brassant le vide, eut l'air de s'excuser :

— C'est encore trop frais, je n'ai pas eu le temps de cerner le problème...

Il accusait le coup, et les policiers s'apitoyèrent. Puis ils voulurent en savoir un peu plus. Sabatier rappela les consignes draconiennes qu'il avait imposées pour que l'attentat fût caché à sa femme.

— Elle était très fatiguée, sa grossesse ne s'était pas déroulée au mieux. Et je n'oubliais pas combien elle avait mal supporté les précédents ennuis que m'a valus Hadès et dont les journaux à l'époque avaient fait leurs choux gras ; vous savez comme une certaine presse est friande de cette sorte de situations. Je redoutais le pire, et je n'avais pas tort.

— En effet, dit Valentin, ce luxe de précautions n'aura servi à rien. On connaît le responsable de cette invraisemblable négligence ?

— Il ne s'agit pas d'une négligence, commandant. Le quotidien a été déposé volontairement dans le cabinet de toilette, à un endroit très visible, et le gros titre bien en vue.

— Mais par qui ? s'écria Anne-Laure.
Sabatier écarta les mains.
— J'ai des ennemis.
— Dans quel but ? dit Valentin, sceptique. Je ne saisis pas.
— Pour me nuire, tout simplement. Résultat atteint.
— Par conséquent, intervint à nouveau Anne-Laure, dans l'hypothèse que vous avancez, la personne malintentionnée était instruite de la fragilité de votre épouse, et de la façon dont elle avait réagi aux actions antérieures des terroristes ?
Sabatier parut troublé.
— C'est incontestable, reconnut-il.
— Elle appartient donc au cercle de vos intimes ?
— Mon entourage immédiat, je le blanchis formellement, affirma Sabatier avec force, après une courte réflexion. Je n'avais voulu prendre aucun risque et seuls deux membres de ma proche famille ont pu rendre visite à Véronique, ma mère et Cyril, mon fils, ainsi que Mlle Bersani, l'infirmière qui l'a suivie durant ces neuf mois, une personne de confiance. Non, le mauvais coup est venu d'ailleurs, de l'intérieur même de la maternité. Quelqu'un a été payé pour cette sale besogne.
Les deux policiers échangèrent un regard.
— C'est une accusation grave que vous formulez là, monsieur Sabatier, dit Valentin. Vous comptez porter plainte ?
— Je ne l'exclus pas. Pour l'heure, je me soucie d'abord de ma femme, de façon à abréger au maximum la séparation d'avec sa gosse.
Il observa ses vis-à-vis en fronçant les sourcils, comme soudain surpris de leur présence.
— Je suppose que vous ne vous êtes pas déplacés pour vous enquérir de la santé de mon épouse ?
— En effet, dit Valentin.
Il retira d'une des poches de sa veste le message d'Hadès, qu'il avait emporté, le lut à voix haute.
— Donc, si je ne déforme pas vos propos de cette nuit, vous avez reçu cette lettre voici trois semaines ?

Sabatier inclina la tête.

— C'est bien le même type de courrier qu'ils vous ont adressé début 97, avant qu'ils ne s'en prennent au motel Saint-Brendan, en cours de finition ?

— Il semble que leurs autres cibles aient eu droit à la même prose.

— Effectivement. Et vous avez pu constater en ces diverses occasions qu'on n'avait pas à faire à des plaisantins.

Valentin replia le papier.

— Nous continuons, monsieur Sabatier, à ne pas comprendre pourquoi cette fois vous ne les avez pas pris au sérieux.

L'homme eut un geste d'impatience.

— Ça aussi je crois vous l'avoir déjà dit ! Il y a trois semaines, l'état de ma femme n'était pas des plus brillants. Elle approchait du terme et...

Il se pencha sur le bureau, sa voix se fit passionnée :

— Essayez de vous mettre à ma place, commandant. C'est à Véronique d'abord que j'ai pensé en n'ébruitant pas l'affaire. D'ailleurs, enchaîna-t-il, acerbe, ça aurait changé quoi ? Reconnaissez que dans sa lutte contre Hadès le bilan de la police à ce jour...

Il eut un sourire narquois. Valentin demeura impassible et c'est Anne-Laure qui prit le relais.

— Dites-moi, monsieur Sabatier, que vont devenir Les Boréales ? Vous allez mettre la clé sous la porte ?

— Bien sûr que non, les trois cinquièmes des chalets ont été vendus sur plan ! Mais nous perdrons du temps, beaucoup de temps, à colmater les brèches, avec en priorité la reconstruction du pavillon témoin. D'où un retard conséquent dans l'aménagement du site. Au point de vue promotionnel, c'est pour moi un coup très dur. Et je ne parle pas du préjudice financier...

— Préjudice couvert par l'assurance, remarqua Valentin.

— En principe oui. Mais le précédent de Saint-Brendan est là pour me le rappeler : on y laisse toujours des plumes.

Les policiers se levèrent.

— Selon vous, demanda Valentin, pourquoi avez-vous été si souvent dans la ligne de mire d'Hadès ? Trois attaques en quinze mois ! Un record !

— J'aimerais le savoir, dit Sabatier, qui redressait lourdement sa masse imposante. Dois-je l'interpréter comme une forme d'hommage du vice à la vertu ? Ma réussite professionnelle en dérange certains, c'est probable, et on me la fait payer. Par tous les moyens. Quand on voit ce qu'ils ont osé entreprendre contre ma femme !

— Hadès aussi, vous croyez ? s'étonna Anne-Laure.

— Ça leur irait comme un gant. J'imagine la belle équipe : un ramassis de tarés aigris...

— Mais super-informés et sacrément organisés !

— On pouvait le penser, oui, admit Sabatier. Jusqu'à hier soir. Parce qu'un terroriste qui part en confettis en manipulant son joujou, franchement, ça ne fait pas très sérieux !

— Votre impression, Bertrand ? demanda Anne-Laure quand ils se retrouvèrent dans la Laguna garée dans le parking réservé de l'établissement.

Valentin mettait le contact.

— Vous aviez raison, cette nuit, aux Boréales : je n'aime vraiment pas ce type !

9

Même jour, début de soirée.

SABATIER perçut le pas rapide de Mlle Bersani qui picotait les lames de chêne du corridor. Il alla ouvrir la porte de son bureau, sortit sur le seuil, parcourut du regard la longueur du couloir.
— Entre, Alice.
Ils se croisèrent dans l'encadrement et il reçut en pleine face le flux violent de son parfum. Il referma la porte.
— Je vais être bref. Il ne faudrait pas que Cyril débarque.
— Sa 2 CV ne stationnait pas devant l'ancienne écurie, dit-elle. Il doit être absent.
Il eut une moue désabusée.
— Tu le connais, il est si imprévisible ! Il est là, et la minute d'après, pfuit ! envolé ! Des semaines entières, il disparaît de la circulation, on le croit loin et soudain je l'entends qui fait beugler ses enceintes dans sa chambre, à côté. Où va-t-il ? Que fabrique-t-il de son temps ?
— Il a ses études, hasarda Alice.
— Ses études ! Laisse-moi rire ! Ça fait des semaines qu'il n'a pas mis les pieds à la fac ! Et il ne songe même plus à donner le change.
Derrière la table de travail trapue en orme massif, il resta debout, bras croisés. Il n'avait pas allumé. Sa forme corpulente se découpait, rigide, sur le grand portrait en pied accroché au mur derrière lui et représentant l'une des gloires de la dynastie, son père, le conseiller Alphonse Sabatier. La lumière du jour déclinant teintait le verre du cadre de reflets irisés.

Elle l'observait, un peu interdite devant la fébrilité manifeste d'un homme d'ordinaire si maître de ses nerfs.
— Pourquoi m'as-tu demandé de venir ?
Il avait saisi sur le sous-main un coupe-papier en bronze et s'en tapotait le dos de la main.
— Les flics se sont pointés tout à l'heure à l'entreprise.
— Ils voulaient quoi ?
— Me questionner au sujet de l'assurance couvrant le chantier des Boréales. J'ai appris que Ripol, le type de La Transcontinentale, était passé peu avant au commissariat. Il leur aura monté le bourrichon. Je ne sais trop ce qu'ils cherchaient à me faire dire. Ce commandant Valentin m'a l'air d'un sacré pinailleur. On a aussi parlé du canard abandonné dans la chambre de Véro.

Il s'arrêta. Du rez-de-chaussée montait le contralto tragique de Marguerite, la cuisinière, qui singeait Aznavour en chantant *La Mamma*. Le battement de la dague s'était figé.

— Le dirlo des Saints-Anges vient de m'appeler. Très ennuyé, mais, enquête faite, il jure ses grands dieux qu'aucun membre de son personnel ne peut être suspecté. À vérifier. Les salopards d'Hadès ont été fort capables de soudoyer quelqu'un à la maternité, lequel ne va pas s'en vanter. Mais dans ce cas, notent très justement les flics, quelqu'un de vraiment à la coule. Et si le coupable n'est pas Hadès...

Il immobilisa sur la jeune femme la pointe de son regard gris pâle.

— On n'est que quatre à avoir approché Véro aujourd'hui : moi, ma mère, toi, Cyril.

Elle ne se démonta point.

— Tu n'imagines pas que j'aurais pu faire ça ?

Il sembla quelques instants indécis. Le premier pourtant, il baissa les yeux.

— C'est vrai, vous vous entendez bien, Véro et toi... Reste Cyril. — Pourquoi ? Il aime bien sa belle-mère ?

Elle eut une expression indéchiffrable.

— Il ne me déteste pas non plus. Je pourrais le sonder, discrètement.
— Si tu veux, oui, essaie.
Il se laissa tomber sur la cathèdre et demeura inerte, yeux clos. Elle glissa jusqu'à lui, posa la main sur son épaule. Il tressaillit, aspira à plusieurs reprises son parfum cru, narines gonflées. Elle eut plaisir à constater le trouble qui le gagnait, elle lui frôla la joue, se courba. Il rouvrit les yeux, la repoussa.
— Il vaut mieux que tu repartes. On va avoir tout notre temps désormais. J'ai pris ma décision : c'est toi qui t'occuperas du bébé pendant l'indisponibilité de Véro.
— Voilà une excellente nouvelle.
Il l'accompagna jusqu'à la porte.
— À bientôt. Et tâche de tirer ça au clair avec Cyril.
— Ne t'inquiète pas. J'en fais mon affaire !

10

Mercredi 22 avril, après-midi.

Ils se tenaient dans le bas du cimetière, protégés par la masse d'un antique monument funéraire à prétention d'oratoire, d'où ils pouvaient convenablement épier la foule essaimée entre les tombes et la couronne d'intimes entourant le cercueil, autour duquel trois croquemorts s'affairaient. Aux deux représentants de la section anti-terroriste s'était associé le capitaine Lebastard, des R.G. de Vannes, un quadra au style décontracté, survêtement et baskets, qui pratiquait l'aïkido et, quand il n'était point de service, ne ratait pas un match au Moustoir, le stade du club lorientais de football. Anne-Laure et lui s'étaient rencontrés au moment des premières actions d'Hadès et entretenaient depuis une relation très amicale.

Sa parfaite expérience du tissu local — il était originaire du bourg voisin de Plescop — faisait de lui une source d'informations précieuse et Anne-Laure avait de nouveau sollicité le concours officieux de son collègue, qui les avait rejoints au cimetière, camouflant sous son blouson de sport un reflex Pentax, équipé d'un téléobjectif, avec lequel il avait pris discrètement quelques photos.

Le grand nombre de présents avait surpris Valentin. Sans doute autant que la simple curiosité — les obsèques aussi ont leurs aficionados —, les conditions dramatiques de la mort de Gildas Stéphan, une certaine sympathie pour le jeune militant tombé les armes à la main expliquaient l'affluence.

C'était ce qu'Anne-Laure était en train de redire à Valentin :

— Les pourfendeurs de rupins ont toujours la cote : regardez en leur temps les Mandrin, Cartouche, Marion du Faouët...

— Certes, mais c'est une popularité bien fragile. Comme la girouette, elle tourne.

— On approche de la fin, dit Lebastard, qui continuait à inspecter les hauts du cimetière, ils ont descendu la boîte. Vite fait bien fait. Forcément, sans les orémus et les chants, ça ne traîne pas. Tristounet quand même, un enterrement civil, vous ne trouvez pas, commandant ?

— C'est vrai. L'institution laïque n'a encore rien trouvé pour remplacer les pompes des églises. Oh ! Lebastard, visez un peu la fille. À gauche, derrière la stèle en granit rose, la rousse avec un ciré noir...

— Oui. Alors ?

— Vous la connaissez ?

— Non.

— Elle n'était pas là tout à l'heure, observa Anne-Laure. Ressors ton bidule, Pierrig, dépêche.
Lebastard s'exécuta, pointa le Pentax.
— Pas commode, je ne l'ai que de profil. Et elle bouge tout le temps.
L'obturateur crépita en rafale. Lebastard abaissa l'appareil.
— Je ne promets rien. Pourquoi vous intéresse-t-elle ?
— Sais pas. Quelque chose, peut-être, dans son attitude, on aurait dit qu'elle... Bon Dieu, où est-elle passée ?
La rousse s'était évaporée. Là-bas, dans le petit cercle du deuil, on s'embrassait. Les visiteurs défilaient devant la fosse, jetaient leur poignée de terre et commençaient à refluer vers la sortie.
Lebastard mit à l'abri son matériel.
— Vous restez encore ?
— Non, dit Valentin, on dégage. Aucune envie de revoir le père Stéphan, sa tronche me stresse !
Les policiers regagnèrent leurs voitures.
— Je vous laisse, dit Lebastard. J'ai un rancard dans moins d'une heure avec le collègue de Lorient.
— Salut, Pierrig, dit Anne-Laure, merci pour le coup de main.
— Sans garantie. À plus.

Valentin et Anne-Laure venaient tout juste de réintégrer leur bureau du commissariat, lorsque Spininger, le planton, les avisa que l'assureur Ripol demandait à les entretenir. Valentin eut un geste agacé :
— On lui a préparé son petit mémo. Dis-lui qu'il est à sa disposition à l'accueil.
— Je lui ai dit, commandant. Il insiste, il prétend que c'est important.
Valentin tomba sur son fauteuil, déboutonna son trench.
— C'est bon, va me chercher l'oiseau.

Quelques secondes plus tard, Ripol entrait, la serviette de cuir ballonnée en main, son inaltérable sourire plaqué sur sa face de gratte-papier besogneux.
— Ça ne pouvait pas attendre ? maugréa Valentin. J'ai du boulot, figurez-vous !
Ripol secoua la tête tout en lustrant amoureusement la grosse loupe qui lui coiffait l'aile du nez.
— À vous de juger, commandant.
Il s'assit, retira de la serviette des liasses cartonnées, expliqua. Depuis leur entrevue, l'avant-veille, il n'avait pas chômé. En contact étroit avec le siège à Paris, il avait décortiqué le dossier Sabatier. Quelques coups de sonde bien ciblés à la Chambre de commerce, au Syndicat des entrepreneurs et aux Impôts, où il disposait de relais sûrs, avaient confirmé ce qu'il avait déjà découvert.
Un, la situation financière de Sabatier n'était pas, de beaucoup s'en fallait, aussi reluisante qu'un vain peuple le pensait. Reflet de la stagnation qui sévissait dans le bâtiment, pour la deuxième année consécutive le département « constructions individuelles » avait accusé un bilan déficitaire important, l'équilibre n'étant *in fine* assuré que grâce aux commandes institutionnelles, créneau où l'homme d'affaires avait toujours été bien placé. Deux, plus précisément, le chantier des Boréales était en posture délicate et le concept même du projet en était en partie responsable : les prix de vente astronomiques cadraient mal avec la notion de lotissement, même pompeusement baptisé « complexe touristique », les couches fortunées n'appréciant guère les servitudes de la cohabitation.
Après un engouement initial — le cadre de rêve dont bénéficiaient Les Boréales y était pour beaucoup —, les acheteurs ne se bousculaient pas, et, contrairement aux déclarations du promoteur, Ripol affirmait que plus de la moitié des chalets n'avaient pas encore trouvé preneurs, le calendrier des livraisons accusait un sérieux retard et plusieurs réclamations avaient déjà été enregistrées. En conséquence, les sommes récupérées au titre

de l'assurance allaient opportunément servir à combler quelques trous et l'on pouvait faire confiance à Sabatier pour exploiter au mieux la clause « sauf cas de force majeure » pour refroidir certaines impatiences.

— Ce qui veut dire, constata Valentin, que, de ce point de vue, l'attentat de samedi soir est pour lui une bénédiction ?

— On peut en effet le résumer ainsi, dit tranquillement Ripol en refermant ses cartons.

11

Même jour, milieu de l'après-midi.

L'UNIQUE fenêtre avait ses volets clos, mais la 2 CV marine était là, toute cabossée, son curieux badge rose collé à la glace arrière : « ENFANT À BORD ». Elle lui avait fait remarquer un jour que, si c'était une blague de potache, elle n'était pas du meilleur goût.

— Pas du tout, avait-il rétorqué, c'est la vérité : il y a bien un enfant à bord. Moi ! Avantage : sur la route, on me fiche une paix royale !

Un enfant... Au fond, songea-t-elle, appliqué à Cyril, le terme était-il réellement inapproprié ? Une sorte d'ado inaccompli, capable d'emballements, de câlineries, de roublardises, de caprices de gosse, avec, dans cette carcasse trop vite montée en graine, un aspect déroutant, inquiétant, peut-être.

Quand elle fut sur le décrottoir du seuil, elle entendit la trépidation sourde d'une sono scandant les rythmes d'un reggae. Elle frappa à la porte. Elle n'était pas très à l'aise. Jamais encore elle n'avait osé pénétrer dans la vieille bâtisse aux moellons bruts jointoyés, longeant la clôture à l'arrière de la propriété, dont le jeune homme avait fait un refuge, et elle savait le prix qu'il attachait à sa solitude.

La musique s'était arrêtée. Dans le silence frémissant de trilles de passereaux, arrivaient à elle les miaulements coléreux de la débroussailleuse de Lucien, le gardien-jardinier, qui éliminait les remontées de végétation printanières entres les charmes du pourtour.

Un pas glissa derrière la porte.

— Qui c'est ?

— Alice.

Le garçon s'accorda quelques secondes de réflexion. Puis un loquet grinça et la silhouette longiforme de Cyril se dessina dans l'entrebâillement, en jean et chemisette de trappeur retroussée aux coudes, pieds nus dans des socques de cuir noir. Il examina la visiteuse en fourrageant sa crinière épaisse.

— Bonjour, Cyril. Je peux ?

Il s'effaça, referma derrière elle, repoussa le loquet. Alice s'avança dans l'unique pièce du logis, ses bottines crissaient sur le ciment grenu, cependant qu'une odeur fauve l'assaillait, mélange de foin moisi, de pissat, de sueur et de semence animales. Elle se trouvait dans l'ancienne écurie du domaine, qui, du temps de Sabatier père, avait abrité jusqu'à trois anglo-normands. La mort prématurée de l'homme avait mis un terme à l'activité. Son fils, qui n'avait aucune attirance pour l'élevage des pur-sang avait vendu les bêtes.

Un an plus tôt, Cyril, qui commençait une licence de biologie à Nantes et paraissait passionné par ses études, avait souhaité avoir la disposition du local à l'abandon, pour y conduire à loisir ses expériences. L'écurie avait été très sommairement aménagée, on avait éliminé box et rateliers, percé une petite fenêtre carrée au pignon ouest, remplacé la lucarne par un Velux, bouché les rigoles d'écoulement du purin et colmaté la brèche à la jointure du toit de tuiles. Cyril y avait transporté quelques objets. Insensiblement, il en avait fait son lieu de résidence favori.

Alice détaillait le pauvre équipement autour d'elle, le lit de fer, la console rococo sur laquelle était placée dans un sous-verre une photo de la maman décédée, un évier surmonté d'un miroir, sans doute promu au statut de lavabo, plus loin, une sorte d'établi de menuisier, deux chaises et partout de simples caisses en bois, couvertes de bocaux et éprouvettes, des bacs sur le sol, d'où pointaient des fougères, un vaste présentoir fixé au mur non crépit, où elle devinait plusieurs bestioles desséchées, clouées sur le liège, grenouille, orvet, salamandre...

Seule source d'éclairage apparente, une ampoule qui pendait sous son réflecteur rouillé, accrochée à l'une des poutres mal équarries.

Il la surveillait du coin de l'œil.

— On dirait qu'il te défrise, mon palais ?

— Ça surprend, c'est sûr. Quand on sait que tu as là-haut une chambre tout confort !

— Ici je suis libre !

— Excuse-moi de te déranger. J'avais besoin de te parler : on ne se voit plus.

Il grogna quelques mots inaudibles, marcha vers le fond de la pièce. Elle distingua alors, au centre de la grande table oblongue, un petit animal grisâtre étendu, pattes roides, comme écartelé.

— C'est quoi ?

Il gardait une expression contrariée.

— Je me préparais à bosser quand tu t'es pointée. Dissection d'un mulot. Faut que je termine ça. Attrape-toi une chaise, si tu veux.

Elle ne bougea point, se contenta d'observer la scène de loin avec curiosité. Muni d'un scalpel, il pratiquait sur la bête une incision longitudinale, deux autres courtes découpes à angle droit et écartait les pans de chair luisante avec la dextérité d'un poissonnier prélevant ses filets de sole. Du sang sourdait des entailles et tachait le bois, le bout de ses phalanges était rouge.

— C'est pour la fac ?
Il eut un rire impertinent.
— La fac ! Des semaines que j'y ai pas mis les pieds ! Non, je travaille pour le plaisir, j'aime ça. J'aurais pu être chirurgien. Ou boucher !
Il se pencha, fit à nouveau courir sa lame. Deux coupes nettes. Il reposa le bistouri, saisit une pince, fouilla, arracha un paquet de tripaille sanguinolente. Le geste était toujours aussi précis, aussi sûr. Elle le regardait, fascinée. La lumière qui tombait du Velux sculptait le jeune visage absorbé. Elle voulut se rapprocher, poussa un cri. Quelque chose venait de lui frôler la cheville, elle vit la boule de poils roussâtres qui roulait vers l'un des coins semi-obscurs de la pièce.
— Ce n'est qu'un lapin, Libellule, ma locataire, expliqua Cyril. Gentille comme un cœur.
Et brusquement il demanda :
— Alice, pourquoi es-tu là ? C'est le paternel qui t'envoie ?
Elle choisit de jouer cartes sur table et lui rapporta sa récente conversation avec Sabatier sur l'incident de la maternité.
— Le journal, c'était toi ?
— Quelle drôle d'idée ! J'aime bien ma petite belle-mère ! Toi, par contre...
— Tu plaisantes, se défendit-elle. Je n'avais aucune raison de me prêter à ce jeu stupide.
— Crois-tu ?
À l'aide de la pince, il cueillit des lamelles de peau et les jeta dans un bac métallique sous l'évier-lavabo, dont le liquide se mit à bouillonner en grésillant.
— De l'acide, expliqua Cyril. Très efficace.
Il se débarrassa de l'instrument, s'essuya les doigts à un torchon.
— J'en vois au moins une bonne, de raison, pour que tu aies voulu éloigner Véro : tu couches bien avec mon père ?
L'attaque la laissa interdite. Mollement, elle protesta :

— Qu'est-ce que tu racontes ?
— La vérité. Tu noteras, ma chère, que je m'en contrefous.
Il reprit sa besogne, parut oublier complètement son interlocutrice. Se servant tour à tour de l'un et l'autre outil, avec la maestria d'un professionnel, il démembra, éviscéra, énucléa.
Puis il rassembla les fragments épars de tissus, d'os, d'entrailles sur une pelle d'enfant en plastique jaune, qu'il s'en fut vider dans une espèce d'aquarium, qu'elle découvrait à présent, monté sur deux tréteaux bas, au fond de la pièce. Il y eut des clapotis, des éclairs se croisèrent.
— Mes chers petits poissons, dit Cyril, des piranhas. Eux aussi sont super-efficaces.
Il mouilla sous le robinet une grosse éponge grise et commença à nettoyer la table.
— Véro n'est qu'un cul-serré. Ses manières de nunuche me font gerber.
Elle avait recouvré de l'aplomb.
— En tout cas, te voilà tranquille pour un bon moment ! Tu sais qu'elle est partie à Evron avec ton père ?
— Bon débarras !
Il alla essorer l'éponge. Elle décortiquait chacun de ses gestes, méfiante encore, partagée. Il revint vers la table de dissection.
— Je te l'ai déjà dit, reprit-il, ce que je n'arrive pas à comprendre, c'est comment mon père a pu vouloir lui faire un gosse. C'est là pour moi le mystère absolu. Une mocheté pareille !
Elle hésita, lâcha :
— Il n'en voulait pas, de la môme. Elle a triché : un classique oubli de pilule. Il le sait, elle a eu — qu'est-ce qu'il faut dire ? — la candeur, la bêtise de le lui avouer après coup. Mais ne t'y trompe pas : il ne lui a jamais pardonné l'entourloupe.
Il l'avait écoutée avec attention.

— La sale petite garce, murmura-t-il.

Il se remit à astiquer sa planche. Sans nécessité, se dit-elle, maintenant il est troublé, il se donne une contenance.

Elle fit deux pas de plus, se trouva derrière lui, à le toucher, l'investit de son parfum entêtant. Elle nota le tressaillement au niveau des omoplates et pivota, lentement. Ils demeurèrent un moment immobiles, face à face, lui, les bras ballants, évitant son regard, elle consciente de l'émoi qui allumait les sens du garçon et ne se souciant pas de l'éteindre, l'attisant même de sa féminité arrogante, offerte. Dans le silence, la respiration courte de Cyril, et le cri-cri-cri du lapin grignotant une carotte.

— On est faits pour s'entendre, souffla-t-elle.

Elle baissa la tête, évalua sans pudeur le gonflement du jean étroit sur le bas-ventre.

— Je croyais que les femmes ne t'intéressaient pas ? Tu te mésestimais, on dirait, mon petit !

Il eut une grimace et lui tourna violemment le dos.

— Laisse-moi. J'ai à faire.

Il alla rouvrir le baladeur posé sur le sol au bas du lit, régla le son au maximum de sa puissance.

— Moi aussi, dit-elle, je dois rentrer. Pour la gentille Tiphaine.

À la porte, elle lui lança par-dessus son épaule :

— Si tu t'ennuies ce soir... on pourrait prolonger cette conversation ? Je ne bouge pas : service-service.

Il ne répondit pas. Il avait ouvert le robinet du lavabo et se savonnait les mains. Au poste un jeune Beur hurlait son mal-vivre. Sur le guéridon, le cadre de verre étincelait. Elle sortit de l'écurie.

12

Même jour, 22 h 50. Evron.

M<small>EL</small>, qui depuis une demi-heure avait les yeux rivés au rétroviseur, fut la première en alerte.
— Attention, une bagnole !
Ils se tassèrent sur leurs sièges. La voiture atteignait le parking privé de l'hôtel, la lance de ses phares courait le long de la clôture, allumant aux branches des buissons-ardents, piquées de gouttelettes, d'éphémères girandoles. Elle s'immobilisa.
Prudemment, Le Lann avait redressé la tête. Il frotta de sa main gantée la vitre embuée, cligna des paupières, fouilla la nuit pluvieuse.
— Oui, c'est bien la Saab. On a du pot : là où il est garé, il ne peut pas nous voir.
— On y va, dit Mel.
Ils enfilèrent la capuche de coton noir, saisirent leur arme et se coulèrent hors de la R 25 avec précaution. Pliés en deux, ils se faufilèrent dans l'étroit boyau entre les véhicules en stationnement et la haie de pyracanthas. Les graviers crissaient à peine sous leurs semelles de corde. Ils se tapirent, à l'abri d'une Land-Cruiser.
Les feux de la Saab s'étaient éteints. Ils apercevaient, à quelques mètres, Sabatier debout au flanc de la voiture, occupé à enfiler un imper. Un flash signala la fermeture des portières. Sabatier remonta le col de son vêtement et se pressa vers la sortie du parking.
— Go ! fit Mel.
En quatre souples enjambées, ils furent à sa hauteur. Il dut sentir une présence, il tourna la tête. Se trouva à cinquante centimètres du pistolet que Mel braquait sur

sa poitrine. Il pila, ouvrit la bouche de saisissement, risqua un coup d'œil vers la trouée du portail, où la pluie dansait à la lumière laiteuse d'une des bornes qui encadraient le devant de l'hôtel. S'il éprouva une velléité de fuite, il n'eut pas le loisir de la mettre à exécution. Un objet dur lui vrillait le creux de l'omoplate.

Le Lann s'était glissé derrière lui et ordonnait :
— Pas un mot, avance.

D'un moulinet du bras, Mel lui désigna le bas du parking. Il déféra à l'injonction, traversa l'aire gravillonnée, Le Lann collé à son dos, Mel marchant à reculons devant lui et le tenant aussi en joue, tout en surveillant les abords de l'établissement. Mais pas de mouvement suspect, ni de bruit autre que le fourmillement des gouttes d'eau ruisselant sur les tuiles, l'hôtel semblait déjà dormir.

Mel se détacha, alla ouvrir la portière arrière droite de la Renault.
— Entre ! Allons, grouille-toi ! commanda Le Lann avec une emphase caverneuse.

Le moulin déjà grondait. Laborieusement — elle ne pilotait l'engin que depuis quelques heures —, Mel passa sa vitesse, la R 25 fit retraite et mit le cap sur la sortie du parking. Ils longèrent sans encombre la double porte de verre éclairée, remontèrent au pas l'allée d'accès à l'hôtel. Ils se dégagèrent promptement de l'agglomération et prirent la D 7, en direction de Mayenne.

La route était déserte. Les phares perçaient dans la campagne écrasée d'humidité un tunnel blanc, que striaient les barreaux serrés de la pluie.
— Où m'emmenez-vous ?

Sabatier se décidait à desserrer les lèvres, mais ni Camille ni Mel ne réagirent. Un court silence, meublé par la pulsation molle des essuie-glaces et le souffle du ventilateur, que Mel venait d'enclencher.
— Vous êtes des gens d'Hadès ?

Aucun écho. Les raclettes continuaient de crachouiller en mesure. Et Sabatier s'énervait. Il haussa le ton :

— Qui êtes-vous ? Qu'est-ce que vous me voulez ?
— Ferme-la ! dit Le Lann, toujours sépulcral.

La pression du canon sur la tempe de l'homme d'affaires s'accentua, Sabatier parut se calmer. Soudain, Mel lâcha un juron et freina à fond. Sans abaisser sa garde, Camille inspecta l'extérieur et constata qu'elle s'était fourvoyée.

— Reviens au croisement. Et à droite, la 140.

Mel effectua la manœuvre, bifurqua, reprit de l'élan. Ils parcoururent quelques kilomètres à bonne allure. Puis la jeune femme leva le pied. Camille discerna la plaque signalant le bois d'Hermel. Peu après, la R 25 s'engagea dans un chemin forestier, roula encore un moment à petite allure.

— Je crois qu'on arrive, dit Le Lann.

Il reconnaissait les pans de murailles disjoints et la voûte aux trois quarts affaissée de l'ancien ermitage dont ils avaient découvert les ruines au cours de l'après-midi. C'était là qu'ils s'apprêtaient à cuisiner Sabatier. De quelle manière ? Et s'il se refusait à coopérer ? Jusqu'où conduiraient-ils l'interrogatoire ? Et après ? Les réponses de Mel à ses demandes de précisions étaient restées très floues et, malgré sa volonté de l'aider, Camille n'était pas particulièrement à l'aise dans le rôle qu'on lui faisait tenir ce soir.

La R 25 stoppa.

— Voilà, dit Le Lann, tout le monde descend ! Et t'avise surtout pas...

Il ne termina point sa phrase. Sabatier lui avait enfoncé le coude dans l'épigastre, lui coupant l'haleine, cependant que, du tranchant de l'autre main, il envoyait valser le revolver, un lourd Smith & Wesson, datant des débuts de la dernière guerre. Mel poussa une exclamation de rage et ouvrit sa portière.

Déjà les deux hommes se battaient au corps à corps sur la banquette. Tout de suite, l'entrepreneur avait porté les doigts au visage de Le Lann et s'efforçait de soulever la capuche en desserrant la prise de son adversaire qui lui bloquait le poignet. Les forces étaient disproportionnées et il était prévisible que le quintal de muscles dont disposait Sabatier ne tarderait pas à faire la différence. Pourtant, d'un sursaut rageur, Camille parvint à se dégager et il se laissa rouler entre les sièges, tâtonnant à la recherche du revolver sur le tapis de sol.

Profitant de sa liberté, Sabatier bondit de la Renault. Tête en avant, il catapulta Mel qui lui barrait la voie, un Beretta au poing. Un coup de feu partit, le bruit de la détonation se répercuta au loin dans le sous-bois, provoquant un vol de corbeaux au-dessus de leurs têtes. Sabatier, qui n'avait pas été touché, détala à toutes jambes.

Le Lann avait remis la main sur le Smith & Wesson et s'extrayait de la Renault.

— Tire ! lui enjoignit Mel, qui elle-même cherchait son pistolet, à genoux dans les bruyères. Le laisse pas filer ! Tire donc !

Camille libéra la sécurité, visa au jugé, pressa la détente. Mais la cible était bien trop éloignée, réduite à une vague silhouette, qui se fondait dans la nuit mouillée. Mel avait récupéré l'automatique et se relevait.

— Rattrapons-le ! haleta-t-elle. Faut surtout pas qu'il se taille !

Elle prêcha d'exemple, se mit à courir. Il l'imita, sans entrain et comme à regret. Fit halte presque immédiatement. Des phares là-bas jaunissaient les basses ramures des sapins, alourdies de pluie. Et des pneus miaulèrent sur la route, des portières claquèrent, une voix de femme suraiguë cria quelque chose. Mel aussi s'était arrêtée.

— C'est cuit, lui jeta Le Lann. On se barre.

Ils rallièrent la R 25, se débarrassèrent de leurs cagoules. Camille s'était installé au volant et mettait le contact. Au ralenti, feux en veilleuse, ils suivirent l'allée forestière. Ils l'avaient empruntée quelques heures plus tôt, quand ils repéraient le terrain, et, dans leur souvenir, elle rejoignait assez rapidement la D7. Derrière, ils entrevirent un moment encore à travers le feuillage la réverbération émanant de la voiture inconnue, puis la tache de lumière s'effaça.

Ils débouchaient sur la départementale.

— Sors de la 7, conseilla Mel qui déchiffrait une carte à la lueur du spot de lecture. On n'a pas intérêt à moisir dans le secteur, vaut mieux se dérouter par Montourtier.

Le Lann approuva sans un mot. Au premier croisement, il prit la petite route qui, au prix d'un crochet, leur permettrait de retrouver à La Vannerie la direction de Mayenne, où ils avaient laissé la Clio.

Il conduisait vite, le front collé au pare-brise. Trop vite. La voie était étroite, glissante, la visibilité demeurait médiocre. Dans un virage, la R 25 chassa de l'arrière et le chauffeur eut mille peines à rattraper la dérive du véhicule. Mel prit alors conscience de l'extrême nervosité de son compagnon.

— Eh là, dit-elle, relax, mon petit, pas utile de se planter dans les décors ! On a tout notre temps à présent, tu pourras même t'accorder un petit roupillon ! À quelle heure, ton cours à Saint-Goustan ?

— À huit heures. Si du moins les flics me cravatent pas à la porte !

Elle l'examina, interloquée, devina dans la pénombre le visage tendu.

— Tu délires ou quoi, Camille ? Les flics ? Pour quelle raison ?

Il ne lui répondit pas tout de suite. La Renault abordait un faux-plat, les phares découpaient dans la nuit sale une longue galerie aux franges indécises, grignotées par les hachures de la pluie. Il pesa sur le champignon, lui jeta :

— Parce qu'à l'heure qu'il est, peut-être, ils savent déjà. Mel, je crois bien que Sabatier m'a reconnu !

13

Vendredi 24 avril, fin d'après-midi, Vannes.

VALENTIN reposa le combiné. Sabatier, qu'il venait de joindre à l'entreprise — il n'était rentré qu'en début d'après-midi —, lui ressortait le couplet qu'il avait servi aux gendarmes d'Evron : il y avait eu erreur sur la personne, sa dernière mésaventure n'avait rien à voir avec l'affaire Hadès.

Les premiers à s'être étonnés de son attitude avaient été les deux bons Samaritains qui l'avaient découvert courant sous la pluie, la nuit, sur cette route déserte. Dans la voiture qui le ramenait à son hôtel, il s'était appliqué à minimiser les faits et le couple avait dû beaucoup insister pour que, de guerre lasse, il accepte d'être emmené à la brigade.

Il avait fourni un signalement exact de la R 25 de ses ravisseurs, un véhicule volé le jour même à Sablé-sur-Sarthe et qu'on avait retrouvé abandonné sur un parking de la ville de Mayenne. Les kidnappeurs étaient deux, un homme et une femme, l'un et l'autre armés et masqués par une cagoule noire.

Aussitôt, il avait parlé d'une méprise. Les malfaiteurs, avait-il expliqué, semblaient vouloir à toute force lui arracher la combinaison d'un coffre, c'était la raison pour laquelle ils l'avaient entraîné dans ce bois perdu et ils s'apprêtaient à lui faire un mauvais parti quand il leur avait brûlé la politesse. L'homme lui avait tiré dessus, mais Sabatier avait réussi à s'enfuir et eu la chance de rencontrer ces automobilistes obligeants.

Le nom, Sabatier, et l'adresse qu'il lui avait bien fallu décliner avaient immédiatement éveillé l'attention des gendarmes, qui étaient au courant de l'attentat survenu aux Boréales le dimanche précédent, mais il s'était refusé à établir un rapport avec ses déboires récents, avait répété qu'il s'agissait d'une pure coïncidence. Sans convaincre les pandores, qui, à toutes fins utiles, avaient jugé bon d'en informer les policiers de Vannes. Et devant Valentin, il persévérait dans sa position, contre toute vraisemblance il se déclarait même choqué par la démarche du commandant, qu'il n'était pas loin de considérer dictée par une curiosité de mauvais aloi.

Valentin cueillit une pastille de menthe et fit quelques pas dans la pièce. Il n'avait pas cru une seconde aux dires de l'homme d'affaires, cette histoire de combinaison était carrément rocambolesque.

Une double question se posait alors : pourquoi Sabatier, qui se doutait bien que nul n'était dupe de ses élucubrations, continuait-il à vouloir dédouaner Hadès ? Et si on était réellement en présence d'une nouvelle action du groupe terroriste, comment interpréter son acharnement contre l'entrepreneur ?

Valentin se rassit. Il relut le compte rendu qu'Anne-Laure avait tapé avant de sortir. Signalerait-il l'épisode de Mayenne à Touzé ? Le chef, qui exigeait un rapport quotidien détaillé, montrait déjà des signes d'impatience.

— À vous de foncer, Valentin, avait-il recommandé.

Et force était de constater que l'enquête, depuis cinq jours, se mordait la queue. Valentin parcourut les doubles des rapports qu'il avait déjà adressés à Rennes. Ni la perquisition minutieuse effectuée chez Gildas Stéphan, ni les recherches diligentées sur ses activités antérieures n'avaient rien fourni qui pût aider à seulement entrouvrir la porte de l'organisation. Sa structure, son recrutement, son mode de fonctionnement demeuraient un mystère total.

La veille, Armelle Page, avec qui ils avaient pu entrer en contact grâce à ses employeurs du Mans, s'était présentée spontanément aux policiers. Elle était en tournée dans les Côtes d'Armor lorsqu'elle avait appris la mort de Stéphan. Elle reconnaissait que, toute jeune, elle avait fréquenté Gilou, mais elle l'avait depuis longtemps perdu de vue, elle ne savait rien de son parcours.

Par contre, l'appel à témoins lancé en début de semaine avait eu des retombées. Le mercredi, le patron d'une station-service-dépannage de Pont-Château s'était manifesté. Il se souvenait d'avoir remplacé, le lundi matin, le pare-brise d'une Clio de couleur gris métallisé, immatriculée dans le Morbihan. Quelque chose dans le comportement du conducteur, un homme d'une quarantaine d'années, lunettes sombres et jogging noir, l'avait frappé : le type avait l'air fébrile et très pressé, au point de s'être plaint à plusieurs reprises de la lenteur de la réparation.

Intrigué, le garagiste avait noté, presque machinalement, le numéro de la Clio. Renseignements pris, ce numéro ne figurait plus au fichier du département, la plaque était fausse. Information importante qui, si elle n'avait encore pu être exploitée, prouvait à tout le moins que le ou les individus qui avaient stationné dans l'impasse de la Pointe à l'heure de l'explosion n'avaient pas la conscience nette.

Pour la bonne règle, le commandant avait fait vérifier auprès des diverses compagnies d'assurances les déclarations de sinistre déposées depuis le dimanche. En pure perte, et d'ailleurs il n'y croyait pas.

Après avoir un moment pesé le pour et le contre, Valentin attrapa un bloc et y écrivit quelques lignes où il résumait l'épisode mayennais, sans dissimuler le scepticisme avec lequel tant la gendarmerie d'Evron que lui-même avaient accueilli la version donnée par Sabatier. Touzé en ferait ce qu'il voudrait. Dès qu'Anne-Laure serait de retour, elle incorporerait l'ajout au texte qu'elle avait déjà préparé. Ensuite il faxerait le rapport à Touzé, procédure rapide mais malcommode car, malgré plusieurs demandes, il n'avait pas obtenu de ses supérieurs la mise à leur disposition d'un télécopieur personnel et il devait recourir au matériel affecté au commissariat, ce qui lui coûtait un peu.

Il aurait pu, comme naguère, et Touzé n'y aurait vu qu'avantages, rentrer tous les jours à Rennes et passer à la boîte remettre en mains propres le dossier à son chef. Après tout, sauf en situation d'urgence, rien ne le retenait à Vannes, son service terminé.

Devant Touzé, au téléphone, il avait invoqué le travail et le surcroît de fatigue causé par ces navettes quotidiennes. C'était aussi ce qu'il dirait à Roberte si elle s'étonnait de son absence. Mais il était bien tranquille, elle ne lui poserait pas de questions. Lui, en tout cas, s'accommodait de son statut d'homme seul, il s'était fait à cette existence de fonctionnaire sérieux, occupée par les actes d'une procédure routinière, les longues stations dans le bureau sans âme qu'on leur octroyait, l'austère dérivatif des repas à L'Ami Pierre, une courte promenade parfois, après le dîner, le long du quai de la Rabine, avant de retourner dans sa petite chambre de célibataire, au Bel-Azur.

Curieusement, depuis qu'elle était là, Anne-Laure elle non plus n'était pas retournée à Rennes. Valentin trouvait la chose assez inattendue et le lui avait dit. La jeune femme, dont la vie sentimentale passait à la section pour être des plus riches, entretenait depuis quelques semaines une liaison qu'on disait très chaude avec l'un des violoncellistes de l'orchestre de Bretagne. Elle lui avait répondu que Thierry — c'était le prénom du musicien — était en tournée.

— On se téléphone, avait-elle déclaré laconiquement.

Elle venait quelquefois partager sa table, le soir, ils y causaient boutique, prolongeaient les discussions de la journée. Après quoi, ils se souhaitaient une bonne nuit et chacun regagnait son hôtel.

La veille, elle lui avait proposé d'aller à l'Eden, le cinéma de la rue Hoche, mais il avait décliné l'invitation. Il désirait cantonner leur relation dans le strict cadre professionnel. Il s'étonnait d'ailleurs qu'elle y eût songé.

Sa compagnie n'était pas particulièrement folichonne, il était en train de devenir un vieil ours atrabilaire.

Il entendit le rire de sa collaboratrice perler dans le corridor. Elle entra, le capitaine Lebastard sur ses talons. Ils s'étaient rencontrés dans le hall, annonça Anne-Laure, qui alla déposer sur sa table une pochette de médicaments.

— J'ai bossé pour vous, commandant, dit Lebastard.

Il ouvrit une enveloppe en kraft et en fit jaillir un jeu de photographies.

— Le reportage au cimetière. Pas très réussi, s'excusa-t-il.

Valentin étala les photos devant lui et les examina. Il grimaça.

— En effet. Ce n'est pas exactement du Cartier-Bresson !

— La luminosité n'était pas fameuse, plaida Lebastard. Et pour ce qui est de la nana qui vous intéressait, une vraie toupie ! Elle ne m'a pas offert une chance de plan correct.

— Faites pas cette tête, Bertrand ! intervint Anne-Laure. Vous étiez prévenu : le capitaine s'est jamais pris pour une star de la pelloche !

— À qui le dites-vous ! bougonna Valentin. Pas une vue pour racheter l'autre ! Le flou intégral ! Par contre, une impressionnante collection de croix et de stèles funéraires ! Bon Dieu, capitaine, vous ne l'auriez pas fait exprès ?

— Si, bien sûr ! rigola Lebastard. Vous l'ignoriez, commandant ? J'adore les pierres tombales !

Il quitta presque aussitôt le bureau. Valentin rapporta à Anne-Laure son bref entretien avec Sabatier.

— Il n'a pas souhaité porter plainte.

— Pour quelle raison ? demanda Anne-Laure, qui se versait une timbale de contrex.

— Il a parlé de péripétie sans conséquence. Il a dit qu'il avait suffisamment défrayé la chronique ces temps-ci...

Anne-Laure avala son Doliprane, s'essuya les lèvres.
— Ouais... Étrange tout de même, cette discrétion.
— Qui n'est pas sans rappeler son attitude face aux menaces visant Les Boréales.

Elle remarqua que quatre jours s'étaient écoulés depuis l'incident de la maternité et que l'entrepreneur, qui semblait pourtant décidé à faire toute la lumière, y avait apparemment renoncé.

Valentin observa à nouveau les photos étalées sur le sous-main. Puis il saisit le court texte qu'il avait griffonné.
— Vous pourriez les intégrer au topo du jour ? Pour Touzé.
— Ouille ouille ouille, mon pauvre crâne ! Vous n'avez aucune pitié, Bertrand !

Elle jeta un coup d'œil sur le papier qu'il lui tendait.
— Vous avez fait court, ça ira.

Elle interrogea sa montre.
— Oui, je peux encore vous torcher ça. Je dois être à Rennes dans deux heures.
— Ah ! Le copain trouve le temps long !

Elle s'assit devant l'ordinateur, alluma l'écran.
— Thierry et moi c'est fini, Bertrand. On enterre ça ce soir.
— Je me disais aussi...

Elle se retourna.
— Quoi donc ?
— Rien. Tenez pas compte.

Depuis qu'il faisait équipe avec elle, il avait pu constater que les amours de sa collaboratrice étaient du genre éphémère. D'ailleurs, de quoi se mêlait-il ?
— Ça tombe bien, enchaîna-t-il. Vous remettrez donc le rapport à Touzé. Je le préviens, il vous attendra. D'accord ?

Elle soupira.
— Affriolante soirée en perspective ! D'accord, Bertrand, je me farcirai *aussi* le grand chef.

14

Deux semaines plus tard, Evron.

Les deux jeunes femmes étaient les seules attablées dans le salon de thé-bonbonnière, où flottait, en cette journée douce et grise, quelque chose de l'ambiance d'ennui feutré propre aux après-midi provinciaux.

Avec en plus, se disait Véronique, l'impalpable note de tristesse qui prélude aux séparations. Elle avait confirmé à Martine que son départ était pour le lendemain, Jacques serait là en début de matinée pour la ramener à Vannes. Elle avait eu du mal à lui faire accepter l'idée qu'elle écourtât son séjour au centre de repos, mais elle avait été intransigeante, elle avait tellement hâte d'embrasser Tiphaine, qu'elle n'avait vue que quelques heures, hâte de se remettre à une existence normale auprès de son mari, dans sa maison. D'ailleurs, depuis que sa décision était arrêtée, elle se sentait beaucoup mieux.

Martine observait le teint encore pâlot de sa voisine en écrasant distraitement de la fourchette en vieil argent un débris d'éclair au café.

— C'est vrai, mentit-elle, vous avez l'air en pleine forme, l'air d'Evron aura fait merveille ! À propos, vous ne m'avez pas dit si la chasse hier a été fructueuse ? Ce solo de fauvette à tête noire qui vous tenait tant à cœur, ça y est, vous l'avez en boîte ?

Véronique reposa sur la soucoupe de fine porcelaine sa tasse de Yunnan.

— Eh bien non. Vous vous rappelez cet orage en fin de matinée ? Il a tout faussé. La nature a ses lois, ses signes mystérieux. Plusieurs heures avant qu'il n'éclate, l'alerte était donnée, il n'y avait plus un murmure dans la campagne. J'ai donc fait chou blanc. Avec en prime une belle saucée ! Dommage, j'aurais bien aimé ajouter ce reportage à ma collection, ç'aurait été un joli souvenir.

Sur le chapitre ornithologique, Véronique, pour le reste très réservée, était intarissable. Depuis qu'elles s'étaient rencontrées, Martine savait tout du comportement des oiseaux, de leur habitat, de leurs mœurs nuptiales, de leurs nids, de leurs migrations saisonnières. Leurs chants surtout l'intéressaient. Véronique avait raconté à Martine les diverses techniques d'enregistrement qu'elle utilisait pour les capter, la patience que cela supposait, la chance aussi, quelquefois.

— Je ne pratique aucun sport, avait-elle expliqué, comme en s'excusant. Les balades en forêt, mon Nagra à l'épaule, voilà à peu près l'unique activité physique dont je peux me prévaloir. À la belle saison, en particulier, qui offre tant d'occasions de découvertes passionnantes ! J'ai toute l'année ensuite pour écouter mes cassettes, pour les comparer. C'est un peu mon printemps qui continue en plein hiver !

— Il existe certainement des passe-temps plus discutables, avait convenu Martine, impressionnée par la ferveur qui, en cet instant, métamorphosait le visage assez quelconque de son interlocutrice.

Elles s'étaient rencontrées par hasard, un samedi, dix jours plus tôt, à l'intérieur d'un magasin de mode de la ville où Véronique hésitait sur le choix d'une robe-tunique adaptée à sa nouvelle morphologie. Véronique avait remarqué dans la petite boutique cette brunette aux cheveux bouclés qui essayait une étole et lui souriait, consciente de son embarras. Elle avait accepté avec gratitude le conseil qu'elle lui suggérait et s'en était bien trouvée : l'avenante brunette disposait d'un goût très sûr, qualité que Véronique, elle l'admettait, n'avait pas en partage. Il était même arrivé à Jacques de lui reprocher gentiment le style vieillot de ses tenues.

Elles avaient fait connaissance. Martine Carréjou, enquêtrice pour le compte d'un institut de statistiques du Mans, peaufinait actuellement une étude sur l'évolution, au cours des dix dernières années, de la population rurale au nord de la Loire. C'était la raison de sa présence à Evron pour une courte période, elle se déplaçait beaucoup.

Une sympathie mutuelle était née, immédiate, évidente. Elles s'étaient revues le lendemain, à la sortie de l'office à la basilique, avaient prolongé la conversation en tête à tête au salon de thé. Ce matin-là et les jours suivants, car, ne boudant point l'agrément qu'elles ressentaient l'une et l'autre à se retrouver, elles s'étaient fixé plusieurs rendez-vous.

Très en confiance immédiatement, Véronique n'avait rien celé à Martine des événements qui avaient nécessité son séjour à Evron, elle lui avait dépeint l'incroyable acharnement d'Hadès contre son mari. L'enquêtrice avait eu vent de la tentative d'enlèvement ratée, que la presse régionale avait relatée brièvement, mais elle n'avait pas établi la relation avec le groupe terroriste, dont elle avait déjà entendu parler dans le passé, sans plus. Jacques non plus, apparemment, qui s'était appliqué devant sa femme à minimiser l'agression, œuvre, selon lui, de minables voyous locaux.

Véronique l'avait cru. En partie seulement, car elle s'interrogeait : Jacques n'avait-il pas quelque peu édulcoré la réalité pour l'épargner, après l'épreuve subie à la maternité et le premier choc, huit mois plus tôt, lorsqu'une remarque maladroite de l'un des policiers lui avait appris l'odieuse attaque de Rochevilaine ? Oui, c'était avant tout parce qu'elle se faisait du souci pour lui qu'elle avait voulu raccourcir sa cure, pour être à ses côtés, quoi qu'il arrive.

Pendant qu'elle vidait son cœur, Martine l'approuvait

en silence. À un moment pourtant, une réflexion lui avait échappé :
— Comme vous l'aimez !
Et il avait semblé à Véronique deviner, sous les mots, l'écho d'une frustration personnelle. Timidement, elle l'avait sondée à ce sujet, mais Martine s'était mise à rire, non, elle était trop indépendante pour s'être jamais attachée à un homme, ne l'envisageait même pas. Véronique lui avait dit qu'elle le souhaitait pour elle, que c'était un grand bonheur d'aimer et de se savoir aimée.
Dix jours d'échanges âme à âme, dans une absolue connivence. Et maintenant était venu l'instant cruel, songeait Véronique, qui suivait, mélancolique, la course des aiguilles dorées à la pendulette murale : elles allaient se quitter. Se reverraient-elles ? Leurs mondes étaient si étrangers ! Se pouvait-il qu'une intimité aussi forte s'effaçât pour toujours ?
— Déjà quatre heures vingt-cinq ! soupira-t-elle. Jacques sera là de bonne heure, et je n'ai pas encore commencé à m'occuper de mes bagages.
Elle réclama l'addition, retint le geste de sa compagne qui ouvrait son sac-bandoulière :
— Laissez, Martine, c'est pour moi. Permettez-moi de vous dire une fois encore combien je vous suis reconnaissante de votre amitié. Mon exil à Evron en aura été ensoleillé !
— Plaisir partagé, assura Martine Carréjou. Qui sait, nos chemins se couperont peut-être à nouveau un jour ?
— Pourquoi pas ? J'en serais très heureuse. Je vous donne mon téléphone.
Elle inscrivit le numéro sur un feuillet d'agenda, y ajouta l'adresse de La Cerisaie. Martine la remercia et glissa le papier dans son sac.
— Je suis toujours par monts et par vaux. Mais si je croise dans le secteur, promis, je vous appelle.
Elles se levèrent, sortirent de la pâtisserie. Devant le salon, elles s'embrassèrent, comme de vieilles copines. Puis elles se séparèrent. Martine Carréjou regagna sa voi-

ture, qu'elle avait garée à l'extrémité de la rue. Immobile sur le trottoir, Véronique la regarda s'éloigner, le cœur un peu serré.

Ce fut seulement après que la Honda paille eut disparu qu'elle se fit cette réflexion étonnante. Son amie ne s'était pas fait prier pour lui décrire sa vie professionnelle vagabonde : « Un hôtel-ci un soir, un hôtel-là le lendemain, je bouge énormément ! »

Mais où donc résidait-elle quand elle n'était pas en tournée ? Martine Carréjou avait oublié de le lui dire.

Mel pénétra dans la salle de bains. Elle s'examina dans la glace, se trouva grotesque : ce postiche lui allait comme une selle à un fox ! Rageusement, elle arracha la perruque noire bouclée dont elle s'affublait en public depuis qu'elle séjournait à Evron.

Elle revint dans la chambre, s'affala sur le lit. Demain, elle repartait, elle redevenait elle-même. Pour combien de temps ? Avant de se couler dans quel autre personnage ? Une lassitude la gagnait, amollissait ses muscles. En bas, les fêtards s'attardaient à table, des applaudissements crépitaient, sur l'air des lampions, une claque discordante réclamait à quelqu'un une chanson. La vie...

Mel écoutait, à travers un voile d'irréalité. Son âme était sombre, aussi grise que les masses cotonneuses du ciel qui s'effrangeaient à l'angle supérieur de la fenêtre. Sentiment lancinant de l'à quoi bon ? Oui, pourquoi s'obstinait-elle ? Les autres avaient renoncé. Tous les autres. Camille à son tour jetait l'éponge. Il n'avait pas digéré l'échec du bois d'Hermel, mais en fait il n'avait participé à l'équipée que pour elle, parce qu'il l'aimait bien, et Mel savait qu'il hésiterait dorénavant à se risquer dans une telle opération. Elle l'avait vu si abattu quand ils avaient repris la route, obsédé par l'appréhension d'avoir été identifié.

Elle l'avait sermonné. Ce n'était pas sérieux : dans la demi-obscurité de l'habitacle, Sabatier n'avait pu, au pis, qu'entrevoir sous la cagoule son cou et son menton, trop peu pour ranimer des souvenirs. D'ailleurs, après tellement d'années... Non, Camille n'avait aucun souci à se faire. Mel, sur ce point, était tranquille.

Ce qui, par contre, continuait à la troubler, c'était cet effarant roman-feuilleton que Sabatier, selon la presse, avait débité aux pandores, ces deux apprentis-malfrats qui, pensant lui extorquer le chiffre d'un coffre-fort, lui seraient tombés sur le râble par erreur.

Mel repassa dans sa mémoire le fil de l'enlèvement raté. Exécutant un plan concerté, ils n'avaient à dessein pour ainsi dire pas ouvert la bouche, pas plus lors de l'interception du promoteur que pendant le trajet, quelques brèves injonctions, deux remarques de Camille concernant l'itinéraire, et voilà tout, ils n'avaient guère baissé leur garde.

Pourtant, Sabatier avait immédiatement saisi ce qui lui arrivait. Hadès, c'était lui qui avait prononcé le mot à peine dans la voiture. Oui, dès les premières secondes, il avait su à quoi s'en tenir. Or, aux automobilistes qui l'avaient recueilli, aux gendarmes, à sa femme, il l'avait tu. À rapprocher de son déconcertant silence lorsqu'il avait négligé de prévenir la police de la menace pesant sur Les Boréales. Plus incompréhensible encore, il s'était appliqué, ce coup-ci, à noyer le poisson en inventant ce mensonge énorme. Comme s'il avait voulu couvrir ses ravisseurs !

Mel pouffa. Nous couvrir, on est en pleine paranoïa ! Seulement, Sabatier était tout sauf un plaisantin. Pour choisir de se taire, il avait ses raisons, de très solides raisons, qu'elle ne réussissait pas à analyser, et cette impuissance l'agaçait.

Elle alluma une gitane, s'emplit les poumons de fumée, loucha vers le floche bleuâtre qui se gonflait à ses lèvres. Au rez-de-chaussée, le tonus sonore s'amplifiait, un synthétiseur scandait les premières notes d'un paso doble. Camille Le Lann, Sabatier... Le très ancien contentieux. Elle se rappelait les propos irrités de Gilou, la veille de sa mort, demandant qu'à l'avenir leur camarade règle lui-même ses problèmes personnels. Elle se répéta tristement que, ce soir-là, Hadès n'existait déjà plus, qu'il avait perdu ce qui avait fait sa force depuis la constitution du groupe : une solidarité sans faille entre ses membres, nourrie d'une foi commune en leur mission. Le ver était dans le fruit, la disparition tragique de Gilou avait simplement accéléré le processus. Mel avait encore à l'esprit le discours de Patrick Vatel chez Camille, quelques heures après le drame. Vatel le passionné, mais d'abord Vatel le sage. Lui aussi, il jetait l'éponge.

Mel se débarrassa de sa cigarette à peine entamée, se leva, colla son front à la vitre. Le soleil demeurait invisible. Détachées de la calotte plombée, de lentes écharpes plus claires vagabondaient entre les antennes hérissant les toits. Oui, fini Hadès et ses rêves d'absolu. Elle-même avait tiré un trait. Comme Camille, elle ne réglait plus que ses propres comptes. Pour Gilou. Un mandat sacré, qu'elle s'était juré d'exécuter coûte que coûte. Seule, s'il le fallait.

Quelques semaines plus tôt, la chance avait paru lui sourire : l'éloignement imprévu de l'épouse de Sabatier lui fournissait une occasion inespérée de pouvoir l'approcher sans risques. Après leur échec, tandis que Camille reprenait ses cours de musique à Saint-Goustan, elle était revenue à Evron, avait pris pension à La Croix Verte, à la périphérie de la ville. Il lui avait été facile de repérer ce petit bout de femme au teint brouillé, d'apparence chétive, de trouver un prétexte pour l'aborder, de manœuvrer pour gagner sa confiance.

Au cours de leurs entretiens, Véronique s'était beaucoup livrée, elle semblait avide de vider son cœur à cette Martine Carréjou si sociable, que la providence, à la faveur d'un essayage, avait opportunément placée sur la route.

Cela tombait bien : Mel avait des choses importantes à lui faire préciser. Les circonstances exactes, par exemple, qui avaient provoqué son départ pour Evron. Car cette affaire de journal traînant malencontreusement dans une chambre de la maternité, telle que la lui avait rapportée Pierre-Henri, la turlupinait. Sabatier avait dans un premier temps soutenu devant les enquêteurs la thèse d'une nouvelle machination ourdie contre lui par Hadès. Avant d'adopter un profil bas. Pourquoi ? Véronique avait retracé la scène sans y entendre malice, n'en retenant que la probable négligence d'une femme de service et, bien que peu satisfaite, Mel n'avait pas osé la questionner plus avant.

Elle découvrait un être fort différent de l'image grossière qu'elle s'était faite d'elle, une petite bougeoise aux nerfs fragiles. Très fragile, certes, Véronique, mais sensible surtout et très ouverte.

Ainsi, elle avait appris que, secouée par la récente agression contre son mari, au restaurant de Rochevilaine, elle avait essayé de convaincre Sabatier de prendre une initiative de nature à désarmer la vindicte d'Hadès, dont elle avouait respecter les motivations généreuses, sans en approuver les méthodes. Mel comprenait mieux maintenant le traumatisme provoqué par l'abrupte révélation, à la maternité, de la tragédie du chantier.

Peu à peu, ses préventions avaient fondu. S'était créée une situation inimaginable au moment où elle concevait son projet : elle partait à ses rendez-vous avec Véronique sans calcul, pour le plaisir de retrouver une jeune personne très agréable, à l'affabilité naturelle.

Très vite, au fil de leurs conversations, elle avait senti combien la pensionnaire du Centre de repos était éprise de son mari et continuait à s'inquiéter pour lui, en dépit des fables lénifiantes qu'il lui avait racontées.

Tant d'amour désintéressé avait touché Mel, elle l'avait sincèrement plainte. Parce que sa certitude initiale à elle n'avait pas failli : Sabatier avait combiné la mort de Gilou, une traîtrise, dont elle n'avait pas encore démonté le mécanisme, mais qu'elle percerait à jour, et l'homme devrait payer.

Elle allait rentrer au Bono, y faire retraite quelques

jours, dans le vieux moulin restauré qu'elle occupait en location, elle observerait, elle réfléchirait. Et elle frapperait. Comment, elle n'en avait pas la moindre idée, mais elle frapperait. Elle le devait à Gilou.

15

Jeudi 14 mai, après-midi, Vannes.

Sur l'enveloppe non affranchie, que Spininger, le planton, avait apportée, ne figurait que la suscription en caractères dactylographiés : « M. Valentin ».

Après avoir parcouru les quelques lignes, elles aussi tapées à la machine, Valentin sans un mot tendit la lettre à Anne-Laure, qui la lut à son tour :

« Le dimanche 19 avril, M. Sabatier est rentré chez lui à vingt-deux heures cinquante-cinq et non à vingt-deux heures comme il l'a déclaré. M. Charasse, vétérinaire à Plougoumelen, vous le dira. »

Elle leva les yeux.

— Pas de signature. D'après Spininger, elle est arrivée il y a un instant ; quelqu'un l'a glissée dans la boîte extérieure.

Valentin eut un mouvement évasif des épaules.

— Attendez, reprit Anne-Laure. À propos de l'heure... Est-ce que Bardon dans son rapport n'en dit pas quelque chose ?

Valentin ouvrit un dossier et retrouva aisément la note où le vétilleux commissaire, désireux de situer les responsabilités, avait dressé la chronologie des événements de la soirée.

« Dimanche 19 avril, 22 h 53. Je suis informé au domicile par le brigadier Talhouarn, qui assure la permanence, qu'une grave explosion s'est produite à Vannes sur le chantier de l'ensemble résidentiel en construction, baptisé Les Boréales, à la pointe des Émigrés. Je téléphone immédiatement à Ploeren chez le propriétaire, M. Sabatier. Il est présent, mais je dois insister quelques minutes avant qu'il ne me réponde. Il m'explique qu'il est rentré une heure plus tôt de la maternité Les Saints-Anges, rue Maurice-Marchais, où Mme Sabatier a été admise en fin de journée et que, se faisant du souci pour sa jeune femme, de santé fragile, il a eu du mal à s'endormir, qu'il s'est résigné à absorber un Mogadon, qui l'a assommé. Il est formel : il s'agit d'une nouvelle attaque du groupe Hadès. Il me promet qu'il sera rapidement sur les lieux. 23h02. Je prends sur place les mesures d'ordre réglementaire, j'alerte le parquet. 23 h 05. L'origine criminelle semblant signée, j'avertis le commandant Valentin à Rennes. Puis je me rends aux Boréales, où je procède aux premières investigations sur le terrain. 0 h 05. Arrivée du commandant Valentin, qui prend en charge la direction de l'enquête. 0 h 28. Je quitte Les Boréales. »

À voix haute, Valentin relut une des phrases du mémo :

— « Il m'explique qu'il est rentré une heure plus tôt de la maternité Les Saints-Anges, rue Maurice-Marchais. » Cela nous ramène effectivement aux vingt-deux heures dont fait état notre correspondant anonyme. Sabatier aurait donc bricolé son emploi du temps ? Dans quel dessein ?

Anne-Laure avait repris la lettre et l'examinait avec attention.

— La frappe est différente de celle des missives d'Hadès.

— Pour quelle raison voudriez-vous qu'Hadès joue aux indics ?

— Il reste que c'est à vous que le billet est explicitement destiné. L'auteur, lui, a l'air d'établir une relation.

100

Valentin demeura silencieux, frappé par la pertinence de l'observation.

— On peut au moins vérifier un point. Anne-Laure, vous filez chez ce véto. Oui, tout de suite. Aucune allusion à la lettre, bien entendu.

— Ça va être d'un commode ! soupira la jeune femme.

Elle contrôla dans l'annuaire l'adresse de Charasse et sortit.

Valentin envisagea un moment de faire répéter à Bardon les indications horaires figurant dans son compte rendu, mais il y renonça. Le commissaire ne pouvait qu'avaliser ce qu'il avait écrit quelque trois semaines auparavant.

Par contre, la démarche ne manquerait pas d'attiser une curiosité professionnelle que Valentin ne pronostiquait point comme forcément bienveillante à son égard : entre les deux hommes le courant ne passait pas et Valentin soupçonnait Bardon de n'avoir jamais accepté cette concurrence qui lui était imposée par les spécialistes de Rennes sous son propre toit.

Il téléphona à la maternité, dont Michaud, le directeur, s'il se posa lui aussi des questions sur l'initiative du policier, n'en laissa rien transparaître et se montra très coopératif.

— Je sais que M. Sabatier a passé une bonne partie de la soirée auprès de son épouse. Mais vous dire l'heure exacte de son départ... Je vais me renseigner auprès de l'infirmière qui était de service et je me permettrai de reprendre langue avec vous.

Anne-Laure fut de retour trois quarts d'heure plus tard, passablement excitée.

— J'ai vu Charasse. Il a été catégorique : le dimanche 19 avril, un peu avant vingt-trois heures, rentrant du port de plaisance, où il a son dériveur, pour regagner son domicile à Plougoumelen, il passait à hauteur de La

Cerisaie, avant Ploeren, lorsqu'il a aperçu le promoteur qui ouvrait la grille de la propriété. Les deux hommes se connaissent bien et Charasse, sachant que Mme Sabatier était sur le point d'accoucher, est descendu de voiture et a traversé la route. Sabatier lui a dit qu'il revenait de la maternité et que la délivrance était prévue pour le jour suivant.

— Bravo. Charasse a dû être intrigué par votre intervention ?

— Oui, qui plus est, une intervention trois semaines après les faits ! Je lui ai servi le topo habituel, vérifications de routine, on ratissait très large, etc. J'ai eu l'impression qu'il s'en contentait. Il ne s'est pas attardé, il venait d'être appelé dans une exploitation de Béléan pour un velage à problème. Il m'a promis qu'il ferait un saut à la boîte, à neuf heures demain matin, pour signer sa déposition.

Valentin eut une moue insatisfaite.

— Demain matin ? Il aurait mieux valu... Dix-sept heures cinquante-huit. Il doit être encore au boulot. Tentons notre chance.

Il décrocha, tapa le numéro des établissements Sabatier, zone industrielle du Prat.

— Commandant Valentin. J'aimerais parler au patron. Oui, en personne... Merci, mademoiselle.

Quelques secondes, et Sabatier s'annonça :

— Que puis-je pour vous, commandant ?

Le ton était poli, sans plus.

— Monsieur Sabatier, c'est au sujet de la soirée du 19 avril. Je crois que vous vous êtes trompé.

— Trompé ? Comment cela ?

L'irritation déjà perçait.

— Vous avez dit être rentré de la maternité à vingt-deux heures.

— Eh bien ?

— C'était plus tard, monsieur Sabatier. Vers vingt-trois heures.

Un barrissement fit trembler l'écouteur.

— Comment ? Vous mettez en doute ma parole ?
— Nous procédons à des recoupements, en prenant en compte des témoignages intéressants.
— Quels témoignages ?
— Je vous le dirai en temps opportun. Si vous passiez au commissariat ? À votre convenance. Demain matin, ça serait possible ?
— Vous rigolez ! Pourquoi irais-je vous voir ?
— Vous avez pu, en toute bonne foi, commettre une erreur d'horaire ? Nous clarifierions ensemble la situation.
— Rien ne m'y oblige.
— Je serais navré d'avoir à vous y contraindre.
— Essayez donc. Mais enfin, c'est un monde ! Au lieu de traquer les bandits d'Hadès, la police cherche des poux à la victime ! Alors écoutez-moi bien, commandant Valentin...
— Je vous en prie.
— Je me refuse à entrer dans votre petit jeu, et je vous préviens : je saurai me défendre. La suspicion illégale, vous connaissez ?
— Je vous attends demain matin à neuf heures au bureau.
— N'y comptez pas.
Il coupa sèchement.
— Et allez donc ! s'écria Anne-Laure, qui avait suivi la passe d'armes. Déjà les menaces !
— Que je prends au sérieux. Sabatier était très sûr de lui. Il nous faut obtenir sur-le-champ une déclaration écrite de Charasse. Si du moins nous ne nous pointons pas après la bataille.

Il nota l'adresse du vétérinaire, téléphona aussitôt à son cabinet. Là, une assistante le renvoya vers la ferme de Beléan, où le praticien se trouvait encore. Quelques instants plus tard, Charasse était en ligne. Il assura qu'il se présenterait volontiers au commissariat le lendemain matin, répéta ce qu'il avait dit à Anne-Laure. À un détail près : tout bien considéré, il estimait que la rencontre devant la grille de La Cerisaie avait eu lieu plus tôt dans la soirée, oui, nettement plus tôt.

À Valentin qui s'étonnait de cette subite fluctuation de sa mémoire, il rétorqua que la visite du lieutenant de police l'avait pris de court, il y avait repensé depuis, et il était formel, il s'était fourvoyé. Il réitéra sa volonté de collaborer avec les autorités, mais fit valoir qu'on le cueillait en pleine besogne, alors que l'état de sa grosse frisonne requérait toute son attention.

Valentin rengaina ses objections et arrêta l'échange. Oui, confia-t-il à son adjointe, ils reverraient Charasse le lendemain, mais sans illusions : Sabatier les avait coiffés sur le fil, ils n'obtiendraient rien du vétérinaire.

Assise au pupitre de l'ordinateur, Anne-Laure se limait les ongles.

— Pourquoi ce trou d'une heure ? dit-elle. Qu'a fabriqué Sabatier pendant ce temps-là ?

— On peut essayer d'en savoir un peu plus. Qui sont exactement les résidents habituels de La Cerisaie ?

— Il y a le fils, et un couple d'employés. Plus cette infirmière dont Sabatier nous a parlé. Mais j'ignore si elle était de service le soir en question.

Valentin arpentait la pièce, une main sous le menton, concentré.

— Il faudrait pouvoir les entendre. Le retour de Sabatier en pleine nuit n'a pas forcément échappé à tout le monde.

Anne-Laure refermait et rangeait son nécessaire à manucure.

— C'est vrai, approuva-t-elle. À preuve, le billet reçu tout à l'heure.

— Quelqu'un de la propriété ?

— Ça m'a effleurée, oui. Pas vous ?

— Le problème, c'est que nous marchons sur des œufs. Quelle justification officielle avancerons-nous à ces interrogatoires ? Sabatier ne ratera pas l'occasion de hurler à l'acharnement policier. Bon, je boucle mon rapport et je soumets la chose à Touzé. S'il nous donne le feu vert, on y va. Ah, Anne-Laure, vous me faites une copie du courrier anonyme, et vous la mettez sous clé. Et naturellement, j'y insiste, pas un mot à la reine mère !

Le visage d'Anne-Laure prit une expression étrange, mais elle ne pipa point. Elle mit en marche la photocopieuse, s'affaira à sa manipulation.

Comme il s'y était engagé, Michaud rappela peu après. Le 19 avril affirma-t-il, Sabatier avait quitté Les Saints-Anges à vingt et une heures quarante-cinq. Vrai ? Faux ? Là aussi, se dit Valentin, le promoteur avait eu le loisir de faire le ménage. Mais pour cacher quoi ?

16

Jeudi 14 mai, fin d'après-midi.

INSTALLÉE nonchalamment au creux du voltaire, Véronique balance avec douceur le bébé, sous le regard attentif de son mari, qui, de retour de son entreprise, est monté dans la chambre. Le soir s'alanguit, une flèche de soleil dore la patine de l'armoire en if placée face à la fenêtre. Des oiseaux se répondent d'un cyprès à l'autre et des parfums sucrés de seringat glissent jusqu'à eux.

Véronique n'est chez elle que depuis la veille. Bonheur de se réinstaller dans son décor familier, de renouer avec vingt menues habitudes interrompues par l'absence. Bonheur surtout de retrouver Jacques et Tiphaine, qu'elle a à peine entrevue, trois semaines plus tôt, et qu'elle ne se lasse pas de prendre dans ses bras.

Jacques contemple la scène, attendri.

— Je mesure combien la séparation a pu être pénible pour toi, ma pauvre chérie. Mais je savais la gravité du choc éprouvé. Rappelle-toi : le toubib du centre d'Evron déconseillait cette interruption de la cure. Je ne te l'ai pas dit, mais j'avais également sollicité l'avis de Pascal Nabeul, notre ami psychiatre. Il était résolument contre, il a même parlé d'un coup de folie.

Véronique serre le bébé contre son sein.

— C'est là-bas, Jacques, dit-elle, que je risquais de devenir folle ! Tiphaine va me guérir.

Il lui embrasse le front.

— Elle y contribuera, sans aucun doute. Sais-tu que tu as déjà une autre mine ? Te voilà à nouveau dans ta maison, ma chérie, auprès de tous ceux qui t'aiment et qui t'attendaient.

Elle l'écoute avec reconnaissance, tout en mangeant des yeux l'enfant qui s'est endormi. C'est vrai que, depuis son retour, ils se mettent en quatre pour lui épargner la moindre fatigue et la couvrent de prévenances, tous, Jacques, Cyril, Mme Sabatier mère, qui tout à l'heure a apporté une superbe parure pour le bébé, et Alice, l'infirmière que Jacques a engagée à demeure et qui a réintégré la chambre où elle logeait avant la naissance de Tiphaine.

— Maman s'était spontanément proposée, a-t-il expliqué, mais je ne pouvais accepter. C'était une responsabilité trop lourde pour une dame de son âge et qui a ses propres problèmes de santé.

Véronique est enchantée : elle a apprécié la jeune infirmière aux derniers mois de sa grossesse et ne tarit pas d'éloges sur sa compétence, son efficacité, sa discrétion, son égalité d'humeur. Elle a pris le bébé sous sa coupe et Véronique l'accepte. Quand elle la regarde langer l'enfant, en grande professionnelle, si précise, si méticuleuse et en même temps si maternelle, elle n'a pas le moindre doute : avec Alice, Tiphaine est en sécurité. Oui, tellement maternelle que, le matin même, Véronique dans un élan lui a demandé :

— Vous-même, Alice, vous n'avez pas eu d'enfant ?

Elle a rougi de sa hardiesse, s'est aussitôt excusée. Mais Alice l'a mise à l'aise :

— J'ai eu un petit ami durant un certain temps. On faisait des rêves, on aurait des tas de gosses... Nous étions très jeunes. Un jour, cela a cassé et depuis...

Elle a écarté les bras avec un sourire :

— À chacun sa vocation. Qui sait, j'ai sans doute été créée pour m'occuper des enfants des autres. Je ne regrette rien, c'est très bien ainsi.

Véronique, allongée sur le lit, a fermé les yeux. Jacques vient de se retirer dans son bureau, après avoir prié Alice de reprendre Tiphaine et de la coucher. Elle l'entend au fond du corridor qui chantonne mezza voce. Le même air qu'hier soir, une vieille ballade du foklore espagnol, a dit l'infirmière. Véronique ne l'a jamais entendu, elle écoute, émue, l'âpre et câline berceuse.

Un téléphone grelotte. La voix de Jacques répond, tamisée, réduite à un murmure. Du rez-de-chaussée, estompée elle aussi, s'élève la respiration de la vie du soir, une porte qui couine sur ses ferrures, les crachotements d'un appareil ménager, des cliquetis de vaisselle. À l'extérieur, tout proches à présent, les ronflements de l'autoportée de Lucien, qui se hâte de faucher sa parcelle de pelouse avant la nuit.

Symphonie apaisante de la fin du jour. Comme le malheur paraît inconcevable dans cette demeure ! Véronique n'a pas oublié la tragédie des Boréales. Longtemps après son arrivée à la maison de repos, des visions de corps déchiqueté nourrissaient ses cauchemars et la réveillaient dans le noir, trempée de sueur, le cœur affolé. Et, bien après l'aube, l'anxiété souvent prolongeait ces tableaux d'horreur, le sentiment confus d'un péril sournois, tapi quelque part, impalpable et qui les menaçait tous, elle, son mari, l'enfant.

Alors elle appelait Jacques au téléphone. Et il la raisonnait, balayait le drame, la réconfortait. Ce ne sera plus nécessaire, elle a regagné l'asile inviolable, rien de mauvais ici ne peut lui arriver, ni à ceux qu'elle chérit.

Véronique poursuit sa rêvasserie, dans une demi-somnolence heureuse. Le grattement à la porte la fait sursauter.

— Oui ?

Dans la pénombre, elle identifie la longue forme souple qui s'avance. Cyril. Il s'immobilise au pied du lit.

— Excuse-moi, Véro. Tu dormais peut-être ?

Elle se redresse, allume la lampe de chevet.

— Non, je me détendais. Tu vas bien ?

— Admirablement. J'ai merdé à mes partiels. Essuyé de ce fait une sommation paternelle, pas piquée des vers, d'avoir à passer fissa à la surmultipliée, sinon on me coupe les vivres. Situation très exaltante. J'ai chaque jour un peu plus le sentiment que je ne suis pas fait pour le turbin.

Véronique a un petit rire. Elle observe Cyril qui se balance d'une patte sur l'autre, encombré de son grand corps, la tignasse rebelle, la face couleur de papier mâché, semée d'acné, que dévorent des yeux noirs en incessant mouvement. Le garçon est fantasque, sauvage. Elle l'aime bien.

— J'ai quelque chose pour toi, Véro.

Il s'avance, tend le bras, qu'il tenait dissimulé derrière son dos.

— Des reine-charlotte, une variété très odorante. J'ai pensé que ça te ferait plaisir.

— Oh, Cyril, tu es un ange !

Elle hume le bouquet. La violette est l'une de ses fleurs préférées, il le sait. Tout Cyril, songe-t-elle, est dans ce geste.

— Je suis très touchée.

Il ronchonne :

— Y a vraiment pas de quoi. Flanque-les rapido dans de la flotte. Les violettes c'est comme le bonheur, ça se fane vite.

Il dresse l'oreille. Dans l'autre chambre, Tiphaine émet de petits cris d'oisillon, hésite, semble chercher la note avant un nouveau déferlement vocal. Et les mots

d'Alice, pareils à une caresse. Puis elle réentonne sa berceuse, mais très bas, presque chuchotée, on dirait une incantation.
— Sauve qui peut, persifle Cyril, la Callas remet ça ! *Madre en la puerta.* Dieu sait où elle a pêché son tube ! Nous, ça fait des semaines qu'on se le farcit, le récital, vibratos et roulements en prime ! T'en as pas marre, Véro ?
— C'est en tout cas du goût de Tiphaine. Écoute.
L'enfant effectivement s'est calmée.
— J'ai donc tort, admet Cyril. Bon, Véro, tu m'excuseras, je dois rallier l'écurie.
— On te voit au dîner ?
— Non, j'ai pas mal de pain sur la planche au labo. Je me fris deux œufs au plat et je bosse. Salut.

Il s'esquive sans bruit, c'est à peine si Véronique parvient à suivre le frôlement de son pas qui décroît dans le corridor.

Elle se lève, se met en quête d'un vase. Déroutant garçon. Capable d'attentions délicates et si souvent replié dans son monde à lui, inaccessible. Étranger dans sa propre maison. Une semaine parfois s'écoule avant qu'il ne donne signe de vie. Et il ressurgit soudain sans crier gare, là où on l'attendait le moins.

Oui, curieux garçon, se dit-elle en disposant les tiges frêles dans la minuscule amphore en céramique bleu outremer. Différent des autres, ne se liant à personne de son âge, on ne lui connaît aucune relation suivie, ni masculine ni féminine. Mutin, à ses rares heures d'abandon, et trop sérieux, avec dans la carcasse longiforme, vite montée en graine, quelque chose d'inabouti. Un être mal dans sa peau, qui ne réussit pas à briser la coquille de l'adolescence, qui en souffre sans doute.

À nouveau, Véronique sent la pitié l'envahir. Cyril a perdu sa mère, alors qu'il atteignait ses treize ans. C'est un sujet qu'il n'aborde guère, sauf par quelques sèches banalités et, lorsqu'elle a voulu provoquer la confidence, il s'est dérobé. Mais, par Jacques, elle a appris qu'il adorait cette femme morte avant la quarantaine, au terme d'une cruelle maladie et qu'il a énormément souffert à sa disparition. La blessure, se dit-elle, ne s'est jamais cicatrisée, il en aura été marqué à vie, le pauvre petit, l'étrangeté de son comportement n'a pas d'autres racines.

Véronique s'est parée pour le dîner, elle fignole son maquillage dans la salle de bain, quand Alice l'appelle du couloir.

— Oui, je viens.

Elle ressort. Alice détaille la toilette d'un œil connaisseur. Examen de passage réussi.

— Vous êtes très en beauté, Véro.

Véronique la remercie d'un sourire.

— Tiphaine ?

— Repue. Elle dort comme une bienheureuse, le petit ange.

— Voilà qui est parfait, intervint Jacques, qui quitte son bureau et a entendu les derniers mots.

Il prend galamment le bras de Véronique.

— J'ai une faim de loup ! Allons découvrir ce que la brave Marguerite nous a préparé ce soir.

17

Vendredi 15 mai, matin.

Dès l'ouverture du bureau, le vétérinaire Charasse se présenta. Il signa sa déposition qui corroborait les dires de Sabatier et s'en alla aussitôt, soucieux, on le sentait, de se soustraire au plus vite à d'autres questions, que Valentin ne jugea pas nécessaire, à ce stade, de lui infliger.

Par contre, Sabatier, à qui il avait aussi donné rendez-vous à neuf heures, négligea la convocation. Valentin patienta une demi-heure, pour le principe. Avant de faire constater à son adjointe la défection du promoteur.

Accroupie sur le lino, Anne-Laure alimentait la plante qui, sur ordre de Valentin, avait été évacuée de la table de travail, trop encombrée, vaporisant avec soin l'envers de chacune des feuilles à l'aide d'un joli nébuliseur en verre taillé, découvert l'avant-veille à la boutique Geneviève Léthu, rue du Mené.

— Vous n'espériez quand même pas le voir déférer aux ordres ?

— Pas vraiment. Bon, Anne-Laure, vous allez sur-le-champ lui porter une citation réglementaire à comparaître.

— Il va m'envoyer sur les roses !

— Possible. Mais il lui faudra bien s'incliner. Sinon, il se fourre dans un très mauvais pas, et il le sait. Je reviens à mon idée : il serait du plus haut intérêt que nous entendions également tous les résidents de la propriété.

— C'est un bon plan, admit Anne-Laure. À propos de résidents, Lebastard m'a appris que Mme Sabatier est rentrée. Bien plus tôt que prévu.

— Guérie ?

— On peut le supposer, mais encore pas très vaillante, car l'infirmière à qui Sabatier avait confié le bébé en l'absence de sa femme est toujours en place. Il s'agit de cette dame Bersani qui avait déjà habité à La Cerisaie pendant la maladie de la première épouse.

Elle se releva, tapota les genoux de son pantalon en lin fuchsia et alla remiser le pulvérisateur sous son bureau.

— Bertrand, vous tenez vraiment à ce que j'y aille ?

— Mais oui. Pourquoi ?

Elle dit, la voix douce :

— Sans vouloir vous commander, si on en avisait d'abord le boss ?

Valentin commença par monter sur ses grands chevaux, il n'était plus un gamin, sacré Dieu, la délégation de pouvoir qu'on lui avait faite lui accordait une marge de décision sur le terrain, sans qu'il eût, à tout bout de champ, à mendier des permissions. Touzé aurait son mémo du soir comme chaque jour, point. Pour finalement admettre, sa flambée de rogne assouvie, que l'affaire pouvait être considérée comme débordant du cadre de sa mission et qu'il s'épargnerait quelques déconvenues en mettant son supérieur dans le coup.

Comme il fallait s'y attendre, Touzé, qu'il joignit au téléphone, ne se montra pas emballé par le projet que lui soumettait Valentin : convocation officielle du promoteur « pour affaire le concernant » et contrôle de ses déclarations auprès des divers occupants de la propriété.

— Faites attention, Valentin, où vous flanquez vos pinceaux ! Sabatier n'est pas le premier venu. Et il semble bien qu'en l'occurrence on s'éloigne pas mal d'Hadès, non ?

— Je n'en ai pas le sentiment. Je crois même qu'il serait hautement profitable d'envisager une mise sur écoute.

— Sur écoute ? Diable, commandant, comme vous y allez !

— Je me permets d'insister, commissaire.

Après plusieurs secondes d'un silence méditatif, haché par une respiration encombrée d'emphysème, Touzé émit un soupir graillonnant :

— Très bien, Valentin, vous me couchez noir sur blanc tout ce qui a trait à Sabatier, témoignages, horaires, vos conclusions, vos arguments, tout, je veux tout ! Et pas seulement des impressions, hein, du concret. Vous me faxez votre mémo, j'y réfléchis, je vous rappelle. O.K. ?

— La couille molle ! pesta Valentin, en reposant l'appareil. Touzé me demande un complément d'infos,

comme s'il n'avait pas déjà toutes les cartes en main !
Une fois de plus, le grand chef se prépare à baisser
culotte !

— Si c'est devant Sabatier, dit Anne-Laure, il sera en
bonne compagnie.

En bougonnant, Valentin entreprit de rédiger son
topo.

— Vous évoquiez la première femme de Sabatier, dit-il sans lâcher sa pointe feutre. Vous ne l'avez pas connue ?

— Non. Mais Lebastard m'en a parlé. Une demoiselle de Kergoulay. Petite noblesse campagnarde, avec beaucoup de biens au soleil. Morte en... Un instant.

Elle ouvrit le tiroir de son pupitre, y préleva un agenda qu'elle feuilleta du pouce.

— ... en 93, d'un cancer de l'utérus, à trente-sept ans. Le remariage de Sabatier, après trois années de veuvage, a étonné.

— Pourquoi donc ?

— Le contraste entre les deux femmes est énorme. Irène de Kergoulay était très belle, Véronique, l'épouse actuelle, assez ordinaire. Et il y a la différence d'âge : elle a vingt-neuf ans Sabatier ne doit pas être loin des quarante-cinq balais.

— La jeunesse aide à fermer les yeux sur bien des imperfections, dit Valentin à mi-voix tout en continuant d'écrire.

— Il paraît qu'elle aussi est très riche. Et très amoureuse.

— Le vrai conte de fées, quoi ! Et lui ?

— On le dit aux petits soins pour son épouse.

— Et il lui a fait une gosse, remarqua Valentin. Cela au moins, j'imagine, ne doit pas procéder d'un calcul.

Anne-Laure interrogea du regard son patron. Mais il ne releva pas la tête, toujours absorbé par son pensum.

On frappait à la porte. C'était Anatole Spininger, le brigadier chauve, surnommé « Spinec » (le sprat) à cause de ses formes menues, ou encore, par antiphrase,

« la Tchatche ». Il esquissa un salut muet et posa une enveloppe au coin du bureau de Valentin. Il ressortit, pressé et furtif, sans avoir articulé une syllabe.

De l'index, Valentin fendit l'enveloppe, il déplia la missive, lâcha une exclamation :

— Ça y est ! Il remet ça !

— Une nouvelle lettre anonyme ? fit Anne-Laure, qui se rapprocha.

— Non. Cet excellent Ripol se rappelle à notre souvenir.

Il survola la lettre.

— Quatre pages bien tassées, avec plein de chiffres. Il s'accroche, le bougre ! Forcément : entre squales on ne se fait pas de cadeaux !

Il écarta discrètement le papier à la distance requise par un début de presbytie non avoué, se mit à lire.

Habituée aux excès de langage de son supérieur, Anne-Laure avait souri. Quand il prenait pour cible ce qu'il appelait « les puissances établies », Valentin ne s'embarrassait pas de fioritures. Anne-Laure s'était demandé quelles étaient les racines de ce pessimisme agressif. Déceptions professionnelles ? Bien qu'il fût noté bon policier, il bouclait sa carrière, honorablement, sans plus, comme commandant de police, alors que nombre de camarades de promotion officiaient déjà au grade supérieur. Mais il en avait pris librement le risque. Problèmes familiaux ? Oui, sans aucun doute : ce fils ataxique de naissance, pensionnaire à vie d'un centre spécialisé, actuellement près de Combourg, était sa croix, elle le savait, bien qu'il abordât très rarement le sujet.

Il avait terminé sa lecture. Il reposa les feuillets sur le bureau, se massa les paupières, résuma à très grands traits :

— Comme il était prévisible, Sabatier a suspendu *sine die* les travaux du chantier. Un comité de défense des acquéreurs, qui s'estiment lésés, est en train de se constituer. Je doute qu'ils gagnent : la vieille histoire du pot de terre contre le pot de fer. S'ils en appellent au respect des engagements du promoteur, Sabatier a sa réponse toute prête, Ripol nous l'avait déjà dit : cas de force majeure. Et si l'affaire vient devant les tribunaux, la justice saura traîner les pieds, comme elle sait si bien le faire quand elle s'en donne la peine. Ripol le constate à nouveau dans sa lettre : Sabatier est intouchable dans le secteur.

Il se versa une timbale de Contrex, qu'il vida cul sec.

— C'est une des questions que je continue à me poser depuis que je suis ici : d'où cet homme tire-t-il son pouvoir ?

— Je vous l'ai dit, fit Anne-Laure, il y a tout un héritage ancestral à prendre en considération. Son père, son grand-père, son bisaïeul occupaient déjà des positions sociales éminentes. Gros propriétaires fonciers, ils étaient régulièrement élus et réélus dans ce monde rural plus que traditionaliste, atypique même en Bretagne, et qui a su ériger le conservatisme en vertu. Ne pas oublier non plus le lobby clérical, dont l'influence, certes émoussée, n'est pas morte — vous noterez à ce propos qu'à défaut d'assiduité religieuse Sabatier a toujours son nom de famille clouté sur des prie-Dieu à l'église de Ploeren —, ni deux ou trois vieux caïmans indigènes, plantés depuis des lustres dans le marigot politique, et qui, s'ils ne font plus la pluie et le beau temps, sont toujours là et comptent encore.

— Vous parlez de politique. Mais Sabatier n'en fait pas ?

— Officiellement non. Il n'a jamais sollicité de mandat électoral, n'affiche pas d'appartenance à un parti. Il se contente de toucher les intérêts du capital de sympathie que ses ascendants ont amassé, son père en particulier, qui fut conseiller général, puis sénateur. Il bénéficie sans nul doute du puissant réseau relationnel qu'ils ont tissé. Et comme l'homme est avisé et peu regardant sur les moyens, il y a fort à parier qu'il a suffisamment graissé de pattes dans les milieux utiles pour s'être constitué un beau noyau d'obligés dans la région. L'exemple de la pointe des Émigrés est à cet égard édifiant et nous venons de constater avec le vétérinaire Charasse combien aujourd'hui encore...

Le téléphone sonna. Valentin attrapa le combiné, dit « Allô, oui », écouta, la mine impénétrable. Puis :

— Oui, c'est possible... Entendu, à dix-sept heures.

Il raccrocha.

— Touzé. Il veut me voir dans son bureau, aujourd'hui même.

18

17 h 15, Rennes.

CELA faisait dix bonnes minutes que le commissaire pérorait, l'index péremptoire. Il avait refait l'historique de l'affaire Hadès, déploré, refrain connu, que la machine policière tournât en rond. La situation n'était pas neuve, avait-il admis, mais le drame des Boréales, en modifiant la donne de fond en comble, permettait d'attendre des progrès substantiels dans l'enquête. Ce qui, pour l'instant, n'avait malheureusement pas été constaté.

Il étala ses bras courts sur le bureau, se pencha en avant.

— J'étais voici une demi-heure avec le juge Goavec. Et j'ai découvert un homme très préoccupé. L'opinion s'impatiente, sans qu'on puisse lui donner tort. On est à la mi-mai, la saison va commencer. Elle est courte chez nous, Valentin, et vous n'ignorez pas la place importante que le tourisme occupe dans l'économie de notre région. Pas plus tard qu'hier, le préfet du Morbihan me soulignait l'effet déplorable que constitue pour les aspirants aux vacances la menace de ces bombes qui sautent dans le département. Je lui ai répondu qu'en effet cette situation était insupportable et que je ne le supporterais pas !

Sa voix grimpait vers l'aigu, une flambée d'irritation empourprait ses bajoues flasques, les tendons de son cou épais ressortaient. Touzé avait un crâne tout lisse, poli comme un vieil ivoire, une face large aux linéaments veules, à laquelle trois brins de moustache étaient supposés conférer un supplément de prestance. Valentin le trouvait imbuvable au quotidien et carrément grotesque en ses prurits d'autorité.

Pathétique, en fin de compte. Il avait cinquante-trois ans, un œil lorgnant déjà vers la retraite et peu disposé, à deux ans du départ, à jouer les héros face aux pressions diverses qui ne devaient pas manquer en ce moment. Un bon gros homme sans malice, au demeurant, et qui n'oubliait jamais, à chacune de ses rencontres avec Valentin, de prendre des nouvelles de son fils.

L'ire de Touzé refluait, aussi vite qu'elle était née, ses doigts courts, distordus par l'arthrose, pianotaient sur le sous-main blanc.

— Vous savez combien Paris nous a laissé jusqu'à ce jour les coudées franches. Et le juge Goavec est tout sauf un emmerdeur. Mais ni l'un ni l'autre n'accepteront éternellement que, sur l'essentiel, l'enquête se morde la queue.

Il répéta « sur l'essentiel », compulsa des papiers sans les lire.

— Je n'ai pas oublié votre suggestion, tout à l'heure au téléphone...

Il y arrive tout de même, songea Valentin, qui depuis le début rongeait son frein, se cantonnant dans une réserve polie.

— ... Et je vous le redis tout net : votre démarche s'inscrit dans une orientation dangereuse.

— Dangereuse ? répliqua Valentin, faussement ingénu. Dangereuse pour qui ? Pour Sabatier ?
— Enfin, Valentin, Sabatier est-il la victime, oui ou non ? Ça me paraît une évidence !
— L'évidence pour moi est que le promoteur nous a blousés sur ce qu'il a fabriqué le 19 avril dans une tranche horaire capitale. Je désire l'interroger. Où est le problème ?
— L'interroger ? Mais sur quelles bases, Valentin ? À partir d'un courrier anonyme ! Une bafouille anonyme, et en face la parole de gens a priori honorables ! Casse-cou, mon cher, la prévention conduit droit à l'arbitraire.

Valentin s'efforçait de garder son calme.

— J'ai la conviction que Sabatier et le vétérinaire Charasse, sur ordre, ont menti.
— Conviction n'est pas preuve, rétorqua Touzé, toujours sentencieux. Je ne vous l'apprends pas. Que vous ayez été heurté par le refus du constructeur d'obtempérer à votre demande, je puis le concevoir. Considérez toutefois qu'il n'était pas tenu, en droit strict, de déférer à une convocation orale. Le code de procédure pénale...
— Foutez-moi la paix, Touzé, avec votre code ! s'emporta Valentin. Je le possède aussi bien que vous, le code ! Raison pour laquelle j'ai souhaité lui adresser par agent mandaté une citation en bonne et due forme.

Touzé se grattouilla la gorge. Il avait l'air très embêté.

— Je n'en suis pas partisan, dit-il. Concentrez-vous sur Hadès, que diable ! Il y a de quoi faire !
— Je n'ai jamais pensé m'en écarter, dit Valentin. Mais je constate qu'on en doute. Dont acte.

Il se leva.

— Très bien. Je vais donc y réfléchir, dit-il.
— Réfléchir ?
— Pour savoir si je choisis de tout larguer, ou pas.
— Comment cela, tout larguer ?
— Me mettre sur la touche. Solution qui, j'ai l'impression, arrangerait beaucoup de monde.

Touzé l'observait, l'expression inquiète.

— Une démission ? Je ne l'accepterai pas.
— Voire ! Vous ne pourrez pas m'obliger à tenir un rôle dont je ne comprends plus le texte !
Touzé se mit debout, lourdement, et vint vers lui en réchauffant les articulations de ses phalanges déformées.
— Vous me contrariez, commandant, réellement. Je ne vous connais pas depuis longtemps, assez pour m'être aperçu que vous ne parlez jamais pour ne rien dire. Je sais ce que vous valez, Valentin, j'ai besoin de vous. Pas envie de me priver de vos services. Enfin quoi, mon vieux, vous n'allez pas me lâcher au milieu du gué ?
Il était sincère, et Valentin en aurait été presque ému. Il se raidit.
— Je vous communiquerai ma décision en début de semaine.
Il serra la main du commissaire, sortit prestement du bureau.
Il avait l'intention de repartir immédiatement sur Vannes. Pourtant, à peine dans la Laguna, il modifia son plan, préféra rester sur place. Était-ce une conséquence imprévue de sa conversation avec Touzé ? Ou l'écho d'états d'âme antérieurs ? Il éprouvait la nécessité de se retrouver quelques heures chez lui pour mettre un peu d'ordre dans ses idées. Il passerait la nuit à Rennes et, le lendemain, avant de reprendre la route du Morbihan, il ferait un crochet par Les Colchiques, le centre pour handicapés de Combourg.
Il se brancha sur la fréquence de son poste au commissariat de Vannes, obtint Anne-Laure.
— Alors, Bertrand ? Comment ça s'est passé avec le patron ?
— Pour lui, pas très bien. Je lui ai annoncé que j'envisageais de laisser choir Hadès.
— Ce n'est pas sérieux ?
— Sais pas. J'ai besoin d'y cogiter encore. Seul. Je ne rentre pas ce soir. Rien de neuf ?
— Si. Sabatier a une maîtresse.
Tiens, tiens. C'est qui ?

— Accrochez-vous : l'infirmière qui soignait sa première femme et qu'il a casée chez lui pour s'occuper du bébé durant l'absence de son épouse. Elle y est toujours, nous en avons déjà parlé, une certaine Alice Bersani.
— Ben voyons, la petite amie à domicile, fallait y penser ! D'où vous tenez le tuyau ? Lebastard ?
— Non. Un appel téléphonique cet après-midi, vous quittiez à peine la boîte. J'ai pu l'enregistrer. Oyez plutôt.
Une voix masculine lui parvint, grêle, traversée de discordantes vibrations de crécelle, évidemment maquillée : « Message pour le commandant Valentin. L'infirmière Bersani Alice traite les malades et console les maris. Elle couche depuis longtemps avec Sabatier, qui l'a désormais à nouveau sous la main. »
— C'est tout ?
— Oui. Le type a refusé de décliner son identité au standard, a insisté auprès de Spinec pour avoir « le bureau du commandant Valentin ».
— Le style est curieux, une certaine recherche dans l'expression et... Il faudrait contrôler aux Télécoms l'origine de l'appel.
— C'est fait. Cabine publique, place Brûlée.
— Bon, Anne-Laure, vous me mettez ça à gauche, on en discute à mon retour. Vous restez à Vannes ce week-end ?
— Oui.
— C'est vrai, j'oubliais, le fiancé...
— ... est un con, je vous l'ai dit. Terminé entre nous. Ce soir, je m'offre le cinoche.
— Alors bon film, Anne-Laure.
— Merci. À bientôt, Bertrand.

Quelques minutes plus tard, il ouvrait la porte de sa maisonnette, rue Marteville.
Reconnaissant son pas, la chienne Milady saluait son entrée avec force jappements d'allégresse. Il lui tapota

le sommet de la tête, accrocha son veston à l'une des patères du hall, monta à l'étage.

Il enfila ses chaussons égyptiens et pénétra dans le séjour. Dix-huit heures cinq, marquait le carillon. Roberte, le vendredi, bridgeait. À moins qu'elle ne fût à une de ces séances de sophrologie dont elle s'était récemment entichée. Il s'y perdait, les pôles d'intérêt de sa femme étaient multiples.

Il alla contempler le bac d'orchidées. Du pouce, il jaugea l'humidité du terreau, il examina l'un après l'autre les yeux des tiges ayant fleuri l'année précédente, constata satisfait que plusieurs d'entre elles ne tarderaient pas à se ramifier.

Il s'assit dans un des fauteuils du coin télévision, desserra sa ceinture d'un cran, se détendit, ferma les yeux, englué dans une méditation morose. Dehors, amortis par les doubles vitrages, la basse continue de la circulation sur l'avenue Maréchal de Lattre, un klaxon d'ambulance au loin, la respiration banale de la vie. Au-dessus de sa tête, l'horloge battait la mesure, la chienne ronronnait de bien-être, étalée sur ses babouches. Une vague de déprime lui écrasait la poitrine. Dans une rétrospective sans complaisance, il revoyait son passé, la page blanche stérile, écorchée par la blessure inguérissable : le gosse handicapé. Non, il ne lui aurait pas été donné à lui de jouir des pépiements et des rires d'un marmot comme les autres, qu'il aurait fait sauter sur ses genoux et pour qui, avant le coucher, il aurait inventé des histoires. Romain, leur fils unique, une petite chose geignante et informe, trop tôt écartée pour imprégner les objets et les meubles de son souvenir. Il ne restait rien de lui, à part quelques photos que, le cœur broyé, on regardait parfois très vite, comme furtivement, lorsqu'on était bien seuls.

Quant à l'avenir... Avec angoisse il se représentait la cessation d'activité, comme on disait, au bout de l'ultime ligne droite, le vide vertigineux en lui, autour de lui, toutes ces heures à tuer, les longues soirées vouées aux redoutables face-à-face conjugaux sans chaleur. Roberte était gentille, superficielle. Entre eux, il n'y avait jamais eu de réelle intimité, tout au plus s'était créée, au fil des ans, une espèce de sympathie mécanique, qui n'était que la face avouable de la routine. Sans l'épreuve qui avait frappé leur couple dès ses débuts, leur relation eût-elle été différente ? Roberte n'était pas maternelle, elle avait intégré la situation que la malchance — l'asphyxie du bébé à l'accouchement — leur imposait, n'avait pas voulu d'autre enfant. Et elle s'était façonné une existence en marge. Elle avait son monde d'amies, sortait tous les jours, adorait papoter autour d'une tasse de thé, pratiquait le bridge comme une religion.

Lui, il n'avait rien mis en place. Il avait exercé loyalement un métier qu'il avait embrassé avec conviction, avant de découvrir rapidement la part d'ombre d'une fonction dans laquelle la souplesse d'échine n'est pas le plus mauvais gage des carrières réussies.

Et voici que se profilait l'épilogue. Quelques années encore... Déjà ! Un parcours allait s'achever, qui ne laisserait pas de traces, ou si peu, si ténues. Gâchis d'une vie d'homme.

Valentin émergea de sa rêverie. Le ciel avait dû se voiler, la pénombre gagnait la pièce. Il caressa distraitement la bichonne, remarqua que l'abattant du vieux Pleyel n'avait pas été refermé depuis son dernier séjour à la maison, cela faisait près d'un mois. Il s'assit au piano, interpréta de mémoire une page de Schumann.

Tandis que ses mains couraient sur le clavier, un nom résonna dans sa tête, Sabatier. Sabatier, qui avait installé sa maîtresse sous le même toit que sa jeune femme, celle-là même qui rentrait tout juste d'une maison de repos. D'instinct il avait éprouvé un sentiment de rejet à l'encontre du chef d'entreprise. Maintenant il savait que l'homme privé n'était pas recommandable. Avait-il le droit d'abandonner la partie, comme il l'avait envisagé devant Touzé ?

Les yeux clos, il écouta la pure mélodie chanter sous ses doigts. Se rendit compte que peu à peu la paix l'envahissait.

19

Samedi 16 mai, matin.

VÉRONIQUE a assisté à la grande toilette matinale de l'enfant. Les ablutions en salle d'eau accomplies, lissée, saupoudrée de talc odorant, Tiphaine a été ramenée dans la chambre d'Alice, qui s'emploie à la changer. Ses gestes sont vifs, précis, ponctués de chatteries verbales, et la mignonne, étalée sur la table à langer, à l'aise dans son petit corps propret, émet de menus râles bienheureux en tétant sa menotte.

Le téléphone sonne dans le bureau d'à côté. Alice relève les yeux.

— Vous pouvez prendre la communication, Véro ? Je ne suis pas certaine que votre mari ait branché le répondeur.

Véronique pénètre dans le cabinet de travail, c'est peut-être simplement Jacques qui appelle sur son portable, depuis la salle de musculation du rez-de-chaussée où il fait ses exercices, comme chaque samedi matin. Elle décroche.

— Allô ?

Un silence, le soufflet très présent d'une respiration hachée et une voix d'homme inconnue, sourde, râpeuse, monocorde :

— Ici Hadès. Message pour M. Sabatier. Qu'il sache qu'on ne l'oublie pas. À bientôt de nos nouvelles.

On coupe aussitôt. D'une main mal assurée, Véronique repose l'appareil. Elle quitte le bureau, jambes flageolantes. Dans la pièce voisine, Tiphaine enchaîne ses ronrons béats.

— C'était bien pour M. Sabatier ? s'enquiert Alice, qui doit s'étonner de ne pas la voir revenir.

— Non, répond-elle du couloir, un faux numéro.

— Ah, encore ? Ça n'arrête pas.

Péniblement, Véronique atteint sa chambre. La glace surplombant le lavabo lui renvoie au passage son masque décomposé. Elle s'allonge tout habillée sur le lit, la cervelle en feu.

Quand Jacques remonte de la salle de gymnastique, transpirant dans son peignoir blanc et sentant l'embrocation, il la trouve prostrée.

— Qu'est ce qui ne va pas, Véro ?

En tremblant, elle lui rapporte l'étrange annonce captée par elle au téléphone. Assis au bord du lit, il se bouchonne le cou à l'aide de la grande éponge de bain en nid-d'abeilles canari qu'il a jetée sur ses épaules. Il lui caresse la joue.

— Il ne faut pas, ma chérie, te mettre dans un état pareil ! Tu es toute moite !

Mais il a beau affecter l'insouciance, elle devine que l'incident ne le laisse pas indifférent, lui non plus. Quelque chose d'apprêté et néanmoins d'inhabituellement abrupt dans l'inflexion vocale, trahissant la contrariété, attise ses propres appréhensions.

C'est à l'enfant qu'elle pense alors, une terreur irraisonnée la propulse sur son séant.

— Le bébé ! Ils vont s'en prendre à mon bébé !

Il la force à se rallonger.

— Calme, calme, ma chérie. Ton imagination s'emballe, Tiphaine ne craint absolument aucun danger. Ni personne ici. Je peux te rassurer : Hadès n'a rien à voir avec ce fichu appel.

— Mais Jacques...

— Pas Hadès ! repète-t-il avec fermeté. Ce n'est absolument pas leur style et, crois-moi, je suis bien placé pour en juger ! Hadès a toujours annoncé ses trucs pourris au moyen d'un courrier, non par un coup de fil. Ça serait trop simple ! La première canaille venue peut passer un coup de fil !

— Mais alors qui ?

— Je ne sais pas, moi, un plaisantin, un jaloux, un tordu, le monde en regorge !

Il continue de lui effleurer les joues, le front, affectueusement. Sa poigne puissante sur la peau de sa femme, parfumée de sa forte sueur de mâle... Elle se décontracte un peu.

— Tu vas avertir la police ?

Il paraît en soupeser l'idée.

— Peut-être. Je parie qu'ils me riront au nez et ils n'auront pas tort. Enfin on verra.

Il se lève, se remet à se frictionner la nuque avec la serviette tendue à horizontale, il lui sourit.

— Tu reprends des couleurs. Grand Dieu, la tête que tu avais lorsque je suis arrivé ! Tu demeures bien émotive, Véro. Comment d'ailleurs s'en étonner, après les saloperies odieuses qu'ils t'ont fait endurer ! Ne bouge pas. Je demande à Alice de te donner un calmant.

Elle l'entend qui s'entretient à voix basse avec l'infirmière. Et Alice entre à son tour, portant un verre d'eau. Elle lui tâte le pouls.

— Hé là, hé là, Véro, on a un petit cœur pas très sage ! Prenez ça.

Elle lui présente un cachet, que Véronique absorbe avec une gorgée de liquide.

— Détendez-vous. Je vous retire vos mules. Et voilà. Maintenant reposez-vous, Véro. Ce n'est rien, tout va rentrer dans l'ordre.

Véronique ferme les yeux, s'efforce de réaliser le vide en elle. Son cerveau s'emplit de nuées. Trop épuisée pour décoller ses paupières, elle sent que l'infirmière est toujours là et elle se sait sous la meilleure des gardes, protégée. Comme le bébé. Oui, Tiphaine... Elle perd conscience.

20

Même jour, après-midi.

L E cœur de Mel se mit à battre. Malgré la distance, à travers les barreaux lancéolés de la clôture qui barrait le renfoncement, à l'entrée de la propriété, elle discernait la forme menue glissant entre les massifs de seringats en fleur. C'était elle.

Elle sortit de la Honda, qu'elle avait garée sur la berme de l'autre côté de la route, coupa la voie après s'être assurée qu'elle n'avait pas de témoin. Elle se tapit à l'angle de la grille métallique, scruta la propriété.

Elle ne s'était pas trompée : Véronique Sabatier s'avançait dans l'allée, soutenue à la hanche, plus qu'enlacée, par son mari. Ils progressaient très lentement, hachant leur déambulation de courtes pauses. On croirait une convalescente à sa première sortie, se dit avec surprise Mel, qui avait en mémoire une image plus dynamique de la jeune femme rencontrée à Evron.

Le couple se dirigeait droit sur le portail et Mel se disposait à s'esquiver lorsque les promeneurs s'arrêtèrent et tournèrent en même temps la tête. Quelqu'un s'approchait, un bonhomme râblé et moustachu tenant un panier d'osier suspendu au creux du bras. Le jardinier qui, selon Camille, était aussi le factotum de La Cerisaie.

Les trois personnes s'engagèrent dans une conversation dont Mel ne percevait que la masse sonore. Le jardinier tendait le bras, semblait montrer à ses patrons quelque chose sur sa gauche. Ils s'éloignèrent dans cette direction, disparurent du champ visuel de Mel.

Elle retraversa la route, rejoignit la Honda, excitée et

déçue. Elle était consciente qu'en se planquant devant l'entrée de la propriété, à trois reprises déjà depuis qu'elle s'était réservé une semaine de congé, elle faisait preuve de beaucoup d'imprudence. Même si cette départementale était très peu fréquentée, à chaque instant un véhicule pouvait surgir dans la courbe et le chauffeur ne manquerait pas d'être intrigué en apercevant cette inconnue plantée seule à la porte de la résidence privée de Sabatier.

À supposer que Véronique n'ait pas été accompagnée, se dit-elle en mettant en marche le moteur, qu'aurait-elle fait ? Attirer son attention ? La héler ? Mais le gardien, dont le pavillon avoisinait la clôture, ne l'aurait-il pas entendue ? Une maladresse de ce genre, et c'était tout son plan qu'elle fichait par terre.

Mel se dégagea de la berme, lança la Honda et mit le cap sur Le Bono, la bourgade où elle s'était établie deux ans plus tôt, dans un moulin à eau désaffecté.

Passé l'emballement de l'action, elle avait du mal, à froid, à analyser son objectif. Dès la première heure, elle avait eu la certitude que Sabatier était responsable de la tragédie des Boréales. Une certitude doublée d'une intuition : les hautaines murailles d'enceinte, crénelées de tessons, de La Cerisaie recelaient le secret de la mort de Gilou. Sa tentation récurrente depuis le fiasco mayennais : forcer le bureau du maître et y dénicher la preuve irréfutable qui lui faisait défaut. Et pour mener à terme cette affaire, elle avait le sentiment que Véronique pouvait lui apporter beaucoup.

En conductrice chevronnée, Mel fouaillait ses sept chevaux sur la route accidentée, l'esprit toujours absorbé. Oui, une incursion chez Sabatier lui paraissait toujours une bonne option. Et si l'exécution de ce schéma hardi se révélait trop scabreuse, elle s'attaquerait au siège de l'entreprise, à Vannes. Étant admis qu'en ses modalités pratiques l'opération envisagée stagnait encore dans les limbes.

Handicap majeur, elle ne pouvait compter que sur

elle-même. Hors de question qu'elle s'en ouvrît à Vatel, elle connaissait sa réponse.

Il lui téléphonait de temps en temps, s'inquiétait de ce qu'elle devenait, mais elle gardait pour elle ses projets. Patrick était un très brave gars, simplement il n'était plus dans le coup. La disparition de Gilou, dont il s'estimait en grande part responsable, l'avait profondément atteint. Ayant eu l'honnêteté de reconnaître son échec, il en avait tiré des conclusions radicales : il n'était pas à la veille de s'investir à nouveau dans l'aventure. Il avait sa femme, les deux jumelles, son boulot, Mel ne voulait pas l'encombrer de ses problèmes.

Pierre-Henri demeurait un informateur précieux mais, pas plus que Vatel, il n'avait jamais prêté la main aux opérations sur le terrain.

Lui aussi la relançait régulièrement, ils parlaient de Gilou et de Sabatier. De Sabatier surtout. Mel souhaitait maintenir ce contact qui la renseignait sur l'enquête en cours. Celle-ci piétinait et Pierre-Henri ne se montrait pas optimiste. Pour ce qui était du constructeur, jugeait-il, on n'était pas près de le voir inquiété, quoique le flic de Rennes ne le tînt pas en grande estime et que, croyait-il avoir compris, l'homme d'affaires eût pas mal cafouillé à propos de son emploi du temps le soir du 19 avril, indication qui affermissait la certitude de Mel : Sabatier avait joué un rôle déterminant dans la mort de Gilou.

Quant à Camille, très marqué par le ratage du bois d'Hermel, il entretenait à plaisir ses idées noires, plus que jamais persuadé que Sabatier l'avait identifié sous un masque. Une véritable fixation.

Le garçon avait énormément changé. Nerveux, inconstant, évoluant, de manière cyclothymique, de périodes d'abattement en éclats de fièvre au cours desquels il se livrait aux rêves les plus débridés, casser une bonne fois les amarres, s'envoler jusqu'aux antipodes, oublier...

Mel et lui continuaient à se fréquenter en fin de

semaine, quand elle n'était pas en tournée, et surtout le soir, cédant à un réflexe de prudence dépassé. Ils avaient joie à se retrouver, elle l'écoutait patiemment broder ses mirages, elle lui remontait le moral si nécessaire.

Parfois ils s'attardaient, elle lui demandait de jouer pour elle un adagio de Rachmaninov, ou ce *Nocturne* de Chopin qu'elle aimait entre tous. Elle se rattrapait : Gilou ne prisait pas le classique et Camille, qui le savait, ne s'y hasardait guère en sa présence.

Un soir, elle n'était pas rentrée au moulin, elle avait partagé son lit, elle le voyait si déprimé, elle n'avait pas l'impression de trahir l'ami disparu. Ils avaient fait l'amour, en copains. Il l'avait remerciée, lui avait dit plein de choses gentilles. Un grand gosse paumé, si attachant...

Mel passa en trombe entre les piliers moussus, depuis des lustres amputés de leur porte, qui délimitaient l'accès à la cour de l'ancien moulin. La Honda sinua parmi les massifs de rhodos à l'abandon, cousus de liserons et de chèvrefeuilles, écrasant le tapis des boutons d'or qui jaillissaient entre les pierres disjointes du pavement.

Une voiture stationnait à l'abri d'une véronique sauvage, devant l'entrée principale. Elle reconnut la Clio. Camille était là, qui, par une espèce de télépathie, occupait ses pensées quelques minutes auparavant.

— Ça fait longtemps que tu m'attendais ?
— Une petite demi-heure. Pas grave, c'est samedi. Et j'ai pu corriger quelques copies. Et toi ? Tu étais en course ?
— Pas exactement. Entre, Camille.

Ils pénétrèrent dans la vénérable bâtisse. Mel poussa une porte, invita son ami à s'asseoir, se défit de son sac-ceinture et de son blouson. La pièce était vaste, carrée, haute de plafond. Une unique petite fenêtre, armée de deux barreaux rouillés, y dispensait une lumière chiche. Des larmes d'humidité perlaient à la base des solives grossièrement équarries et coulaient le long des murs trapus, au crépi jauni, festonné de salpêtre. Quelques sièges sans style étaient rassemblés sur les dalles de schiste roux, un guéridon, un coffre, chapeauté d'un téléviseur portable.

Après avoir ôté la luxuriante perruque aile-de-corbeau dont elle s'était affublée, Mel s'examinait dans un miroir de poche en ébouriffant des doigts ses cheveux écrasés.

— Je l'ai vue, dit-elle.
— Ah, tu étais là-bas ? Tu lui as parlé ?
— Non, elle était avec Sabatier. Je n'ai pas pu rester longtemps.

Il secoua la tête.

— Je t'ai déjà dit que tu prenais des risques inutiles.

Elle replia le miroir, le rangea dans la banane en tissu glacé, qu'elle abandonna sur le coffre. Il y eut un silence empli du grondement sous leurs pieds de la rivière. Des mulots marchaient sur le plancher du grenier à grains, au-dessus d'eux, on aurait dit des pas d'homme.

Il remonta le col de sa veste.

— On caille chez toi. En plein mois de mai ! Je ne comprends pas comment tu arrives à tenir dans cette baraque pourrie.

Mel eut un sourire sans gaieté. Cette baraque pourrie, comme il disait, ils avaient été bien contents d'en disposer naguère, lui et les camarades, pour leurs réunions, et comme lieu d'entreposage. Ne s'en souvenait-il déjà plus ?

— Je vais faire une chaude.

Elle s'accroupit devant la cheminée. Du petit bois y était déjà préparé, sur une taupinière de papier-journal. Elle actionna un briquet, bouta le feu au papier, y jeta des éclats de planches, des pommes de pin, couronna le tout d'une pyramide de bûchettes. Les flammes montaient droites et ronflaient, plaquant des éclaboussures d'or sur le fin visage.

— Oui, des risques énormes, observa-t-elle, rattrapant en amont le cours de sa pensée. Ai-je le choix ?
— Tu pourrais lui téléphoner ?

— J'y serai sans doute obligée. Mais là non plus ce n'est pas si simple : elle n'est pas seule.
Il alluma une cigarette, s'assit sur le sofa.
— Bon, allons plus loin. Tu réussis à la joindre, O.K. Et après ?
La question, trop souvent entendue, la prenait toujours de court, parce qu'elle mettait à nu l'inconsistance de son projet. Elle rapprocha les chenets, y plaça un rondin de châtaignier, fourgonna le foyer, déclenchant un soleil d'étincelles. Elle se redressa.
— J'aurais peut-être pu te répondre, Camille, si tu m'avais aidée.
La rudesse du reproche dut le toucher. Il balança dans l'âtre sa cigarette à peine entamée, se pencha, lui saisit le poignet, l'attira vers lui.
— Si tu lâchais un peu de lest, Mel ? La Terre n'a pas cessé de tourner le 19 avril.
— Pour moi, si, dit-elle sèchement.
— Je ne suis qu'une brute, pardonne-moi.
Il baissa la tête, murmura, timide :
— Je suis là, Mel...
L'avait-elle froissé ?
— Camille, tu es mon ami, mon seul ami. Mais je me suis fixé un but, tu le sais, que je considère comme un devoir sacré.
— Les morts sont les morts, Mel. Il y a la vie...
La voix était presque suppliante. Des langues de feu dansaient sur ses gros verres de myope. Elle se déroba à son regard, son bon regard de toutou fidèle. Comme il a changé ! se redisait-elle. Avant, de la petite bande il était le plus enthousiaste. Oui, un grand chien fou, impétueux, toujours prêt. Et maintenant... Elle était incapable cependant de lui en vouloir, saisie plus que jamais par l'évidence de sa vulnérabilité de gosse. Affectueusement, elle fourragea dans sa chevelure drue.
— Et où en est ton idée d'expatriation ? Ça tient toujours ?
Il dit oui, qu'il en avait informé son établissement : à

la prochaine rentrée, il ne reprendrait point ses cours de musique, il allait partir.
— Où ?
— Pas encore décidé. L'Amérique, pourquoi pas ? Ou l'Australie. Une terre vierge pour une existence neuve ! Ça ne t'aurait pas tenté, toi, l'Australie ?
Elle eut un geste vague, et il se remit à discourir. La bûche chuintait, l'atmosphère du salon à présent était tiède. Et elle laissait errer sa pensée, un peu engourdie, tout en continuant à lui caresser le front, pendant qu'il chevauchait ses rêves d'horizons inconnus, ressassait le désir qu'il avait de s'en aller loin, très loin, Mel, là où le passé n'existe plus, où la vie recommence...

21

Dimanche 17 mai, après-midi.

Il a plu quelques heures auparavant, mais, en ce début d'après-midi, le temps se remet au beau, les derniers nuages fuient à l'est, et Véronique, qui suit l'allée sablée longeant la façade de l'habitation, transpire sous le paletot de lainage qu'elle a jeté sur ses épaules.

Jacques l'a fortement encouragée à faire un peu d'exercice.

— Oui, va t'offrir un bol d'air, ma chérie, détends-toi. Sois tranquille, a-t-il ajouté, Alice aura l'œil sur le bébé.

Il regrettait de ne pouvoir lui tenir compagnie, il allait se cloîtrer dans son bureau, ayant plusieurs lettres importantes à terminer avant le soir. Véronique a supposé que c'était en relation avec les événements des Boréales, il lui a confié qu'ils lui valent un courrier énorme, rapports d'assureur et d'experts, demandes de renseignements ou réclamations de clients, son secrétariat est débordé et il n'est pas rare qu'il emporte des dossiers à la maison.

L'air est sec, vivifiant, imprégné de senteurs de verdure que l'ondée du matin a exaltées. Elle accélère l'allure. Ses forces reviennent, Jacques a mille fois raison de l'inciter à sortir chaque jour. Bientôt elle renouera avec ses virées champêtres, le Nagra en bandoulière, elle reprendra le volant de la petite Lancia depuis des mois négligée, elle s'en ira flâner place des Lices, à Vannes, au grand marché du samedi, ou lécher les devantures de la rue des Vierges.

Cette perspective la ramène trois semaines en arrière et elle se revoit dans la boutique d'Evron, répondant au sourire de l'inconnue, Martine Carréjou, une fille épatante, si ouverte. À maintes reprises, elle a repensé à la jeune femme, elle se dit qu'un jour, peut-être... Mais non, songe-t-elle, mélancolique, il ne faut pas rêver, leurs chemins se sont séparés définitivement, elles ne se rencontreront plus.

À l'angle de la demeure, elle interrompt un instant sa promenade, contemple la masse bleutée des cyprès centenaires jalonnant la pelouse tondue de frais, où des dizaines d'étourneaux picorent. Le lieu respire la tranquillité. Elle est revenue chez elle, elle a retrouvé ses marques, l'équilibre du foyer, l'affection d'un mari attentionné.

Alors pourquoi a-t-elle le cœur serré ? C'est vraiment déraisonnable. Elle reprend sa marche, se répétant : complètement déraisonnable. Mais elle sait ce qui la tourmente, la note discordante qui la harcèle depuis la veille, l'affreuse voix au téléphone annonçant : « À bientôt de nos nouvelles. » Hadès.

Jacques s'est efforcé de réduire la portée de l'incident : un plaisantin, un jaloux, un fêlé, elle se rappelle ses explications, si pondérées, définitives. Trop définitives, oui, il en fait trop dans son application à la rassurer à tout prix. Mais elle n'a pas oublié son expression de contrariété aux premiers mots de sa femme, aussitôt camouflée sous une feinte insouciance. Oui, elle en est certaine, Jacques aussi a pris au sérieux l'avertissement.

Elle sursaute. Presque à ses pieds, un geai s'envole d'un massif de véroniques avec un long ricanement. Un frisson la secoue, elle se tâte le front. Non, elle n'a pas froid, la température est clémente, un rai doré à travers les branches d'un prunus réchauffe sa joue. C'est en elle, elle a froid au cœur. Une appréhension tenace, quelque temps muselée, et qui reflue en force.

Sans transition, elle associe aux deux syllabes honnies un autre vocable : Tiphaine. Elle l'a caché à son mari, mais la pensée ne la quitte plus : Hadès va s'en prendre à leur bébé.

Elle a un nouveau tremblement nerveux, songe à revenir en arrière, se contrôle. Tiphaine est là-haut, en très bonnes mains, je me conduis en gamine, je déraille, oui, je recommence à déménager. Comme l'autre jour, à la maternité.

Elle arrive à la hauteur du potager. Dos cassé, Lucien, le jardinier, sarcle à la serfouette une planche de batavias. Il se redresse, ôte son chapeau de paille.

— Alors, madame Sabatier, on fait son petit tour ?

Il sourit, la sueur huile sa face tannée, sur laquelle la moustache rouquine à la gauloise est plaquée comme un postiche.

— Bonjour, Lucien. Toujours à la tâche ? Même le dimanche ?

Il rit sans bruit.

— Les mauvaises herbes, ça se moque bien du calendrier ! C'est fou ce que ça pousse, en ce moment ! Oh, madame Sabatier, j'ai pas pensé vous le dire hier, mais vous qui aimez les roses, vous devriez leur pousser une visite.

De l'index il désigne le jardin d'agrément.

— Les premières Madame Meilland sont en train de s'ouvrir. Sincèrement, ça vaut le déplacement.

Elle dépasse la grande serre, se dirige vers la roseraie. Entendant le bruit d'une course dans son dos, elle se retourne. C'est Cyril. Elle remarque tout de suite son état d'agitation.

— Il faut que tu rentres, lâche-t-il. Mon père veut te voir.

Elle a un geste inquiet.

— Pourquoi ? Ce n'est pas Tiphaine qui...

— Mais non ! Il a quelque chose à te dire, c'est tout. Il est dans son bureau, vas-y, Véro.

Sans plus se soucier de lui, elle revient sur ses pas, presque en courant. Pourquoi Jacques la fait-il rentrer, toutes affaires cessantes, alors qu'il l'a si fortement engagée à aller se promener ?

À vive allure, elle accède à la terrasse, s'engouffre dans le bâtiment, négligeant de répondre au salut de Marguerite qui, sur le seuil de la cuisine, assiste, médusée, au sprint coudes au corps dans l'escalier de la jeune Mme Sabatier.

Elle débouche sur le palier, le souffle court, le cœur affolé, elle prend le grand couloir central, ralentit aussitôt, fait halte. Un gémissement monte du fond du corridor, aussi grêle qu'un babillage d'enfant. Mais il ne s'agit pas de Tiphaine. Cette voix...

Étouffant d'instinct, comme si elle violait un interdit, le frottement de ses chaussures sur le parquet, elle s'avance. La porte du bureau est ouverte, dans la pièce vide la lampe de travail est restée allumée. De l'autre côté du couloir, la chambre d'Alice, devant laquelle Véronique vient de se figer, ahurie, incrédule, suspendue à ce halètement qui transperce la cloison, parfois prolongé d'une plainte. En dessous, une respiration parallèle, saccadée, des grognements de mâle.

Jacques et Alice en train de faire l'amour. Près du berceau où Tiphaine dort.

Prise de vertige, Véronique s'appuie au mur. Mais la paroi, telle une caisse de résonance, amplifie encore les ébrouements, les gargouillis, les râles du couple en action. Elle s'arrache à la cloison, remonte le couloir, titubante comme une pocharde s'enferme dans sa chambre.

Une nausée brutale lui tord l'estomac, elle a à peine le temps d'atteindre le lavabo, où elle se vide, les tympans déchirés, le crâne en miettes, se disant : je veux mourir, mourir. Puis elle clopine jusqu'au lit, s'y affale tout habillée, enfouit le visage au fond de l'oreiller en mordant le tissu pour ne pas hurler.

Elle ne l'a pas entendu venir. Comme une ombre, il s'est introduit dans la pièce, a refermé sans bruit, et il arrive déjà à son chevet lorsqu'elle relève les chut, chut de ses baskets sur la moquette. Elle fait face, lui crache son refus, la bouche encore sale de sa vomissure :

— Fiche le camp, je ne veux plus te revoir, jamais plus !

Cyril pose un doigt sur ses lèvres.

— Chut ! On ne dérange pas les amoureux !

Et il a un clin d'œil obscène vers le haut du corridor.

— Ordure, tu n'es qu'une infecte petite ordure !

Elle pleure à présent, sans fierté. Lui n'en perd pas une goutte, constate-t-elle à travers ses larmes, il se régale du spectacle pitoyable qu'elle offre. Elle s'appuie sur un coude et, avec un coin de drap, essuie ses babines souillées. Il détaille chacun de ses gestes.

— Je me mets à ta place, commente-t-il. Sûr que c'est à dégueuler !

Et d'un hochement du menton il la prend derechef à témoin de l'insupportable inconduite paternelle.

Elle retombe en arrière, épuisée, réitère sa prière :

— Va-t-en.

Il ne bouge point, il continue de boire sa détresse.

— Faut être réaliste, Véro, conseille-t-il. Qu'est-ce que t'imaginais ? Que t'étais l'unique ? Mon père a toujours eu des faiblesses pour les nanas bien foutues et pas manchotes au plumard ! Comme la salope avec qui il baise,

à côté ! Sans vouloir te vexer, t'as pas vraiment le profil, ma pauvre vieille !
— Va-t-en...
Une supplique mécanique qui coule de ses lèvres et ne touche pas le garçon acharné à lui faire mal et qui poursuit :
— Admettons pourtant que t'avais un autre atout à ses yeux, le fric. Parce que mon père, le blé, il en raffole. Pas plus compliqué que ça, Véro, les romans d'amour avec lui c'est rien que des histoires d'oseille ! Je suis désolé, mais un jour tu me remercieras de t'avoir affranchie !
Il s'écarte, considère une fois encore sa victime avec une sorte de curiosité, répète, la voix changée :
— Je suis désolé.
Il ressort de la chambre, furtif et pressé, après s'être assuré que le passage était libre.
Le silence, que ne trouble plus le sabbat des amants repus. Mais ils sont toujours ensemble, à quelques mètres, Jacques et son employée, leurs corps nus accolés sur la même couche... Elle ravale un sanglot, s'abîme dans sa désespérance.

Deux bêtes en rut. Comme autrefois... Cyril poussa un rugissement, ses ongles griffèrent la pierre rugueuse du réduit. Des images de soufre, surgies d'un compartiment secret de sa mémoire, agressaient son cerveau, indélébiles.
Il allait avoir treize ans. Lentement, sa mère glissait vers une fin annoncée, inéluctable. Deux fois par jour, l'infirmière se présentait à La Cerisaie, elle faisait à la malade ses piqûres, sa toilette, et lui tenait compagnie, attentive, diligente, réservée.
— Une perle, disait Sabatier à Cyril. Ta mère ne peut plus se passer d'elle.
Lui non plus. Souvenir torride du premier soir où l'enfant avait su. Les soupirs immondes qui transper-

çaient la porte matelassée du bureau. Il n'était qu'un gosse naïf, sans expérience, mais il avait compris : les soins à la maman dispensés, l'infirmière parachevait son service sur le sofa du père. Cyril se rappelait que le dégoût lui avait soulevé le cœur et qu'il était allé vomir dans la salle de bain. Comme Véro tout à l'heure. Et il était revenu auprès de sa mère, il avait couvert son visage de baisers :

— Je t'aime, petite maman, je t'aime !

Tant de fois par la suite... Il les épiait, jusqu'au moment où ils s'étaient enfermés, il écoutait derrière la porte la chanson du plaisir qu'ils se donnaient, il les insultait dans son cœur, tous les deux, mais elle d'abord, la démone. Et il courait consoler sa mère :

— Je t'aime, ma petite maman.

Cyril se détacha du mur, fit quelques pas, s'arrêta devant la photographie qui décorait le refuge. Une des dernières. C'était un après-midi de soleil, comme aujourd'hui, devant l'un des cyprès du parc. Elle était condamnée, elle en était très consciente, elle se forçait à sourire à l'objectif, mais dans ses yeux cernés flottait quelque chose qui n'était déjà plus de ce monde.

Une autre vision terrible l'assaille. Cela s'est produit très peu de temps avant le décès de sa mère. Un soir, elle a dit qu'elle aimerait dîner en famille, à la table de la salle à manger où depuis longtemps elle ne se montre plus et elle a exprimé le souhait que « la bonne Alice » y soit également conviée. On a accédé à sa requête. Alice l'a aidée à descendre au rez-de-chaussée, a calé les coussins derrière son dos, disposé le plaid sur les jambes squelettiques.

Le dernier vrai repas de sa mère. Elle est très vive, enjouée, elle a goûté à tous les plats, elle a bu, a plaisanté. À deux reprises elle a félicité « la bonne Alice » pour son abnégation. Elle a aussi déclaré qu'elle a été une épouse privilégiée et elle a remercié son mari de sa fidélité sans tâche. Cinq ans après, Cyril revoit encore son masque cireux, raviné par la maladie, et ses yeux comme deux immenses étoiles noires qui fixent tour à tour l'homme en face d'elle engoncé dans sa gaieté lugubre et la femme à son flanc, mal à l'aise, obligée de se dérober à ce regard qui la fouille au cœur.

Cyril n'oubliera jamais cette suprême confrontation, elle étaiera sa certitude : sa mère était au courant de tout, les dévergondages de son mari n'ont pu que hâter sa fin. Pensée insoutenable, alimentant sa haine envers les deux coupables, la femme et l'homme indignes qui ont tué sa mère et qu'il s'est juré de punir un jour, lui qui, par leur faute, est devenu un être pas comme les autres, incapable de s'attacher à quelqu'un, fuyant ses semblables, n'existant vraiment que dans cet univers glauque qu'il s'est créé ici, avec pour décor les bocaux de formol remplis de crapauds, de salamandres, de vipères et où il se plait à effectuer, solitaire, ses étranges expériences.

Cyril chassa d'une talonnade Libellule la lapine, qui s'enhardissait à solliciter ses caresses. Il avait été stupide. Besoin de faire mal, de détruire, fût-ce la victime. Il l'aimait bien pourtant, Véronique, à sa manière. Détruire. Une impulsion primaire, dont les conséquences n'étaient pas difficiles à évaluer : Véronique allait évidemment tout raconter à son mari, lequel serait bien contraint de renvoyer sa maîtresse, et ça n'arrangeait pas les affaires de Cyril. Alors qu'il l'avait à sa main, la maudite !

Il s'était arrêté devant le grand aquarium et observait les piranhas qui s'y ébattaient. Il leur jeta une poignée de viande en granulés et les regarda se disputer férocement leur pitance, en songeant à la femme pleurant là-bas, désespérée, dans la chambre qui avait été celle de sa mère. Par sa faute.

22

Lundi 18 mai, matin.

EN faction dans la Honda, Mel inspectait la façade futuriste dont le parement de verre et d'acier reflétait comme un miroir le mouvement de la circulation, intense à cette heure. Pour une fois, la chance paraissait lui sourire.
  Elle se trouvait au bureau de tabac de la place des Lices, quand par la vitrine elle avait aperçu la frêle silhouette qui se hâtait : Véronique Sabatier. Le temps de régler son emplette, il ne lui avait pas été possible de la rattraper. De loin, elle l'avait vue s'engouffrer dans ce grand immeuble flambant neuf. Elle s'en était rapprochée, avait déchiffré les plaques de marbre noir clouées de part et d'autre de l'entrée, y avait lu les références d'un gynécologue, d'un cabinet d'avocats, d'un masseur-kinésithérapeute, d'un expert-comptable et d'un courtier en grains.
  Elle était revenue à sa voiture, garée au parking de la place, et depuis elle était là, l'œil rivé à la double porte dont le large disque de cuivre faisant office de poignée étincelait, bien résolue à aborder la femme lorsqu'elle sortirait.
  Elle consulta la montre de bord. Seulement dix heures trente-huit ! Elle aurait juré qu'elle faisait le guet depuis bien plus longtemps. Dans la glace du pare-soleil elle rajusta à trois doigts sa coiffure. Elle défit la languette de protection du paquet de gitanes qu'elle avait gardé en main, se servit, pressa l'allume-cigare. Elle ouvrit la radio en sourdine, se renversa contre le dossier et se rencoigna dans l'attente.

Elle a piqué au hasard dans l'annuaire le nom de l'avocat. Et dès les premiers mots elle comprend qu'elle n'aurait pas dû venir : maître Croustado connaît Jacques. Situation qu'elle pouvait prévoir — les Sabatier figurent à Vannes, depuis plusieurs générations, parmi les notables les plus en vue — et qui la met d'emblée très mal à l'aise.

Très courtois, maître Croustado la félicite pour la naissance et se préoccupe de savoir si elle est rétablie. Il sait combien la pénible affaire des Boréales a eu des conséquences dommageables pour la santé de sa visiteuse. En dépit de son professionnalisme, il montre de la surprise en apprenant pourquoi elle se présente à son cabinet et il la laisse s'embarquer dans une glose assez confuse, en polissant de l'index le creux de sa lèvre supérieure. Il est grand, jeune, élégant, avec un beau masque à l'antique, encadré d'un collier de barbe très noir.

Lorsqu'elle se tait, il demeure quelques secondes silencieux, avant d'observer, d'un ton, on dirait, d'incrédulité :

— Ainsi, vous voulez quitter votre mari ?

La crudité de la formulation l'indispose.

— Je sollicite un avis, rétorque-t-elle vivement. Je n'ai encore rien décidé. J'aimerais être instruite des conditions légales d'une éventuelle séparation. Il va de soi que ceci doit rester confidentiel.

— C'est une exigence de base de notre charge, madame. Il convient en priorité que vous me disiez...

Il s'arrête, comme s'il répugnait à poser la question élémentaire : « Pourquoi ? », il biaise :

— S'agissant d'une procédure de divorce initiée par vous, il vous faudra étoffer votre requête, constituer un dossier qui rassemble vos griefs.

Il l'interroge du regard, guettant sa réaction, insiste :

— Il y a forcément des griefs.

Il l'ennuie, avec sa curiosité ! Mon Dieu, elle n'est pas à confesse !

— Envisageons que j'en aie, dit-elle, toujours sur la défensive.

— Des griefs sérieux, car en France la convenance de confort particulier n'est pas encore admise. De leur solidité dépendra l'arbitrage final du juge. Dans l'absolu...

Lancé à présent, il lui flanque à la face son cours de droit civil :

— Plusieurs cas de figure sont possibles : l'arrêt du magistrat se fait à votre bénéfice, à celui de la partie adverse, ou, c'est la conclusion la plus fréquente, aux torts partagés. La sentence est susceptible d'impliquer le versement d'une pension alimentaire, dont le montant est fonction des attendus de la décision de justice et des ressources respectives du plaignant et du défendeur. Vous êtes mariée sous quel régime, madame Sabatier ?

— La communauté légale.

— Non réduite aux acquêts ?

— Je ne sais pas.

Tout ce vocabulaire l'assomme. Elle a hâte de s'en aller.

— Le distinguo est pourtant capital, dit-il, la moue réprobatrice devant tant de légèreté. Pour la répartition des biens. Vous avez un jeune enfant, n'est-ce pas ?

— Oui.

— La pratique constante incline à donner à la mère la garde de sa progéniture en bas âge. Si du moins, ajoute-t-il après une courte pause, elle offre les garanties suffisantes, moralité, équilibre, etc., l'intérêt de l'enfant primant, naturellement, toute autre considération.

Véronique se rebiffe soudain.

— Pourquoi me dites-vous cela ? Je peux m'occuper de mon enfant !

Maître Croustado la dévisage, interloqué.

— Pardonnez-moi, madame Sabatier, il n'y avait pas dans mon propos la moindre intention maligne.

Mais si, se dit-elle, pleine de rancune, il est complètement au fait de mon état, sa remarque était tout sauf innocente. Elle ne sait vraiment pas ce qu'elle fabrique ici.

— En règle générale, continue-t-il, reprenant son exposé magistral, un droit de visite est accordé à l'ex-conjoint, selon des modalités extrêmement diverses.

— Je vous remercie.

Elle coupe court, se met debout.

— Je vous dois, maître ?

Il a un geste arrondi du bras, traduisant la distance qu'il tient à marquer avec ces contingences subalternes.

— Vous verrez cela, madame, avec ma secrétaire.

Il l'accompagne jusqu'à la porte.

— Au revoir, madame Sabatier. Prenez soin de vous.

Elle le laisse, ulcérée de s'être ridiculisée pour rien. Elle règle les honoraires à l'employée, se presse vers l'ascenseur.

Quelqu'un a prononcé son nom, alors qu'elle arrivait à la Lancia et extrayait de sa pochette le trousseau de clés. Elle se retourne. La femme est à un mètre et lui sourit.

— Vous m'avez sans doute oubliée : Martine Carréjou. Nous nous sommes rencontrées en Mayenne le mois dernier.

Le visage de Véronique s'éclaire. Encore intimidée pourtant et ne recouvrant pas spontanément la familiarité de leurs échanges à Evron, elle tend la main.

— Oh, mais parfaitement, madame Carréjou ! Je suis si contente de vous revoir !

Elle l'a dit avec élan.

— Moi aussi, fait Martine, qui scrute la figure de la jeune femme.

Elle me trouve sûrement en bien petite forme, se dit Véronique, consciente que le maquillage poussé auquel elle s'est astreinte avant de venir dissimule mal ses traits tirés.

— Vous êtes dans la région ? Mais...

Elle fronce les sourcils.

— Je me demande si je vous aurais reconnue ! Vous avez modifié...

— Ma coiffure, dit Martine, la coupe n'est plus la même et me voilà auburn ! Ça devient une marotte chez moi ! Oui, je suis dans le secteur pour quelque temps. Je comptais vous appeler. Comment allez-vous ? Et le bébé ?

— Ça va très bien, je vous remercie, assure Véronique.

Mais son expression encore rembrunie a dû accuser la tonalité artificielle de la réplique. Martine Carréjou s'enhardit.

— Vous me semblez... Auriez-vous des problèmes, madame Sabatier ? Est-ce que je peux quelque chose pour vous ?

Pas de réponse. Les clés au trousseau tintent entre les doigts gantés. Sur les prunelles noisette, Véronique devine le voile humide qui se répand.

Martine lui prend le bras.

— Venez. On va bavarder toutes les deux quelque part. Comme à Evron. D'accord ?

Elles se sont attablées dans un salon de thé, Martine a commandé deux purs Darjeeling. Et tout de suite Véronique se débonde :

— Je sors de chez Maître Croustado, un avocat. Une consultation sur les modalités d'un divorce.

— Vous allez rompre ? s'écrie Martine. J'avais pourtant le sentiment qu'entre votre époux et vous il n'existait pas le plus petit nuage ?

— Je le croyais, oui. Mais... Vais-je divorcer ? Je ne le sais pas encore. La chose m'effraie. Ça m'est dégringolé dessus si brutalement ! Oui, le coup de massue.

Elle raconte alors comment elle a surpris ensemble son mari et l'infirmière. Elle a besoin de se livrer à quelqu'un, d'évacuer le poison qui depuis la veille lui brûle le sang. Et, allez comprendre cela, avec Martine qu'elle connaît si peu, elle se sent en absolue confiance.

Un scrupule toutefois, qu'elle ne peut définir, la

retient de mettre en cause le jeune Cyril, ce qui la contraint à arranger quelque peu sa présentation des faits.

Martine l'a écoutée avec un intérêt manifeste.

— Et comment a-t-il réagi quand vous lui avez dit...

— Il n'y a pas eu d'explication entre nous. Pas encore.

— Ah...

Martine boit une gorgée de thé sans détacher le regard du visage chiffonné, sur lequel le chagrin, l'insomnie vraisemblablement ont posé leurs stigmates.

— Vous aimez toujours votre mari, affirme-t-elle, compatissante.

— Assez, oui, pour ne pas accepter de le partager.

Une larme s'irise entre les cils de Véronique. La main de Martine glisse sur le guéridon, atteint celle de sa voisine.

— Ne perdez pas espoir, les jours heureusement ne se ressemblent pas. Pensez à votre gosse. Pour elle, vous devez être courageuse et forte. Oh ! mais vous n'avez pas touché à votre thé ! Il va être glacé !

Véronique porte le breuvage à ses lèvres, fait mine de boire, repose la tasse.

— Penser à Tiphaine ? Mais c'est ce que je fais, ça ne me quitte pas ! Jour et nuit. Une appréhension qui me ronge. J'ai si peur qu'on me l'enlève !

— Vous l'enlever ? Voyons, madame...

— Appelez-moi Véronique. Ou Véro, tous mes intimes m'appellent Véro.

— Va donc pour Véro. Moi c'est toujours Martine. Enfin, Véro, vous vous êtes entretenue avec l'avocat ? Que diable, on n'arrache pas de but en blanc un bébé à sa maman ?

— J'ai cependant déjà vécu cela, dit Véronique tristement, faisant allusion à son séjour forcé en Mayenne. Mais, en le disant, je n'avais pas en tête ce qui se passerait si je me résignais au divorce. Je songeais à Hadès.

Martine Carréjou tressaille.

— Hadès ? Le groupe qui... Pourquoi Hadès ?

Brièvement, Véronique lui retrace l'inquiétante intervention de l'inconnu au téléphone, l'avant-veille.

Martine ne déguise point sa stupeur. Elle murmure :

— Ce n'est pas possible !

Et veut en savoir davantage. Est-ce bien l'infirmière qui lui a conseillé de prendre la communication dans le bureau ? Au moment du coup de fil, où précisément se trouvait Jacques Sabatier ? En principe dans la salle de musculation, au rez-de-chaussée. Sans que Martine l'ait explicitement formulé, elle a l'impression qu'elle n'exclut pas une mise en scène élaborée par les deux amants. Mais à quelle fin ? Délibérément aveugle, elle évite de s'attarder aux implications logiques de ce présupposé monstrueux.

Martine, au demeurant, change de registre.

— Je ne vois rien dans les termes de ce message qui vous concerne particulièrement, ni vous, ni votre enfant.

— C'est aussi ce que m'a dit mon mari. Il penchait pour un canular idiot ou pour l'œuvre d'un maniaque.

— Tout à fait plausible. L'attentat des Boréales a fait la une de tous les journaux. Le type même d'événement à échauffer les cerveaux débiles. Exactement de la même façon que des individus s'excitent à débiter au téléphone des horreurs aux dames seules ! Soyez sans crainte, Véro : à ma connaissance, les terroristes d'Hadès ne se sont jamais attaqués aux bébés !

Véronique lui dit sa gratitude pour le réconfort qu'elle lui apporte. Avec un mouchoir elle tamponne ses pommettes où des pleurs ont dû abandonner un sillage luisant.

— Je suis en train de me donner en spectacle !

— On est presque seules, personne ne vous surveille. Véro, je voudrais vous aider. Nous pourrions nous revoir ?

Les yeux de Véronique brillent.

— Rien ne me serait plus agréable. Vous comptez rester ici un moment ?

— Oui, un certain temps, dit Martine. Attendez.

Elle griffonne sur un papier, qu'elle tend à sa compagne.

— Mon numéro de portable. Ce sera le plus commode pour me joindre, si vous le désirez, car je circule pas mal. Je vous demanderai de ne pas le divulguer. Je préférerais également que notre entrevue de ce matin reste entre nous.

— Marché conclu, Martine, dit Véronique qui ne s'interroge pas sur ce qui motive ce désir de discrétion.

Elles se lèvent, Martine règle les consommations au comptoir, elles sortent du salon.

— Encore merci, dit Véronique que son amie a accompagnée jusqu'à la Lancia. Vous m'avez fait du bien.

Elles s'embrassent avec effusion.

— Au revoir, Véro. Tenez bon. Et ne vous privez surtout pas de me faire signe. Chaque fois que vous en ressentirez l'envie.

Elles se séparent.

23

Même jour, fin de matinée. Lorient.

— Il ne fallait pas te déplacer, fit Patrick Vatel, la voix grondeuse. Pourquoi t'as pas téléphoné ? Allez, attrape-toi un siège.

Il avait sa bouille d'ex-curé coincé, estima Mel en s'asseyant face à lui dans le minuscule bureau de la société de gérance lorientaise qui l'employait. Un triste bureau impersonnel, plafond bas, moquette standard et murs nus ripolinés, dont la fenêtre entrebâillée devait donner sur une arrière-cour ; elle apercevait derrière le store un grand mur aveugle. Dans la pièce mitoyenne, deux hommes discutaient, on pouvait presque suivre le détail de leur conversation.

Mel n'avait encore jamais mis les pieds ici : au temps du secret, une semblable démarche était inconcevable. Elle parcourait des yeux le décor sans âme, les rangées de dossiers empilés dans leurs boîtes de carton jaune, le bureau en métal gris, sommé de l'inévitable P.C. : l'univers de Vatel depuis près de trois ans. Elle songeait à l'itinéraire tourmenté de l'ancien prêtre : la douloureuse expérience de La Source, à Brélo, la rupture avec son Église, la décision de fonder un foyer, la difficile tentative de reconversion aux réalités du quotidien, Hadès, enfin.

Et maintenant, plus rien, l'encroûtement dans cette existence popote au ras du sol, entre sa compagne Marion et les deux mômes vite arrivées, et ce poussiéreux boulot de tâcheron à Lorient. Une situation ressentie comment par cet habitué des cimes ? N'en avait-il pas honte devant elle ?

— Je t'ai dit, Patrick, que j'avais une communication importante à te faire. J'ai voulu en profiter pour te découvrir dans ton antre. C'est pas interdit à présent de passer saluer les copains... T'as peur que je te compromette ?

— Petite conne !

Le sourire affectueux démentait la verdeur de la réplique. Vatel se carra contre le dossier de la chaise de dactylo, desserra le nœud de sa régate à raies. Tiens, c'était vrai, il avait aussi adopté le costume-cravate. Forcément.

— Alors, ma belle, de quelle nouvelle catastrophe es-tu porteuse ?

— Pas de catastrophe, une info extra. Accroche-toi, Patrick, Hadès a repris du service !

Il écarquilla les paupières sur ses yeux très bleus, eut une expression consternée.

— Mel, Mel, ne me dis pas que tu recommences à...
— Non, pas moi.

Elle lui résuma l'étonnant message dont Véronique Sabatier venait de l'entretenir. Vatel resta quelques instants silencieux, à se balancer sur sa chaise. À côté, les deux hommes riaient bruyamment. Chevrotement d'un lointain téléphone. Rumeur continue de la circulation sur l'avenue. Des cris de goélands montaient du quai voisin.

Vatel avait dégoté une pipe courte déjà préparée et tassait du pouce le contenu du fourneau. Il ne l'alluma point. Elle ne l'avait jamais vu fumer, mais elle connaissait sa manie, antidote naïf d'une passion depuis longtemps abandonnée. Scotchée au mur derrière lui, l'unique décoration du lieu, une affichette anti-tabac montrait un enfant au visage nimbé par un voile de fumée, qui implorait : « Ne m'oubliez pas. »

— Qu'est-ce que t'en penses, Patrick ?

Il porta la pipe à ses lèvres, la suçota.

— J'en pense qu'on est entourés de débiles et de malades. Hadès a le dos large et le premier tordu venu...

— C'est ce que j'ai expliqué à Mme Sabatier. J'ai également appris de sa bouche que son mari avait une maîtresse, une infirmière qui loge sous son toit.

— Et alors ?

— Je ne sais pas... J'ai l'impression qu'une belle filouterie se prépare à La Cerisaie.

— Qui ne te concerne pas.

— Ça, mon petit père, l'avenir nous le dira ! J'en saurai plus bientôt : Mme Sabatier m'a promis de maintenir le contact.

Tétant toujours son bout d'écume, Vatel l'observait avec de menus branlements de tête.

— Qu'est-ce que tu fricotes encore, Mel ? Ça ne te mènera nulle part.

Elle eut un geste impertinent, se mit debout.

— J'ai été ravie de te revoir, Patrick.

— Moi aussi. Et Camille ? Il se calme ?

— Non. Toujours persuadé que Sabatier l'a identifié en Mayenne. Ça vire à l'idée fixe. Et il parle de plus en plus de s'expatrier. Il m'inquiète, Patrick. Tu devrais le raisonner, toi, il t'écoutera.

— Camille est un hypersensible, au psychisme très fragile. La mort de Gilou a certainement cassé en lui un équilibre. Oui, je tâcherai de le secouer.

Il lâcha son brûle-gueule, se leva, contourna à pas lents la table. Mel le détaillait de pied en cap, effrontément.

— T'as pris du ventre, mon gaillard !

Il s'arrêta, se massa l'abdomen.

— Tu crois ? dit-il, vaguement contrarié. Marion aussi le prétend. Il faudrait que je fasse un peu de jogging.

— Elle va bien ?

— Oui. Les petites se sont tout de suite adaptées à la maternelle, et elle envisage de retourner au journal. Un mi-temps lui conviendrait parfaitement.

— Tu es donc heureux, Patrick...

Les paupières de Vatel battirent.

— Oui, bien sûr, répondit-il, sans chaleur. Ah ! Je me suis remis au saxo ! Je n'y avais pas touché depuis La Source.

Il alla jusqu'à elle, lui saisit les deux mains, la regarda intensément.

— C'est peut-être un signe.

— Que veux-tu dire ?

— Le signe que la vie continue. Oui, ma petite Mel, survient nécessairement un moment où l'on doit tourner la page.

Il la serra contre sa poitrine.

— D'accord, Patrick, murmura-t-elle, d'accord. Moi aussi je tournerai la page un jour.

Elle s'écarta.

— Mais pas avant de l'avoir lue. Jusqu'à la dernière ligne !

24

Même jour, fin d'après-midi.

VÉRONIQUE perçoit le crépitement des pneus de la Saab, roulant au ralenti sur l'allée sableuse. Elle n'a pas vu Jacques aujourd'hui. Comme souvent lorsqu'il est sur un chantier ou a rendez-vous avec un client, il n'est pas rentré à La Cerisaie à midi. Elle-même ne s'est guère montrée de la journée, elle n'a aucune envie de se retrouver en tête à tête avec l'infirmière et elle n'a quitté la chambre que pour embrasser Tiphaine, avant de partir pour Vannes. Elle n'a rien dans le ventre depuis la veille, sauf cette tasse de thé tout à l'heure avec Martine Carréjou, mais elle n'a pas faim.

Le dîner, le soir précédent, a été pénible. Elle aurait bien voulu donner le change, mais elle a à peine ouvert la bouche au cours du repas, elle a expliqué qu'elle n'était pas très en train et Alice a remarqué ses joues anormalement colorées.

— Vous ne seriez pas fiévreuse, Véro ?
— Tu te seras peut-être trop exposée au soleil cet après-midi, a fait Jacques, oubliant que c'était lui qui l'avait exhortée à sortir. Il en faut si peu dans ton état...

Elle a dit : ce n'est rien, oui, un peu de fatigue sans doute. Elle s'est esquivée tôt. Lorsque Jacques est monté et a poussé la porte de sa chambre pour le traditionnel baiser du soir, elle avait déjà tiré les contrevents, éteint le chevet.

— Tu dors ? Tu n'es pas souffrante ?

Elle a grogné quelque chose, il l'a embrassée sur le front.

— Bonne nuit, ma chérie.

Il l'a laissée. Il a passé quelques instants dans son bureau. Alice faisait couler un bain dans la salle d'eau, elle l'entendait qui fredonnait *Strangers in the Night*. Puis elle s'est couchée. Quand Jacques est ressorti du cabinet de travail, Véronique ne dormait toujours pas. De loin elle a assisté à ses ablutions, avant qu'il ne gagne la chambre mitoyenne de la sienne où il a pris ses quartiers depuis son retour de Mayenne, « pour ne pas te déranger, ma chérie, mes horaires sont assez fantaisistes et tu as besoin de beaucoup dormir ».

Ç'allait être leur mode de fonctionnement désormais, avait-il dit à Véronique, tant qu'elle ne serait pas complètement rétablie, deux vies en parallèle, et elle avait apprécié alors la sagesse de son mari, sa délicatesse. Chaque soir, dès qu'il rentrait, sa journée terminée, sa première visite était pour elle, elle était allongée, elle se détendait en lisant avant de descendre dans la salle à manger. Elle guettait passionnément la progression de la Saab dans l'allée, le cœur battant comme à la première fois, elle projetait dans sa tête le moment qui allait suivre. Un grand moment d'intimité tendre, et quelquefois ils faisaient l'amour.

« Tu n'es pas trop lasse, ma Véro ? Tu sais, je peux attendre, j'ai appris à attendre. » L'immonde hypocrite ! Ce dimanche soir donc, elle a écouté tard dans la nuit, branchée sur chacun de ses bruits de gorge, de ses bâillements, de ses soupirs, du froissement de papier de la revue économique qu'il parcourt au lit. Elle a noté le clic de l'interrupteur et il n'y a pas eu d'autre bruit, il a dû s'assoupir très vite. Plus loin, Alice aussi dort, près du berceau de Tiphaine. Épuisée comme lui par leur bestial accouplement.

Véronique, elle, par contre, n'a presque pas fermé l'œil de la nuit. Encore sous l'effet du traumatisme subi quelques heures auparavant, malaxant le problème dans son cerveau, se traitant d'idiote, se rappelant : Jacques ne désirait pas d'enfant, il en avait déjà eu deux, il ne se sentait pas prêt à assumer une nouvelle paternité, si longtemps après la naissance de Cyril.

Véronique, elle, en voulait un de lui et pour l'obtenir elle avait rusé. Jacques avait rapidement surmonté sa contrariété. En tout cas, depuis la naissance de Tiphaine, il paraissait être le plus comblé des pères. Il cachait bien son jeu. Il ne lui avait jamais pardonné.

La voiture remisée au garage, Jacques vient de pénétrer dans la maison. Il salue bruyamment Marguerite, qui doit l'arrêter au passage pour l'aviser de la méforme de son épouse car il traîne quelques minutes au rez-de-chaussée. Son pas rapide dans le corridor, il frappe à la porte, entre.

— Comment ça va, chérie ?

Elle quitte le voltaire, le pourfend du regard.

— Comment voudrais-tu que ça aille ?

Assez tergiversé, elle a choisi l'affrontement. Il s'arrête, bégaie, décontenancé :

— Mais, mais... Enfin, Véro, qu'est-ce qui t'arrive ?

Troublé, il examine la tenue de ville dont elle ne s'est pas défaite.

— Lucien m'a dit que tu étais sortie ce matin.

C'est la première fois depuis son retour d'Evron qu'elle pilote la Lancia, ce qui a frappé le père Boucharon à qui rien des allées et venues des gens de la propriété n'échappe.

— Tu es bien renseigné. Excuse-moi d'avoir négligé de te demander la permission.

Il la dévisage, de plus en plus démonté.

— Pourquoi ce ton désagréable ?

Elle ne lui réplique point sur-le-champ, elle tend l'oreille. Il lui a semblé que la porte de la chambre d'Alice s'était ouverte, très doucement.

— Oui, dit-elle, je me suis rendue en ville. J'ai demandé une consultation à Maître Croustado.

— Tu as vu Croustado ? Pour quel motif ?

— J'étais très ignorante quant à la procédure des divorces. Il m'a renseignée.

— Quoi ? Pourquoi t'intéresses-tu aux divorces ?

Il ne réussit pas à dissimuler sa stupéfaction, dans son crâne ce doit être un fameux maelström, sa petite femme si douce, si toujours comme il faut, jamais un mot plus haut que l'autre et voilà qu'elle lui tient ces propos insensés, qu'elle le défie, pas du tout impressionnée, un divorce, mais où donc est-elle allée chercher cela ?

À côté, la porte s'est refermée, Tiphaine pleure. Sabatier continue de regarder sa femme. Un éclair zèbre ses pupilles ombrées d'incrédulité.

— Tu... tu veux divorcer ? Toi !

Pas de réponse. Il se rapproche, veut l'enlacer.

— Ne me touche pas !

Il se tient devant elle, bras ballants, sa lèvre inférieure palpite, luisante de salive. Ah, il est bien pitoyable, le mâle dominateur devant lequel tant de gens tremblent ou se couchent !

— Tu me dois une explication.

— Tu vas l'avoir.

La soupape aussitôt cède, et Véronique parle, elle se vide de cette sanie qu'elle brasse en elle depuis tant d'heures, elle dit son retour impromptu à la maison la veille et ce qu'elle a entendu. Pourtant — manque de courage, dégoût devant tant de cruauté, pitié ? — pas plus qu'elle ne l'a fait devant Martine Carréjou le matin, elle ne prononce le prénom de Cyril. Les larmes peu à peu accompagnent son récit, noient sa voix. Elle tombe assise sur le lit, prend sa figure entre ses mains.

Il reste coi. Un temps, qui paraît à Véronique démesurément long, la respiration courte de son mari, tout près. L'enfant ne pleure plus, Alice sait les mots qui apaisent. Dehors, une grive musicienne chante une barcarolle à la nuit, que n'écorche plus l'agitation des hommes. Et Jacques enfin :

— Je ne vais pas essayer de me chercher des excuses, je n'en ai pas de recevables. Ce que je voudrais te dire...

Il hésite. Elle relève la tête, aperçoit la face décomposée, enlaidie.

— Jamais, Véro, je n'ai cessé de t'aimer.

— Dans les bras de ta maîtresse ? raille-t-elle, agressive. Depuis quand étiez-vous amants ? Ose me le dire, hein, depuis quand ?

Il louvoie.

— Ce qui s'est passé... J'étais si seul après ton départ, déboussolé...

— Tu as donc rappelé ton ancienne amante pour te consoler ! Oui, ton ancienne amante, je suis au courant ! Et puis je suis rentrée, Jacques, et tu as continué...

Il courbe le front, comme un pénitent accablé par son indignité.

— Je ne suis qu'un pauvre homme, Véro, bien faible, vulnérable... Méprise-moi, tu en as le droit, je ne te mérite pas. Et pourtant...

Ses lèvres, ses joues frémissent.

— Je ne veux pas te perdre, j'ai besoin de toi ! Plus que jamais. Tu m'as donné Tiphaine, notre petit ange. Reste avec moi, Véro, je te le demande.

Malgré son ressentiment, elle est émue.

— Je n'ai pris aucune décision, dit-elle, déjà désarmée. Pour moi non plus, Jacques, ce ne sera pas facile.

Elle se remet debout, va à la fenêtre. La nuit étale ses voiles sur les ultimes effiloches d'or du couchant. Au milieu de la pelouse, qui se teint d'un bleu profond, les cyprès sont pareils à des sentinelles débonnaires.

Il est derrière elle, sa main frôle son épaule et elle ne le repousse plus. Elle se retourne. Une seconde encore, à se chercher dans la pénombre envahissante. Et elle s'abat contre sa poitrine, prononce les mots qui scellent sa défaite :

— Je t'aime tant, Jacques ! Promets-moi, promets-moi...

Il baise ses paupières, boit les larmes sur ses joues.

— Tu ne souffriras plus, mon petit, tu vas être débarrassée de l'infirmière, je m'y engage. Pour Tiphaine je

trouverai une solution en attendant que tu aies entièrement récupéré, fais-moi confiance, Véro.
— Je te crois, Jacques.
Sa bouche le dit, et sa volonté. Mais comment ressusciter ce qui n'est plus ? Dans son cœur, elle le sait, il y aura cette écharde, à jamais.

25

Même jour, soir.

Adossé, nu, à son oreiller, Cyril feuilletait la dernière parution de *Science et Vie*. Distraitement : il n'avait pas l'esprit à lire.

Plus de vingt-quatre heures qu'il s'attendait au pire, certain que Véronique avait eu une explication avec son père. Il n'avait pas remis les pieds dans la résidence familiale depuis la veille. En début de matinée, il avait quitté le manoir pour se rendre à Nantes. Un déplacement qui s'apparentait à une dérobade et dont il voyait bien le caractère puéril. Il avait passé la journée en Loire-Atlantique à remâcher ses pensées moroses, avait dîné dans un McDo sur le chemin du retour, avait rallié La Cerisaie tard le soir et s'était couché à peine rentré. Pour son père qu'il avait rencontré à la grille ce matin, alors qu'il prenait la route, il avait inventé un dernier contrôle de niveau à la fac.

Sabatier n'avait fait aucune allusion aux événements du dimanche après-midi, mais Cyril savait qu'il ne perdait rien pour attendre, tôt ou tard on lui réclamerait des comptes. Il s'était fourré dans un drôle de pétrin et il n'arrivait toujours pas à comprendre quelle mouche l'avait piqué. Comportement irrationnel, stupide, qui risquait de torpiller un programme sérieux, celui-là, et de longue date médité. Acte totalement gratuit de surcroît : il ne nourrissait aucun véritable grief envers sa belle-mère, une vague sympathie plutôt. Alors pourquoi ce tyrannique besoin de faire mal l'avait saisi ?

Il détacha les yeux de sa revue. Quelqu'un avait frappé. À plus de onze heures ? Non, il ne répondrait pas. Il éteignit la lampe de chevet, se ramassa en boule, résolu à faire le mort. Mais le martèlement s'amplifiait. Et la voix de Sabatier monta, rageuse :

— Ouvre, sacrédieu ! Avant que j'enfonce cette putain de porte !

Cyril gonfla les joues, souffla avec ennui. L'épreuve de vérité. Comme prévu, Véronique avait craché le morceau, il allait devoir assumer.

— Oui, j'arrive.

Il ralluma, glissa hors du lit. Il enfila un slip, chaussa des espadrilles et marcha vers l'entrée. Pelotonnée sous la table, Libellule suivait les mouvements du maître, ses yeux luisaient comme deux agates. Cyril tourna la clé.

Brutalement repoussé, le lourd panneau le heurta au genou, Sabatier était dans la place, il le bousculait, fonçait sur lui, la tête vissée entre ses épaules de débardeur, le museau défiguré par la rage.

— Espèce de fumier ! C'est toi qui as tout goupillé, hein ? Avoue, sale petite frappe !

Cyril reculait pas à pas devant l'homme en colère. Il tenta de gagner du temps.

— De quoi tu parles ? Je ne comprends pas.

Sabatier eut un rire carnassier.

— Tu ne comprends pas ! Que je te rafraîchisse la mémoire : hier après-midi, tu es bien venu demander à ma femme de remonter au manoir ? Tu te souviens ?

— Hier après-midi ? Véro ? C'est elle qui t'a raconté ça ?

— Oh non ! Véro est trop bonne fille, elle essaie à toute force de te sauver la mise. Mais je ne marche pas.

Alice a fait sa petite enquête, Lucien t'a vu aborder ma femme, qui a aussitôt interrompu sa balade.
— Parce qu'elle avait froid, je pense. Pourquoi ? Elle aurait pas dû rentrer ?
Le ton faussement candide de la question attisa encore l'ire de Sabatier. Il hurla :
— Te fous pas de moi !
Son bras se détendit avec une vitesse inouïe, le revers atteignit à la face Cyril, qui chancela sous la violence de l'impact. Il porta la main à son visage, examina ses doigts rougis. Du sang coulait sur sa joue et lui picotait les lèvres. Il toisa son père, le défia :
— Vas-y, continue ! Qu'est-ce que t'attends pour me liquider, moi aussi ?
Sabatier l'observa quelques instants, déconcerté. Sa bouche à nouveau se contracta.
— N'espère pas t'en tirer à si bon compte ! Primo, je te sucre ta pension mensuelle. Tu te démerderas seul. Secundo, avant que tu ne vides les lieux définitivement — sois tranquille, je m'en occupe ! — je t'interdis de revoir ma femme ! Tu n'es qu'un sale voyou ! Une graine de vaurien ! Un raté ! Un nul ! Alors un bon conseil, n'approche plus de Véro !
Il tourna les talons, claqua la porte avec fureur. Des débris de ciment dégringolèrent de la poutre de chaînage. Terrorisée, Libellule courut se réfugier dans un angle obscur de la pièce.
Devant la glace de l'évier, Cyril évalua les dégâts : un filet suintait d'une de ses narines et il distinguait une courte entaille à la pommette, sous l'œil gauche, sans doute due à la chevalière de son père.
À l'aide d'un gant humide il arrêta l'écoulement, désinfecta la plaie à l'alcool, la recouvrit d'un pansement adhésif. Voilà, songea-t-il, le plus dur était derrière lui et il n'était pas mécontent, tout compte fait, de la façon dont cela s'était passé, il constatait même avec satisfaction que Véronique ne l'avait pas enfoncé. Il essaierait de la revoir, malgré le veto paternel.

Le seul point préoccupant c'était cette menace d'expulsion que son père avait proférée avant de s'en aller. À prendre au pied de la lettre ? Ou simple rodomontade, propos d'un type en pétard et qui ne devait pas être très à l'aise devant ce fils, probable témoin de ses ébats amoureux ? À Cyril de s'adapter et, éventuellement, d'imaginer une parade. Il le fallait, c'était l'ensemble de son grand projet qui était en jeu et il lui restait encore beaucoup à faire.

Il ramassa le matériel de soins, se coula dans sa couette, referma la lumière. Quelque part derrière lui, Libellule grignotait un bout de carotte.

26

Mardi 19 mai, 9 h 10.

AU téléphone.
TOUZÉ : Valentin, vous allez mieux ? Ma secrétaire m'a transmis hier votre avis d'absence.
VALENTIN : Je n'étais pas souffrant. J'avais besoin de cette halte pour réfléchir.
TOUZÉ (inquiet) : Réfléchir... Vous voulez dire...
VALENTIN : Réfléchir à la vie. On ne s'en soucie guère, vous l'aurez remarqué, on n'en prend pas le temps. J'ai aussi vu mon gosse, longuement, il le fallait, j'ai passé la journée du dimanche à Combourg.
Pause. Dans le silence, Anne-Laure relâche maladroitement un gobelet de café vide, qui rebondit sur le sol.
TOUZÉ (presque timide) : Vous m'aviez assuré vendredi que vous me communiqueriez votre décision en début de semaine...

VALENTIN : Le début de semaine, on y est. Je veux bien continuer le boulot commencé.
Énorme soupir à l'autre bout du fil, qui vibre comme un hourra.
TOUZÉ : Vous m'ôtez une sacrée épine du pied, Valentin !
VALENTIN : Vous vous souvenez qu'on n'était pas tous les deux sur la même longueur d'onde concernant l'attitude à adopter vis-à-vis de Sabatier ?
TOUZÉ (à nouveau titillé par l'appréhension) : Oui, très bien.
VALENTIN : Vous aviez raison, je vous l'accorde. Il y aurait plus d'inconvénients que d'avantages, à l'heure actuelle, à balancer l'homme sous les projecteurs. Cela admis, je souhaite qu'on me laisse désormais développer ma propre stratégie.
TOUZÉ (soulagé, donc libéral) : Vous avez carte blanche, Valentin ! Y a-t-il quelque chose que je puisse faire, au plan des moyens techniques, des effectifs...
VALENTIN : Pas pour l'instant. Reste un point pour moi capital.
TOUZÉ (toujours en veine de générosité) : Allez-y, mon vieux.
VALENTIN : Je veux que Sabatier, à son domicile, sur son lieu de travail, soit placé sur écoute.
TOUZÉ (a un hoquet) : Encore ! Vous êtes sérieux ?
VALENTIN : Absolument. C'est la seule façon d'avoir à l'œil, si je puis dire, ce type dont je maintiens qu'il est au cœur de l'affaire Hadès.
Autre silence, autre soupir.
TOUZÉ (résigné) : Je vais essayer d'appuyer votre requête auprès de Goavec. Je ne vous promets rien, Valentin. Je vous tiendrai au courant.
— Sabatier sur écoute ! jubila Anne-Laure, admirative. Et le singe qui dit amen !
— Je pense qu'il va s'employer honnêtement à l'obtenir du juge et que Goavec entérinera. Voyez-vous, Touzé nous l'a assez répété, ils veulent du résultat, cash, et ils

ne vont pas courir le risque, *hic et nunc*, de changer l'attelage en place. À nous d'en profiter.
Il se leva, détacha son veston de la patère.
— Prenez la cassette et la lettre anonyme, Anne-Laure.
— Où on va ?
— Dire bonjour à Sabatier. Il me semble que le moment est venu de lui rabattre le caquet.

Ils ne s'étaient pas annoncés. Mais, reconnaissant la Saab sur le parking de l'entreprise, ils surent que l'oiseau était au nid.
Ils accédèrent à l'étage administratif. La sémillante blonde à qui ils avaient déjà eu à faire lors de leur précédente visite, un mois plus tôt, les accueillit avec une amabilité très étudiée et les pria de patienter dans le hall pendant qu'elle prévenait son patron.
Ils n'avaient pas oublié l'attitude désobligeante de Sabatier au téléphone, le jeudi précédent, et Anne Laure pronostiquait qu'il refuserait de les entendre. Elle se trompait : la secrétaire rappliqua tout sourire :
— M. Sabatier va vous recevoir. Si vous voulez bien me suivre...
L'industriel vint vers eux, leur serra la main et avança deux sièges. Il s'assit, étala ses avant-bras sur le buvard du sous-main. Il semblait très soucieux, des pastilles livides soulignaient les paupières ballonnées et Anne-Laure, toujours très sensible à l'apparence de ses interlocuteurs, remarqua le nœud de cravate ficelé à la va-comme-je-te-pousse, alors que Sabatier d'ordinaire accordait à sa mise une importance quasi maniaque.
— Que puis-je pour vous, commandant ?
— Voilà, dit Valentin. Quelqu'un depuis peu s'amuse à attirer notre attention sur vous. Incognito.
Le front de Sabatier se plissa.
— Je ne saisis pas.
— Cette personne a pris contact avec nous anonyme-

ment à deux reprises. Dans l'ordre, jeudi dernier, une lettre...

Il fit un signe à son adjointe qui se pencha et fit glisser le message sur le bureau. Sabatier le parcourut, releva le nez, murmura :

— Je comprends mieux votre insistance l'autre jour. N'aurait-il pas été plus convenable que d'entrée vous abattiez votre jeu ?

— Est-ce que ce qui est écrit est faux ?

Ignorant la question, Sabatier observa :

— Vous avez parlé de deux lettres anonymes ?

— Non. La seconde intervention a eu la forme d'un avis téléphoné, que nous avons pu enregistrer. En théorie, aucune preuve que les deux messages émanent de la même source, mais c'est hautement probable. À vous, lieutenant.

Anne-Laure inséra la cassette dans le baladeur, appuya sur une touche. Et la voix inconnue débita sa brève communication. Les policiers surveillaient les réactions de leur vis-à-vis. Mais le visage de Sabatier ne trahit aucune émotion. Il s'était renversé pour écouter contre le haut dossier du fauteuil directorial, les yeux clos, et se pétrissait à deux doigts les arcades sourcilières, où brillait un peu de sueur. Dans une autre pièce de l'étage, une imprimante ronronnait en crachotant sa copie.

— Cette voix, dit Valentin, vous rappelle-t-elle quelqu'un ? Désirez-vous l'entendre à nouveau ?

Il acquiesça silencieusement. Anne-Laure rembobina et refit défiler la bande.

— Alors, monsieur Sabatier ?

— Je serais même bien en peine de dire s'il s'agit d'un homme ou d'une femme ! Je suppose qu'elle ressemble à toutes les voix trafiquées.

Il rouvrit les yeux, affronta ceux de Valentin.

— Eh bien, commandant, je n'ai donc plus rien à vous apprendre. Oui, Alice Bersani était ma maîtresse et c'est pour ce motif que j'ai dû...

Il se passa la main sur la figure, se jeta à l'eau :

— Le dimanche 19 avril, j'ai conduit Véronique aux Saints-Anges. Je lui ai tenu compagnie une partie de la soirée. Sur le conseil de la sage-femme, qui ne prévoyait pas l'accouchement avant le lendemain matin, j'ai quitté l'établissement autour de vingt-deux heures.

— Vingt et une heures cinquante-cinq, intervint Valentin. Indication fournie par le directeur.

Sabatier eut une expression étonnée.

— Michaud ? Décidément, vous allez vite en besogne ! J'ai passé un moment avec Alice à son domicile, rue des Pastorelles. Et je suis reparti pour La Cerisaie. J'étais tout juste rentré lorsque le commissaire Bardon m'a téléphoné pour m'avertir de l'attentat survenu aux Boréales.

Valentin griffonna quelques mots sur son agenda. Puis :

— Vous dites être resté « un moment » auprès de votre maîtresse. Pourriez-vous être plus précis ?

— J'ai dû arriver chez elle à vingt-deux heures et des poussières : la maternité et l'appartement d'Alice sont très proches. Ensuite, il m'a fallu une dizaine de minutes pour rallier La Cerisaie.

— Où vous vous présentez autour de vingt-trois heures. Ce qui situe votre tête-à-tête avec Mme Bersani entre un peu plus de vingt-deux heures et vingt-deux heures cinquante.

Valentin écrivit encore deux lignes et referma le carnet.

— Je vous prierai, monsieur Sabatier, de venir au commissariat signer votre déposition. Je vous attends aujourd'hui à mon bureau à quatorze heures. J'espère que cette fois vous n'y verrez pas d'objection ?

— J'y serai. Je suis désolé d'avoir été contraint de prendre des libertés avec les faits. Je voulais sauver mon ménage. Vous comprenez cela, commandant ?

Valentin ne lui répondit pas, mais poursuivit :

— Dans la même logique, vous avez donc soufflé au vétérinaire Charasse une déclaration qui vous convenait.

J'imagine qu'une consigne identique a été donnée à l'infirmière et aux résidents de la propriété ?

Sabatier haussa les épaules sans un mot.

— Vous savez que le faux témoignage est prévu au code ? Et sévèrement sanctionné ?

— Oui. Vous allez aussi enregistrer leurs dépositions ?

— Sans aucun doute. Lieutenant, vous désirez ajouter quelque chose ?

— Oui, dit Anne-Laure. Le dimanche 19 avril, Mme Alice Bersani ne résidait donc pas chez vous ?

— Je l'appelais chaque fois que l'état de mon épouse l'exigeait.

— Et actuellement ?

— Depuis la naissance du bébé et le départ forcé de ma femme en maison de repos, elle a sa chambre à La Cerisaie. Plus pour longtemps.

Une courte pause et il reprit :

— Véronique a découvert... la situation. Je lui ai promis que l'infirmière s'en irait bientôt, dès que je lui aurai trouvé une remplaçante.

Nouveau silence, lourd de malaise. Les deux policiers se consultèrent du regard et se remirent debout.

— Auriez-vous une idée, dit Valentin, de l'identité possible de notre correspondant ?

— Non.

— Pourrait-il être celui qui, d'après vous, aurait volontairement placé un journal à portée de votre épouse, à la maternité ?

D'un mouvement de sourcils Sabatier traduisit son ignorance.

— Et dans les ennuis divers qui vous sont tombés dessus toutes ces semaines, vous persistez à voir la main d'Hadès ?

— Je ne sais pas. Je ne sais plus...

Il se leva.

— Je vous en conjure, commandant, laissez ma femme en dehors de tout ce déballage !

Valentin fit une grimace irritée.

— Vous auriez pu y songer plus tôt, non ?
Il musela la diatribe qui s'amorçait. Aucune envie, devant ce type accablé, de jouer les pères la vertu. Tout de même, songeait-il, l'orgueilleux prince du béton en posture de suppliant !

— Le mari, l'amante et la cocue ! s'exclama Anne-Laure quand ils furent installés dans la Laguna. Le mémo à Touzé sera croquignolet ! Mais quid d'Hadès dans cette banale histoire de cul ? Vous avez posé la question à Sabatier. Vous-même, Bertrand, vous vous y retrouvez ?
Valentin suivait pensivement la manœuvre d'un semi-remorque sur le parking de l'entreprise, si absorbé qu'il en oubliait de tourner la clé de contact.
— Voyons, Anne-Laure, qui a pu à la fois abandonner à dessein le canard dans la chambre de Mme Sabatier — si on adhère à cette version des faits — et expédier les deux messages ?
— La liste n'est pas longue. Un des familiers de Sabatier, ceux-là mêmes dont il avait autorisé la présence auprès de l'accouchée. Sa mère...
— Théoriquement possible, mais très peu vraisemblable.
— Donc, soit l'infirmière, soit le fils.
— L'infirmière aurait assez le profil, fit Valentin. On sait aujourd'hui qu'elle avait de bonnes raisons de vouloir éloigner Mme Sabatier, sa rivale. Mais pourquoi diable aurait-elle d'abord mis en cause son amant — la lettre — et aurait-elle ensuite — le message au téléphone — dénoncé une liaison où, apparemment, elle trouvait son profit ? Ça ne tient pas la route.
Il lança le moteur, qu'il écouta mugir quelques secondes.
— Reste le fils Sabatier. On peut imaginer qu'il n'aime pas sa jeune belle-mère, ce sont des choses qui arrivent. Le chiendent est qu'aucune des deux commu-

nications anonymes ne fait référence à l'épouse, qui serait pourtant, dans cette hypothèse, la cible visée par le garçon, mais au père et à la relation adultérine qu'il entretient avec Mme Bersani. Ici encore, manque total de cohérence.

Il passa sa vitesse, la Laguna s'ébranla sur l'aire.

— Vous m'avez demandé, Anne-Laure, si je continuais à établir un lien entre les vicissitudes conjugo-familiales de Sabatier et Hadès. Je n'ai pas plus de certitudes objectives qu'au premier jour. Des présomptions renforcées, cela oui. Mais vous aurez noté que notre corbeau l'a établi, lui, le rapport. Puisque c'est aux flics en charge du dossier Hadès qu'il réserve la primeur de ses informations !

Anne-Laure avait sorti de sa pochette-bandoulière un tube de rouge et se redessinait les lèvres au miroir de courtoisie.

— Si on s'invitait à La Cerisaie ? suggéra-t-elle. L'infirmière y est encore et nous pourrions également bavarder avec le jeune homme ?

— J'allais vous le proposer, dit Valentin. N'oubliez pas d'apporter les munitions, je veux dire, les pièces anonymes.

27

Même jour, fin d'après-midi.

— Coucou !

Cyril, qui refermait la portière de sa 2 CV devant l'ancienne écurie, regarda par-dessus son épaule. Alice venait vers lui.

— Ah, c'est toi. Tu es bien téméraire, ma chère. On ne t'a pas prévenue que j'avais la lèpre ?
Elle s'arrêta.
— La lèpre, non, mais... Sapristi, qu'est-ce qui t'est arrivé ?
Elle examinait sa joue gauche encore meurtrie, timbrée d'un sparadrap rose.
— Argumentation paternelle. Il prétendait me faire cracher que c'est de ma faute si Véronique vous a surpris en train de baiser !
— Faux ?
— Vrai. Mais je n'avais aucune raison de lui offrir ce plaisir. Puisque Véro, comprenne qui pourra, refusait de me balancer. Alors, file tout cafter au maître, si ça t'amuse. Devant lui, je soutiendrai le contraire !
Il se tâta la pommette.
— Qu'il ne s'avise pas en tout cas de recommencer ! Sinon...
Il ajouta, dans un murmure :
— Un jour, je le tuerai...
Elle poussa une exclamation :
— Cyril, tu parles sérieusement ?
Il gloussa :
— Non, bien sûr. Est-ce qu'on tue son père ?
Il agita le bras pour saluer le jardinier qui, à une trentaine de mètres, rafraîchissait au sécateur une bordure de buis nain. Et, changeant de registre, subitement frondeur :
— Qu'est-ce que tu me veux ? C'est quoi, ta mission aujourd'hui ?
— Je ne suis aux ordres de personne, affirma-t-elle.
— Même lorsqu'il t'envoie te rancarder sur moi auprès de ses employés ?
— C'est moi qui ai voulu savoir. J'étais dans une situation impossible, mets-toi à ma place.
Il ne répliqua point. Du coin de l'œil il épiait le manège du jardinier qui, le dos cassé, continuait de

manier la cisaille. Il nota qu'il s'était beaucoup rapproché.

— Le père Boucharon est très intéressé par notre conversation, remarqua-t-il.

Il prit une clé dans son blouson, l'introduisit dans la serrure du refuge.

— C'est tout ce que t'avais à me dire, Alice ?
— Non.

Il soupira, et du menton lui fit signe d'entrer. Libellule accourait en sautillant sur le ciment. Alice se pencha, glissa les doigts dans la fourrure soyeuse.

Cyril fouillait dans un grand bac en plastique où il serrait les provisions de son locataire.

— Tu t'es aussi payé les flics ce matin, je suppose ? dit-il.

— On est tous passés à la moulinette, Marguerite, Lucien... Ils ont même essayé, Dieu sait pourquoi, de questionner la pauvre Véronique. Je leur ai dit qu'elle n'était pas en état, ni physiquement ni moralement, de supporter un interrogatoire, ils n'ont pas insisté. Quand il l'a appris, ton père était furax.

— Ils t'ont également cuisinée à propos de la lettre et du coup de fil anonymes ? Moi, j'ai eu droit à la séance de magnéto.

— Moi de même. Le grand jeu. Il se trouve que les deux informations étaient strictement exactes. Ton père a été obligé de reconnaître qu'il avait triché sur son emploi du temps du dimanche 19 avril. En fait, il était passé chez moi, en quittant la maternité. Mais il lui était difficile de le dire d'emblée aux policiers.

— Because l'épouse, on peut comprendre.
— Cela aussi il va devoir l'avouer à Véronique.

Cyril puisa dans le bac une grosse poignée de verdure. Tapie à ses pieds, Libellule guettait la provende.

— Bref, encore une épreuve en vue pour la cocue, dit le garçon d'un ton léger. Bah, elle doit être blindée désormais !

Il attrapa sur le sol une vieille gamelle en fer-blanc toute bosselée, remarqua :
— Dis donc, Alice, il était vachement à la coule leur indic, aux flics !
— En effet. Quelque chose me dit que les poulets pensent que c'est toi...
— Ç'a été aussi mon impression. Qu'est-ce que t'en dis, toi ?
Elle ne répondit pas. Cyril s'accroupit et entreprit de hacher feuilles de pissenlit et fanes de carottes pour les réduire aux dimensions du récipient.
— Pourquoi t'as fait cela ? demanda-t-elle, abruptement.
— Fait quoi ?
— Dimanche après-midi. Pourquoi ?
— Pour lui clouer le bec, à cette bêcheuse. Il lui fallait une bonne leçon, elle l'a eue.
— En attendant, c'est moi qui trinque, constata-t-elle, amère. Et qu'on flanque à la porte.
Cyril, patiemment, poursuivait son découpage.
— T'es pas encore partie, dit-il, mon père tient trop à tes fesses pour te limoger comme ça !
Il alla se laver les mains au lavabo.
— Il y a longtemps que tu es au courant, pour ton père et moi ?
— Non, mentit-il, depuis dimanche. Un pur hasard. Je traînaillais dans ma piaule, quand vous avez ouvert le bal.
Il s'essuya les mains avec soin.
— T'avais l'air en super-forme, hé ?
Elle minauda :
— Dis donc, toi, tu serais pas des fois jaloux ?
— Va savoir !
Il lui tournait toujours le dos. La caresse du parfum épicé sur sa nuque lui révéla qu'elle était tout près de lui.
— « Sentiment », risqua-t-il.
— Je l'ai mis pour toi.

Il reçut contre lui le contact du ventre tiède, sentit son sexe se roidir. La prendre dans ses bras, l'étendre là sur la couette, la posséder, sauvagement...
Il virevolta, souleva un coin du matelas, en retira un petit paquet emmailloté dans un chiffon gras.
— C'est quoi ?
— Tu le vois bien, un flingue.
— Il est à toi ?
— Oui. Enfin, maintenant oui.
Elle réprima un tremblement.
— Un flingue pour quoi faire, Cyril ?
Il faisait rouler rêveusement l'arme entre ses doigts. Dans l'aquarium à l'autre bout de la pièce, des poissons se coursaient, leurs battements de nageoires faisaient bouillir l'eau verte.
— Rassois-toi, dit-il. J'ai des choses à t'expliquer.

28

Même jour, même fin d'après-midi.

Ils étaient allongés nus sur le drap trempé de sueur. Leurs respirations s'apaisaient. Mel avait pris la main brûlante de son compagnon et s'appliquait à le consoler :
— Ce n'est rien, mon petit, ce n'est rien.
L'incantation coulait, apaisante. Il ne réagissait point, elle le savait ailleurs, très loin déjà de la petite chambre de célibataire à la tapisserie à fleurs décolorées, sur laquelle il avait punaisé quelques portraits de musiciens d'autrefois. La soirée était claire, les derniers martinets se croisaient en sifflant devant la fenêtre entrebâillée ;

de la cour, à l'arrière de l'immeuble, montaient des cris de gosses qui se poursuivaient sur leurs rollers.

Il lui avait téléphoné une heure plus tôt :

— Mel, il faut que tu viennes, j'ai besoin de toi !

La voix était si fiévreuse que, malgré sa réticence — elle ne se départait pas d'un réflexe de défiance pour ces rencontres au grand jour —, elle était accourue.

— J'aimerais te faire l'amour, Mel. Tu veux bien ?

Et déjà il s'emparait avec fougue de sa bouche, lui pétrissait les seins, faisait glisser sur sa hanche des doigts fourmillants de désir. Bien que peu encline par tempérament à ces assauts à la hussarde, elle ne l'avait pas repoussé, elle s'était contentée, dès qu'elle avait pu dessouder ses lèvres, de le taquiner :

— Eh, Camille, ça urgeait à ce point ?

Il l'avait entraînée dans la chambre, s'était déshabillé tambour battant, lui avait arraché ses vêtements. Il avait roulé avec elle sur le canapé, lui avait imposé un corps-à-corps impétueux, il avait inventé cent caresses, s'était évertué à varier les postures à l'infini, il avait tout osé. En vain. La débandade cuisante, au bout de quoi il n'y avait plus, sur la couche dévastée, que deux lutteurs fourbus.

Elle sentait bien à quel point il était mortifié. Il lui tournait presque le dos, elle entrevoyait son regard fixe, comme scellé à l'eau-forte accrochée à leur gauche et qui représentait un célèbre organiste du grand siècle, Clérambault, lui avait-il appris un jour.

Elle accentua la pression sur sa main.

— Ce n'est rien, redit-elle, la panne hyperclassique chez l'homme. Ça peut être la fatigue, le stress...

Des mots charitables, qui n'effaçaient pas l'échec, ce naufrage au lit qui humilie tant les mâles.

Mais ce n'était pas tout. Au-delà de la défaillance physique, l'expliquant en partie sans doute, elle devinait une fêlure bien plus grave. C'était elle qui lui marquait les traits — plus encore que le samedi précédent, elle s'apercevait qu'il avait fondu en quelques semaines — et lui donnait ce visage éteint. Il lui fallait coûte que coûte relancer la machine.

— Tu as eu récemment des nouvelles de Patrick ? demanda-t-elle.

Avec effort, il se dégagea de la bulle où il s'était enfermé.

— Il m'a appelé hier après-midi. Pour me sermonner. Je crois que vous vous êtes donné le mot.

— On se fait de la bile pour un pote qui n'est pas heureux, quoi de plus naturel ?

Il parut réfléchir un instant.

— Oui, dit-il, vous êtes tous adorables. Pierre-Henri aussi m'a passé un coup de fil.

Il se leva, attrapa un magnum de Contrex sur le chevet, but au goulot. Elle l'examina, pendant qu'il tétait son eau minérale, le torse imberbe, les flancs étroits, sans un gramme de graisse. Une tendresse à nouveau l'envahissait, comme maternelle, pour ce garçon plus âgé qu'elle, mais tellement fragile. Il enfila son slip, rechaussa ses grosses lunettes. Il contempla longuement son amie toujours étendue. De la douceur nimbait ses pupilles.

— C'était fatal, dit-il, je rate actuellement tout ce que j'entreprends. J'ai perdu le goût des choses. La moindre difficulté me jette dans des colères impossibles, mes petits élèves, à Saint-Goustan, l'éprouvent à leurs dépens.

Il revint s'asseoir au bord du lit.

— Il est plus que temps que je rompe les ponts.

Elle saisit l'opportunité.

— Alors le départ, ça se précise ? demanda-t-elle, comme si cette éventualité l'intéressait au plus haut point, alors qu'il l'avait déjà commentée à loisir deux jours auparavant.

En fait, elle n'avait jamais réellement cru à son projet, mais le moment était mal choisi, jugea-t-elle, pour le heurter de front.

— Oui, dit-il, ce sera finalement les Antilles. Je suis

passé hier à l'agence, je vais partir pour Saint-Barthélemy.

— À la fin de l'année scolaire...

— Ou avant, je n'ai pas encore tranché. Je sais seulement qu'il est impératif que je m'éloigne au plus vite. Tant qu'on m'en laissera la possibilité.

Elle refréna son agacement : l'allusion à sa phobie était transparente.

— Sabatier ?

— Il ne me lâche plus. Il m'a localisé, il sait où j'habite, où je bosse et il s'arrange pour me le faire comprendre. Tout à l'heure encore, je rentrais de Saint-Goustan, je marchais rue des Chanoines, il m'a suivi.

— Tu l'as vu ?

— Il est trop malin pour ça, mais j'ai bien senti qu'il était derrière moi. Une sensation insupportable, comme une brûlure sur ma nuque.

Mel affecta d'en rire.

— Une brûlure sur ta nuque ! C'est au fond de ta caboche que ça chauffe, mon bonhomme !

— Dis que je suis fou !

— Pas encore, mais très fatigué. Tu devrais consulter un toubib.

— Et les appels téléphoniques que je reçois chez moi depuis peu ? C'est du réel, ça ! Je me précipite, il est à l'autre bout, j'entends son haleine, et il raccroche sans avoir articulé une syllabe.

— Et tu as décidé que *il*, c'est Sabatier ! ironisa-t-elle, plus troublée qu'elle ne l'affichait. C'est ce que ma prof de philo aurait baptisé une pétition de principe !

— Mais qui d'autre ?

— Alors là... N'importe quel rigolo qui se sera juré de te faire tourner en bourrique ! Pourquoi pas un de tes potaches, par exemple, que tu as un peu asticoté et qui veut se payer son prof ! Tu sais quoi ? Tu vas illico alerter les flics : les cognes te doivent bien ça !

Il restait insensible à sa bonne humeur forcée. Elle se redressa.

— Tu pourrais me jouer quelque chose ?

Il dit « Bien sûr », sans chaleur, il se leva, alla dans la pièce contiguë. Elle l'y suivit, sans avoir songé à remettre ses vêtements. Camille s'était installé au piano. Il tournait quelques pages du recueil ouvert devant lui et aussitôt ses grandes mains aristocratiques prenaient possession de l'instrument. Elle reconnut le thème d'un adagio de Rachmaninov, qu'elle l'avait déjà entendu interpréter, mais différent, lui sembla-t-il, avec un tempo beaucoup plus lent et quelque chose de douloureux dans le matériau sonore, dont les accords sous ses doigts se réverbéraient en larges échos tremblés.

Il avait terminé, il demeurait immobile, les paumes abandonnées au mitan du clavier. La petite tape de Mel sur son épaule le secoua.

— Camille, dit-elle, reviens sur terre ! Je suis là !

Il ne répondit pas tout de suite. Puis, très bas, comme si la confidence était pour lui-même :

— Je vais partir très très loin. Et je ne reviendrai pas...

Il inclina la tête vers elle et elle eut la révélation, au fond des prunelles, d'un désespoir incommensurable.

— Mel, dit-il, pourquoi ne m'accompagnerais-tu pas ? On s'entend bien tous les deux. Toi aussi tu es seule...

Elle aurait dû être choquée, se récrier et mettre une bonne fois les choses au point : non, elle n'était pas seule, elle avait cette présence pour toujours en elle, assez vivante pour qu'elle ait la force de se battre encore.

Mais elle n'eut pas le cœur, devant tant de détresse, de lui rétorquer qu'il oubliait l'essentiel, elle feignit même quelques instants de l'accompagner dans sa chimère.

— Un grand voyage, Camille, comme c'est excitant ! Les Caraïbes, le soleil, la mer chaude... Donc je largue tout, les quelques êtres ici auxquels je tiens encore, mon boulot...

— On fait peau neuve, Mel, on redémarre avec zéro au compteur, on va vivre ! Mel, tu entends ? Vivre, vivre !

Il la regarda intensément. L'avait-il prise au sérieux ? Elle lisait un tel appel dans ses pupilles mouillées... Il

frôla du menton et des narines la toison moite de son amie, en huma le parfum, ses paupières à nouveau closes. Il se redressa, cala la tête au creux de son épaule. Et il confia, dans un souffle :
— Et je n'aurai plus jamais peur.

29

Même jour, vers 18 heures.

ANNE-LAURE déposa sur le bureau une liasse de documents.
— Voilà, Bertrand, tout est faxé.
Valentin avait délacé son soulier droit et se massait sous la languette. Dès les premières chaleurs, il avait souvent les pieds fatigués en fin de service et ils avaient pas mal piétiné dans la matinée.
— Oui, dit-il, une belle collection de faux témoignages qui tous justifieraient des poursuites. Touzé tranchera.
Il fit jouer l'un après l'autre dans la chaussure ses orteils endoloris.
— J'ai eu l'impression tout à l'heure, à La Cerisaie, de m'être gouré d'époque. Un potentat comme on n'en trouve plus, des domestiques au garde-à-vous, prêts à se prostituer pour le maître... Ajoutons, pour faire bonne mesure, deux femmes entretenues sous le même toit et un sauvageon qui se terre parmi ses bestioles !
— Et qui, à l'occasion, dit Anne-Laure, bien qu'il s'en défende, joue les délateurs. Vous en êtes toujours d'accord, Bertrand, le corbeau c'est lui ?
— J'en suis persuadé. Voyez-vous, Anne-Laure, nous

sommes pour le moment encore, hélas, condamnés à accompagner l'événement sans avoir réellement de prise sur lui. La situation ne manque d'ailleurs pas de piquant. J'aime assez ces atmosphères familiales lourdes de passions rentrées, à la Balzac. Pas vous ?

Anne-Laure fit hon, hon sans se prononcer. Assise au pupitre de l'ordinateur, elle se repoudrait les pommettes.

— Vous croyez que le juge Goavec marchera ? Pour les écoutes ?

— D'une certaine manière, ils n'ont plus le choix. Cela dit, l'affaire ne va pas sans risques et rien ne nous garantit...

Il s'interrompit. Ils entendaient au bout du couloir le verbe sonore du major Marzic en discussion avec un collègue. Valentin lâcha sa chaussure et posa un doigt sur ses lèvres.

— Pas un mot à cette pie de Marzic. Ni du reste à personne, je dis bien : à personne.

Après une dernière caresse de la houppette et une œillade au miroir, Anne-Laure referma le poudrier. Dehors, les voix déclinaient, les deux hommes avaient dû se servir à la machine à café et s'éloignaient.

— Votre insistance à m'enjoindre de tenir ma langue est curieuse, dit la jeune femme. Je n'ai jamais eu Marzic comme confident ?

— J'ai dit : à personne.

— Soyez franc, vous pensez à qui ? À Pierrig ?

Valentin finissait de nouer sa cocarde.

— Lebastard est un très chic gars. Mais ne jamais oublier qu'il bosse d'abord pour Bardon.

Il se redressa.

— Il me semble que si je me réfère aux relations que vous...

Il n'acheva point sa phrase. Les traits d'Anne-Laure s'étaient durcis.

— Je n'ai pas le sentiment que vous ayez eu à vous en plaindre jusqu'à ce jour, dit-elle, glaciale. Au contraire.

Quant à moi, j'ai pour règle dans ma vie de ne pas mélanger les genres. Ça m'est désagréable d'avoir à vous le rappeler.
Il se rendit compte qu'il l'avait blessée.
— Autant pour moi, Anne-Laure, je ne suis qu'une vieille bête. Pardonnez-moi.
Il eut un sourire timide. Et elle fut étonnée de constater à quel point le visage du commandant s'était en une seconde métamorphosé. L'avait-elle déjà vu sourire ?
— Ce n'est rien, Bertrand, vraiment rien.
Elle l'observa à la dérobée pendant qu'il classait ses dossiers. Il est donc capable d'être charmeur, se dit-elle, des femmes ont pu l'aimer. Elle était stupéfaite du cours bizarre de sa réflexion. Mon Dieu, songea-t-elle, et si le commandant se doutait de mes pensées ! Gênée, elle lui tourna le dos.

30

Mercredi 20 mai.

C'AURAIT pu être pour Véronique une nouvelle et très dure épreuve, lorsque Jacques lui a raconté la manière très particulière dont il a usé de sa soirée le dimanche 19 avril. C'était le mardi à midi, il rentrait du bureau et savait déjà que les policiers s'étaient présentés à La Cerisaie dans la matinée : Alice sans doute l'avait prévenu. Il avait les lèvres blêmies de colère rentrée, quand il a ouvert la porte de la chambre où elle lisait une revue en attendant le déjeuner, et tout de suite il a explosé :
— Ils ont donc essayé de te cuisiner toi aussi ! Les

butors ! Ils n'en avaient pas le droit, il était entendu qu'on ne t'embêterait pas avec ces histoires !

Elle lui a dit qu'elle ne voyait pas bien pourquoi il paraissait à ce point monté contre les policiers, pour elle ils faisaient leur métier et si, comme elle croyait le comprendre, leur démarche avait un lien avec l'affaire Hadès, il était le premier concerné, non, par le bon déroulement de l'enquête ?

Il a eu une grimace de mépris.

— Des incapables. Ça fait plus d'un an que la plaisanterie dure, ils n'ont pas décollé d'un pouce ! Par contre, pour enquiquiner les honnêtes gens, chapeau !

Il s'est assis au bout du lit. Et c'est à cet instant qu'il s'est mis à parler de ce dimanche soir d'avril dernier. Tout de go. Peut-être avait-il réfléchi qu'au train où allaient les choses elle l'apprendrait tôt ou tard ? Elle aurait dû être horrifiée par ce qu'il lui disait. Entendre de sa bouche que pendant qu'elle se tournait et retournait sur son lit à la maternité, en proie aux appréhensions naturelles du premier accouchement, lui était en train de caresser sa maîtresse... Elle se souvenait très bien comment cela s'était passé. Elle le voyait si nerveux, elle lui avait conseillé de rentrer se reposer, sa présence auprès d'elle n'était pas utile, au contraire, on le rappellerait s'il y avait du nouveau. Il l'avait remerciée avec chaleur. Et était parti rejoindre l'infirmière.

Oui, elle aurait dû être révoltée par tant de duplicité, en un pareil moment. Ce n'a pas été le cas. Secouée, certes, mais elle a assez vite repris le dessus, elle a mis à son crédit sa tardive sincérité, s'est accrochée à l'idée que c'était du passé, des choses mortes d'avant l'affreux dimanche après-midi où elle avait entendu son mari et Alice faire l'amour. Depuis, il y a eu les aveux de Jacques et ses promesses. Elle veut y croire, il faut qu'elle y croie, de toute sa volonté ! Sinon, elle est en enfer.

Les jours passent, et Alice est toujours à La Cerisaie.

Régulièrement, Jacques la rassure :

— Je n'ai pas oublié, pour notre nouvelle recrue.

Mais je veux une personne très compétente, et ça ne court pas les rues.

— J'aimerais m'occuper moi-même de Tiphaine, Jacques. Il faudra bien que je m'y mette !

D'un baiser il enterre ses propositions de service.

— Pas encore, ma chérie, ça me semble vraiment prématuré. Tu reprends peu à peu le dessus, sois patiente, un jour prochain, oui, fais-moi confiance, Tiphaine aura une maman à part entière !

Alice est toujours là, mais les deux femmes sont rarement seules l'une avec l'autre. Ainsi, le matin, quand Véronique pénètre dans la chambre de l'infirmière pour embrasser Tiphaine, la visite est réduite à sa plus simple expression, Véronique prend son bébé dans ses bras et le berce en lui chuchotant des douceurs, parfois Alice et elle échangent quelques phrases convenues, dont l'enfant constitue le sujet unique, mais il arrive aussi que Véronique ressorte sans avoir desserré les lèvres.

Alice sait qu'elle est condamnée à vider les lieux bientôt, elle semble embarrassée devant l'épouse légitime, peut-être rêve-t-elle d'une mise au point entre elles avant son départ ? Pourquoi Véronique s'y prêterait-elle ? Elles n'ont plus rien à se dire, qu'elle s'en aille.

À midi, lorsque Jacques est sur un chantier, il leur est aisé de ne pas s'asseoir à table ensemble, chacune a son horaire de vie, Véronique du fait de sa santé, qui justifie tous les prétextes, Alice, parce que le service de Tiphaine est très prenant et cela se produisait déjà auparavant, quelquefois. Heureusement, car le tête-à-tête serait odieux.

Au dîner c'est beaucoup plus simple, Jacques est toujours là et c'est lui qui tient le crachoir, ni Véronique, ni Alice n'interviennent sinon pour des banalités, ce qui confère tout de même à ces repas bâtis sur des monologues un style contraint, très inusuel à La Cerisaie. Et pour peu que l'animateur s'essouffle et s'arrête, l'atmosphère devient carrément irrespirable.

Jacques, bien entendu, souffre lui aussi de ce climat

empoisonné. Son humeur s'en ressent, Véronique remarque qu'il est souvent à cran et s'emporte tout rouge pour des vétilles : ainsi ce savon passé le jour même à la dévouée Marguerite, à cause d'un plat de raviolis qu'elle aurait servi trop tiède.

Mais est-ce le seul motif de ces pertes de sang-froid dont il était jusqu'alors peu coutumier devant sa femme ? Elle se demande si les racines n'en sont pas plus profondes. L'attentat contre Les Boréales, avec son corollaire sanglant, l'a marqué beaucoup plus qu'il ne l'affecte. Et continue de le préoccuper.

Pour Véronique cependant il est redevenu tel qu'elle le voyait jusqu'à ce dimanche odieux, tout à elle, plein d'attentions. La veille au soir, alors qu'elle se brossait les cheveux devant le miroir de la salle de bain, il l'a rejointe en tapinois, a déposé un bécot surprise sur sa nuque.

— Tu me trouves tellement moche, Jacques ?

Cette pensée la dévore depuis plusieurs jours : suis-je un tel laideron ? Et Jacques ne s'est-il intéressé à moi que parce que...

— Moche ? Mais quelle idée, Véro !

Elle s'en est tirée par une pirouette.

— Moi, je ne m'aime pas. Jacques, je voudrais tant être la plus belle pour toi !

Il l'a retournée, l'a contemplée, l'a serrée très fort contre lui. Elle sentait son désir.

— Tu l'es, ma chérie.

Il l'a emportée jusqu'à la chambre. S'en est ensuivie une merveilleuse étreinte.

Elle n'a pas revu Cyril depuis le dimanche précédent et elle ne croit pas que, de la semaine, il ait remis les pieds au logis paternel. Bien que Jacques n'en ait à aucun moment fait état, elle se demande s'il n'a pas soupçonné le triste rôle que le garçon a joué et ne lui a pas réclamé une explication. À la vérité, elle imagine mal ce qu'a pu être leur entretien et, s'agissant d'un sujet aussi scabreux, lequel, du père ou du fils, était le plus mal à l'aise. Même si elle s'en défend, elle aimerait avoir une conversation avec le jeune homme, mieux comprendre l'âme de cet écorché vif qu'elle n'arrive pas à détester.

Elle n'a pas revu Cyril, et pourtant... Chaque fois qu'elle franchit le seuil de la maison, elle éprouve l'étrange impression qu'il n'est jamais loin. Certitude inexplicable d'une présence très proche, quand elle se promène dans le parc. La sensation est si intense qu'il lui arrive de se retourner mais non, il n'y a personne derrière elle, sauf, là-bas, la forme carrée de Lucien qui bêche ou tend son cordeau.

Ce mercredi encore, circulant à Vannes au volant de la Lancia, elle a cru reconnaître dans le rétroviseur sa vieille 2 CV, roulant au bout de la rue du Marché-Couvert, trop loin pour qu'elle identifie le conducteur. Elle a ralenti autant qu'elle l'a pu, mais la voie était encombrée, elle a vite perdu de vue le véhicule. Elle doit s'être trompée. Pourquoi la surveillerait-il ?

L'incident l'a tout de même absorbée pendant qu'elle effectuait ses emplettes, produits de beauté chez Marionnaud et un lot de cassettes audio vierges à « Paroles et Musique », car elle est bien résolue à recommencer ses reportages ornithologiques.

Une pensée chassant l'autre, elle a évoqué sa rencontre avec Martine Carréjou ici même, quatre jours auparavant. Une vraie amie, songe Véronique, et de bon conseil. Mais que lui dirait-elle ? Qu'entre Jacques et elle c'est de nouveau le beau fixe ? Elle n'est pas certaine que Martine l'approuverait. D'ailleurs Véronique est-elle réellement disposée à entendre d'éventuelles mises en garde ?

Tandis qu'elle rentrait à La Cerisaie, Cyril lui a de nouveau accaparé l'esprit. Au point qu'ayant garé la voiture, elle est revenue sur ses pas et s'est dirigée vers la vieille bâtisse où il a élu domicile. L'unique fenêtre a ses volets tirés, mais cela ne prouve rien, il ne les ouvre pas systématiquement, il doit aimer vivre dans le noir. Il est là, elle en est sûre, il lui semble même discerner, très atténuée, la musique d'un transistor. Elle n'a pas osé frapper à la porte.

31

Vendredi 22 mai, vers 17 heures.

Depuis la veille les appareils tournaient vingt-quatre heures sur vingt-quatre, en alternance. Comme Valentin l'avait pronostiqué, le juge Goavec avait signé sans apparent état d'âme sa commission rogatoire et, le jeudi matin, deux employés des Télécoms avaient fait les raccordements et installé leur matériel. On avait logé les deux enregistreurs au fond d'une armoire en bois vermoulue, unique meuble visible dans la petite pièce que Bardon avait mise à la disposition de ses hôtes, un réduit obscur et inhospitalier voisinant avec le dépôt d'archives au sous-sol.

Il n'y avait pas d'autres écoutes en cours et, les policiers rennais étant les seuls à posséder les clés du cagibi et de l'armoire, la confidentialité de leur travail était assurée.

Naturellement, l'intervention des techniciens n'était pas passée inaperçue, au 13, boulevard de la Paix. Fidèle à son personnage, Marzic avait tenté d'en savoir un peu plus, mais il s'était heurté à un refus catégorique : les consignes de Valentin étaient draconiennes et même Bardon ignorait qui était sous surveillance.

Trois fois par jour, à neuf heures, quatorze heures et dix-sept heures, Anne-Laure se rendait dans le local et effectuait un rapide survol des informations recueillies.

Moisson en général abondante, car la détection concernait à la fois le téléphone privé de Sabatier et les deux lignes commerciales de la firme. À la dernière minute, après leur visite le mardi à La Cerisaie, Valentin avait souhaité et obtenu que fût également placé sous contrôle policier l'appartement en ville d'Alice Bersani, l'infirmière.

À quatre-vingt-quinze pour cent, les échanges avaient trait à la vie de l'entreprise et n'offraient guère d'intérêt. Et Anne-Laure, en cette fin de journée, égrenait avec morosité sa fastidieuse récolte, en râlant contre l'atmosphère confinée du lieu qui lui irritait la gorge, lorsque quelque chose accrocha son attention. Elle arrêta la marche de l'appareil, rétrograda, se contraignit à une seconde audition. Elle bloqua le défilement, éjecta la cassette et sortit, après avoir fermé à double tour derrière elle.

À son bureau, Valentin transpirait sur son pensum quotidien pour Touzé, assorti comme avant chaque week-end d'une note de synthèse. La semaine avait été essentiellement marquée par les aveux de Sabatier et les dépositions du vétérinaire Charasse et des résidents de La Cerisaie, un catalogue de palinodies, de demi-vérités et de purs mensonges, estimait-il. Touzé avait sous la main l'ensemble des procès-verbaux, c'était à lui de jouer, mais il ne se pressait pas et on pouvait douter qu'il eût la volonté de crever l'abcès, songeait Valentin avec ressentiment, en polissant les termes de sa récapitulation.

Anne-Laure entra en coup de vent et agita la cassette comme un trophée.

— On a peut-être une touche, Bertrand !

Valentin lui désigna le baladeur.

La voix neutre d'un opérateur d'abord : « Vous êtes en communication avec un répondeur. Veuillez laisser votre message s'il vous plaît. »

Un signal et le correspondant jetait quelques mots :

« Bonjour. J'attends toujours votre réponse. Vous auriez tort de ne pas me prendre au sérieux. Il n'y aura pas d'autre avis. »

L'échange fut brutalement coupé.

— Qu'en dites-vous, Bertrand ? Ç'a été adressé au domicile de Sabatier, à quatorze heures dix-huit, cet après-midi, selon l'horodateur.

Valentin fit un signe :

— Vous pourriez le repasser ?

La voix à nouveau, inconnue, grave, tendue.

— On dirait une menace, remarqua Valentin.

— Hadès ?

— Pas leur style. Enfin, d'après ce qu'on en sait.

Un silence. Anne-Laure éternuait, s'excusait, c'est cette foutue carrée au-dessous, un nid à acariens !

— Qu'est-ce qu'on fait ?

— Rien, dit Valentin. On attend. Seul Sabatier serait en mesure de nous éclairer et il n'est pas question, bien entendu, de le questionner.

— On repique l'enregistrement pour le grand chef ?

Valentin hésita. La règle était de dupliquer toutes les prises utiles et de les adresser sous scellés à Rennes.

— Oui. Touzé va encore bien dauber sur nos visions, et au fond nous n'avons pas la certitude que cette bande... Tant pis, on l'expédie. Essayez de voir aux Télécoms si on peut savoir qui appelait. On aura peut-être la chance avec nous, cette fois.

Anne-Laure savait d'expérience que l'identification d'un appelant anonyme, possible au plan technique, était rarement effective. Elle décrocha cependant le téléphone.

32

Samedi 23 mai, matin.

EN sortant de Saint-Goustan, où il avait exceptionnellement donné ses cours jusqu'à dix heures. Camille Le Lann passa au Champion de la rue du Mené pour y faire son marché hebdomadaire. Il poussa son caddy entre les rayons, l'esprit ailleurs, étranger à la fièvre d'achats qui agitait la foule des badauds autour de lui, écoutant le boniment de l'animateur qui chantait les vacances en annonçant des promotions sur les barbecues et parasols. L'été est encore loin, songeait-il, cet été où serai-je ? Il ressortit du magasin, vida le caddy dans un grand sac en plastique qu'il casa à l'arrière de la Clio.

Il gara la voiture au parking privé et pénétra dans l'immeuble, sa serviette de prof à une main, le sac de provisions à l'autre. Il traversa le hall désert et s'engagea dans l'escalier de béton habillé de mosaïque.

Il était au premier palier lorsqu'il perçut le claquement de la porte extérieure. Il suspendit sa montée, le cœur en émoi. Aucune manifestation de vie au-dessous. Quelqu'un du rez-de chaussée, sans doute, qui avait déjà réintégré son appartement. Il se fit alors la réflexion qu'il n'avait pas noté le déclenchement caractéristique du mécanisme libérant l'ouverture. Il était abîmé dans ses pensées, ce bruit lui aurait-il échappé ?

Il se pencha au-dessus de la rampe, ne vit personne. Faute d'attention, vraiment ? Ou illusion sécrétée par ses nerfs à vif ? Déjà tout à l'heure, devant l'entrée du Champion, n'avait-il pas cru un instant *l'*apercevoir parmi les promeneurs ? Une fois de plus. Oui, il était temps qu'il change d'air. Sinon, c'était l'asile garanti à court terme.

Il se remit à marcher, les jambes encore un peu plus lourdes. S'arrêta à nouveau. Pour le coup il avait entendu le clic-clac de la porte, des chaussures faisaient crisser les dalles, on montait derrière lui. Il faillit prendre son élan et courir se mettre à l'abri dans son appartement à quelques degrés plus haut. Un reste de dignité le retint. Il s'adossa à la muraille, suivit la lente progression, ponctuée de soufflements, de soupirs et d'apartés.

Il essuya d'un revers de main la sueur qui lui couvrait le front, respira à fond. Ridicule : ce n'était que Mme Pourcelle, la vieille dame du troisième, qui rentrait de promenade, son york sous le bras.

— Comment ça va, madame Pourcelle ?
— On fait aller. Toujours mes varices.

Elle dégagea le bas de sa robe, exhiba son mollet couturé.

— L'escalier me tue, ajouta-t-elle. S'il n'y avait pas Pepsi, je ne bougerais plus guère de là-haut. Mais vous savez ce que c'est, avec les chiens, faut ce qu'il faut, deux fois par jour, soleil ou pluie, réglé comme du papier à musique. À propos de musique, tout se passe bien, monsieur Le Lann ? J'entends plus votre piano, on dirait ?
— Vous croyez ? Non, non, tout va bien.

Elle reprit son ascension en soufflant. Camille demeura quelques instants sur place, soulagé et confus. Oui, il était décidément bien mal en point pour être si peu capable de se contrôler. Là-haut, la porte de Mme Pourcelle grinçait sur ses ferrures.

Le Lann escalada les dernières marches. Il pénétra dans l'appartement, tira le verrou, jeta sa serviette sur la console du vestibule et s'en fut vider son sac dans la cuisine. Il était honteux de sa faiblesse. Je ne suis plus qu'une chiffe molle, un couard que l'arrivée d'une vieille dame met dans tous ses états. Urgent que je prenne le large. Oui, dès que j'aurai réglé mes problèmes, je me tire !

Ses problèmes... Sa gorge se serra, il ferma les yeux, saisi de vertige. Un trou noir béait devant lui. Tout au fond, une masse indistincte grossit, prend forme, un visage se précise, s'étale en gros plan, s'épanouit dans un rire énorme. Jacques Sabatier qui se marre, qui dit : « On ne joue pas au con avec moi, Camille, t'es payé pour le savoir, je suis le plus fort, rappelle-toi. »

Il rit toujours, il montre du doigt le visage ensanglanté de Camille tandis que la mère du garçonnet l'emporte, éperdue, vers le pavillon de garde, il a l'air d'apprécier le spectacle, c'est Jacques qui a exigé qu'il grimpe à ce pin, derrière l'écurie, te dégonfle pas, Camille, monte, monte. La branche se casse, il tombe, se fend la joue sur un silex, il s'évanouit, et puis il reprend connaissance, des gens s'agitent autour de lui, quelqu'un parle d'appeler un médecin, sa mère est en larmes, son père gronde, sale môme, il en rate pas une. Et la voix papelarde de Jacques : « J'ai pourtant tout fait pour l'empêcher de... »

Ils sont à nouveau ensemble, Jacques est un costaud, avec déjà des biceps et des cuisses musclées tendant la culotte de scout kaki, il dépasse d'une tête son compagnon de jeu, un gringalet jamais bien remis de sa primo-infection, Jacques est le fils du maître, le chef. Ils sont en train de regarder les deux pur-sang galopant au milieu des plates-bandes de légumes qu'ils saccagent à plaisir et ça crée un fameux remue-ménage, on crie, on court...

« C'est Camille qui les a détachés, je le jure, papa. »

C'est faux, mais qui le croira, le rejeton du gardien-palefrenier ?

Cérémonie de confession sur la terrasse, devant la maison, le père de Camille a exigé de son fils des aveux publics. M. Sabatier est là, immense et solennel, des rubans décorent le revers de son veston noir, il a attrapé l'oreille du coupable et la tord, Camille a très mal, les larmes giclent, il serre les dents. A quelques mètres, Jacques l'observe en souriant, et le père déclare d'un ton de soumission : « Je vous dédommagerai, m'sieur Sabatier. »

Mais M. Sabatier, grand seigneur, décline l'offre.

« Ça va pour cette fois. Remettez vos plates-bandes en état. Et tâchez de mieux tenir votre gosse. »

La ceinture siffle et s'abat, couture le dos maigre de l'enfant, le père est en bras de chemise, il frappe, Camille hurle, non, non, et sa mère, derrière, impuissante, qui sanglote, la lanière de cuir tournoie, l'air se déchire avec une plainte stridente et...

Camille sursauta : on avait sonné. Il écouta en observant, stupide, les oranges qui roulaient sur le pavement de la cuisine. Le timbre de l'entrée pour la seconde fois retentit et se prolongea. Camille eut un hoquet. Il se secoua, alla prendre son arme dans sa chambre, regagna le hall sur la pointe des pieds. Il colla l'œil au mouchard, scruta le palier, un segment de marche. Personne. Et pourtant il savait qu'il était là, quelque part, tapi tout près.

— Qui est-ce ?

Était-ce lui qui avait parlé ? Il ne reconnaissait pas sa voix. Il tourna la mollette du verrou, ouvrit la porte, s'avança, le pistolet pointé. Personne. En bas, une porte se fermait en faisant vibrer le chambranle. Camille courut jusqu'au séjour. Il se pencha à l'une des fenêtres, se tordit le cou pour balayer du regard la rue. Sans résultat.

Il revint dans la cuisine. Ses jambes flageolaient, son cœur lui faisait mal. Il se versa un verre de cognac dans le séjour. Sabatier passait à la vitesse supérieure. Finie la rigolade, il annonçait à présent la couleur, il contrôlait la situation, c'était lui le patron, comme autrefois.

Camille reposa son verre, se leva, décrocha le téléphone. Mel, plus que jamais il avait besoin d'elle. Ô Mel, ma petite Mel, si tu savais... La sonnerie là-bas se reproduisait, infatigable. Il reposa l'appareil. L'énervement l'envahissait. Conscience d'une solitude totale, inhumaine. Une pensée lui vint. Il allait se rendre chez Vatel, le samedi il était à son domicile, et au diable les sacro-saintes pratiques de prudence, au diable Marion, c'était trop grave ce qui lui arrivait, il dirait tout à Patrick, tout ce qu'il gardait en lui et qu'il ne pouvait plus supporter

seul. Il lui dirait sa peine, sa peur, ses espoirs fous. Vatel pouvait tout entendre, tout comprendre.
 Il prit la direction du hall, n'y parvint pas. Le téléphone, derrière, secouait son grelot.

33

Quelques jours plus tard.

L E pli est pris. Cela fait plusieurs jours qu'elle s'évade fréquemment de la maison. Elle a renoué avec les balades à vélo qu'elle affectionnait avant sa grossesse. Elle pousse jusqu'à la mer, vers la pointe de Penbroc'h ou les criques de Conleau, elle s'emplit les bronches d'air iodé.
 D'autres fois, elle abandonne sa bicyclette à l'entrée d'un chemin creux, elle s'y risque, musarde, à l'écoute de la nature qui chante la grande symphonie du printemps, elle s'émeut devant une nichée de fauvettes affamées découverte dans le touffu d'un roncier, au dévers d'un talus, elle herborise, ramène à brassées genêts et aubépines, dont Marguerite, avec des soupirs, consent à encombrer sa cuisine. Un temps réticent, Jacques applaudit à ces vagabondages et s'extasie de sa bonne mine recouvrée.
 Ce jeudi 28 mai, elle s'est réveillée très tôt, d'excellente humeur. Les contrevents de la chambre repoussés contre la façade dégagent, au-dessus des cyprès, un ciel pur lavande, sur lequel les hirondelles inscrivent leurs arabesques. Une belle journée s'annonce.
 Jacques, qui partait de bonne heure pour l'entreprise — il l'a prévenue qu'il avait une journée très chargée,

avec notamment un rendez-vous d'affaires à Lorient et qu'il ne rentrerait pas déjeuner —, est venu l'embrasser, alors qu'elle déjeunait à la salle à manger. Il s'est étonné de la voir elle aussi très matinale. Elle lui a rappelé qu'elle avait projeté de reprendre ses vadrouilles ornithologiques, elle lui en avait d'ailleurs parlé la veille au soir.

— C'est juste, je l'avais oublié.

Il l'a observée.

— Te voilà excitée comme une ado avant sa première boum ! Bravo. Tu vois que la boucle se referme, tout redevient comme avant, ma chérie.

Elle remonte à l'étage, procède à une toilette sommaire, adopte la tenue de rigueur, survêtement, légères chaussures de marche, casquette à visière. Courte station devant la psyché pour admirer sa silhouette rigolote. Elle va prendre le Nagra, qu'elle a préparé la veille, un enregistreur suisse très performant, poids plume et extrême sensibilité. Ultime contrôle pour s'assurer que l'appareil est en état de marche, cassette à haute résolution sur ses ergots, compteur à zéro, les deux piles neuves au lithium correctement disposées dans leur compartiment.

Du haut du couloir lui parviennent les vagissements de Tiphaine. Elle frappe à la porte, entre. Alice vient d'achever la première toilette de l'enfant et la borde, courbée sur le berceau. Elle se redresse, s'écarte avec un sourire retenu.

— La coquine n'apprécie pas la position horizontale !

Véronique soulève Tiphaine avec précaution, serre contre son sein la minuscule momie, qui émet des feulements d'aise, elle lèche, flaire la petite, lui susurre des mots caressants :

— Ma poupée adorée, mon trésor !

Lavée, talquée, parfumée, garnie d'un change frais. Tiphaine sent le bébé en bonne santé. Taisant ses préventions, pour la première fois depuis plusieurs jours Véronique complimente l'infirmière.

— Je vous remercie, dit Alice.

La voix est sourde, les *r* roulent, rocailleux. Véronique replace dans sa couche Tiphaine, qui aussitôt lui signifie sa désapprobation. En croisant l'infirmière, elle est frappée par l'aspect de son visage. Alice, ce matin, ne s'est pas maquillée, elle a le teint have de l'insomnie.

Véronique remarque aussi la grande valise en polyester verte, étalée sur une chaise près du lit. Alice s'apprêterait-elle enfin à vider les lieux ? Jacques pourtant ne m'a rien dit, s'étonne Véronique, qui incline la tête et repart sans avoir posé la question qui lui brûle les lèvres.

Durant quelques instants elle garde au cœur une espèce de pitié mal analysée pour cette femme qui lui a fait tant de mal. Elle finit par chasser ce sentiment, ne veut retenir de ce qu'elle a vu que la perspective d'être rapidement délivrée de la détestable cohabitation. Jacques d'ici peu répondra à sa curiosité.

Elle sort, prend la Lancia et se rend dans la forêt de Lanvaux, en Trédion. L'endroit lui est familier. Elle se souvient en particulier d'y avoir fait avec Cyril une fabuleuse cueillette de cèpes en septembre dernier, aux premières semaines de sa grossesse.

Huit heures dix. Comme toujours, elle gare la Lancia au Léty, près du château d'eau, et s'enfonce entre les arbres. Le calme du sous-bois, traversé par le frémissement éthéré des jeunes feuillages sous la brise, des murmures de sources lointaines. Quelques chants d'oiseaux, moins nombreux toutefois qu'elle ne l'escomptait. Un jour prochain, quand elle sera complètement rétablie, elle y reviendra dès l'aube.

Elle reconnaît le site qu'elle avait sélectionné lors d'une précédente tentative, au début de l'été dernier, un tapis de mousse à la base d'un charme, protégé par un rideau de jeunes fougères. Elle arme le Nagra, le pose sur le tapis moelleux. Un regard circulaire. Personne. Ces bois ne sont guère fréquentés, sinon à l'automne par les amateurs de champignons et il est beaucoup trop matin pour la balade bucolique

Elle écoute les ramages qui s'enchevêtrent et, tirant

les leçons de l'expérience de l'année passée, décide de s'écarter pour ne pas effaroucher ses gentils volatiles.

Elle songe une seconde à rentrer à La Cerisaie pour... savoir si Alice a bouclé sa valise ? Stupide. Alice ne va pas s'enfuir en abandonnant Tiphaine ! Malgré tous ses griefs, Véronique n'a jamais mis en doute sa conscience professionnelle.

Elle se souvient qu'au dîner de la veille son mari, l'entendant évoquer son projet de sortie pour le lendemain, a parlé en termes élogieux de la chapelle Saint-Germain. C'est tout près, à Kerfily, au sud du bois. L'édifice, qui date du XVIe, a bénéficié d'une restauration qui aurait exhumé de leur mauvais crépi des fresques de la Renaissance depuis longtemps oubliées. On dit la découverte prometteuse. C'est l'occasion, estime Véronique, de le vérifier, pendant que l'enregistreur tourne.

Elle gare la Lancia sur la petite place, emprunte la clé à une maisonnette du hameau, comme l'y a invitée l'affichette épinglée sur la porte, ouvre.

À pas lents, impressionnée par la sévère majesté du lieu, elle sinue entre les bancs de bois, se cassant la nuque pour atteindre les blasons nobiliaires accrochés aux sablières. Ses chaussures claquent sur les larges dalles de schiste. Elle s'arrête à la balustrade qui protège le chœur, devant l'autel de granit, curieusement flanqué de deux effigies du saint protecteur, l'une en pierre, hiératique à souhait, l'autre, de taille plus modeste, en plâtre polychrome. Sur la muraille, à gauche du grand vitrail, elle entrevoit des taches de couleur fanées, et, très présente, une tête d'angelot joufflu : la fresque, sans aucun doute, dont Jacques a parlé hier.

Durant quelques minutes, elle se recueille. Bien qu'elle n'ait pas conservé de religion, elle adresse au saint une prière, pour Tiphaine, pour Jacques, pour leur couple, et, magie de ce lieu austère imprégné de siècles de foi, croyance superstitieuse au pouvoir des rites ? sa requête est sincère.

Elle quitte la chapelle et reprend la direction du bois.

Elle retrouve la clairière, le sentier sinueux, la cache au pied du charme où elle a placé le Nagra. La capacité d'enregistrement de la cassette étant épuisée, l'appareil, après s'être rembobiné automatiquement, vient de s'arrêter. Elle actionne pour contrôle la touche « Start », recueille sur fond de chants multiformes un premier plan de froufrous végétaux et de craquements : le bruit de ses pas qui s'éloignent. Elle interrompt l'opération et, à travers bois, revient au pied du château d'eau.

L'homme est occupé à examiner l'intérieur de la Lancia. Il se retourne à son approche. La soixantaine, râblé, la face colorée, le cheveu étique, il est affublé d'une doudoune délavée, ses bas de laine écrue descendent en accordéon sur ses brodequins.

Il lui décoche un regard sans bienveillance, demande, bourru :

— C'est à vous la bagnole ?
— Pourquoi ?
— C'est pas vous qui avez tiré ?
— Tiré ? Comment cela ?
— Deux coup de feu, ça fait peut être une demi-heure. Vous avez pas entendu ?

Toujours méfiant, l'animal.

— Ma foi non, je n'étais pas là, je reviens à l'instant.

Elle lui montre le Nagra, lui résume en quelques mots la raison de sa présence dans le bois. Il se laisse convaincre.

— Non, vous avez pas le genre. Ça doit être ces chenapans qui s'amusent à canarder les pigeons. Ils sont toute une bande dans le coin, qui trimballent une carabine. Oùsqu'ils l'ont piquée, j'en sais foutre rien. Mais chasser le pigeon en cette saison, hein, faut le faire ! Des petits branleurs avec encore le lait qui leur coule du nez !

Il porte deux doigts à sa tempe en guise de salut, s'en va. Elle remonte en voiture, et rallie La Cerisaie, se disant qu'elle a été très imprudente : une chance que les galopins ne lui aient pas fauché l'appareil !

La demeure, quand elle y pénètre, semble déserte,

même la cuisine est vide, Marguerite doit être au potager ou dans la basse-cour. Elle se hisse à l'étage, entre dans sa chambre. Aucun bruit. Dix heures moins dix. Alice sans doute a sorti Tiphaine, elle le fait assez souvent à cette heure quand le temps est beau. Elle ne les a pas vues en rentrant, mais le parc est si étendu que plusieurs personnes peuvent s'y promener sans se rencontrer. Par la fenêtre elle épie l'allée gravillonnée, n'aperçoit pas l'élégante silhouette de l'infirmière poussant le landau au parasol fleuri.

Elle referme la fenêtre pour être toute à son audition. Elle pose le Nagra sur le chevet, le remet en marche, s'assoit dans le voltaire. Rare moment de bonheur promis, où se conjuguent la jouissance sensuelle de l'écoute et le plaisir de la découverte ; comme le pêcheur elle a lancé sa ligne et elle attend, aussi émoustillée qu'une gosse, les trésors à découvrir.

Elle n'est pas déçue : il y a les habitués, toujours fidèles au poste, les rois du printemps, ces merles au bec jaune dont les roulades se font écho d'une cime à l'autre, les « pign-pign » d'un couple de pinsons jouant à cache-cache dans les branches basses, si proches que le friselis de leur vol semble traverser la pièce, le babil mesuré de la fauvette à tête bleue, les récriminations de l'éternelle grincheuse, la mésange charbonnière, les roucoulements d'une tourterelle, les criailleries funèbres d'un freux.

Dans ce tableau sans surprise qui l'absorbe plusieurs minutes, elle isole une sorte d'appel morne, sur une seule note, très bref, mince comme un fil, et qui, inlassable, se renouvelle. Est-ce le bruant des bois ? le rouge-queue ? Ou plus simplement la plainte de la merlette que son intrusion a dérangée et qui n'en finit pas de s'alarmer pour sa couvée ?

Piquée au jeu, elle attrape sur le bibus le volumineux *Dictionnaire des oiseaux de nos campagnes* de Christian Müller et laisse courir son index sur la table des matières.

Elle relève la tête. En marge de sa réflexion

consciente, une anomalie, depuis un instant, la choque dans le concert derrière elle, une dissonance dont elle comprend maintenant la signification : un corps étranger est venu troubler la fête aux oiseaux, une grossière immixtion qu'elle ne pouvait absolument pas prévoir. Des voix humaines, encore distantes, celles de deux personnes, un homme et une femme, qui approchent en bavardant. Les garnements tout à l'heure, ces deux promeneurs paisibles : elle n'est pas la seule à apprécier le charme matinal du bois.

Elle écoute, un peu contrariée, se disant que la présence du couple risque d'avoir effarouché les oiseaux. Ils progressent très lentement, paraissent faire halte parfois, et les pas reprennent, elle entend le chuintement des bruyères écrasées sous leurs chaussures. Ils conversent toujours, mais très bas, on dirait qu'ils chuchotent, elle ne distingue aucune de leurs paroles. Des amoureux en quête de tranquillité ? se demande Véronique, déjà gênée d'avoir pu enregistrer malgré elle leurs ébats.

Et puis tout bascule. Très vite, la femme change de registre, pousse une exclamation, qui se prolonge en cri, une imploration dans l'extrême aigu, bien distincte cette fois, ébranlant le haut-parleur du Nagra :

— Non, non, je t'en prie, ne fais pas...

Le prélude d'une fuite, des herbes crépitent. Et deux détonations s'enchaînent, énormes. Un râle, le bruit d'un corps qui s'abat en faisant crisser la végétation. Des battements d'ailes désordonnés, le sifflement de l'air fouetté par des envols éperdus, la protestation nasillarde d'un geai.

Le cerveau en capilotade, Véronique sonde la bonace qui a suivi, elle croit ravir au silence rétabli, mais déjà assez loin, le martèlement d'une course, la plainte d'un moteur. Plus rien, un néant abyssal où surnage pourtant la mélopée de l'oiseau inconnu.

Avec des gestes maladroits, elle rembobine, réenclenche la lecture, appuie sur la touche Avance rapide et, après maints tâtonnements, se repositionne au début de la séquence.

Elle note alors un détail que son attention n'avait pas relevé : l'arrivée d'une voiture, le choc symétrique de deux portières. La voici à nouveau au point de départ de sa précédente observation, elle accompagne les promeneurs, se mêle à la rumeur de leur conversation. Pourtant, en dépit de son extrême vigilance, il lui est impossible d'en distinguer une syllabe. Jusqu'à la subite transformation de l'échange.

Et le cœur de Véronique s'arrête, le sang jaillit à son visage. Cette femme, non, je déraille, ce n'est pas possible ! Effarée, elle réécoute le passage. Et doit se rendre à l'évidence : c'est la voix d'Alice, la terreur n'altère pas complètement l'inflexion caractéristique héritée de son Gers natal, ces consonnes liquides qui roulent en torrent :

— Je t'en prrie !

Dix fois elle renouvelle le test, de plus en plus atterrée : il s'agit bien d'Alice. Et l'homme ? Hormis la partie sage de leur entretien, dont elle continue à ne rien saisir, il n'a pas ouvert la bouche et d'ailleurs ç'a été si rapide... Jacques ? Elle s'effraie d'avoir osé prononcer le nom dans sa tête.

Hors de soi, elle se propulse vers la chambre d'Alice et, après un simulacre de tapotement au panneau, elle entre, découvre Tiphaine qui rêve aux anges dans son berceau, ses menottes potelées affleurant la lisière de la parure rose. Mais point d'infirmière. Forcément, puisque...

Elle veut repousser encore l'horreur et court vers la salle de bain.

— Alice ?

La salle est inoccupée. Véronique réintégre la chambre de l'infirmière, elle furète partout comme une possédée, sans trop s'appesantir sur le ridicule de cette bougeotte : Alice n'est pourtant pas cachée au fond d'un tiroir ! La valise verte n'a pas bougé de la chaise près du lit. Véronique presse les deux poussoirs et remonte le couvercle. Dénombrement vite réalisé : deux piles de gants de toilette et c'est tout, la valise est aux trois quarts vide.

La commode par contre est bourrée jusqu'à la gueule de lingerie, ses trois compartiments strictement rangés et, dans l'armoire-penderie, les vêtements sont toujours suspendus à leurs cintres. Alors pourquoi cette valise, signe sensible d'un départ programmé ? Un départ ! Elle frissonne, revivant la scène terrifiante du bois de Lanvaux. Tout s'embrouille dans sa tête.

Elle descend au rez-de-chaussée. Marguerite épluche des oignons à la table de la cuisine, les joues luisantes. À travers ses besicles, elle pose sur le désarroi de la jeune femme des prunelles mouillées.

— Vous n'auriez pas vu Alice ?
— Elle est sortie, madame Sabatier. Une petite virée en ville.
— Sortie... À quelle heure ?
— Oh, ça doit faire moins d'une heure. Mlle Bersani m'a dit de jeter un œil sur Tiphaine, qu'elle ne serait pas longtemps en courses. Je suis montée à la chambre tout à l'heure avant d'aller au potager, la mignonne dormait comme un jésus. Je ne savais pas que vous étiez rentrée.

Nouveau regard dubitatif.
— Tout va comme vous voulez, madame Sabatier ?
— Mais oui, Marguerite, très bien.

Elle regagne l'étage. Une courte hésitation et elle téléphone depuis le bureau de son mari, appelle à l'entreprise, persuadée qu'il ne sera pas joignable. Si, on le lui passe. À la première phrase de Véronique, il devine son agitation.

— Qu'est-ce qui ne va pas, Véro ?
Elle bafouille, constate niaisement :
— Tu... Tu es là...
— Il m'arrive, sais-tu, d'être à mon poste ! Je crois

t'en avoir parlé, j'ai un planning dingue aujourd'hui, avec plein de rendez-vous.
— Tu n'as pas quitté ton bureau ?
— Sauf pour un saut à la chambre de commerce de Lorient, en tout début de matinée. Pourquoi ?
L'étonnement perce dans sa voix. Va-t-elle continuer, le prier de lui détailler son horaire ? Non, elle se sent soudain ridicule, elle fait marche arrière, sans même oser évoquer la « disparition » d'Alice.
— Je n'étais plus très certaine si tu rentrais déjeuner. Oui, je sais, tu me l'as dit. Excuse-moi.
Elle cafouille, lamentable. Petit blanc dans le dialogue. À l'autre bout, Jacques doit drôlement gamberger sur le sens de son intervention.
— Tu es sûre que ça va, Véro ?
— Mais oui. Pardonne-moi de t'avoir dérangé. À ce soir, Jacques.
Elle raccroche, un peu trop cavalièrement. Elle s'assoit sur la cathèdre, se prend la tête entre les mains. Rester calme. Il y a une signification à ces événements extraordinaires, une logique. Inventaire des faits bruts : elle a réellement enregistré le cri de refus d'Alice et les deux coups de feu — ces coups de feu que le type à la doudoune a lui aussi entendus — plus une voix d'homme, plus l'arrivée et le départ d'une voiture. Et, coïncidence, l'infirmière, qui s'absente très rarement, surtout le matin, est sortie. Tout le reste est du domaine de l'interprétation, rien qui autorise Véronique à faire de son mari l'inconnu du bois. Y avoir seulement pensé est en soi monstrueux. Comment en est-elle arrivée là ?
Une phrase remonte de sa mémoire, prononcée le jour où Jacques, après avoir confessé sa relation adultère avec Alice, lui promettait d'y mettre fin : « Tu vas être débarrassée d'elle, je m'y engage. »
Débarrassée... Véronique a un tremblement, une coulée de glace descend le long de son échine. Alice s'apprêtait à partir, elle avait commencé à préparer son bagage. Que s'est-il passé ensuite ? Matériellement, Jac-

ques et elle ont pu se rencontrer ce matin. Aura-t-elle voulu monnayer son renoncement ? Une discussion qui aura mal tourné ?

« Non, non, je t'en prie, ne fais pas... », l'imploration résonne encore en elle. Elle tente de rattraper les rênes de son imagination emballée. Et elle se formule une remarque, une simple remarque de bon sens, qu'elle s'en veut de n'avoir pas faite plus tôt : la forêt de Lanvaux est très vaste, quel hasard extraordinaire, tout de même, que le drame se soit déroulé à proximité immédiate de la zone où elle avait placé l'enregistreur et dans le temps précis qu'a duré son éloignement !

Alors, une mise en scène ? Mais organisée par qui ? Pourquoi ? Elle perd pied. Qui était au courant du reportage envisagé ? Jacques, à coup sûr, depuis le dîner de la veille, et Alice, qui l'a entendue s'entretenir de son projet. C'est au cours de ce même repas que son mari lui a conseillé la visite de la chapelle. Donc... Elle bute contre un mur.

Elle retourne dans sa chambre, ne réussit qu'à s'échauffer un peu plus les méninges. Et un élan la jette hors de la pièce, elle dévale les marches, ne peut se soustraire en traversant le hall à l'attention de la cuisinière, qui, postée sur le seuil de l'office, un faitout fumant dans les mains, lui adresse un regard surpris.

— Je dois sortir un court moment, Marguerite. Tiphaine dort toujours, mais si elle se réveille...

— Comptez sur moi, madame Sabatier. D'ailleurs Mlle Bersani ne tardera pas à rentrer.

Véronique réprime une crispation nerveuse, file à la Lancia, franchit la grille de la propriété.

Le bois de Lanvaux redéploie pour elle ses vagues de verdure, que le soleil déjà haut éclabousse de giclures d'or. Beaucoup d'oiseaux font la pause et elle s'avance à travers la végétation basse dans un demi-silence recueilli. Elle parvient au pied du jeune charme qui lui a servi de poste d'observation, elle parcourt du regard l'étendue verte. Pourquoi est-elle là ? Pour découvrir quelle preuve palpable de la réalité des faits ? Des traces de pas, des douilles peut-être, ou même...

Elle frissonne, chasse la vision de mort, revient au château d'eau. On peut supposer que le couple y a également fait halte, mais il existe d'autres possibilités de stationnement en forêt et le Nagra est assez puissant pour capter une source même lointaine.

Au hasard elle examine le sol, croit y découvrir des empreintes de pneus. Fraîches ? Plus anciennes ? Il n'a pas plu depuis une quinzaine, la moquette d'herbe et de mousse est sèche et même les doubles sillons dessinés par la Lancia sont à peine perceptibles.

Force lui est de reconnaître son échec : on ne s'improvise pas détective.

Elle agrandit pourtant le cercle de sa prospection, sillonne un moment bruyères, ajoncs et fougères. Se décourage. Multiples sont les sentes existantes qui auraient pu être empruntées et elle ne remarque nulle part la marque d'un récent passage qui la conduirait à... Nouvelle contraction de ses muscles à l'évocation d'un spectacle innommable. Elle pivote, court à grandes enjambées vers la Lancia, s'y enferme comme dans un refuge, appuie contre le volant sa joue brûlante, le temps de discipliner son souffle.

Il est midi un quart quand elle remonte l'allée de La Cerisaie. Avec stupeur elle aperçoit la Saab de Jacques gardée en bas de la terrasse. Il lui a bien dit qu'il ne rentrerait pas à midi ? Cette constatation ajoute à son désarroi et c'est l'esprit très perturbé qu'elle se présente à la maison.

De l'entrée de sa cuisine, Marguerite lui lance :

— Ah, vous voilà, madame Sabatier ! Monsieur va être bien content, il commençait à se faire des cheveux ! Il est là-haut.

Jacques, qui a identifié son pas dans le couloir, jaillit du bureau et se porte à sa rencontre. Il pousse un « ô mon Dieu ! » de saisissement.

— Véro, mon petit, que t'arrive-t-il ? Tu es malade ?

Elle fait non de la tête, veut marcher vers la chambre, doit s'arrêter, les jambes plombées. Le plafond, la tapisserie des cloisons se gondolent, elle sent la sueur qui gicle et poisse son front et ses joues. Le visage de Jacques, tout proche, grossit, se distend en un rictus de gargouille. Elle doit vouloir exprimer quelque chose, mais n'entend pas sa voix. Elle bascule en arrière, sombre dans la nuit.

Elle émerge du brouillard. Une ombre, tout près, qui lentement se matérialise. Penché sur elle, Jacques lui sourit, dit quelques mots qu'elle ne comprend pas. Plusieurs secondes s'écoulent, où elle flotte encore aux marges du songe.
Et le réel lui saute à la face : la protestation horrifiée d'Alice dans le bois de Lanvaux, les deux détonations. Elle se ramasse en boule à l'angle du lit, comme une bête forcée. Jacques se méprend.
— Voyons, Véro, c'est moi, ton mari !
Il enchaîne, d'un ton de reproche :
— On dirait que tu ne me reconnais plus !
Méfiante, elle le reluque d'un œil torve. L'air malheureux, il lui enserre le poignet, cherche son pouls, maintient sa main prisonnière malgré sa résistance. Tiphaine s'est réveillée et s'offre une vraie crise, on entend dans le couloir le pas pesant de Marguerite qui accourt.
Jacques lâche son bras.
— Pas fameux. Allez, j'appelle Nabeul.
— Non !
Elle a clamé son refus, elle se redresse, se remet sur pied, flageole un peu.
— Sois raisonnable, Véro. Tu tiens à peine debout !
Il veut lui prendre la taille, elle le repousse.
— C'est à croire que je te fais horreur, remarque-t-il tristement.
Elle ne réplique pas.
— Enfin, Véro, insiste-t-il, peux-tu me dire ce qui t'a

mise dans un état pareil ? Tout à l'heure déjà, au téléphone, tes questions... Facile d'en déduire que ça ne tournait pas rond dans ta tête. C'est bien pourquoi, contrairement à mes intentions, je suis rentré. Pour apprendre que tu étais ressortie. Et dès que tu me vois...

Une pause, et la voix, nettement plus ferme, ordonne :

— Parle, Véro, j'ai le droit de savoir.

Elle se dérobe encore. Elle a soudain très froid, se met à claquer des dents.

— Tu devrais te recoucher, Véro, et moi je téléphone à Nabeul.

— Non ! répète-t-elle. Pas le Dr Nabeul !

Elle serre les dents, se force à accepter enfin le face-à-face.

— Ce matin, je me suis rendue dans la forêt de Lanvaux...

— Pour ton reportage audio. Très bien. Et alors ?

Un silence. Le front ridé par la concentration, il ne paraît pas le moins du monde embarrassé. Comédie. Il y a seulement dix jours, avant que Cyril ne lui dessille les yeux, il était pour elle le modèle, le désintéressement et la sincérité incarnés. La statue est déboulonnée, elle connaît désormais son aptitude au mensonge et, tant pis, elle va le confondre. Elle attaque :

— Où étais-tu aujourd'hui, Jacques ?

Il cligne des paupières, le roulis des globes oculaires pourrait trahir un commencement de panique. Mais il se domine vite, il doit se dire qu'il n'a personnellement rien à redouter d'une reconstitution où il ne figure pas, il s'est arrangé à cet effet. Le regard d'acier a pris une fixité troublante et semble la fouiller à cœur, il étire les lèvres en une moue indulgente :

— Où j'étais ? Mais voyons, à mon boulot, à l'entreprise !

— Et tu ne t'es pas absenté ? À aucun moment ?

— Non. Sauf pour rencontrer ce type à Lorient, à neuf heures. Mais je te l'ai déjà dit, au téléphone ! À quoi rime cet interrogatoire ? Explique-toi, à la fin !

Courageusement, elle ose croiser le feu des pupilles pâles.
— À Lorient, bien sûr. En faisant un petit détour. Tu étais au bois de Lanvaux. Avec Alice !
— Alice ? Je me serais trouvé en forêt de Lanvaux, avec l'infirmière ? C'est extravagant ! Tu délires, Véro.
— Tu as exécuté Alice. Ne proteste pas, j'en ai la preuve.
Elle ne le quitte pas des yeux. Elle voit se succéder sur sa figure, telles des ondes qui se chassent l'une l'autre, l'incrédulité, un embarras, vite noyé dans une compassion de façade.
— Ma pauvre Véro ! Tu n'es pas sérieuse, te voilà en nage.
Nouveau pas dans sa direction. Elle recule.
— N'approche pas !
L'injonction bloque le geste prévenant qu'il ébauchait. Il reste trois secondes sans bouger, ses bras toujours tendus vers elle, comme changé en statue de sel. Et il demande, d'un ton détaché :
— La preuve ? Quelle preuve ?
Sans hésiter elle attrape le Nagra, l'allume, fait courir la bande, stoppe au petit bonheur, car elle n'a pas pensé à prendre ses repères au compteur. Elle n'y est pas. Elle repart, coupant sa lecture de pauses et de bonds en avant. Elle recueille les riches polyphonies du sous-bois, mais rien de ce qui l'intéresse. Elle s'énerve, elle a dû à nouveau dépasser la cible.
— Alors ?
Le sous-entendu ironique de la question allume son amour-propre. Debout derrière elle, Jacques la regarde tranquillement se démener. De moins en moins à même de s'orienter, elle s'entête dans ses manipulations désordonnées, défilements en accéléré, ruptures brutales, rembobinages, elle pianote sur les commandes, s'épuise, enrage.
— C'était là, là ! Alice a crié, et on a tiré deux coups de feu ! Je n'ai pas rêvé, je ne suis pas...

Elle se retourne, se cogne à une face sévère, dans laquelle la flamme grise du regard se nuance de reflets inconnus. Sans un mot, il sort de la chambre. Et, presque aussitôt, elle l'entend, il a dû laisser la porte du bureau ouverte, sa voix est ferme, il dit Oui, oui, mon cher Pascal, tout de suite, si c'est possible...
Soudainement, elle se met à hurler.

La Saab pila net à la hauteur du poste téléphonique. Jacques Sabatier coupa le moteur et inspecta les alentours. Des voitures passaient sur l'avenue, rapides, se dirigeant vers les plages, mais le trottoir était désert.

Il descendit, s'enferma dans la cabine, glissa une carte dans l'appareil et composa un numéro, qu'il lut sur un carré de papier. Après quelques secondes, une voix faible émit un allô hésitant.

— Sabatier, dit-il. Vous aurez enfin compris que je sais où vous retrouver, quand je le veux. Je vous renouvelle donc ma proposition, elle est honnête. À vous de voir. Mais ne tirez pas trop sur la ficelle, je pourrais me lasser. Ah, pour votre gouverne, à l'avenir évitez mon téléphone, ça sera plus convivial. D'accord ?

— D'accord, répondit un souffle.

— Parfait. Maintenant, causons.

— Tout va bien, madame Sabatier. Une trace d'éréthisme cardiaque encore, mais Dieu merci, la tornade s'éloigne !

Il corrige la gîte de son nœud plat gorge-de-pigeon et sourit, satisfait de sa métaphore météorologique. Il a la voix de son état, très feutrée, émolliente, il en a depuis longtemps gommé les aspérités, le contact de ses longs doigts d'artiste sur la peau humide de Véronique est pareil à une caresse. C'est le docteur Pascal Nabeul, le psychiatre. Accouru à l'appel de son mari, il a exigé de rester seul avec elle. Elle le connaît, il est déjà venu à la maison lorsqu'elle a eu ses premiers problèmes, il a été à l'origine de son séjour en maison de repos à Evron.

— Docteur, je ne suis pas folle ! J'ai bien entendu cette conversation dans le bois, ce cri, les deux détonations...

— Oui, oui, madame Sabatier. Allons, on se décontracte, voilà, voilà, c'est très bien, mon petit.

La main parfumée de girofle frôle son front, immatérielle, et il murmure, comme une incantation :

— Donc ce matin, en cours de promenade, il vous a semblé...

Elle proteste :

— Il ne m'a pas semblé ! J'ai tout enregistré !

— En effet, Jacques m'a raconté. Seulement...

Petit signe navré du menton vers le Nagra posé sur le guéridon.

— Vous êtes encore déprimée, madame Sabatier. Ce qui n'a rien de surprenant si l'on considère l'intensité du traumatisme psychique que vous avez subi.

Il agite un index grondeur :

— Et vous n'avez pas été une patiente exemplaire ! Je l'ai dit à Jacques : en écourtant la convalescence en Mayenne, on prenait quelques risques. Il faudra à l'avenir être plus sage, chère petite madame.

Elle se rebiffe, ne supporte plus ce pathos misérabiliste. Qui cache quoi au juste ? Il ne la croit pas ? Ou il joue lui aussi sa partie ? Un très bon ami de Jacques, elle le sait.

— La cassette contenait un document très explicite.

— Et il n'y est plus, c'est toute l'affaire ! commente-t-il, l'air consterné.

— Parce qu'on l'a effacé.

— Effacé, rien de moins ! Mais, grand Dieu, effacé par qui, madame Sabatier ? Pourquoi ?

— Ce matin, argumente-t-elle, après avoir écouté l'enregistrement, je suis retournée au bois. Mon mari, pendant ce temps, est rentré à La Cerisaie, ce qui n'était pas prévu. Il s'est donc trouvé seul ici, il a eu largement le temps de... Mais oui, bien sûr, l'oiseau !

Nabeul écarquille les yeux :

— L'oiseau ?

— Il y avait sur la bande, un peu avant les deux coups de feu, un très curieux chant d'oiseau, je m'en souviens, ça m'avait frappée. Et il a disparu ! Avec le reste de la scène ! C'est bien la preuve que mon mari...

Le grondement d'une voiture roulant dans l'allée laisse en suspens l'accusation. Elle s'arrache au regard apitoyé de Nabeul, se relève, va observer à la vitre les abords de la propriété. Le véhicule s'est arrêté, mais demeure hors de sa vue.

— Vous attendez quelqu'un ?

Elle s'adosse au chambranle sans répondre. Nabeul ouvre la fenêtre, se penche et annonce :

— Vous allez être rassurée, madame Sabatier, je crois que voilà Mlle Bersani !

Elle le dévisage, bouche bée. Sa raison se rebelle, elle s'indigne :

— C'est une plaisanterie ! Mlle Bersani est morte !

Elle ferme les yeux, écrasée, se bouche les oreilles pour ne plus entendre les adjurations du praticien. Certaine que l'innommable est en train de s'accomplir, que d'une seconde à l'autre...

On ouvre, et la morte surgit dans l'encadrement... Véronique lâche une longue plainte, ses mains ouvertes devant elle repoussant le fantôme. La lumière dans la chambre s'affadit et s'éteint. Ne subsiste que ce long tunnel gris, au bout duquel la face de l'infirmière se déforme en un rire muet et se désagrège. Les jarrets de Véronique se cassent. Des bras la soutiennent, l'emportent. Le froid sur sa peau d'une aiguille. Elle veut une fois encore crier sa révolte. La nuit l'enveloppe.

Peu après, Alice gratta à la porte, entra, referma.

— Il faudrait descendre, Jacques. Marguerite s'inquiète pour son civet.

— Pas faim, bougonna-t-il. Cette séance m'a mis les tripes en bouillie. J'avale un yaourt et je repars au boulot. Comment est-elle ?
— Elle dort. Avec la dose de calmant que Nabeul lui a refilée, elle en a pour un moment !
Affalé contre le haut dossier de la cathèdre, Sabatier se massait l'abdomen, la mine sombre.
— Mais elle se réveillera, dit-il sans lever les yeux vers elle. Que vais-je lui dire ?
Elle se jucha sans façon au coin du bureau, les jambes de son pantalon fuchsia abandonnées contre le pied sculpté du meuble.
— Je ne comprends pas ta question.
Il continuait à éviter son regard.
— Véronique n'a pas inventé cette histoire ?
Elle eut un geste impertinent.
— Tu as entendu ce qu'a dit Nabeul ? Je crois, hélas, que notre petite Véro n'a plus toute sa tête.
— Tais-toi, gronda-t-il. Nabeul n'a rien déclaré de tel ! Quand donc cesseras-tu de prendre tes désirs pour la réalité ?
Elle parut se renfermer dans une attitude d'indifférence goguenarde, en balançant avec désinvolture dans le vide ses jambes fuselées. Sabatier réfléchissait. Il lui lança un coup d'œil en coin.
— Tu as été absente une bonne partie de la matinée, remarqua-t-il.
— Je suis passée chez moi : le courrier à relever, mes plantes qui crevaient de soif, un brin d'époussetage, il était temps que je m'en occupe. La petite dormait et j'avais demandé à Marguerite de...
— Il ne s'agit pas de Tiphaine, coupa-t-il. Tu es sortie, exceptionnellement, le matin, à un moment où, tu le savais, Véronique ne se trouvait pas à La Cerisaie.
La gigue des talons contre le bureau s'accéléra.
— Qu'est-ce que tu essaies de me dire ?
— Une idée qui m'est venue tout à l'heure. Si Véronique dit la vérité, elle a bien été victime d'un coup

monté. Supposons que tu sois effectivement allée au bois de Lanvaux. Ne proteste pas, simple conjecture, je répète, mais qui s'appuie sur un fait : c'est ta voix, Alice, qu'elle affirme avoir entendue. Pour le second rôle... Tu n'es pas en trop mauvais termes avec Cyril, il me semble ?

Elle secoua la tête avec une expression de pitié.

— Mon pauvre Jacques, c'est abracadabrant ! Tu m'imagines m'acoquinant avec ton fils pour cette mascarade ?

— J'imagine, en effet, dit-il sèchement. Je crois Cyril prêt à tout pour me nuire. Quant à toi...

Il se leva, marcha à grands pas dans la pièce en poursuivant sa démonstration.

— Véronique n'était pas folle lorsqu'elle évoquait le passage de l'enregistrement évaporé, elle a donné trop de détails, ça ne s'invente pas. Quelqu'un a donc effacé la scène. Qui ? Cyril ? Toi, Alice ? Tu en as eu la possibilité matérielle : tu as pu t'assurer que Véronique était repartie et, profitant d'une sortie de Marguerite, monter à la chambre, supprimer la section de bande concernée — ça ne t'aura pas pris plus de deux minutes — avant de t'esquiver en douce.

Il s'approcha d'elle, qui le dévisageait, figée.

— C'est la seconde fois en un mois que quelqu'un joue avec les nerfs de ma femme. À chaque coup, tu étais là, Alice.

Une explosion de fureur contracta les traits de l'infirmière. Elle glissa de son perchoir, tapa du pied.

— Eh bien, fiche-moi à la porte ! C'était prévu, non ?

Il observait la métamorphose de son visage.

— Je n'ai personne pour te remplacer. Véronique n'est pas encore rétablie, et la séance de ce matin n'est pas de nature à améliorer les choses, tu en es d'accord ?

— Donc j'ai droit au sursis ?

Il ne réagit point. Elle reprit, la voix coupante.

— Alors écoute-moi bien, Jacques. Je crois avoir tout fait pour toi. Je ne me suis jamais mêlée de tes difficultés avec la justice, me contentant de te couvrir quand tu en avais besoin. Comme pour ce fameux dimanche d'avril, où j'ai déclaré aux flics ce que tu voulais que je leur raconte. Mais il n'a pas été stipulé au contrat que j'aurais à attendre sans broncher l'ordre de déguerpir. Rien ne m'empêche de m'en aller aujourd'hui même. Et de me dégager d'un jeu qui n'est plus le mien. Libre de dire ce que je sais et ce que je devine !

Il examinait, troublé, la face pâle de colère, les lèvres étirées en un trait dur.

— Des menaces, Alice ?
— Prends-le comme ça te chante !

Elle lui tourna le dos, sortit en claquant la porte.

34

Vendredi 29 mai, soir.

Ils pénétrèrent en silence dans le vestibule du petit pavillon. Lebastard referma, donna un tour de clé.

— Très heureux, Anne-Laure, de t'accueillir dans mon palais ! Viens.

— J'ai eu tort d'accepter, dit-elle. Il est bien tard, Pierrig.

— Ne t'en fais pas. La fifille dort, ma mère aussi, sans doute. Couchée, en tout cas. Elle est dure d'oreille, on ne la dérangera pas. Si, par impossible, elle nous avait entendus, parfait, j'aurais le plaisir de lui présenter mon excellente collègue. C'est une personne très sociable.

Il ouvrit une porte.

— Entre. On sera tranquilles dans mon bureau.

Elle s'assit sur le divan de cuir roux qu'il lui désignait.

— Mets-toi à l'aise, Anne-Laure. Qu'est-ce que je te sers ? Whisky ? Jus de fruit ?

Avec force mimiques, elle simula un douloureux débat intérieur.

— En principe, jamais d'alcool.

— Je comprends : le souci de ta ligne.

— Et de solides convictions végétaro-naturistes. Parfaitement, mon gars, ne te fiche pas de moi ! Je vais faire une entorse aujourd'hui : un doigt de scotch, s'il te plaît. Ça me remontera le moral. Mon Dieu, Pierrig, quelle soirée !

Ils sortaient du Palais des arts, où ils avaient assisté à une représentation « moderne » du *Misanthrope*.

— Il est vrai que c'était terriblement chiant, admit Lebastard.

— Je m'en veux de t'avoir embarqué dans cette galère. J'aurais pourtant dû me méfier : la jeune génération de metteurs en scène ne manque pas de mecs de talent et le type de ce soir en avait certainement à revendre, mais alors quelle prétention ! Tellement occupé à se contempler le nombril qu'il en a oublié Molière !

Pierrig, au bar, préparait deux verres.

— Waouh ! Je trouve que tu causes drôlement bien pour un flic, Anne-Laure !

— Bien vu, j'aurais dû faire prof.

— Et la police n'aurait jamais su ce qu'elle perdait. Une seconde, ma poulette, je vais prendre des glaçons à la cuisine.

Curieuse, Anne-Laure fit le tour du bureau, admirant la tapisserie de tissu écru, décorée de plusieurs eaux-fortes, l'élégante table de travail en bois exotique, les petits meubles choisis avec raffinement.

— Super chez toi, dit-elle à Lebastard qui revenait avec son seau de glace, mes compliments.

Elle regagna le divan.

— Je ne les mérite pas, dit-il. Mais c'est vrai, Hélène avait beaucoup de goût. Deux glaçons ?

— Oui, merci. Je ne pense pas te l'avoir jamais demandé, Pierrig, il y a longtemps que ta femme...
— Un peu plus de deux ans. Rupture d'anévrisme, la mort a été foudroyante.
Il apporta les deux verres, s'assit en face d'elle.
— À l'époque, reprit Lebastard, je me suis trouvé dans une foutue merde. Eva n'avait pas encore quatre ans et si maman n'était pas venue à mon secours... Elle était veuve, à la retraite depuis peu, elle m'a proposé ses services. Je peux dire qu'elle m'a tenu la tête hors de l'eau. Et ça dure. Je m'appuie entièrement sur elle. Elle escorte la gamine à l'école, contrôle ses devoirs, fait la tambouille. On s'est organisés pour ne pas se marcher sur les pieds, elle occupe avec Eva l'une des ailes du pavillon, moi l'autre, ça fonctionne.
Il but une gorgée d'alcool, reposa son verre.
— On se met un disque ? J'ai du bon jazz, des rythmes afro-américains, du classique. Viens choisir toi-même.
Elle le rejoignit devant la mini-chaîne et passa en revue la collection.
— Oh ! Ray Charles ! dit-elle.
— Tu aimes ?
Il inséra le CD dans l'appareil. Les premiers accords de *I Can't Stop Loving You* s'élevèrent.
— On se jette à l'eau ? Je ne suis pas un as de la gambille, mais sur un slow j'ai mes chances !
Il l'enlaça. Ils firent quelques pas, soutenus par la voix prenante du Noir. Très vite, leurs lèvres se cherchèrent et se mêlèrent, leurs corps s'épousèrent. Et elle reçut son aveu, dans un souffle :
— Anne-Laure, j'ai très envie de toi !
— J'avais remarqué...
Elle se souda encore plus à son partenaire. Doucement, aux accents déchirants du chanteur aveugle, ils glissèrent vers la chambre dont, sans la lâcher, il repoussa du pied la porte entrebâillée. Elle se déroba à son étreinte.
— Excuse-moi, dit-il, dégrisé, je pensais...

— Idiot ! Ça te gêne qu'*avant* je me rafraîchisse un peu ?

Il ouvrit une porte, alluma.

— T'as besoin de quelque chose ?

— Non, j'ai ce qu'il me faut.

Elle alla prendre son sac sur le divan, s'enferma dans le cabinet de toilette. Il perçut le glouglou du robinet, et presque aussitôt son rire, cristallin, comme un grelot de clarine.

— Qu'est-ce t'as à te marrer ?

— Je songeais à la tête de Valentin s'il me voyait ici !

— Pourquoi ? Il pourrait être jaloux ?

— Il est tellement complexe, je n'arrive pas à le cerner. Ce que je sais, par contre, c'est qu'il apprécie modérément que tous deux on se fréquente.

— Il te l'a dit ?

— Plus ou moins, oui. Il a l'air de craindre que tu essaies de me tirer les vers du nez. Au profit de Bardon, bien sûr.

— Qu'il ne porte pas dans son cœur, nul ne l'ignore. Mais pourquoi cette manie du secret entre collègues ? Où en êtes-vous, au fait, avec Hadès ? Les écoutes qu'on a installées, c'est pour qui ?

— Minute, Pierrig, t'aurais pas des velléités d'aller à la pêche ? Valentin a donc raison. Mais c'est loupé, mon vieux, je suis une tombe !

S'ouvrit alors la porte du cabinet de toilette, et Anne-Laure apparut, nue. Lebastard émit un sifflement admiratif.

— Putain, lieutenant ! T'es encore plus bandante que je ne l'imaginais !

Il lui prit les mains, la contempla de la tête aux pieds, s'exclama :

— Comme c'est rafraîchissant ! La plupart des nanas aujourd'hui ont le minou passé à la pierre ponce ! Conséquence, paraît-il, des maillots de plage échancrés.

— Je ne fréquente guère nos eaux froides, déteste la piscine, ai horreur de la bronzette. Ravie que mon style écolo t'agrée. Allons, toi, qu'est-ce que t'attends pour te désaper ? Faudra-t-il que je mette la main à la pâte ?

— Hé là, s'écria-t-il, n'en profite pas pour me tripoter ! La chasse n'est pas encore ouverte.

— Pour toi si, on dirait ! fit-elle en lui effleurant effrontément le sexe.

Il gloussa soudain.

— Je t'ai encore chatouillé ? J'ai dit une connerie ?

— Non, une pensée stupide que j'ai, deux vers que je viens d'inventer, complètement débiles.

— Dis toujours.

— Tu l'auras voulu. Voici le chef-d'œuvre :

« Elle déteste la flotte,
Moi, j'adore sa motte ! »

— Déplorable, en effet.

Elle lui arracha son dernier sous-vêtement. Il la prit entre ses bras, l'enleva, emporta sa proie qui se débattait en riant dans la chambre, vers le lit bas qui les attendait, comme un grand écrin ouvert.

Sur le guéridon du bureau, les glaçons fondaient lentement dans les deux verres abandonnés.

35

Mardi 2 juin, après-midi.

VÉRONIQUE s'appuie au fût d'un pin, ferme les yeux. Elle est vidée, au bord des larmes. Depuis une demi-heure, elle sillonne le sous-bois en long et en large, se tordant les chevilles dans les fondrières, ses mollets, sous la robe de légère cotonnade, couturés par les ronciers rampants. Elle n'est pas là pour écouter ses chers oiseaux — elle se dit qu'elle ne se livrera jamais plus à son hobby —, elle est revenue au bois de Lanvaux conduite par la ferme volonté d'y recueillir quelque chose, dont elle définit mal la nature, un signe de la présence en ce lieu, quelques jours plus tôt, de son mari et de sa maîtresse.

Elle a donc interrogé sentes et allées, décortiqué à la loupe chaque centimètre de l'espace découvert devant le château d'eau, où déjà les anciennes ciselures dessinées par les pneus des voitures s'affadissent, elle s'est acharnée dans sa quête dérisoire, jusqu'à l'épuisement.

Maintenant, le doute n'est plus possible : Jacques et Alice ont combiné ensemble cette mise en scène, ensemble ils poursuivent leur manœuvre diabolique, il lui faut d'urgence trouver la preuve qu'elle n'a pas été frappée d'hallucination. Pour les confondre, et pour se rassurer elle-même, dont la raison parfois chancelle, elle s'en rend compte avec terreur.

La vie à La Cerisaie depuis cinq jours est un enfer. Elle est lasse jusqu'à la nausée de ce cocon hypocrite qu'ils lui imposent, plein de sous-entendus, d'attentions douceâtres, de recommandations, d'interdits. Le plus qu'elle le peut, elle les fuit, elle s'invente cent prétextes — elle n'a pas faim, elle a la migraine, elle est trop flapie pour descendre à la salle à manger — afin de ne pas assister aux repas avec eux.

Habiletés qui se retournent contre elle, semblant accréditer la thèse qu'ils ont ourdie et qu'ils lui rabâchent à l'envi avec des mines désolées : elle est malade. Nabeul le psy a été de nouveau appelé, on la bourre de drogues, elle est au bout du rouleau. Une mouche gigotant au milieu d'une énorme toile d'araignée. Aussi désemparée, aussi perdue.

— Psst !

Elle sursaute, découvre la longue silhouette dégingandée : Cyril. Il accourt à grandes enjambées, un bâton à la main dont il s'ouvre un chemin dans le tapis végétal.

Elle remonte les lunettes solaires qu'elle porte en sautoir pour voiler ses traits fatigués, passe les doigts dans sa chevelure en désordre. Il y a plus de quinze jours qu'ils ne se sont pas parlé.

— Qu'est-ce que tu fais ici ? dit-elle.
— Je me balade. Et toi, toujours au boulot ? Les oiseaux ?

Elle surprend le regard appuyé qu'il porte sur ses jambes striées d'estafilades.

— L'essai précédent n'a pas été une franche réussite, je crois ?

Il est donc au courant. Au courant de tout ?

— Qu'est-ce qu'on t'a dit ? demande-t-elle, prudemment.

— On ne m'a rien dit. Qui, à La Cerisaie, s'y serait risqué ? Tu ignores donc que je suis devenu le pestiféré de la tribu ? On ne m'adresse plus la parole, on m'évite : ordre du Kaiser ! Pas grave. Ça m'empêche pas de savoir : un, qu'on voudrait te fourrer dans le crâne que t'as pété les plombs ; deux, que c'est faux : t'as réellement entendu le cri d'Alice et les deux détonations. Je le sais... Parce que je l'ai vu.

Elle le dévisage, stupéfaite.

— Tu as vu quoi, Cyril ? Explique-toi.

Il fait sauter quelque chose qu'il tient au creux de sa main.

— La voilà, l'explication !
— C'est quoi ?
— Une balle de flingue. Une des deux qui ont été tirées ici jeudi dernier. Viens.

Elle le suit à travers les broussailles, le cerveau en pleine débâcle. Au pied d'un merisier, il pointe avec sa houlette un orifice percé dans le tronc à près de deux mètres du sol, et en souligne les bords éclatés.

— La balle a terminé sa course dans cet arbre, l'autre s'est paumée quelque part.

Elle bafouille, sidérée :
— Tu... Tu étais là ?
— Je t'avais suivie. Ce n'était d'ailleurs pas la première fois.
— Pourquoi ? dit-elle, satisfaite de constater que son instinct ne l'a pas trompée.

Il hausse les épaules, semble un moment embarrassé.
— Le pater m'avait interdit tout contact avec toi. Mais moi j'étais bien décidé à te revoir. Pour mettre au point certaines choses.

De son bâton il décapite une fougère.
— J'ai été super-dégueu avec toi, Véro, et je voulais... Aussi idiot que ça te paraisse, j'ai jamais osé.

Elle le regarde, béante de gratitude.
— Ce n'est rien, Cyril. D'ailleurs, tu m'as sans doute rendu service.
— Merci. Donc, jeudi matin je te filoche jusqu'au bois. Je te vois disposer ton matos et te tirer. Mais, pour changer, le grand couillon que t'as devant toi n'a pas le courage de se montrer. Je songe à me tailler à mon tour, quand, coucou ! v'là que débarquent le père et sa putain. Je m'approche pianissimo, et me farcis le happening : leur simili-bisbille, les braillements de la geisha, les coups de feu tirés par mon vioque. Ils s'esbignent. J'ai repéré — j'étais tout près — l'impact d'un des pruneaux. Avec mon six-lames j'élargis le trou, je réussis à extraire le projectile. La suite, tu la connais, ou tu peux la reconstituer : l'un des deux associés a mis à profit ta seconde absence pour bricoler la cassette. Enfantin. Par parenthèse, Véro, curieux que t'aies marché à ce point. Ça puait l'entourloupe, non ?

Elle proteste. Elle a compris qu'il s'agissait d'une machination, quand elle a pu y réfléchir, après notamment l'épisode de l'enregistrement détruit.
— Mais pas sur le chaud. Mets-toi à ma place, Cyril, j'étais tellement déboussolée. Pourquoi ont-ils fait cela ?

Question qui n'en est pas une et elle entend sans surprise la réponse effrayante :

— Ils se sont cotisés pour t'offrir des vacances au cabanon, de très, très longues vacances ! Pas exclu que, pour ce faire, ils aient reçu un coup de pouce du psy Nabeul : encore un bon copain de mon père, qui en a une chiée dans le pays, à sa botte.
Elle retient un tremblement.
— Qu'est-ce qui t'a poussé, Cyril, à venir tout me raconter ? Il y a seulement deux semaines...
— Je te l'ai dit : j'ai pas été réglo avec toi, Véro, et ça m'est resté sur la patate. Et puis...
Dans un élan imprévisible, il vide son cœur, dit son mépris pour son père, sa haine envers la femme qui a bafoué sa mère très aimée.
— Véro, affirme-t-il, j'ai choisi mon camp, je suis avec toi. Mon père peut toujours me coller en quarantaine, sois tranquille, je m'arrangerai pour demeurer en ligne. Fais-moi signe, si quelque chose ne va pas. À ce propos...
Il griffonne un numéro sur un papier et le lui tend.
— Mon portable. À toutes fins utiles. Viens me voir, en cas de besoin. Attention au jardinier : c'est un faux derche, à plat ventre devant le maître. Si je ne suis pas là, installe-toi et attends-moi. Il y aura une clé cachée à l'arrière de la bicoque, entre deux grosses ardoises, tu trouveras sans peine. Tiens le coup, ma vieille. Salut.
Il rompt abruptement l'échange et s'éloigne en fouettant de sa badine les plantes basses, s'enfonce dans les frondaisons du sous-bois. Elle écoute, songeuse, le ronflement de la 2 CV qui repart. Revient elle-même à sa voiture. Les impressions les plus contradictoires se chevauchent dans sa tête : l'effroi renouvelé et la révolte devant la confirmation du traquenard monté par les deux amants pour éliminer la gêneuse, et aussi une sorte de bonheur grisant à se dire qu'elle n'est plus seule au domaine, que Cyril désormais sera à ses côtés. Et le désir de se battre.

Elle ne rentre pas directement à La Cerisaie. Elle se rend à Vannes, où elle appelle Martine Carréjou depuis une cabine publique. Elle a la chance de l'avoir aussitôt et lui dit qu'elle souhaiterait lui parler. Martine accepte de la rencontrer sur-le-champ.

— Vous connaissez le square des Archives ? Pas loin de l'École de police ?

— Oui, je vois.

— C'est tranquille, assez peu fréquenté le matin. On s'y retrouve dans, disons, vingt minutes ? Ça vous convient ?

— Très bien, Martine. À tout de suite.

Le square, effectivement, est presque désert. Seule une jeune fille aux longues tresses sages parcourt à pas lents une allée, tenant en laisse un labrador noir placide.

Elles s'assoient sur l'un des bancs de bois marron, devant l'étang, et Véronique narre à son amie sa mésaventure au bois de Lanvaux et ce qui s'en est suivi, sa conversation, l'instant d'avant, avec Cyril Sabatier, ses extraordinaires révélations.

Martine Carréjou l'a écoutée avec une extrême attention.

— Véro, intervient-elle, je n'ai pas l'habitude de m'immiscer dans les affaires conjugales d'autrui. Cela posé, votre mari, pardonnez-moi, est un beau salaud et la première des réponses à apporter à ses agissements serait, me semble-t-il, que vous vous sépariez de lui, comme vous en caressiez l'idée quand nous nous sommes vues voici quinze jours.

Elle se rembrunit.

— Mais vous en laissera-t-on le temps ?

Véronique porte les mains à sa poitrine.

— Que voulez-vous dire ?

— Que vous êtes entre les mains de gens déterminés à créer le doute sur votre intégrité mentale pour se défaire de vous. Mais pas forcément de votre fortune,

car je subodore là-dessous une assez sordide affaire de fric.
— Que me conseillez-vous ? D'en informer la police ?
Martine paraît en peser l'éventualité.
— La police, incontestablement, aurait son mot à dire, mais... Non, je ne pense pas que ce soit dans l'immédiat la bonne solution. Qu'auriez-vous de tangible à leur soumettre ? Ce serait votre parole contre celle de votre époux et la caution fournie par le psy risque d'être déterminante.
— Cyril pourrait témoigner...
— Le fils Sabatier ? Oui, c'est vrai.
À nouveau Martine réfléchit. Tout près, la rumeur des voitures filant sur le boulevard de la Résistance.
— On peut vraiment lui faire confiance ?
— J'avais quelques raisons d'en douter, mais maintenant oui, je crois qu'il veut m'aider.
Un silence. La jeune fille au chien passe devant eux et les salue d'une brève inclinaison de tête ; ses nattes tressautent sur ses épaules menues. Elle disparaît derrière un massif de camélias, au détour de l'allée.
— Cette balle, reprend Martine, que le garçon a sortie de l'arbre... Est-ce qu'à votre connaissance votre mari possède un pistolet ?
— Oui. Après la première opération d'Hadès contre lui, il a obtenu l'autorisation de détenir une arme.
Martine Carréjou a l'air de plus en plus intéressée.
— En la confrontant avec le projectile récupéré par le garçon, on aurait la confirmation que...
Elle s'arrête, semble suivre le cours d'une pensée particulièrement excitante, ses yeux brillent.
— Si on parvenait à la retrouver, il faudrait noter le modèle, les caractéristiques, ça serait une base de départ sérieuse.
— D'accord, dit Véronique qui a saisi la discrète invitation, je vais essayer. Et je vous appelle.

Lorsque Véronique est de retour à La Cerisaie, Marguerite lui apprend que l'infirmière est sortie faire une course, lui confiant comme à l'ordinaire la garde de Tiphaine.

S'étant assurée que l'enfant dort, elle s'introduit dans le cabinet de travail de son mari. Petite pointe de mauvaise conscience, qu'elle évacue aisément : Jacques n'est plus pour elle qu'un ennemi, contre qui tous les coups sont légitimes.

Elle allume la lampe basse halogène, ouvre l'un après l'autre les tiroirs du bureau, soulève carnets de comptes, dossiers, correspondances professionnelles. Elle passe de même au crible les deux grandes armoires métalliques, le jeu de classeurs à rideaux, furète partout. En pure perte.

Elle tombe sur la cathèdre directoriale, découragée. Jacques a un pistolet, mais savoir où il le planque... Des tas d'endroits possibles échappent à ses investigations ; le coffre, par exemple, inviolable. Et rien d'ailleurs ne prouve que l'arme est logée ici : pourquoi pas au siège de l'entreprise ? Ou dans sa voiture ?

Elle mesure la difficulté inouïe de répondre à l'attente de Martine. Refuse pourtant de s'avouer vaincue, se remet en chasse.

Elle a alors une grosse émotion. Des talons picotent les marches en bois de l'escalier. Alice ! Elle referme précipitamment l'armoire où elle effectuait une fouille supplémentaire, éteint la lampe, se faufile hors du bureau. Trop tard. Elle a encore la poignée en main lorsqu'elle aperçoit l'infirmière qui débouche de l'escalier et remonte le couloir. Véronique se sent rougir, comme une gamine prise la main dans le pot de confiture, et avance une justification qu'on ne lui demandait pas :

— J'avais un coup de fil à donner.

Une explication en trop, qui, jointe à son attitude, vaut aveu de culpabilité, elle en a la perception immédiate, car il n'est pas rare qu'elle utilise le téléphone du bureau, lorsqu'elle se trouve à l'étage.

Sourire aux lèvres, Alice la complimente sur sa bonne mine. En effet, songe Véronique, je dois être rouge comme une pivoine. Contrainte et forcée, elle met une sourdine à son déplaisir et échange avec l'infirmière quelques phrases convenues sur Tiphaine et ses progrès remarquables.

Elle se replie dans sa chambre, oublie vite l'incident. Elle se remémore les déclarations de Cyril, se dit que sa vie est en train de prendre un tournant décisif. Plus question de s'enfuir avec Tiphaine, comme elle l'a envisagé un moment, avant de consulter l'avocat. Elle restera au domaine, entourée de gens qui ne lui veulent pas de bien, en danger, sans doute.

Mais avec Cyril dans la place et Martine, son alliée *extra muros*, elle n'est plus seule, se répète-t-elle, et elle sait à présent qu'elle a un rôle à tenir à La Cerisaie, elle s'y appliquera, méfiante, en alerte. Masquée. Elle vient de s'essayer à la dissimulation. Elle apprendra à tricher, elle aussi.

36

Même jour, vers 22 heures.

Toilette achevée, Mel avait revêtu un déshabillé et suivait distraitement un documentaire sur Arte en fumant une gitane.

La sonnerie de la porte extérieure retentit. Qui pouvait venir si tard ? Elle alla ouvrir.

— Camille !

Bien que, depuis un certain temps, il lui eût donné quelques soucis, elle fut désagréablement impressionnée par son aspect : le visage crayeux, la chevelure hirsute. Il fit deux ou trois pas dans le couloir, s'arrêta.

— Il fallait que je te voie, Mel. Tout de suite. J'ai un problème, un très gros problème.

Elle l'examina avec encore plus de soin. La lumière tombant des trois ampoules du lustre éclairait à plein la figure glacée de sueur. Derrière les gros verres embués, les yeux de myope papillotaient, comme deux astres malades.

— Qu'est-ce qui ne va pas, Camille ?

— Mel, est-ce que tu as réfléchi ?

Il fouillait son visage avec fièvre.

— Je t'ai plusieurs fois demandé si tu voulais bien partir avec moi, reprit-il. Ce soir, tu me dois une réponse, Mel. Je ne peux plus attendre.

Malheur, voilà que ça le reprenait, le rabâchage obsessionnel sur le grand départ ! Il était donc venu pour ça ! Elle eut un sourire apaisant.

— Allons, allons, mon petit Camille, calme-toi. Viens, assieds-toi. Je t'offre un café ?

— Tu ne m'as pas répondu.

Elle comprit que, ce coup-ci, elle ne s'en sortirait pas avec quelques aimables platitudes.

— Tu sais, Camille, que tu comptes beaucoup pour moi. Mais...

Pourquoi le blesser en lui assénant qu'elle ne lui était pas attachée au point de s'engager avec lui dans cette invraisemblable odyssée, qu'elle n'avait aimé d'amour qu'une fois, une seule fois...

— J'ai à faire ici, ça également tu le sais, ma mission n'est pas terminée. Oh ! À ce propos, il est possible qu'on retrouve l'arme qui a tué Gilou.

Elle lui relata sa conversation avec Véronique Sabatier le matin même.

— C'est la première piste sérieuse qu'on entrevoit, tu te rends compte ?

Par cette diversion, elle avait vaguement espéré l'arracher, au moins quelques instants, à ses fantasmes. Mais l'avait-il seulement écoutée ? Non, il était ailleurs, dans un monde où déjà elle n'accédait plus.

Il lui jeta un regard douloureux.

— Puisque tu ne veux pas, tant pis, Mel. Pardonne-moi, il faut que je te laisse.

Il tourna les talons.

— Camille, ne t'en va pas comme ça ! T'as un problème ? Pourquoi ne resterais-tu pas passer la nuit ici ? On aurait tout notre temps pour en discuter ?

— Non, dit-il, buté, je dois y aller. J'ai un rendez-vous très important.

— À cette heure ?

— Oui. Adieu, Mel.

Il se dégagea, ouvrit la porte, se fondit dans la pénombre crépusculaire.

Elle jeta un châle sur ses épaules, sortit à son tour. Il était déjà au volant de la Clio, le moteur vrombissait, les phares éclaboussaient les massifs de rhodos en fleur. Elle se mit à courir.

— Camille, Camille, attends, voyons ! Camille !

La voiture reculait, dessinait une courbe et fonçait vers l'entrée de la cour. Les feux rouges s'évanouirent. Elle revint vers la maison, préoccupée, en serrant frileusement sur sa poitrine le vêtement de laine.

Il alluma le plafonnier du séjour et fit quelques pas, désemparé, observant toutes choses comme si elles lui étaient déjà étrangères. Il pénétra dans la chambre, et s'assit à la petite table de bois blanc qui lui servait d'écritoire. Il pesa sur le bouton de la lampe, attrapa un bloc, décapuchonna son stylo. « Mel, je voudrais te dire... » Il laissa choir le stylo. À quoi bon ? C'était là-bas, chez elle, qu'il aurait dû parler, tout lui expliquer. C'était impossible, et il était trop tard à présent, les dés étaient jetés.

Il éteignit la lampe, revint dans le séjour. Il déchira

menu le feuillet, craqua une allumette et lança le tortillon en flammes dans le foyer de la cheminée. Il observa les convulsions des copeaux noircis qui se tordaient entre les cendres de la dernière flambée, pareils à des moignons de corps suppliciés.

Puis il sortit d'un rayonnage le compact-disc *Requiem for My Friend*, le plaça dans le tiroir du lecteur, régla le son très bas, actionna la commande. Il écouta un moment, comme indécis. S'approcha du piano. Debout, il y plaqua plusieurs accords. Il se rendit compte que ses mains avaient frappé les premières notes du *Nocturne en ut mineur* de Chopin. Le morceau préféré de Mel. Ses doigts aussi se souvenaient. Il repensa à l'époque heureuse où tout était encore imaginable. Un passé aboli. Jamais plus il n'interpréterait Chopin pour Mel.

Le rendez-vous était pour vingt-trois heures trente. Une heure bien tardive, songea-t-il, l'heure des mauvais coups. Mais ça lui laissait le temps du recours suprême. Auprès de Vatel. Puisque, avec Mel, c'était fini.

Il quitta l'appartement sans un regard en arrière. Là-bas, le disque laser, oublié, tournait toujours.

La chienne aboyait furieusement. Ce fut Marion qui vint lui ouvrir. Elle connaissait Camille depuis longtemps, sans rien soupçonner des activités clandestines qui liaient les deux hommes. Elle dut être frappée elle aussi par son agitation, mais elle s'abstint de lui en faire la remarque et le pria obligeamment d'entrer, chassa le king-charles, dit qu'elle allait prévenir Patrick.

Il apparut, en robe de chambre violine et pantoufles, serra la main brûlante de Camille, cachant son inquiétude sous le vernis de sa coutumière jovialité et, sans un mot, l'invita à s'isoler avec lui dans la grande pièce lambrissée où il avait installé bureau et matériel informatique. Il avança deux chaises.

— Alors, vieux, qu'est-ce qui t'amène ?
— Je suis dans le trou, Patrick. Jusqu'au cou !

— Allons, allons, fit Vatel avec un petit geste qui dédramatisait. Reprends-toi, mon gars. Et explique.
Il épia le masque convulsé.
— Toujours cette histoire avec Sabatier ?
— Oui, mais cette fois-ci... Je suis à bout, Patrick. Aide-moi !
Presque un appel au secours. Et la terreur, qui dansait dans les pupilles dilatées. Vatel avança deux chaises.
— Bien sûr, bonhomme, que je vais t'aider ! dit-il, saisi, mais affectant toujours l'apparence de la décontraction. On s'assoit d'abord. Bien. De quoi s'agit-il ? T'as confiance en ton vieux pote ? Alors parle, Camille.
— Oui, Patrick. Mais pas comme cela, je voudrais me...
Il trébucha sur le mot, ses lèvres battirent à vide, et il lâcha, d'une seule volée :
— Patrick, je te demande de m'entendre en confession !
Vatel eut un haut-le-corps.
— C'est hors de question, Camille. Je ne suis plus prêtre.
Et il fit un geste, des deux mains étalées devant lui comme s'il repoussait de trop encombrantes images, il répéta :
— Je ne suis plus prêtre.
— Tu l'es, tu le sais mieux que personne. Pour toujours.
Vatel tressaillit et secoua la tête en silence. Au-dessus d'eux, une des jumelles s'était réveillée et réclamait sa mère. On entendit les pas de Marion qui se pressait dans l'escalier, les paroles de la maman réconfortant sa fillette.
— Je ne peux pas, répéta Vatel doucement.
— Si, Patrick, tu vas le faire. Pour ton camarade. C'est le dernier service que je te demande. Je t'en conjure, Patrick !
Vatel lui jeta un regard effrayé. Le dernier service...

Avait-il le droit de condamner au désespoir cette âme en déréliction ?

Il se signa, imité par son interlocuteur, et courba la tête.

— Parle, mon frère. Je t'écoute.

Il reçut l'interminable monologue sans jamais intervenir, les yeux toujours baissés, le visage raidi dans une fixité de gisant.

Camille maintenant se taisait, le dos voûté, écrasé. Des gouttes de sueur emperlaient son front. Vatel ne lui posa aucune question. Après un temps de méditation, il leva la main pour bénir son pénitent :

— Je te pardonne tes fautes, mon frère. Au nom du Père, du Fils, du Saint-Esprit. Puisses-tu aller en paix.

Ils se relevèrent en même temps. Camille paraissait un peu calmé.

— Merci, Patrick. Tu vas faire encore quelque chose pour moi. Après, je m'en irai. J'ai si honte...

Il coupa l'objection qui se dessinait, et extirpa d'une des poches de son blouson une enveloppe en papier kraft, qu'il tendit à Vatel.

— Je te la confie. Si un ennui devait m'arriver, ouvre-la devant les amis. Adieu, Patrick.

Il l'embrassa, tourna les talons. Vatel tenta un moment de le retenir. Sans conviction. Pour lui dire quoi ? Tout avait été dit. Il n'était plus en son pouvoir de consoler, ni de guérir. Il pensa avec une immense pitié à son ami dans la nuit, en marche vers sa destinée. Et il tomba à genoux, se prit la figure entre les mains, essaya de prier.

Il entendit à peine Marion qui frappait légèrement et entrouvrait la porte.

— Patrick, ton copain avait l'air bien nerveux !

Camille Le Lann avait laissé la Clio au parking de la Rabine et remontait le quai Eric-Tabarly. Les rayons de la lune à son dernier quartier éclaboussaient l'eau noire et s'ébréchaient contre les mâtures, qui oscillaient sous les baisers du vent, dans le cliquètement des drisses.

Sur un ponton, à l'extrémité du quai, une famille rentrait à bord. Les caprices de la brise portaient des lambeaux de leur conversation dans une langue étrangère, l'anglais, lui sembla-t-il. Le pinceau d'une lampe zigzagua une minute, s'éteignit. À la lisière du bassin, un ratier efflanqué sinuait, langue pendante, la truffe rasant le sol.

Une heure tinta au clocher de Saint-Patern. Il écouta tomber les onze coups. Il était en avance. Il ralentit l'allure. Il se sentait à la fois étonnamment léger — sa confession à Vatel lui avait fait du bien — et désemparé comme jamais encore. Triste jusqu'à la mort, *usque ad mortem*. Curieux, cette réminiscence qui remontait de sa scolarité chez les bons pères de Châteaubriant, depuis longtemps bien oubliée. Le chien errant pissait contre le pied d'un banc de fonte et obliquait vers la ligne des maisons éclairées le long du quai.

Camille eut un frisson et releva le col de son blouson. Inutilement, se dit-il, il n'avait pas froid, il s'agissait d'autre chose. Il évoqua le coup de fil reçu à l'institution le jour même, vers quinze heures trente, le pion dépêché dans sa classe, en infraction avec le règlement de la maison qui stipulait qu'on ne dérangeait pas les enseignants durant leurs cours.

— Votre correspondant a dit que c'était urgent, monsieur Le Lann, avait dit la secrétaire en lui tendant l'appareil, visiblement compatissante et redoutant une mauvaise nouvelle.

La voix trop familière, qui, après un nouvel et invraisemblable plaidoyer *pro domo* sur les circonstances de la mort de Gilou, jetait sa proposition de rencontre : « Au port, derrière le pavillon de la Capitainerie. Venez seul, sans arme. Qu'on règle une bonne fois cette histoire. »

Il avait donné son accord. Que pouvait-il faire d'autre ? Sans arme... Il ricana, éprouva un fugitif bien-être en sentant sous ses doigts le contact du Smith & Wesson, qu'il avait glissé dans sa poche de poitrine. L'autre aussi, sans aucun doute, aurait pris ses précautions. Quant au déroulement de l'entrevue, à sa conclusion, il n'en avait pas la moindre idée, tout était possible, absolument tout. Il le nota avec un détachement absolu, se dit que plus rien désormais n'avait de sens ni d'intérêt... Puisque Mel l'avait abandonné. Finalement, pourquoi allait-il à ce rendez-vous ? En choisissant de faire un crochet par chez Vatel, il rendait sans objet l'entrevue. Pas de profit à en escompter, pas de risque majeur envisageable. C'était quoi, au fait, le risque majeur ? Il avait dépassé ces contingences.

Il s'approcha du bassin, observa les langues de feu palpitant sous lui. Il retira le pistolet de son blouson et, sans hésiter, le balança au loin. Le floc qui transperça la nuit lui parut énorme. Par-dessus l'épaule, il hasarda un coup d'œil vers le quai désert, et ramena son attention vers la fuite des cercles concentriques qui s'allongeaient sur la surface chatoyante et se diluaient dans l'obscurité.

Il reprit sa route. Le choc de ses tennis contre le ciment hachait le silence. Insensiblement, comme accordés au rythme de ses pas, des éléments de phrases se frayèrent un chemin des frontières de son passé à sa conscience et battirent son cerveau : « Détruire le Veau d'or... Redonner aux exploités leur dignité... »

Les slogans d'Hadès. Il eut un nouveau rire muet, qui grinça dans sa gorge. Oui, il y avait cru, comme tous ceux de la bande, les chevaliers blancs indomptables. Fini. De leurs purs élans d'hier il ne restait plus rien, ni foi ni espérance. Sa propre dignité, pensa-t-il, amer, qui donc jamais la lui rendrait ?

Ses chaussures raclaient le quai. Il s'arrêta encore, accablé. Une lassitude extrême, ses jambes le supportaient à peine. Il s'adossa au pilier d'un lampadaire, sentit la sueur qui dévalait entre ses omoplates. La sueur de l'agonie ? *Usque ad mortem...* Sa tête tournait, il abaissa les paupières, envahi par un désespoir qui lui broyait l'âme. Mel, ô Mel, si tu avais voulu...

Il rouvrit les yeux. Un groupe de jeunes gens traversait l'esplanade, riant et palabrant haut. Des rougeoiements de cigarettes piquaient la pénombre. Il accompagna du regard la troupe volubile qui s'en allait, le cœur vrillé d'une nostalgie indéfinissable.

Il se détourna, se décolla du pilier, cligna des yeux. Là-bas, sur sa gauche, il distinguait la masse trapue du pavillon du bureau du port. Le cadre rêvé pour un règlement de comptes, pensa-t-il. L'autre était peut-être déjà à pied d'œuvre. Dans un instant sonnerait l'heure de vérité, qu'il allait affronter seul, à mains nues, et il savait bien qu'en tout état de cause l'issue n'en pouvait être bénéfique.

Il se prit à trembler, serra le blouson contre lui. Est-ce que j'avais le choix ? raisonna-t-il. J'ai tout remis en ordre. Il entendit avec une netteté impressionnante les paroles de Patrick Vatel quelques instants plus tôt, caressant comme un baume la blessure inguérissable. « Puisses-tu aller en paix, mon frère ! »

En paix... Comme ces mots résonnaient étrangement ! Les mots fanés d'une vie antérieure. Un air, lentement, prenait possession de lui. Il l'accueillit avec une émotion de gosse. Le premier mouvement du *Nocturne en ut mineur*. Le morceau que Mel aimait.

Il déchiffra l'heure à sa montre, recommença à marcher. Onze heures vingt-cinq. Fasciné, il regarda la nappe moirée qui miroitait sous la lune, s'absorba dans sa contemplation.

— C'est pas moi ! proteste l'enfant.

Les phalanges sèches du patriarche lui tordent méchamment le lobe de l'oreille. Tout près, Jacques Sabatier déguste la scène et rit.

— C'est pas moi ! gémit le gamin, tandis que la ceinture du père siffle et s'abat sur son dos maigre.

Camille déboucha de son vertige, étourdi. Pourquoi ces visions de feu surgissaient-elles de l'abîme de ses onze ans ? Pourquoi à cette seconde précise ? D'autres images encore accouraient, tant de fois chassées, elles étaient toute là, elles s'étalaient derrière son front, impitoyables.

« Puisses-tu aller en paix... » La paix... Les œillades amicales de l'eau sous ses pieds. Et la chère mélodie qui pleurait dans sa tête. J'arrive au bout du chemin, se dit-il, frappé par la pertinence de la formule. La paix, oui, la paix, enfin. Il referma les yeux, se pencha.

23 h 38.

Marion montra peu d'empressement à aller chercher Vatel. C'était pourtant la plus affable des femmes, mais il était vrai que forcer l'intimité d'un couple à une heure ausi indue... Mel avait beaucoup tergiversé avant de se résoudre à téléphoner.

— Allô... Bonsoir, Mel. C'est au sujet de Camille ?

— Oui, fit-elle, surprise et décelant une tension inhabituelle dans la voix de Vatel. Pourquoi ?

— Il se trouvait avec moi, il y a quelques instants. Il ne ne t'aurait pas rendu visite à toi également ?

— Si.

Elle lui raconta la courte halte de Le Lann chez elle, dit combien elle avait été frappée par son état de nervosité. Un scrupule la retint toutefois de préciser qu'il lui avait renouvelé sa proposition de partir avec lui et qu'elle avait enfin réalisé à quel point il était épris d'elle. D'ailleurs il y avait plus grave.

— Il m'a quittée brusquement pour aller, m'a-t-il dit, à un rendez-vous important. Il ne t'en a pas parlé ?

— Non. Un rendez-vous ? À cette heure ?

— Moi aussi je lui ai dit mon étonnement. Il n'a rien voulu entendre.

Un silence. Et Vatel demanda :

— Il t'a vue quand ?

— Vers les dix heures. Il n'est resté que quelques minutes.
— Donc avant son passage chez nous. Un rendez-vous important... Peut-être en disant cela avait-il en tête sa rencontre avec moi ? Il a absolument tenu à se confesser.
— À toi, Patrick ? s'exclama-t-elle, ébahie. Mais... mais pourquoi ? Camille ne fréquentait pas l'église ? Je croyais que lorsqu'on se confesse...
Elle ne put terminer sa phrase.
— J'ai téléphoné à son appart, reprit-elle, plusieurs fois. Il était absent. Je vais encore essayer.
— Préviens-moi dès que tu sais quelque chose. Quelle que soit l'heure.
Elle alluma une gitane, en tira deux sèches bouffées qui l'écœurèrent. Elle avait trop fumé, le salon baignait dans une brume bleuâtre. Elle jeta la cigarette sur le tas de mégots débordant du cendrier en opaline, l'écrasa songeusement. Une confession... Ce que venait de lui apprendre Vatel n'était certainement pas de nature à la rassurer. Elle enfila un paletot, ses mules, attrapa son sac et sortit.
Le quartier dormait déjà, ni passants ni voitures. Mel forma le code d'accès et s'introduisit dans l'immeuble. Elle s'abstint d'utiliser la minuterie et grimpa au jugé jusqu'au deuxième étage, en s'aidant de la main courante. Première porte à droite. La faible luminosité émanant de la veilleuse de palier lui suffit pour repérer la sonnette. Elle pesa sur le bouton, n'obtint pas de réponse. Elle insista, longuement. Toujours sans résultat. Pourtant, il lui semblait percevoir les signes d'une présence à l'intérieur.
Elle colla l'oreille à la porte. Oui, elle entendait de la musique, un chœur d'hommes et de femmes. Il était rentré. Pourquoi ne répondait-il pas ?
Elle s'apprêtait à fouiller dans son sac — elle possédait le double de la clé — lorsque, appuyant presque inconsciemment sur la poignée de cuivre, elle constata que le

panneau cédait sous la pression : Camille avait négligé de fermer.

— Camille ?

Pas d'écho. À cet instant elle remarqua le trait brillant qui ourlait la porte du séjour, d'où coulait la source sonore. Elle se faufila dans la salle. Les quatre tulipes de la suspension centrale éclairaient la pièce vide.

— Camille, tu es là ?

La gorge serrée, imaginant le pire, elle fit le tour du petit logement, chambre, cabinet de toilette, vestiaire, séchoir. Personne. Elle s'approcha de la chaîne, écouta très mal à l'aise, la soprano à la voix meurtrie qui interprétait une espèce de grave cantilène. *Requiem For My Friend*, lut-elle, troublée, sur le boîtier du compact. Camille avait oublié en partant d'arrêter l'appareil et, depuis, le morceau redéfilait en boucle. Elle écarta la pensée funeste qui l'assaillait, tenta d'organiser sa réflexion. La porte extérieure non verrouillée, les lampes allumées, la chaîne hi-fi en marche, tout paraissait témoigner d'un départ précipité. Mais à quel moment s'était-il produit ? Avant sa stupéfiante démarche auprès de Vatel, ou après ? Il serait donc revenu ici, et ressorti aussitôt ? Pour aller où ?

Elle tournait en rond.

Elle regagna la chambre, en pleine confusion. Elle inspecta la table de travail surchargée : papiers, partitions, brouillons, un paquet de copies, dont la correction était tout juste entamée. Elle feuilleta le bloc éphéméride, y cueillit quelques annotations laconiques au crayon-mine, concernant les jours précédents, banale ponctuation d'un emploi du temps sans histoire.

Le cœur de plus en plus lourd, elle écouta une minute encore le poignant lamento de la soprane *Requiem For My Friend*. Sans bien analyser la signification de son geste, elle arrêta l'enregistrement, éteignit le lustre et, une fois dehors, boucla l'appartement à double tour avec sa propre clé. Comme si, en rétablissant un ordre

négligé, elle espérait confusément annihiler le drame, dont elle pressentait la menace.
Elle sortit prudemment de l'immeuble.

37

Mercredi 3 juin, 9 h 10.

Célestin Droumaguet, le patron de Saint-Goustan, ne cachait pas son agacement.
— Essayez encore, Mathilde.
En soupirant, la préposée à l'accueil, qui faisait aussi office de secrétaire, pianota le numéro. Un moment ils écoutèrent la ritournelle de l'absence.
— Vous voyez bien, dit-elle.
Elle coupa la communication.
— Scandaleux ! fulmina Droumaguet. Je ne tolérerai pas un pareil sans-gêne dans mon établissement ! Il aura de mes nouvelles !
Droumaguet était un impulsif, sujet aux coups de sang. Il avait déjà eu quelques alertes cardiaques et, par-dessus ses lunettes rondes, Mathilde Le Scour examina avec inquiétude la face empourprée.
— M. Le Lann ne nous a pas habitués à cela, affirma-t-elle. Il a toujours été très correct. Je pense, monsieur le Directeur, que s'il ne se manifeste pas c'est qu'il en est empêché.
La soupe au lait retomba aussitôt. Droumaguet éplucha le visage ingrat de sa collaboratrice.
— Empêché ? Vous voulez dire...
Elle détacha lentement les deux mains du pupitre, signifiant à son supérieur que le champ des supputations

était immense, mais qu'elle refusait de s'engager plus avant sur ce terrain.

Droumaguet fila dans le bureau du conseiller d'éducation et y consulta le tableau des emplois du temps. Il regagna le hall d'accueil.

— Il avait cours hier après-midi en quatrième bleue et troisième renforcée. Vous l'avez vu ?

— Justement, monsieur le Directeur, à ce propos...

Un détail chiffonnait Mathilde Le Scour dont elle aurait souhaité n'avoir pas à s'expliquer devant le directeur.

— Le Lann a reçu un coup de fil hier, autour de quinze heures trente, alors qu'il était avec les quatrième. Le correspondant a insisté pour qu'on aille aussitôt le chercher, disant que c'était pour un motif très très sérieux. Je n'ai pas voulu vous déranger, j'ai pris sur moi de le faire appeler.

— Pendant la classe ?

La ligne continue des sourcils broussailleux s'était ridée, réprobatrice.

— Qui était-ce ?

— Il n'a pas dit son nom. Un homme. Le surveillant Collobert a prévenu Le Lann et s'est chargé de ses élèves. Le Lann a pris la communication ici.

— Qu'est-ce qu'il a dit ?

— Trois fois rien, oui, non, d'accord, il a surtout écouté. Ça a tout de même duré plus de cinq minutes.

Elle plongea dans son souvenir.

— Pourtant, lorsqu'il est reparti...

Mathilde Le Scour hésita. N'était-elle pas en train de broder après coup ?

— J'ai eu l'impression qu'il était très soucieux.

Droumaguet se pinça le nez, ennuyé.

— On pourrait voir du côté de la famille ?

— Il n'en a pas à Vannes.

— Mais il a bien des amis, des relations...

Mathilde Le Scour fit un geste d'ignorance.

— C'est un garçon tellement réservé. Gentil, mais pas

bavard. D'ailleurs, continua-t-elle, avec une touche de regret, il est assez rare que les profs me racontent leur vie.

Droumaguet se mit à arpenter le hall d'accueil. La poisse. Qu'est-ce qu'il décidait ? Quatre-vingt-dix-neuf chances sur cent pour qu'il s'alarme à tort. Mais si ce n'était pas le cas ? Pas une sinécure, aujourd'hui, le job de chef d'établissement ! La moindre boulette et on ne vous loupait pas.

Il revint résolument vers la dame.

— Mathilde, vous allez charger l'un des surveillants d'aller chez lui. Qu'il cogne à sa porte aussi longtemps que nécessaire. Si ça ne donne rien, contactez l'hôtel de police, demandez le commissaire Bardon et passez-le-moi dans mon bureau. Je lui signale l'affaire. Et après, qu'ils se dépatouillent !

9 h 30.

Quand le major Marzic et le brigadier Bleuniou accédèrent au deuxième étage, il y avait déjà du monde devant l'appartement de Camille Le Lann. Collobert, le pion que Droumaguet y avait expédié quelques minutes plus tôt, suivant à la lettre les instructions du dirlo, avait longuement cogné à la porte et avec une telle énergie qu'il avait ameuté le voisinage, et ils étaient une bonne dizaine de curieux, des femmes en majeure partie, rassemblés sur le palier, à commenter à haute voix l'événement. L'apparition des deux flics en uniforme apaisa les palabres et l'on s'écarta avec considération devant les représentants de l'ordre.

Marzic lut tout haut les nom et prénom au-dessus de la sonnette, sembla un temps intéressé, et il pesa sur le bouton, tambourina lui aussi, pour la forme.

— Le serrurier n'est pas encore là ? observa-t-il, mécontent. On ne va quand même pas être obligés d'enfoncer la porte !

Ils avaient d'abord, selon la règle, appelé le poste des pompiers. Mais un gros sinistre survenu l'heure précédente dans un dépôt de peintures, zone de Luscanen, mobilisait toutes les équipes disponibles et ils avaient dû se rabattre sur un artisan, lequel se faisait désirer.

Histoire de meubler l'attente, Marzic questionna les badauds, qui ne demandaient que cela. Pour la plupart petites gens à l'âge de la retraite, on les sentait excités par cette péripétie imprévue qui ajoutait un grain de sel au train-train quotidien. Tous connaissaient M. Le Lann. Un brave type pas fier, menant une vie bien tranquille, telle fut l'opinion générale. La vieille locataire de l'étage au-dessus rappela qu'il l'avait maintes fois aidée à porter ses paquets lorsqu'elle rentrait de ses courses. Une autre femme, qui occupait l'appartement mitoyen, avait encore entendu son piano la veille au soir.

— Les logements sont très mal insonorisés, précisa-t-elle, mais pour le coup je ne m'en suis jamais plainte, je le lui ai dit, à M. Le Lann, j'avais à chaque fois l'impression qu'il jouait aussi pour moi.

— Ah, voilà Divellec ! dit Bleuniou.

Manu Divellec, le serrurier, se hissait à son tour sur le palier, la lanière de sa sacoche en cuir noir lui ceignant l'épaule. Il n'était pas enchanté d'avoir été réquisitionné en plein boulot et arborait une trogne de bouledogue.

— Pourvu qu'il ait pas laissé la clé à l'intérieur ! grogna-t-il.

Non, la voie était libre et, dès l'introduction du deuxième passe, un déclic accompagna le glissement du pêne. Il ouvrit.

Marzic s'interposa avec fermeté, passa le seuil. Il huma l'air ambiant, ostensiblement. Pas d'odeur, il avait pensé au gaz, mais non, si ç'avait été le cas, on l'aurait flairé depuis longtemps.

— Tu viens, Bleuniou ? Vous, vous ne bougez pas, commanda-t-il au serrurier.

Ils s'enfermèrent et procédèrent à l'inspection des lieux.

L'appartement était vide, tout était en ordre.
Marzic émit un soupir de soulagement.
— Pas de machab en vue, j'aime autant ça.
— Moi aussi. Tu peux me dire ce qu'on est venu foutre ici ? haleta Bleuniou, qui avait une récidive d'asthme et récupérait mal depuis la grimpette dans l'escalier. Le mec a découché, et alors ?
— Faut te mettre dans le contexte, dit Marzic. Le prof a séché ses cours sans préavis et c'était pas son genre, le patron du bahut a pas voulu courir de risques. Il a déjà eu un sacré problème, il y a deux ans, ce môme qui s'est noyé en promenade scolaire à l'île d'Arz, tu te rappelles ?
— Vaguement oui, dit Bleuniou.
— Bon, on a vu, on se tire. Pas de mandat, on touche à rien.
Ils ressortirent. Le major relut l'inscription sur la plaque de sonnette, grommela :
— C'est curieux, ça me rappelle...
Il n'acheva pas. Ça lui rappelait quoi ? Il fut bien en peine de mettre son impression au net.
— Il n'y a personne, dit-il, rien d'autre à signaler, vous pouvez rentrer chez vous.
— Sa bagnole se trouve pas en bas, intervint un jeune homme qui montait quatre à quatre l'escalier. Elle a sa place au parking numéroté de l'immeuble, une Clio grise. Elle y est plus.
— Eh bien, fit le major, nous dirons que M. Le Lann s'est absenté. Point final. Refermez, monsieur Divellec, enjoignit-il à l'homme de l'art, qui s'exécuta. Vous adresserez votre facture au commissariat, vous connaissez la musique.
— Trop bien, grinça Divellec en rangeant son trousseau, règlement garanti pour la Saint-Sylvestre !
Marzic eut un geste impertinent, façon de dire qu'il s'en tamponnait le coquillard, c'était pas ses oignons. Il allait taper son procès-verbal, au patron de décider de la suite éventuelle à envisager. Quant à lui, son point de

vue était net : le prof modèle s'était payé quelques heures d'école buissonnière, c'étaient des choses qui arrivaient, même chez les plus sages, pas de quoi en faire un plat.

11 h 30.

À l'étage de l'hôtel de police, le surligneur au poing, Bardon traquait les incorrections sur le compte rendu du major et la prose de l'excellent Marzic en était, comme d'habitude, truffée. Bien entendu, le commissaire était tout à fait conscient qu'il se décarcassait pour des broutilles : un enseignant qui se faisait porter pâle, l'affaire méritait au plus trois lignes à la main courante. Mais il estimait que tout était dans tout et ne laissait rien passer à ses subordonnés : question de principe.

Il barra le feuillet d'un catégorique « À refaire », poussa le rapport dans le parapheur.

Le téléphone sonnait.

— C'est pour vous, patron, dit Spininger au standard. M. Droumaguet.

Bardon prit la ligne de mauvaise grâce.

— Je vous ai déjà dit, monsieur le Directeur, que la visite de l'appartement n'avait rien révélé de suspect et qu'il y avait lieu de penser...

— Pardonnez-moi, monsieur le commissaire...

Dans la voix de Droumaguet perçait de l'inquiétude.

— Je viens de recevoir un coup de fil de l'agence de voyages L'Eldorado, rue Thiers. Ils ont des titres de transport en attente au nom de Le Lann Camille, billets d'avion charter Paris-Saint-Barthélemy aux Antilles, et préacheminement Nantes-Charles-de-Gaulle.

— Quoi ?

— Le départ de Roissy est pour demain, 4 juin, et il était convenu que M. Le Lann retirerait les titres de transport à l'agence au plus tard aujourd'hui. Ils l'ont relancé plusieurs fois chez, lui ce matin, sans parvenir à le joindre. Ils ont réussi à savoir où il travaillait et ont téléphoné à sa boîte. J'ai pensé qu'il était de mon devoir de vous en aviser.

— Vous avez bien fait, monsieur Droumaguet. L'Eldorado, vous dites ? C'est noté, je m'en occupe, monsieur le Directeur, comptez sur moi.

À l'interphone, il se brancha sur ce que, malgré la mue récente du jargon hiérarchique, l'on continuait d'appeler le bureau des inspecteurs.

— Marzic est là ? Bon, qu'il monte tout de suite, j'ai quelque chose pour lui.

Le brigadier Bleuniou, qui n'allait vraiment pas fort, avait obtenu de rentrer chez lui et le major Marzic avait écouté seul l'employée de l'agence raconter la genèse de l'imbroglio, ce voyage aux Antilles débutant le lendemain et que Camille Le Lann avait l'air d'avoir rayé de sa mémoire.

Marzic détacha le nez de ses notes : un détail curieux semblait avoir échappé à l'attention des uns et des autres.

— Vous m'avez parlé de deux dossiers ?

— En effet. M. Le Lann a prévu d'être accompagné. Sur ses instructions, nous avons également délivré des billets au nom de Mme Simon Marie-Rose.

Les yeux de Marzic riboulèrent. D'où elle sortait, celle-là ? On lui avait présenté Le Lann comme un homme vivant seul. Il avait donc une liaison cachée ? L'affaire devenait croustillante et il en conçut une intense jubilation interne.

— Qu'est-ce que je fais ? demanda l'hôtesse. Je vous rappelle que les départs sont pour demain : Nantes à 14 h 20, Roissy à 16 h 55.

— Pas d'affolement, dit Marzic. On a largement le temps de les retrouver. Vous avez l'adresse de cette dame ?

— Une adresse, oui, mais pas de numéro de téléphone.
— Donnez toujours.
Marzic copia les références et referma son carnet.
— On va voir de ce côté, fit-il, la mine entendue. Comme dit l'autre : « Cherchez la femme », c'est un truc qui marche souvent.
Il revint à pied à l'hôtel de police, émoustillé. Il y avait de la fesse dans l'air, ça renforçait sa première idée : un coup de folie du trop sérieux pédago.
Avisant dans le hall le lieutenant de police Carola, qui se remplissait une timbale de petit noir, il l'aborda et, pipelette impénitente, lui raconta avec quantité de détails sa démarche à l'agence. Carola n'était pas au courant pour le prof de musique. Un nommé Le Lann ? Non, elle ne le connaissait pas.
— Mes gosses ne sont pas encore en âge scolaire ! plaisanta-t-elle.
— Pour les miens, c'est déjà de l'histoire ancienne, fit Marzic. Et pourtant ce nom-là me dit quelque chose.
— Des Le Lann, il doit y en avoir une tripotée dans le coin, non ? remarqua-t-elle.
— Sans doute, sans doute, mais... Ça me reviendra.
La situation évolua très vite. En premier lieu, on fut incapable de mettre la main sur la présumée compagne de Le Lann : à l'adresse fournie à l'agence L'Eldorado n'avait jamais résidé une Simon Marie-Rose. Plus grave encore, les efforts déployés pour dénicher en ville une femme répondant à ces prénom et patronyme furent inopérants : il n'y avait point de Marie-Rose Simon à Vannes. Pourquoi Camille Le Lann avait-il donné ce renseignement mensonger ?
Il fallait impérativement en savoir plus sur le professeur de musique et Bardon mit le paquet. Des flics cinglèrent à nouveau vers l'immeuble de la rue Saint-Patern, dont les résidents furent soumis au gril. Sans profit véritable. D'autres, à Saint-Goustan, cuisinèrent les collègues du disparu. Là aussi l'opération fut déce-

vante, on apprit que cela faisait plusieurs semaines que Le Lann était apparu à certains très préoccupé, sans que cet homme réservé eût jamais confié à ses supérieurs ou ses pairs avoir des problèmes particuliers. Une liaison féminine ? On tombait des nues. Le Lann était considéré par tous comme un célibataire endurci, un solitaire qui vivait pour sa musique et qu'on imaginait satisfait de son sort.

Il était entendu qu'il n'avait pas de famille sur place. En cours d'après-midi pourtant, les investigations menées dans l'entourage de l'enseignant permirent de remonter jusqu'à un petit-cousin établi à Josselin, qui ne le fréquentait plus depuis des années, mais l'avait bien connu quand il était gosse. On découvrit ainsi que Le Lann, durant son enfance, avait déjà résidé à Vannes, où son père avait été quelque temps au service de Victor Sabatier, le conseiller général et père du promoteur-constructeur.

Quand Anne-Laure lui fit part de la nouvelle, qu'elle tenait de Marzic, Valentin eut un choc. Sabatier et Le Lann se connaissaient ! N'était-ce pas là l'élément nouveau inespéré, de nature à relancer une recherche qui, il devait se l'avouer, était en train de s'enliser ? Les avantages escomptés de la mise sur écoute de Sabatier et de ses proches ne s'étaient point matérialisés, Anne-Laure se fatiguait à ces insipides contrôles triquotidiens qui n'apportaient rien et Valentin lui aussi se prenait à douter.

Il en était même à se demander si l'homme d'affaires, dont on savait la puissance des réseaux dans la région, n'avait pas eu vent des mesures administratives prises à son encontre et adapté en conséquence son mode de communication. Il ne s'agissait sans doute que d'une coïncidence, mais à Rennes, Touzé, naguère si pressé d'aboutir, semblait résigné à cette vacuité ronronnante. La découverte d'un lien entre ce Camille Le Lann et Sabatier tombait à pic.

Il appela aussitôt le chef d'entreprise. Sabatier

confirma volontiers l'information, mais assura qu'il avait complètement perdu de vue Le Lann depuis les lointaines années de leur enfance et exprima son étonnement d'apprendre sa présence à Vannes.

Valentin chargea Anne-Laure de recueillir auprès de son ami des R.G. le maximum de documentation sur le prof de Saint-Goustan. Lui-même se rendit à L'Eldorado, où il fut accueilli par le chef d'agence en personne.

Renaudot, un quadragénaire à la mise soignée, bien qu'un peu perturbé par ces fréquentes interventions de la police, se montra très aimable. D'emblée, Valentin lui posa la question qui le tarabustait :

— Vous n'avez jamais rencontré cette Marie-Rose Simon, et pour cause : tout laisse à penser qu'elle n'a jamais existé. Comment, dans ces conditions, avez-vous pu délivrer des billets à son nom ?

Renaudot s'expliqua posément. Une quinzaine de jours auparavant, « le lundi 18 mai, très exactement », précisa-t-il après avoir consulté une fiche, M. Le Lann s'était présenté à l'agence et y avait effectué une réservation pour un voyage et un séjour de deux semaines à Saint-Barthélemy, aux Antilles françaises, à son nom et à celui d'une certaine Marie-Rose Simon et il avait réglé la facture par carte Visa.

— Nous n'avions aucune raison de mettre en doute l'exactitude de ses déclarations, affirma Renaudot.

Valentin ne dissimulait pas son étonnement.

— Vous ne vérifiez pas sur pièces l'identité de vos clients ?

— Pas à ce stade. D'autant qu'un aménagement du libellé de la réservation est recevable avant le départ, du moins lorsqu'il s'agit d'un forfait charter, programmé par un tour-opérateur, comportant l'aller et retour et des prestations telles que, par exemple, une location de voiture. Ce qui était le cas. Sur un vol régulier la modification n'était pas envisageable. Sauf, bien entendu, à imaginer une complicité à l'agence.

Valentin essayait toujours de comprendre.

— Le Lann aurait donc pu vouloir dans un premier temps occulter l'identité de la passagère ? Mais pourquoi ?

— Aucune idée. Je n'ai jamais été confronté à une telle situation. Pour garantir, peut-être, l'anonymat à cette personne ? On touche là, sans doute, à un problème de vie privée qui nous échappe complètement, vous ne croyez pas, commandant ?

Valentin repartit, insatisfait. Un type, décrit comme le plus régulier des hommes, se payant quinze jours de vacances au soleil en pleine année scolaire, en compagnie d'une femme sans nom... On était en plein délire.

À son retour boulevard de la Paix, Anne-Laure lui apprit que la voiture de Camille Le Lann avait été retrouvée, quai de la Rabine, et que les services du commissariat étaient en train de l'examiner.

— Une Clio gris métallisé, dit-elle. Ça ne vous rappelle rien, Bertrand ?

Valentin, qui commençait à délacer ses chaussures, se redressa.

— Crédieu, la bagnole de Pont-Château !

— S'il ne s'agit pas d'elle, c'est sa sœur jumelle.

Elle lui tendit le feuillet qu'elle avait déjà extrait du dossier. Valentin relut le procès-verbal en date du 22 avril, dans lequel un pompiste de Loire-Atlantique témoignait avoir remplacé le pare-brise d'une Renault Clio, dans des conditions qui l'avaient troublé. Cela se passait le lundi 20 avril, quelques heures après le drame des Boréales. Vérification faite, la Clio portait un faux numéro d'immatriculation.

Il reposa le papier sur le bureau.

— Résumons. On peut dès à présent supposer, avec des chances raisonnables de ne pas nous planter, que la Clio suspecte qui se trouvait à l'heure H sur les lieux de l'attentat appartenait au prof de Saint-Goustan. Nous savons par ailleurs qu'il existe, ou a existé, une relation personnelle entre Sabatier et Camille Le Lann. Hypothèse, à étayer, mais plausible : Le Lann est, de près ou de loin, lié aux activités du groupe Hadès. Et rappel : pour un motif qui nous échappe encore, Hadès a fait de l'entrepreneur sa cible privilégiée. Ça donne pas mal de grain à moudre, non ?

— Vous décidez quoi, pour Bardon. On lui en parle ?

— Bonne question.

Il réfléchit quelques secondes en se massant la lèvre supérieure, dans un geste familier.

— Il me semble qu'il serait pertinent de regrouper les deux affaires.

— Oui, approuva Anne-Laure. Le proc Gagnepain y viendra fatalement, si notre analyse est juste. Ne pas exclure toutefois que Bardon fasse de la résistance.

Elle se dit persuadée que le commissaire ne verrait pas d'un très bon œil ce qu'il pourrait considérer comme une incursion dans ses plates-bandes. C'était en tout cas le sentiment qu'elle avait retiré de son entrevue un instant plus tôt avec Lebastard, qui, dit-elle, s'était montré peu empressé à vouloir glaner les renseignements qu'elle lui demandait sur le passé de Le Lann, et elle y décelait la marque de consignes expresses reçues du commissaire.

Dans son for intérieur, Anne-Laure songeait qu'il y avait autre chose : la froideur inattendue de Pierrig n'était pas sans corrélation avec l'épilogue de leur tête-à-tête le vendredi précédent.

Elle aurait dû pourtant en garder le meilleur souvenir. Pierrig avait été un merveilleux partenaire, aussi tendre qu'inventif. Qu'est-ce qui lui avait pris, alors qu'après l'amour elle se redonnait un coup de peigne dans le cabinet de toilette, de remettre sur le tapis la question des écoutes téléphoniques ordonnées dans le cadre de l'affaire Hadès ? Elle avait observé que c'était la seconde fois de la soirée qu'il tentait de lui tirer les vers du nez. Il s'en était défendu, ils avaient échangé quelques répliques assez aigres, la fin de la rencontre en avait été assombrie. Et elle était certaine que Lebastard n'avait pas oublié.

Ils débattirent quelque temps ensemble de la conduite à observer envers Bardon, s'accordèrent à penser que, pour le moment du moins, il y avait plus de risques que d'avantages à associer le commissaire à leurs propres recherches.

Le corps de Camille Le Lann fut repêché ce même jour vers vingt-deux heures à l'écluse du pont de Kérino. Le cadavre, relativement épargné, présentait une importante blessure au niveau de la tempe droite. Ce qui ne préjugeait pas l'origine du décès, le mort ayant séjourné plusieurs heures dans l'eau, selon l'estimation du médecin qui procéda aux premières constatations. Compte tenu des circonstances ayant précédé la découverte, une instruction préliminaire fut ouverte, confiée au juge Aubrée, dont le premier acte fut de requérir une autopsie.

38

Même jour, 23 h 35.

Les yeux grands ouverts dans le noir, Patrick Vatel écoutait la respiration paisible de Marion qui dormait. En début d'après-midi, Pierre-Henri l'avait appelé à Lorient pour lui signaler la disparition de Camille. Depuis, il attendait.

La trémulation du téléphone sur le chevet le surprit à peine.

— Allô oui ?

— Mel à l'appareil, Patrick, Camille est mort.

— Mon Dieu...

Il se signa.

— Qui te l'a...

Marion s'ébrouait à son flanc.

— Qui est-ce ? demanda-t-elle, la voix engourdie de sommeil.

— Mel.

— Encore ! Quelle heure il est, Patrick ? Tu...

— Je la prends en bas, ne te tracasse pas. Dors, ma chérie.

Il se glissa hors du lit et quitta la chambre en emportant le sans-fil. Il s'installa dans son bureau.

— Tu es toujours là, Mel ? Excuse-moi, je ne voulais pas la réveiller. Comment est-ce arrivé ?

— Pierre-Henri vient de me prévenir, dit-elle, la voix brisée. On l'a sorti de l'eau tout à l'heure, au pont de Kérino. Ils vont pratiquer une autopsie.

Elle éclata en sanglots, cria :

— Il l'a eu, Patrick ! Comme Gilou !

— Je comprends ton émotion, ma petite Mel. Mais rien ne prouve... Pas avant qu'on ait eu les conclusions du légiste.

Elle hoqueta :

— Non, Patrick ! Tu sais aussi bien que moi que c'est ce fumier qui a fait le coup ! Depuis notre virée en Mayenne, Camille se sentait menacé. Hier soir encore, ce rendez-vous où il se rendait... C'est affreux, si je l'avais écouté au lieu de...

Les larmes noyèrent les derniers mots. Patrick aussi avait le cœur étreint. Vingt-quatre heures plus tôt, songeait-il, dans cette même pièce, Camille lui ouvrait sa conscience. Lorsqu'il avait refranchi cette porte, Vatel avait eu le net pressentiment qu'il ne le reverrait plus. Et il n'avait cependant rien fait pour l'arrêter.

À l'autre bout du fil, la crise de Mel paraissait se calmer.

— Pierre-Henri m'a avisé cet après-midi, dit Vatel, que Camille demeurait introuvable. Il m'a parlé des billets d'avion. Cette Marie-Rose Simon, qui était-ce ? Toi, Mel ?

Il trichait. Il savait que c'était-elle, il savait tout. Mais il n'avait pas le droit de le lui dire. Pas le droit ou pas le courage ?

— Je n'étais au courant de rien, mais je crains bien que oui. Il n'aura pas voulu me compromettre avant que... Hier soir il m'a demandé... Il avait dû se persuader lui-même que...

Ses phrases se cassaient, inabouties, broyées de chagrin.

— J'aurais dû mieux l'écouter, tout est de ma faute !

— Non, Mel, tu n'es pas responsable. Ou alors moi pareillement. Camille, je le sais, avait librement fait le choix de son destin. Un choix qui nous dépassait l'un et l'autre.

Un court silence. Mel, sans doute, rassemblait ses souvenirs de la veille.

— Qu'est-ce qu'il t'a dit hier, quand il s'est confessé ?

— Camille avait gardé la foi, la croyance simple de sa jeunesse. Mais c'est vrai, sa démarche auprès de moi était étonnante, à tous points de vue, et je me suis efforcé, en vain, de le dissuader.

— Qu'est-ce qu'il t'a dit ? répéta-t-elle.

— Ma petite Mel, on t'a déjà parlé, je suppose, de ce qu'on nomme le secret de la confession ? J'y suis tenu.

— Même défroqué ?

Le terme le blessa, elle regretta aussitôt sa maladresse.

— Pardonne-moi, Patrick, je n'ai pas voulu...

— Ce n'est rien, dit Vatel doucement. Mel, je ne vais pas t'infliger un cours de droit canon. Mais tu admettras que, même sur un plan strictement humain, je me sente engagé par la parole donnée à un ami. Un ami qui n'est plus là pour me délier de mon serment.

Il dénaturait encore les faits, se disait-il, parce que ça l'arrangeait. À quelques mètres, enfermée à clé dans l'armoire de métal, il y avait une enveloppe en papier kraft, celle que Camille lui avait remise en s'en allant, il entendait encore sa recommandation : « Si un ennui devait m'arriver, ouvre-la devant les amis. »

Il en ignorait le contenu exact, mais il l'imaginait sans peine assez important pour intéresser Mel, toujours déchirée par le remords, déboussolée, mûre pour toutes les folies. N'était-ce pas le moment au moins d'en faire état ?

Il se rendit compte qu'il n'en aurait pas la force. Pas ce soir. Tenter pourtant quelque chose, essayer d'enrayer la course qu'il voyait s'engager, vers d'autres drames.

— Tout à l'heure, quand je l'ai eu au téléphone, Pierre-Henri ne m'a pas semblé très optimiste. Il pense que, malgré ses airs de ne pas y toucher, le commandant Valentin avance pas à pas et que, nécessairement, à plus ou moins brève échéance...

Il s'interrompit. Pas commode de formuler ce qu'il avait en tête devant cette âme à vif.

— Nous n'avons pas à rougir de nos actes, Mel, nos buts étaient nobles...

Nouvelle pause. Il avait l'impression de déclamer une oraison funèbre. Mel également, qui observait, la voix blanche :

— Qu'est-ce que tu mijotes ? On dirait un requiem !

— Un requiem, oui, je pense à ces morts... Ils ne figuraient pas au programme d'Hadès ! Deux morts en trop. Mel, combien d'autres à venir ?

Et tout bas, parce que l'aveu de leur faillite lui était insupportable :

— Il n'y a pas de honte à reconnaître un échec... lorsque le combat n'a plus de sens.

— Il en a pour moi, fit-elle, sèchement

— Il débouchera fatalement sur d'autres misères. Le temps est venu, je crois, du véritable courage.

— N'essaie pas de m'embobiner avec ta rhétorique, Patrick ! Tu veux quoi, au juste ? Qu'on file avec le drapeau blanc, droit chez les flics ?

— Je ne veux rien. Ce que l'on fera, ce sera tous ensemble. Ou on ne le fera pas.

— Vous gênez surtout pas pour moi, agissez à votre convenance. Sans moi. Dans ce rôle-là, je ne serai jamais des vôtres ! Adieu, Patrick. Je ne te dérangerai plus.
— Mel, Mel !
Elle avait déjà raccroché. Et lui restait là, à regarder le combiné dans sa main, désemparé. Il grelottait, il sentait les marques glacées de la sueur qui collait le pyjama à ses omoplates. Il avait perdu, il n'avait pas su la retenir. Pas plus que Camille la veille. Lui aussi il l'avait laissé partir, impuissant, comme ce soir, à bloquer la roue qui tournait, inexorable. La roue du malheur.

39

Vendredi 5 juin, 10 h 20.

GAUCHEMENT posé de guingois par des doigts mal assurés, le gobelet amorce sur la tablette en verre fumé une rotation de toupie et bascule, s'écrase à l'arête de la vasque.
Hébétée, Véronique regarde les morceaux de faïence bleu ciel éparpillés au fond du lavabo. Elle lève le bras devant le miroir, observe le tremblement qui agite sa main. Une onde de rage l'envahit, elle cueille une poignée de débris, la projette avec violence contre la paroi carrelée. Et, sans transition, la crise de larmes. Je suis vraiment malade, même plus fichue de me brosser correctement les dents !
Les récents propos de Cyril pilonnent son cerveau : « Ils se sont cotisés pour t'offrir de très longues vacances au cabanon ! »
Il a insinué que le psychiatre est lui aussi dans le coup.

Nabeul, qui se montre presque quotidiennement à La Cerisaie depuis qu'elle a eu ce qu'ils ont baptisé « sa rechute ». Ses consignes sont draconiennes : repos, soins intensifs, toute une batterie de cachets et de piqûres à supporter chaque jour, sous la responsabilité de l'infirmière. Plus question qu'Alice s'en aille, elle est pour l'heure indispensable, répliquerait Jacques, si Véronique avait le mauvais goût de lui rappeler sa promesse.

Elle s'habille, sans entrain. Le simple effort d'endosser un vêtement la met en nage, elle a l'impression qu'on a coulé du plomb dans ses membres. Malade, oui, très malade.

Elle ouvre la fenêtre, respire à fond. Il ne pleut pas, mais l'averse rôde : le ciel est couleur de goudron. Elle contemple le ballet des hirondelles qui survolent en rase-mottes la pelouse, écoute distraitement les tap tap tap d'un marteau en bas sur sa gauche. Dans la chambre voisine, Alice, avec des mots de miel, s'emploie à apaiser Tiphaine qui vagit.

Véronique, confusément, envie le poupon. Comme lui, elle voudrait crier. Crier sa peine, sa peur, sa vie détruite, ruinée, crier tout son saoul ! Pour personne. Qui l'entendrait ? Elle ne distingue autour d'elle aucune présence amie, elle n'est qu'une détenue sous surveillance permanente dont on se méfie. Seul Cyril pourrait l'aider, elle n'a pas oublié ce qu'il lui a dit : « Véro, j'ai choisi mon camp, je suis avec toi. »

Elle ne l'a pas revu depuis leur rencontre au bois de Lanvaux trois jours plus tôt. À chacune de ses promenades pourtant, elle a épié les abords de son refuge, mais elle n'a jamais remarqué sa 2 CV, qui stationne habituellement devant la porte. Peut-être, en cette période d'examens, ce bohème des études s'est-il résigné à reprendre le chemin des amphis à Nantes ? Quant à Martine Carréjou...

Véronique ouvre le livre posé sur le chevet, soulève le rabat de la liseuse en cuir gaufré et en retire le minuscule rectangle de bristol qu'elle y a dissimulé et sur lequel elle a rassemblé ses deux codes de survie, le numéro du portable de Cyril et celui de Martine. Elle les relit, frémissante. Martine Carréjou, si amicale, si compréhensive, si avisée. Comme elle aimerait à cette minute l'entretenir, elle a tant à lui dire !

Aspiration interdite : Véronique est privée de téléphone. Le bureau de Jacques est désormais fermé à clé et il n'est pas d'avantage envisageable pour elle d'utiliser le poste du rez-de-chaussée dans le hall, car la porte de l'office est en face. Si d'aventure Véronique s'y risquait, Marguerite ne perdrait pas une miette de la conversation, elle aussi est à leur dévotion. Véronique ne peut plus compter sur personne. Captive, au sens strict.

Le soir, tandis qu'elle s'est déjà repliée dans sa chambre, elle entend le cliquetis de la clé. On — Jacques ? Alice ? — l'enferme pour la nuit. Comme une bête féroce. Ou une aliénée. Et chaque matin, vers neuf heures, l'infirmière la délivre, Véronique est en général bien réveillée, elle enregistre le ferraillement à la serrure, le pas souple qui glisse sur le parquet ciré. La cage est ouverte, la recluse a le droit de s'en extraire, d'aller embrasser Tiphaine.

Elle s'est plainte, au début, auprès de son mari du traitement désobligeant qu'on lui inflige. Très à l'aise, il a expliqué qu'il ne s'est résigné à prendre cette mesure de précaution que pour la protéger. Parce que leurs ennemis, qui leur ont déjà fait tant de mal, ne désarment pas. Ayant rappelé l'incident, si lourd de conséquences, survenu à la maternité, et même cité allusivement le message téléphonique dont elle a par erreur été la destinataire, il a suggéré l'existence d'autres menaces, tout en refusant d'en préciser la nature.

Vrai ou faux ? Il n'est pas à une contradiction près et, de toute façon, elle n'accorde plus le moindre crédit à ses affirmations. Il lui a dit également que sa situation d'extrême vulnérabilité fait d'elle une cible privilégiée et qu'il agit dans le droit fil des instructions reçues du psychiatre.

— Nous ne pensons tous qu'à ton bien, ma petite Véro, a-t-il conclu, avant de souligner que l'aménagement de sa chambre, avec son coin-toilette, la rend tout à fait autonome.

La veille, elle a constaté que l'étau est encore plus serré qu'elle ne l'imaginait. Il était onze heures. Après y avoir longtemps réfléchi, elle avait pris la décision de sortir sa voiture du garage. Contents ou non, elle les placerait devant le fait accompli, elle filerait en ville, elle essaierait de joindre Martine. Mais elle a eu beau passer au crible le tiroir du chevet où elle les rangeait, elle n'a pu mettre la main sur les clés de la Lancia : on les lui a confisquées.

Pour la seconde fois elle s'est révoltée, elle a jailli, furieuse, dans la chambre où Alice câlinait le bébé.

— C'est vous qui m'avez emprunté les clés de la Lancia ?

— Je les ai mises à l'abri, Véro, a-t-elle répondu tranquillement, sans cesser de dorloter l'enfant. En pleine concertation avec votre mari.

— Ça dépasse les bornes ! C'est absolument intolérable ! De quoi a-t-on peur ? Pour vous, je suis folle ? C'est cela ?

— Folle, comme vous y allez ! Mais non, Véro, fatiguée, très fatiguée. Je crois que les recommandations du psy sont sages : conduire un véhicule dans votre état ne serait pas raisonnable. Je pourrais vous conseiller la patience, mais je conçois que ce langage vous irrite. Je me contenterai donc de vous dire que ces contraintes momentanées, si désagréables qu'elles vous paraissent, n'ont pas d'autre objet que votre bien.

« Votre bien », les termes exacts employés par Jacques, la leçon est parfaitement apprise.

Véronique débouche de sa rêverie chagrine. Elle insère le bristol dans la fente du couvre-livre. Suit des yeux, par la fenêtre, la chevauchée des nuages obèses. Oui, la pluie est pour bientôt. Tant pis, elle étouffe ici, elle a besoin de s'arracher à sa geôle, ne serait-ce que quelques minutes.

Elle revêt un K-way, se chausse. Sans bruit elle se glisse hors de la pièce. Dans cet univers d'enfermement où on la confine, elle commence à retenir les leçons du silence. Alice ne s'est aperçue de rien, et Véronique aborde déjà l'escalier que la voix typée de l'infirmière lui parvient encore, chantonnant sa berceuse à l'enfant.

Par contre, elle ne pourra déjouer la vigilance de Marguerite, qui, le hachoir au poing, découpe un géant des Flandres sur la table de service. Irréprochable chienne de garde, elle s'encadre dans la porte de la cuisine, en essuyant sur le tablier en plastique jaune ses mains ensanglantées.

— Et alors comme ça, on va faire son p'tit tour, madame Sabatier ?

— Oui, me dégourdir les jambes avant la douche.

— Vous avez bien raison, madame Sabatier, je crois que ça se gâte. Dites donc, quelle mine superbe vous avez ce matin !

Véronique s'esquive.

Elle s'engage dans l'allée gravillonnée, accélère, revigorée, après la touffeur de la chambre, par la verdeur de l'air.

Au bout de l'allée, elle constate une fois de plus que la 2 CV n'est pas garée devant l'ancienne écurie. La soudaineté de sa réaction lui révèle combien elle en est déçue. Une impulsion irrésistible qui, après le rituel contrôle de sécurité par-dessus l'épaule, la catapulte jusqu'au bâtiment.

Elle contourne la construction, repère sans mal les deux dalles de schiste roux dont Cyril a fait état. La clé est bien à la place indiquée. Elle s'en empare et revient vers la façade. Coup d'œil en direction de l'allée. Personne.

Elle introduit la clé, la manœuvre, un peu effrayée par les grincements de la mécanique rouillée. Elle entre, repousse le lourd battant, se retourne, clignant des yeux dans la demi-obscurité de l'endroit où elle peine à s'orienter.

Encore stupéfaite de son audace, elle esquisse un pas, le souffle court, l'estomac barbouillé par les odeurs fortes qui l'assaillent. Cela sent le rance, la vieille paille, la bête. Comment Cyril peut-il vivre dans ce taudis, lui qui, du moins avant le conflit qui l'a opposé à son père, avait à sa disposition une chambre spacieuse, bien équipée ?

L'endroit est étrange, vaguement inquiétant, avec ce fouillis de bocaux, de boîtes en métal, de cornues, d'ustensiles et d'outils bizarres. À sa droite, dans un renfoncement, une sorte de cuve en verre de couleur verdâtre, rayée parfois de zébrures argentés. Un aquarium, Cyril en a déjà fait état, elle entend les chuit-chuit de l'eau alimentant le bac.

Elle lâche un petit cri. Un corps soyeux vient de lui effleurer le bas du mollet. Au ras du ciment, elle discerne une houppette de poils fauves, la fourche de deux pattes arquées. Un des pensionnaires du logis, cela aussi Cyril le lui a confié un jour, il cohabite avec un angora. Effrayé, l'animal s'est blotti sous le lit et n'en bouge plus.

Elle s'accommode à la pénombre. Une corde de lumière, tombant à la verticale d'une lucarne, éclaire une table de bois blanc, presque au centre de l'habitacle, encombrée de bouteilles et de journaux. Elle s'en approche, a un étourdissement, doit s'appuyer au meuble, prise d'une faiblesse. Cette atmosphère de catacombes, ce bric-à-brac, ces parfums sauvages... Il faut qu'elle vide les lieux, très vite. Mais auparavant...

Une pointe Bic traîne sur la table, un cahier d'écolier. Elle prend le stylo, détache une des feuilles du cahier et, debout, griffonne quelques mots : « Je suis prisonnière. Téléphone d'urgence au... » Malgré son malaise, elle hésite à peine, elle connaît le numéro de Martine Carréjou par cœur, bien souvent, depuis le mardi précédent, il a alimenté ses songeries. Elle compose les dix chiffres, se redresse, se penche à nouveau, traversée d'une pensée, elle ajoute une phrase : « Parle-lui de la balle. »

Elle laisse tomber le Bic, place le papier bien en évidence au milieu de la table. Et elle gagne la sortie. Toujours pas de silhouette indésirable à l'horizon. Elle enfonce la clé entre les ardoises, rattrape l'allée en tanguant quelque peu. Sa tête tourne. Elle a hâte de retrouver sa prison.

40

Samedi 6 juin, 8 h 15.

Du centre du parking où elle avait garé la Honda, Mel ne quittait pas des yeux le bar-tabac, un modeste caboulot pour fanas du tiercé, à la vitrine tapissée d'affiches criardes. Le fils Sabatier se trouvait à l'intérieur. A Evron, Véronique lui avait parlé, en termes élogieux, de Cyril, son beau-fils, mais elle ne le connaissait pas, elle avait juste entrevu une fois, à l'époque où elle faisait le guet devant La Cerisaie, la haute silhouette au volant d'une antique 2 CV bleu marine et elle n'avait pas oublié le bandeau humoristique rose « ENFANT À BORD », apposé sur la glace arrière. A ce détail elle avait su que le grand gaillard, qui s'extirpait de sa voiture et se dirigeait vers le bar, était celui qu'elle devait rencontrer.

Jusqu'alors elle s'interrogeait encore sur la personne qui l'avait appelée la veille. Il était près de minuit, elle était couchée, mais elle ne dormait pas, elle pensait à Camille. Elle n'avait pas décroché, une vieille habitude de la clandestinité, elle avait écouté la déclaration enregistrée à la messagerie de son portable, au libellé laconique : « Quelqu'un qui vous intéresse m'a demandé de vous voir. Pour une affaire très urgente. Je vous attendrai demain à huit heures au Bar de l'Étoile, à Plaudren. Ayez en main *L'Équipe,* c'est moi qui irai vers vous. »

Elle avait acheté *L'Équipe,* mais n'était pas entrée dans le bistrot. Un autre réflexe de prudence : et si c'était un piège ?

Le décès brutal de Camille Le Lann semblait avoir ranimé le zèle des policiers de Rennes, et Mel, se ralliant à l'opinion de Vatel, n'excluait plus que, tôt ou tard, on vienne lui réclamer des explications.

C'est pourquoi, la mort dans l'âme, elle avait renoncé à assister aux obsèques de son ami, célébrées le matin même à Saint-Patern. Trop dangereux. Et elle avait décidé de brouiller tout de suite les pistes : depuis vendredi, elle ne résidait plus à l'ancien moulin ; après avoir transféré dans l'un de leurs dépôts clandestins, près de Malestroit, le matériel d'Hadès qui était en réserve chez elle, elle avait pris pension dans un petit hôtel de Questembert, avec l'intention de changer régulièrement de gîte, pratique qui, d'ailleurs, eu égard aux servitudes de son métier, n'offrait rien de déraisonnable.

Mais il y avait plus grave. Pierre-Henri était certain que le téléphone de Sabatier avait été placé sur écoute et, en identifiant quelques minutes auparavant son correspondant anonyme, elle avait eu une brusque appréhension : qu'est-ce qui lui prouvait que la communication n'avait pas été interceptée ?

Mel alluma une gitane. En suivant des yeux le fin panache qui s'étirait au-dessus de sa cigarette, elle se dit qu'elle n'avait pas hésité une seconde à se jeter sur cette piste. Parce qu'il s'agissait encore de Sabatier. L'homme qui avait éliminé Gilou et Camille — le classement du dossier Le Lann par le procureur de Vannes, la veille, n'entamait pas sa conviction : d'une manière ou d'une autre, l'entrepreneur était dans le coup —, cet homme tenait encore entre ses serres une autre victime. Et elle avait le sentiment qu'en aidant Véronique elle ne déviait point du but qu'elle s'était assigné : punir le responsable de la disparition de ses deux amis.

Elle abaissa la vitre de la portière, aspira une franche goulée d'oxygène. Elle inséra un doigt sous la perruque, massa sa tempe humide. Elle avait coiffé sa massive crinière noir-de-jais, un postiche fort peu seyant, mais à la coupe très enveloppante, qui, associé aux larges verres fumés, lui garantissait l'incognito. Et lui tenait chaud. Le temps était lourd. Cela faisait deux jours que la météo pronostiquait des orages, qui n'éclataient point. Sous la calotte blafarde du ciel, l'air stagnait, épais et gluant. C'était cela aussi, sans doute, qui aggravait sa tension nerveuse ce matin et rendait la faction si pénible.

Elle écrasa précipitamment la gitane dans le cendrier, rapprocha son visage du pare-brise. Le jeune homme franchissait la porte du bar. Il se faufila entre les automobiles à l'arrêt, effectua plusieurs haltes, regardant partout autour de lui, évidemment déçu de ce contretemps. Une des mèches châtain de sa tignasse épaisse dansait sur son front à chacun de ses pas. Il monta dans sa voiture.

Mel vit la 2 CV passer à quelques mètres devant elle, attendit qu'elle se fût libérée du parking. Elle se porta dans son sillage, maintint le contact à distance. Très peu de circulation. Il lui fut aisé de la garder en ligne de mire. Ils quittèrent vite la modeste agglomération et prirent la départementale 126 vers Vannes.

Mel, qui connaissait bien le secteur, avait médité sa tactique. Après le lieu-dit Le Croiseau, une longue section de route droite s'annonçait. Mel accéléra, doubla sans difficulté la petite cylindrée et, ayant actionné son clignotant, appuya à droite, coupant au culot la trajectoire de la 2 CV.

Elle entendit le miaulement des freins, la plainte des pneus qui patinaient, un aboiement furibard de klaxon. Les deux véhicules s'immobilisèrent sur le bas-côté, pare-chocs contre pare-chocs.

Mel fut dehors la première. Elle s'avança, se pencha vers la portière dont la vitre était remontée, entrevit une face coléreuse.

— Dites donc, vous, râla le garçon, qu'est-ce qui vous prend ?

— C'est à moi que tu voulais causer, dit Mel. Laisse ta bagnole, tu la récupéreras tout à l'heure. Mais grouille.

Elle retourna à la Honda, se remit au volant, contrôla la départementale au rétroviseur. Un poids lourd chargé de poulets était en train de les dépasser dans un grand envol de plumes. Pas d'autre voiture en vue. Le jeune homme avait fini de caser ses longues cannes à côté d'elle. Mel replaça la Honda dans l'axe, pesa sur la pédale.

— Je t'écoute, Cyril. C'est Véronique qui t'envoie ?

— Oui.

Il la reluquait, intrigué, encore méfiant.

— Comment vous m'avez repéré ? On se connaît ?

— Faut croire. Donc tu viens de la part de Véronique ?

— Exact. J'ai trouvé un mot d'elle hier soir en rentrant de Nantes. Un numéro de téléphone où appeler et rien de plus. Je savais même pas si j'aurais à faire à un mec ou une nana !

Mel doubla le camion du volailler, se rabattit.

— T'es fixé maintenant. Il disait quoi, ce mot ?

— Qu'elle était prisonnière.

— Et c'est tout ?

Il gloussa :

— Ça vous suffit pas ?

Mel ne répliqua point. Cyril reprit :

— J'ai préféré choisir ce bled pour le rancard. À Vannes, ça craignait un peu.

— Tu as bien fait.

Elle réfléchit encore.

— Véronique serait prisonnière ? Qu'est-ce que ça veut dire ?

— Ce que ça dit. J'ai pas attendu son S.O.S. pour mener ma petite enquête. Véro est complètement coupée du monde extérieur. Cadenassée dans sa piaule tou-

tes les nuits. Et salement surveillée. Sa caisse bouge plus du garage. Elle peut même plus bigophoner.
— Malade ?
— Peut-être. Elle tient sûrement pas la grosse forme. Je sais que le psy Nabeul a fait plusieurs descentes à La Cerisaie ces jours derniers. Mais elle est pas clouée au pieu. La preuve, c'est qu'elle a réussi à se trimbaler hier jusqu'à ma carrée. Je l'ai aperçue deux ou trois fois qui faisait quelques pas dans le parc. Seulement, pas moyen de l'approcher tranquille, y avait toujours quelqu'un pas très loin pour veiller au grain.
— L'infirmière ?
— Oui, surtout elle. Lucien, le jardinier, marche aussi à bloc dans la combine et sa meuf kif-kif. J'ai confiance en personne.

Mel ralentissait et guettait une opportunité pour reprendre la direction opposée.
— Merci pour le renseignement. Je vais voir ce que je peux faire. Cyril, j'ai une chose à te demander : cette balle que tu as retirée du tronc d'arbre...

Elle sentit qu'il l'observait avec curiosité.
— Ah ! Vous êtes au parfum ! Ça tombe bien.

Il fouilla dans une des poches de son blouson.
— Véro justement a souhaité qu'on en parle. Je l'ai apportée.

Il posa le projectile sur la planche de bord, le recouvrit de sa main en conque.
— Pourquoi ça vous intéresse ? J'ai vachement gambergé là-dessus depuis hier, et je me suis dit... Ça a bien quelque chose à voir avec l'explosion des Boréales ?
— Peut-être.
— Vous êtes d'Hadès ?
— Non, dit-elle vivement. Mais Gilou... Gildas Stéphan était un ami.

Il la dévisagea sans dire un mot. Et il retira sa main.
— Prenez-la, dit-il, vous me la rendrez plus tard.
— C'est sympa. Merci infiniment.

Mel effectua son demi-tour et fila en sens inverse.

— Si tu as encore besoin de me contacter, dit-elle, ne téléphone pas de La Cerisaie. Il y a un risque.
— Je vous ai montré que je me débrouillais pas trop mal ! Vous redoutez quoi ?
— Qu'il y ait des parasites sur la ligne.
— Les flics ?

Elle opina du chef, silencieusement. Ils arrivaient à la hauteur de la 2 CV. Mel stoppa sur l'accotement.

— Si tu ne réussissais pas à me joindre, en cas d'absolue nécessité...

Elle s'arrêta, observa un moment la Safrane vert bouteille qui s'éloignait, poursuivit :

— Je vais te laisser un second numéro où il te sera aussi possible de me toucher.

Elle lui griffonna sur un ticket de stationnement les coordonnées personnelles de Patrick Vatel, répéta :

— En cas d'absolue nécessité. D'accord ?
— C'est noté.

Il ouvrit la portière, posa le pied sur le sol, se retourna.

— Je ne sais même pas qui vous êtes !
— Quelqu'un qui veut du bien à Véronique, trancha-t-elle. Comme toi. Au revoir, Cyril, et encore merci.

Il traversa la route en courant.

Mel conserva quelques secondes le projectile au creux de sa paume. Puis elle le glissa dans la boîte à gants et relança la machine. Une joie âcre lui gonflait le cœur. Elle avait enfin entre les mains la pièce qu'elle recherchait depuis longtemps, le chaînon manquant, susceptible de lui permettre de remonter à l'arme qui, un mois et demi plus tôt, elle n'en doutait pas, avait tué Gilou. Il lui fallait sans retard prévenir Pierre-Henri.

Elle revint sur la voie et adressa un signe amical à Cyril qui repartait à son tour, fouailla ses 7 chevaux.

41

Lundi 8 juin, 9 h 10.

— JE crois bien qu'elle est fichue, dit Anne-Laure, dont le premier geste, à son entrée au bureau, avait été d'humidifier l'orchidée rose. Les fleurs jaunissent l'une après l'autre.

Elle se redressa, replaça le nébuliseur contre le pot.

— Le décor ne doit pas être à son goût, ironisa-t-elle.

Valentin, qui achevait de dépouiller la correspondance du week-end, releva les yeux par-dessus ses lunettes de lecture.

— C'est un sentiment qu'on peut comprendre, dit-il, pince-sans-rire.

Il replia ses lunettes, s'étira.

— Cela s'est bien passé, ces deux jours à Rennes ? demanda-t-il.

Anne-Laure accrochait à la patère sa saharienne en lin écru.

— Couci-couça. Mon père ne va pas fort : toujours ses problèmes d'artérite. Et vous, Bertrand, ça été ?

— Ma foi, oui. J'ai fait du tourisme, hier, dans le Golfe. Trop piétiné, d'ailleurs, j'ai les pieds en bouillie ! Samedi j'assistais aux obsèques de Camille Le Lann à Saint-Patern. Beaucoup de monde, collègues, parents d'élèves. L'enseignant, apparemment, était apprécié. On avait quand même réussi à prévenir le frère et la sœur de Le Lann, tous deux vivent en région parisienne et n'avaient que des relations très lâches avec le défunt. C'est par la sœur qu'on a découvert que Le Lann ne savait pas nager. Un incident remontant à l'enfance l'au-

rait vacciné contre la mer, il la fuyait de manière quasi maladive.
— Sauf pour y mourir, remarqua Anne-Laure.
— Ah ! J'ai aussi aperçu Sabatier à l'église.
Anne-Laure s'examinait dans le miroir de son poudrier.
— On y voit quand même un peu plus clair désormais, dit-elle.
Valentin approuva en silence. L'horizon, en effet, s'était sensiblement éclairci en cette fin de semaine. Le vendredi après-midi, Valentin et Anne-Laure avaient pu se joindre aux policiers de Vannes qui procédaient à la perquisition légale du domicile de Le Lann. La fouille en règle de l'appartement n'avait rien apporté de neuf : le professeur de musique ne laissait pas de lettre ni la moindre note annonçant un acte désespéré. Mais, en y participant, le commandant marquait en quelque sorte son territoire et prenait date. Ils avaient eu connaissance un peu plus tard du rapport d'autopsie. L'acte du légiste était sans équivoque : présence d'eau dans les poumons, aucune trace d'accrétion de sang sous la peau, des blessures pouvant toutes être consécutives à des chocs accidentels *post mortem*, le bilan autorisait la conclusion d'un décès naturel par noyade.

En fin de journée, alors qu'Anne-Laure s'apprêtait à repartir pour Rennes, ils avaient été informés que le parquet classait l'affaire sans suite. Décision attendue, mais qui ne livrait pas le pourquoi de cette mort et faisait l'impasse sur une Marie-Rose Simon en forme d'ectoplasme, à qui Le Lann semblait avoir voulu offrir un ruineux voyage aux Antilles, alors que le dépouillement de ses avoirs en banque révélait de très médiocres économies. Ladite situation, au demeurant, n'ayant rien d'insolite, dixit Anne-Laure, qui fit observer qu'un prof de boîte privée, ça ne devait pas palper bien lourd chaque fin de mois.

Valentin préleva un feuillet parmi les papiers éparpillés sur son bureau.

— J'ai dans le courrier un mémo de l'expert qui a désossé la Clio de Le Lann. On ne se trompait pas : le pare-brise est flambant neuf. Le témoignage du gérant de la station-service de Pont-Château va nous être particulièrement utile.

Il se mit debout, cueillit une de ses pastilles à la menthe et fit quelques pas le long du bureau en se grattant le creux de la lèvre. Il s'immobilisa.

— Vous vous souvenez, Anne-Laure, de cet inconnu qui contactait Sabatier chez lui, récemment ?

— Très bien.

Un claquement sec ponctua la fermeture du poudrier.

— C'était le vendredi 22 mai.

— Pourriez-vous me repasser l'enregistrement ?

— *No problem !*

Elle retira la cassette de l'armoire métallique où elle regroupait les copies et duplications des pièces expédiées à Rennes, la glissa dans le baladeur. Ensemble ils réécoutèrent la sibylline communication : « Bonjour. J'attends toujours votre réponse. Vous auriez tort de ne pas me prendre au sérieux. Il n'y aura pas d'autre avis. »

À l'invitation muette de Valentin, Anne-Laure rembobina la bande et ôta la cassette du lecteur.

— Il m'est venu une réflexion, dit-il, je vous la livre pour ce qu'elle vaut. Cet inconnu...

— ... pourrait être Camille Le Lann ?

— Bel exemple de télépathie, bravo. Pourrait, oui. La voix n'a pas l'air arrangée. Si c'était bien celle de Le Lann, ça ne devrait pas être la mer à boire de dénicher quelqu'un à Vannes capable de le confirmer, et cela sans dommage pour notre enquête, puisque l'enregistrement ne cite aucun nom. Qu'en pensez-vous ?

— Du bien. Le mieux placé, en l'occurrence, est le directeur de Saint-Goustan. Je peux y faire un saut ?

Valentin lui donna son *exeat*.

— Je n'ai pas à vous recommander la discrétion, dit-il.

— Message reçu, chef. Fiez-vous à mon tact légendaire !

Célestin Droumaguet, le patron de Saint-Goustan, mâchonnait voracement le capuchon d'un surligneur.
— Qui est-ce ?
— Cette voix ne vous dit rien ? Souhaitez-vous la réentendre ?

Droumaguet consulta la pendulette dorée de style Empire posée devant lui, unique ornement, avec le bloc téléphonique, du bureau ministre en acajou, lustré comme une patinoire. Façon de rappeler au visiteur que son temps de disponibilité ce matin était compté, en raison de ce fichu conseil de discipline qu'il présidait à dix heures.
— Si vous voulez, dit-il avec un soupir.

Pour la seconde fois, Anne-Laure pesa sur la touche Start. Pendant que l'appareil dévidait sa succincte litanie, elle ne quittait pas des yeux le directeur. Tout en continuant à suçoter le bout de plastique jaune, il contemplait ses doigts soignés.
— Eh bien ?

Droumaguet écarta benoîtement les bras au-dessus du bureau ; il faisait penser à un catho new look récitant le Pater.
— Je ne vois pas.

Il se décida à affronter l'adversaire, lui offrit deux secondes l'eau trouble de ses pupilles violettes.
— À quoi on joue, lieutenant ?
— On ne joue pas. La personne qui s'exprime sur cette bande est-elle Camille Le Lann ?
— Seigneur Dieu !

Droumaguet avait eu un mouvement de recul. Comme effrayé par une apparition, il ébaucha même un geste du bras, prélude avorté sans doute à un pieux exercice conjuratoire.
— M. Le Lann ? Mais pourquoi ?

— Est-ce sa voix ?

Nouvelle ondulation des mains étalées sur le buvard, à la Ponce Pilate.

— Alors là, vous me mettez dans l'embarras, lieutenant ! Franchement, je serais bien en peine de vous le dire ! Pourquoi ? répéta-t-il. Je croyais que notre infortuné collègue... Le parquet n'a-t-il pas mis un terme à la procédure ?

Il osait maintenant soutenir le regard du policier, une ombre de sourire matois affleurait même la ligne effilée de ses lèvres. C'est cuit, ma cocotte, se dit Anne-Laure. Repli stratégique. Sinon, avant deux heures tout Vannes est au courant de ma démarche.

Elle se contenta d'une moue évasive, se leva, reprit son matériel, serra trois phalanges osseuses.

— Merci de votre accueil, monsieur le Directeur. Je vous rends à vos chères têtes blondes !

Elle s'esquiva de l'établissement, mécontente. Un coup pour rien. Peut-être Droumaguet était-il sincère ? Peut-être non ? Peut-être s'était-elle tout bonnement fourvoyée ? En fait, ils étaient partis d'une simple supposition de Valentin, que rien n'étayait.

En pénétrant dans le hall du commissariat, elle se souvint qu'elle avait oublié de déjeuner avant de quitter Rennes. Elle s'arrêta à la machine à café, se servit.

— Bonjour, lieutenant ! claironna dans son dos une voix joviale.

Le major Marzic se pointait à l'orée du corridor, ventre cordial et pogne généreuse.

— Ça va comme vous voulez ?
— Ma foi...

Il emplit lui aussi sa timbale au robinet du percolateur.

— Eh bien, soupira-t-il, voilà donc le pauvre Le Lann en terre. Je voulais vous indiquer à ce sujet, lieutenant... Vous vous rappelez, l'autre jour, je vous ai dit que quelque chose me faisait penser que j'avais déjà eu affaire à ce type ? Mais alors, pour retrouver où, quand et pourquoi, nuit et brouillard ! Ça m'a asticoté les méninges des heures.

Anne-Laure souffla sur son jus brûlant.

— Et vous avez trouvé ?

— Oui, ce matin en me rasant. Comme qui dirait, un éclair !

Il aspira avec bruit une gorgée du breuvage, essuya à la manche de sa veste d'uniforme sa moustache humide.

— À cause du prénom, Camille. La fillette de ma dernière a le même. Plutôt à la mode aujourd'hui, mais pas tellement courant il y a une dizaine d'années, du moins chez les garçons. J'étais à l'époque en poste à Pontivy. Quand j'ai lu Le Lann Camille sur ce papelard, forcément, ça m'a tiré l'œil.

Anne-Laure balança son gobelet vide dans la poubelle.

— Un papelard ?

— Un tract, ou un truc de ce genre glissé dans ma boîte aux lettres. Pour une élection en vue, il me semble.

Anne-Laure était devenue très attentive.

— Le Lann faisait de la politique ?

— Faut croire.

— Vous vous souvenez de la date exacte ?

— La date... Que je réfléchisse...

Il cherchait des repères, son large front plissé par l'effort de réflexion.

— La petite Camille venait d'avoir son baptême, on avait pas mal discuté en famille sur ce prénom justement. Elle court sur ses sept ans. Donc...

— 1991, dit Anne-Laure.

Laborieusement, elle battait le rappel de ses expériences citoyennes.

— Oui, il y a bien eu une consultation électorale cette année-là, au printemps 91, une élection législative. Le Lann se serait présenté à la députation ?

— Non, dit Marzic, c'était autre chose, il n'était pas seul sur le papier, il y avait plein d'autres noms.

— Une liste de soutien, peut-être ?
— Exact, ça me revient, une liste d'appui à un candidat indépendant, nuance écolo, qui se nommait... Putain, ça m'échappe. Pourquoi je lui ai donné mon bulletin, au gusse, je pourrais pas vous le dire, mais j'ai pas tiré le bon numéro, le type... comment déjà il s'appelait ? Le type a fait un score lamentable.

Il se débarrassa de son verre, rigola :

— Pas de danger que je sois déçu aujourd'hui : je vote plus !

Il fixa sur la jeune femme ses petits yeux malins.

— De l'histoire ancienne, tout ça ! On dirait que ça vous intéresse, collègue ?

— Tout m'intéresse, dit Anne-Laure.

— Ça, c'est parler comme un vrai flic ! Notez que je peux m'être gouré pour la date, ça m'étonnerait, mais, par précaution, voyez donc à la Prèf, ça devrait pas être le diable de récupérer un machin électoral.

— En effet. Merci, Marzic, pour le tuyau.

Elle regagna son bureau. Constata que Valentin avait profité de sa solitude pour mettre ses arpions à l'air.

— Ça vire à l'arthrose, marmonna-t-il, en donnant péniblement le branle aux articulations de ses orteils.

— Le temps, peut-être, avança Anne-Laure, compréhensive. Il fait horriblement lourd.

— Au train où ça va, je finirai un de ces jours par m'amener à la boîte en chaussettes !

Il attrapa un soulier.

— Vous avez appris quelque chose ?

Elle replaça le Sony sur la tablette de l'ordinateur, se défit de sa veste.

— Au bahut, *nada*. Par contre, Marzic vient de me dévoiler un aspect du passé de Le Lann que nous ignorions totalement.

Elle lui relata son entretien avec le major. Valentin avait terminé le relaçage de ses derbys et se redressait avec une grimace.

— Pas garanti que ça nous mène quelque part, mais on peut toujours essayer.

Il posa la main sur le combiné.

— Oui, la préfecture, raisonna-t-il. Ou bien... Pourquoi pas le canard ? Anne-Laure, soyez gentille, sortez-moi le numéro de téléphone d'*Ouest-France* à Vannes.

S'étant présenté à la rédaction locale du quotidien, il exposa l'objet de sa requête : il recherchait une certaine liste de soutien à un candidat de tendance écologiste aux élections générales de 1991, circonscription de Pontivy. La presse s'en était, selon toute vraisemblance, fait l'écho. Est-ce qu'ils pouvaient lui repêcher ça ? Oui, ils pouvaient, lui fut-il répondu très aimablement. Les archives du journal étant informatisées, on allait sans difficulté lui dégoter le document, s'il existait.

Dix minutes plus tard, effectivement, le vieux fax asthmatique finalement prêté par Bardon dégurgita un feuillet fournissant, sur deux colonnes, un répertoire de noms coiffé d'un titre gras : APPEL.

Valentin le parcourut aussitôt et s'écria :

— Eh oui, il y est ! Le Lann Camille, enseignant, trente-deux ans... Nom de Dieu ! Venez voir, Anne-Laure !

Elle contourna le bureau, se pencha.

— Quatre lignes au-dessous de Le Lann, colonne de droite, vous lisez quoi ?

— Page Armelle, étudiante, dix-neuf ans. Oh, merde ! L'ex-copine de Gildas Stéphan !

Ils se regardèrent, aussi secoués l'un que l'autre, et demeurèrent un moment sans prononcer un mot, comme paralysés par les perspectives ouvertes par cette révélation.

Un dense manifeste électoral précédait la liste dont Valentin lut à haute voix quelques fragments : « ... nous réapproprier nos richesses naturelles... Nous mettrons au pas les pollueurs, nous dénoncerons leurs protecteurs, si haut placés soient-ils !... restituer la maîtrise de notre sol à ses légitimes propriétaires... Non à la mafia d'étrangers nantis qui ont fait de notre région leur colonie ! »

Il reposa le tract.

— Ce discours ne vous rappelle rien, Anne-Laure ?

— Si, bien entendu. C'est du Hadès tout craché !

— Je ne vous le fais pas dire. Bien. Il ressort de ceci que, début 91, Camille Le Lann et Armelle Page se connaissaient et se réclamaient des mêmes valeurs. Armelle Page qui fut l'amie du poseur de bombes d'Hadès. Dommage qu'il ne figure pas sur la liste, la boucle eût été fermée.

— Stéphan ne devait pas être en France cette année-là, souligna Anne-Laure, en tout cas pas dans la région.

— C'est juste. Sans manquer à la nécessaire prudence, on est en droit d'imaginer, le processus est courant, que la carte politique légale n'ayant pas produit les fruits escomptés, nos idéalistes de 91 ont franchi le Rubicon et que... Oui ?

Marzic entrait, la moustache frétillante de convoitise.

— Alors vous l'avez eu, ce renseignement ?

Valentin lui tendit la liste de soutien, qu'il consulta à son tour.

— Le Lann Camille, enseignant ! triompha-t-il. Ma mémoire n'est pas encore trop mitée, hein ! Et le candidat... Trétour Jules, mais bien sûr, un infirmier à l'hosto, je ne sais pas ce qu'il est devenu, jamais plus entendu parler de lui. Quant aux autres...

Il éplucha les deux colonnes de pétitionnaires, y picora quelques noms qui éveillaient en lui une trace de réminiscence, rien de plus, avoua-t-il.

— En 91, j'étais depuis trop peu de temps à Pontivy pour connaître du monde.

— Il ne s'agit pas de notables, intervint Valentin. Vous avez vu l'âge moyen des signataires ? Des presque gamins. Les notables savent mieux choisir leur tremplin électoral.

— Vatel, murmura soudainement le major. Ce Vatel Patrick, ça serait pas le curé ?

Les deux Rennais échangèrent un regard.

— Un curé ? s'étonna Anne-Laure, qui s'était remise à décortiquer le texte. Vatel, vous dites ? Je lis comme profession à ce nom : comptable.

— Vous avez raison, admit Marzic, j'aurais dû préciser : ancien curé. Mais oui, c'est lui, je me rappelle, on en a pas mal causé à cette occasion, ça a même dû lui être flanqué à la figure lors d'un débat électoral dans un préau. Un curé défroqué, on n'aime pas tellement le genre dans le coin. Ici, côté pratique religieuse, ça serait plutôt la religion de papa !

Valentin suivait une pensée.

— Il est toujours dans les parages ?

Après s'être bien creusé le cerveau, Marzic déclara qu'il n'en était pas certain, mais qu'il avait l'impression que sa femme...

— Parce que le curé a une femme ? s'exclama Anne-Laure.

— L'ex-curé, je rappelle. Mais c'est vrai, cela aussi a fait jaser. Si je m'emmêle pas les pédales, elle bossait dans le coin y a pas bien longtemps encore, dans un journal, ou alors à la radio.

— Merci, Marzic, dit Valentin.

Il enleva la feuille de la main du major, lui signifiant que sa présence n'était plus indispensable. Marzic se retira en traînant les pieds.

— Bon, dit Valentin, on a du pain sur la planche. Et d'abord cette dame Page... On a bien ses références ?

— Oui, dit Anne-Laure, qui déjà ouvrait un classeur et en retirait une fiche. Page Armelle, moulin de Coëtmoisan, au Bono. Chargée de recherches à la S.E.S. (Société d'enquêtes et de statistiques), basée au Mans.

— Un téléphone ?

— Oui.

— Allez-y. Vous me la reconvoquez illico.

Elle pianota l'indicatif, secoua la tête.

— Elle n'y est pas. Prévisible, vu le métier. Ah, j'ai aussi un numéro de portable.

— Essayez.

Anne-Laure renouvela sa tentative, écouta un moment. Elle masqua de la main le micro.

— Une messagerie. Qu'est-ce que je fais ?

— Qu'elle prenne langue au plus tôt. Mieux, vous lui demandez de se présenter en urgence au bureau pour affaire la concernant. Comme l'autre fois.

Elle s'exécuta.

— Parfait. En attendant, ma chère vous allez à la pêche.

Il tendit à sa subordonnée l'appel électoral.

— Je veux un maximum d'infos sur chacune des personnes couchées sur cette liste : adresses privées et professionnelles, options politiques actuelles, s'il leur en reste, hobbies, etc. Tout ça en douceur, il va de soi. Pas de vagues, hein ?

Anne-Laure gonfla les joues, expulsa l'air avec accablement.

— Pire que les travaux d'Hercule, Bertrand ! Dieu sait ce que ces gens sont devenus, depuis tout ce temps !

— Voyez Lebastard. Il devrait nous être précieux.

— Il devrait, oui, dit Anne-Laure d'un ton mi-figue mi-raisin.

— Allez-y. Ah, pour le curé, ce...

— Vatel, Patrick Vatel.

— Ne vous en occupez pas, Anne-Laure. Celui-là, je me le garde !

Valentin obtint de la Poste le numéro souhaité et téléphona aussitôt.

— Commandant Valentin, du S.R.P.J. de Rennes. Madame Vatel ?

— Elle-même.

— Mes respects, madame. Pourrais-je parler à votre mari ?

— Mon mari est absent, dit-elle, après une très courte pause. C'est à quel sujet ?

— J'aimerais le rencontrer. Très vite.

Elle hésita encore.

— Patrick est à son bureau, à Lorient. Mais il rentre chaque soir.

— Est-ce qu'il serait envisageable qu'on se voie aujourd'hui ? Je peux me déplacer.

— Oui, je pense. Je vais le prévenir.

— Vous êtes très aimable. À quelle heure ?

— Disons dix-huit heures quinze. Nous sommes à Saint-Nolff, dans un nouvel ensemble pavillonnaire, un peu à l'écart du bourg, vers Grayo et Monterblanc, le lotissement Largoët.

— C'est parfait, j'y serai. Au revoir, madame Vatel.

Anne-Laure réapparut alors qu'il raccrochait. Elle n'avait pu échanger que quelques mots avec Lebastard, qui filait à un briefing chez Bardon. Il avait pris la liste, lui avait assuré qu'il verrait ce qu'il pouvait faire.

Sans enthousiasme, jugea *in petto* Anne-Laure, qui se redit que Pierrig continuait à lui battre froid. Rancunier à ce point ? Tout cela pour quelques répliques un peu vives échangées à l'issue de leur soirée d'intimité chez lui ? Cette attitude cadrait mal avec l'image qu'elle s'était formée du policier. Et elle se fit la promesse de tirer la chose au clair rapidement.

42

Même jour, fin de matinée.

SABATIER sortit de la chambre et referma doucement la porte.

— Je crois qu'elle s'est endormie.

— Oui, approuva Nabeul, la piqûre va la calmer un bon moment. Jacques, accompagnez-moi jusqu'à ma voiture. À vous revoir, madame Bersani.

Il serra la main de l'infirmière, qui, après une hésitation, regagna sa chambre, où la petite s'était remise à pleurer.

Ils descendirent tous deux sans échanger une parole. Nabeul tiraillait l'une après l'autre les ailes de son petit nœud amarante. Il paraissait préoccupé. Sabatier lui-même remuait des pensées sombres. Véronique, depuis quelques jours, multipliait les dérapages nerveux, et la crise de ce matin avait été assez forte pour qu'Alice l'appelât au bureau. Il avait aussitôt prévenu Nabeul.

Marguerite, qui avait assisté à l'arrivée du psychiatre, était en vigie sur le seuil de la cuisine.

— Comment ça va, madame ? s'enquit-elle.

Sabatier s'arrêta, lorgna la face rougeaude, huileuse de transpiration.

— Mieux, dit-il, laconique.

— La pauvre petite, s'apitoya l'employée, elle n'a pas de chance ! Faut dire que ce temps lourd, c'est pas fameux pour les nerfs. Moi-même...

— Vous avez raison, Marguerite, coupa Sabatier.

Nabeul l'attendait devant sa BMW en balançant mécaniquement sa serviette en cuir noir ventrue.

— Vous me semblez soucieux, Pascal, dit Sabatier.

— Ces alternances d'agitation et d'apathie, auxquelles, m'apprenez-vous, votre femme est sujette ces derniers jours, sont loin du tableau clinique habituel. Mme Sabatier bénéficie depuis un certain temps d'un traitement de base psychotrope qui, en saine logique, aurait déjà dû la rééquilibrer. Jacques, cette pathologie en dents de scie me pose problème.

— Vous en concluez quoi ? dit Sabatier.

Il sondait avidement le long visage de son ami, dans lequel les yeux noirs, au fond des orbites creuses, distillaient deux faisceaux incisifs.

— Elle est plus malade que vous ne le croyiez ?

— Peut-être.

Il se rapprocha de Sabatier, balaya d'un regard inquisiteur le décor paisible du domaine.

— Le zoloft, que j'ai prescrit à votre épouse, est un puissant thymo-analeptique, qui a fait ses preuves. Il exige, et je vous l'ai spécifié, une discipline d'utilisation rigoureuse. Or tout se passe, je suis navré de vous le dire, Jacques, comme si la posologie préconisée n'était pas respectée.

Il repoussa en arrière un toupet de cheveux gris qui lui battait le front, baissa la voix.

— Jacques, peut-on concevoir en l'espèce une négligence ayant conduit, par exemple, à un surdosage accidentel du produit ?

Sabatier arrondit les lèvres, abasourdi.

— Alice Bersani s'est toujours acquittée de ses tâches d'une manière irréprochable !

— Je sais. Et c'est bien ce qui m'ennuie.

De l'index il décolla de sa pomme d'Adam le nœud papillon, comme s'il manquait d'air. Puis il fit quelques pas au flanc de la voiture, pivota sur ses richelieus.

— Je ne vois qu'une solution : procéder en laboratoire à une hémographie approfondie. On en profitera pour effectuer un nouveau bilan neurologique. Tout cela, naturellement, sera pratiqué à La Boissière. Une hospitalisation est souhaitable, que nous aurions toutefois intérêt à différer de quelques jours, compte tenu de l'état de la patiente. Vous en êtes d'accord, Jacques ?

Sabatier ne donna pas l'impression qu'il avait entendu. Il observait avec un intérêt démesuré le manège de Marguerite, qui contournait la façade, austère dans sa blouse noire, tenant un panier à salade, dont le balancement rythmé évoquait d'anciens rites sacrificiels.

— Jacques, reprit le psychiatre, qu'en dites-vous ?

Sabatier battit des paupières, revint sur terre. Des gouttes de sueur s'irisaient à ses tempes.

— Faites comme vous le jugez nécessaire, Pascal, dit-il, vous avez toute ma confiance.

— Parfait. D'ici là, je vous conseille de suspendre le traitement actuel. Nous le reprendrons, l'adapterons, éventuellement, à la sortie de clinique de Mme Sabatier.

— Vous pouvez compter sur moi.

Sabatier suivit quelque temps du regard la berline noire qui s'éloignait dans l'allée. Il regagna la demeure, les jambes lourdes. « Un surdosage accidentel. » C'était Alice qui avait la haute main sur la pharmacothérapie, il s'était toujours déchargé de ce rôle sur elle, les yeux fermés, une confusion de sa part était difficile à imaginer. Ou alors...

Il coupa sa réflexion, monta à l'étage à vive allure. Alice, dans la chambre, régalait le bébé de sa berceuse favorite. Il frappa, entrouvrit la porte.

— Tu peux venir une seconde ?

Ils se trouvaient dans le bureau, face à face : Sabatier, un jarret coiffant mollement l'angle de la table de travail, Alice debout devant lui, parfumée, élégante, très calme. Ce fut elle qui entama le dialogue :

— Pourquoi voulait-il te voir ? C'est au sujet de Véro ?

— Il est très surpris. Ces crises à répétition depuis peu le turlupinent.

Il s'exprimait avec effort. La flamme du regard imperturbable posé sur lui l'embarrassait.

— Nabeul en est réduit à supposer une erreur dans l'administration du Zoloft.

Elle eut un rire insolent.

— Traduction : une bourde de ma part ? Merci, mais je crois connaître encore assez bien mon métier !

— Je le crois aussi. À la vérité...

Il toussota.

— Le fait d'en être persuadé ne me rassure qu'à demi.

Elle comprit tout de suite ce que la formulation sous-entendait, elle grimaça, le visage transformé, déjà hostile. Crevant le silence compact, chargé d'électricité, Tiphaine, à côté, se mit à glapir et Alice eut un geste pour retourner vers elle, qu'elle suspendit aussitôt.

— Explique-toi, dit-elle, glaciale.
— Nabeul va faire exécuter en laboratoire une série d'examens très pointus, seule façon de détecter une concentration médicamenteuse anormale.

Elle écarta les bras.
— Fort bien. Et alors ?

Il se décida, brutalement :
— Alors j'estime que, si tu as quelque chose à déclarer à ce sujet, il serait préférable que tu me le dises à moi. Alice, j'ai besoin de savoir, tout de suite.

Elle s'emporta d'un coup, cria :
— Et moi j'en ai plein le cul, tu comprends ? Ça suffit !

Il assistait, médusé, à ce déchaînement.
— Voyons, pourquoi cette colère ?
— Tu ne m'as pas entendu ? J'en ai ma claque ! Marre de tes perpétuelles insinuations : le canard largué à la maternité c'était moi, le truc loufoque en forêt, idem. Et maintenant, le bouquet, je serais en train d'empoisonner à petites doses ta chérie, c'est cela ? Pour qui me prends-tu, à la fin ?
— Alice, dans chacun des cas que tu me cites, il était assez logique que je t'en parle, non ? Comme je l'ai fait à Cyril. À qui, sinon ?
— Eh bien, cherche ! fulmina-t-elle. Et trouve-toi une autre boniche pour torcher ton chiard ! Je suis fatiguée, je me casse.

Elle lui tourna le dos. Il la rattrapa, voulut s'interposer.
— Tu as peur de quoi, Alice ?
— Pense ce qui te chante, je m'en bats l'œil ! Tire-toi !

Elle le repoussa, se dégagea, sortit en claquant la porte. Dans la chambre voisine, Tiphaine continuait de s'égosiller.

43

Même jour, vers 17 heures.

LEBASTARD rentra ce jour-là plus tôt que d'habitude. La gentille Eva, qui peinait sur son cahier d'école dans le séjour, en fut la première ravie. Reconnaissant le martèlement des baskets de son père, occupé à accrocher son blouson au portemanteau du vestibule, elle leva le nez de son cahier, s'écria :
— Papa ! Chic, tu vas m'aider pour mon exercice !
— Tout à l'heure, ma puce, assura Lebastard. Bonsoir, maman, dit-il à sa mère, qui venait à sa rencontre.
Dans la lumière grise du hall, elle inspectait son visage.
— Quelque chose ne va pas ? Tu n'as pas bonne mine, mon grand.
— Mais non, mais non, protesta-t-il, je suis en pleine forme ! J'ai simplement trop chaud, ce temps lourd ne me vaut rien. Une bonne douche, et je pète le feu ! Mais d'abord, excuse-moi, j'ai un coup de fil à donner. À tout de suite.
Il pénétra dans la salle d'eau, se passa un gant humide sur la figure. La glace lui renvoyait l'image d'un vieux mec avachi aux traits marqués, au teint de papier mâché. Sa mère ne se trompait pas, il avait une tête à faire peur. Cela faisait deux nuits qu'il ne fermait pas l'œil, et avec ce qui s'annonçait...
Il rentra dans le bureau-salon, prit le téléphone, forma un numéro qu'il connaissait bien.
— Allô ?
La voix tranquille de Patrick Vatel.
— C'est Pierre-Henri, dit Lebastard. Désolé de t'embêter en plein travail. Tu as eu les flics ?

— Pas encore. Valentin et moi on se rencontre à six heures et quart. Chez moi, à Saint-Nolff.

Le ton uni de son ami une fois encore désarçonnait Lebastard. Comment pouvait-il sembler si décontracté ?

— C'est à cause de cette fichue lettre de soutien, poursuivit Vatel qui avait remarqué la nervosité de son interlocuteur, il est normal qu'ils s'informent. À mon avis, pas de quoi s'affoler. Ah ! si on n'avait pas Mel ! Tu as pu la toucher ?

— À l'hôtel de Questembert où elle s'est repliée.

Vatel émit un soupir.

— Une belle ânerie de plus !

— Je le lui ai redit. Autant pisser dans un violon ! C'est à propos d'elle, justement, que je t'appelle. Je suis très ennuyé. Tu te souviens qu'elle m'a apporté hier une balle de pistolet censée être celle d'une arme en possession de Sabatier ?

— Que lui aurait remise le fils, c'est cela ? Une histoire plutôt tordue, non ?

— Sans doute. Ça m'a pourtant travaillé tout le dimanche. Au point que, ce matin, j'ai voulu en avoir le cœur net, j'ai fait un saut à Rennes et j'ai confié le pruneau à un collègue qui bosse à la balistique. Rien d'officiel, tu vois, de copain à copain, un service que je lui demandais, en toute confidentialité. Il n'a pas voulu trop creuser pour le moment les raisons pour lesquelles j'agissais perso. Il m'a téléphoné il y a une demi-heure.

— Et alors ?

— Il s'agit d'un calibre 7,65 mm browning. La bastos était à peine déformée, facile à lire, comme ils disent, dans leur sabir. À partir du pas de rayures, du nombre et de l'orientation des stries, etc., des trucs comme ça, il a vite pensé à un automatique Walther PPK, de fabrication allemande, ou à sa copie tchécoslovaque. Le collègue, bien sûr, préconise des investigations plus poussées.

— Ce que tu as appris est important ? s'enquit Vatel, que ces données techniques, de toute évidence, dépassaient.

— Tu peux le dire ! Le PPK c'est exactement le modèle que les cracks du labo ont évoqué après avoir examiné la douille découverte aux Boréales ! Je te signale que le flingue de Gilou était également un Walther. Camille a d'ailleurs toujours soutenu que la détonation entendue provenait de cette arme. Ce qui pourrait signifier que le pistolet qui a tiré le 19 avril se trouve actuellement chez Sabatier ! Tu imagines les ravages de l'info sur Mel ! Or je lui ai promis qu'elle aurait les résultats de l'expertise, quels qu'ils soient ! Qu'est-ce que je fais ?

— Rien, dit Vatel, après deux secondes de réflexion. Tu ne bouges pas. C'est moi qui lui parlerai.

44

Même jour, 18 h 20.

LA maison était coquette, avec ses murs chaulés et sa galerie circulaire en bois verni qui lui conférait un faux air de chalet suisse. Le jardin, devant, n'était qu'un patchwork parfumé : des fleurs partout, en parterres, en vasques, étagées en rocailles. Flanquant l'habitation, à droite un petit bassin à poissons rouges, à gauche un portique, dont la balançoire oscillait au vent qui se levait.

Valentin clopinait lentement sur l'allée de pavés ocre, en maudissant ses chaussures trop étroites.

Il perçut un jappement, des cris de gosses. Et débouchèrent deux fillettes blondes comme les blés, exactes copies conformes l'une de l'autre, encadrant un king-charles abricot placide, attelé à une brouette miniature garnie de poupées. L'équipage contourna la façade et disparut sans prêter attention au visiteur.

Le policier arrivait devant le trottoir dallé de grosses ardoises lorsque les modulations soyeuses d'un saxophone lui parvinrent. Il s'arrêta. Ce n'était pas un disque, à plusieurs reprises la mélodie fut suspendue, on testait un triolet en legato, on repartait. L'ancien curé jouait-il du saxo ?

Valentin avait en tête la fiche biographique que Lebastard avait quand même condescendu à leur faire tenir deux heures plus tôt. Très administrative. Mais sous la froideur impersonnelle des dates et des faits mentionnés on devinait une personnalité peu commune.

Entré dans les ordres à trente et un ans, Patrick Vatel avait fondé, une quinzaine d'années auparavant, à Brélo, une bourgade près de Pont-Aven, un foyer de réinsertion pour ex-détenus, qu'il avait baptisé La Source. En butte à l'hostilité de la population, ébranlée par une cascade d'incidents dramatiques[1], La Source avait dû fermer ses portes.

Bien que Lebastard se fût interdit tout commentaire, on pouvait imaginer que Vatel en avait été très marqué. C'était le moment où il avait changé radicalement de vie. Il avait quitté la prêtrise, s'était marié avec Marion, une journaliste de *Ouest-France* en poste à Quimper, avait trouvé à Lorient un emploi de comptable, qu'il exerçait toujours.

Tel était l'homme que Valentin allait interroger sur une éventuelle appartenance à l'organisation terroriste Hadès. Une entrevue dont la perspective à la fois l'excitait — dès le départ, il avait souhaité l'entretenir seul — et le mettait mal à l'aise.

Il parvint sous la galerie, appuya sur un bouton de sonnette, qui déclencha un appel de clarines. Une femme vint lui ouvrir. Très blonde elle aussi, bien en chair, appétissante dans sa maturité épanouie, une allure saine et sportive qu'accentuaient la coupe de cheveux moderne et le training dont elle était vêtue.

— Bonsoir madame. Commandant Valentin.

---

1. Voir *La Danse des masques*, éditions Albin Michel.

— Entrez, monsieur. Vous avez déniché notre ermitage sans trop de mal ?
— Je me suis renseigné d'abord au bourg et à l'entrée de la résidence. Vous êtes bien connus à Saint-Nolff.
— Tout le monde se connaît, dans nos villages.
Il passa le seuil. Le saxo s'était tu.
— Je vais prévenir mon mari. Ah ! quand on parle du loup...
Une porte s'était ouverte. Vatel accourait, serrait la main de Valentin.
— Merci, Marion. Si vous voulez vous donner la peine de me suivre, commandant.
Ils s'enfermèrent dans son bureau, une petite pièce sobrement meublée. Un saxo alto pendait, accroché par sa courroie à une chaise, des partitions étaient étalées sur la table de travail.
— J'ai écouté une partie du récital, dit Valentin. C'était quoi déjà, cet air ?
— *Earth's Cry Heaven's Smile*.
— Bien sûr, Gato Barbieri ! Compliments, vous vous débrouillez bien.
— Le saxo est une vieille passion. J'en joue surtout le soir, quand je rentre. Ça me détend. Asseyez-vous Commandant. Ils s'installèrent en vis-à-vis. Patrick Vatel avait la cinquantaine solide, malgré des épaules un peu affaissées, cette sorte d'empâtement du corps que l'on dit rassurant, une chevelure encore très noire et fournie, tout juste clairsemée sur le front bombé. Seule l'acuité du regard bleu, toujours en mouvement, démentait quelque peu l'impression première de rondeur nonchalante.
Un curé défroqué, se répétait Valentin. Cette pensée, bizarrement, le poursuivait. Dehors, on entendait des pleurnicheries et la voix de Marion Vatel qui grondait l'une des gamines.
— Bien, commença Valentin. Vous ne savez vraisemblablement pas pourquoi j'ai voulu vous rencontrer ?

Vatel eut un petit geste de la main, qu'on pouvait diversement interpréter.

— Je me présente. Commandant de police Valentin, détaché du S.R.P.J. de Rennes pour enquêter sur la mort accidentelle, survenue le 19 avril à Vannes, de Gildas Stéphan, et plus généralement, sur les activités du groupe terroriste Hadès, dont il était membre.

Vatel avait à peine bronché, un simple frémissement des paupières, les pupilles très claires fixées sur le commandant avaient repris leur imperceptible navette.

— Nous nous employons, poursuivit-il, à retrouver des gens qui, à une époque ou à une autre, ont tenu une place dans la vie de Stéphan. Nous avons déjà pu établir un rapport, remontant à la petite enfance, avec une certaine Armelle Page.

Vatel restait impassible, ses deux mains emboîtant sagement ses genoux. En reprenant la parole, Valentin éprouva toutefois le sentiment étrange que son hôte savait ce qu'il allait dire.

— Nous venons d'apprendre que votre nom figurait sur un tract électoral datant de 91, auprès de ceux, notamment, de cette Armelle Page et de Camille Le Lann, qui a trouvé la mort noyé, il y a peu. Vous êtes peut-être au courant ?

— Oui, dit Vatel, j'étais à ses obsèques samedi.

— Ah ? Moi aussi.

Ils s'affrontèrent du regard.

— Connaissiez-vous Gildas Stéphan ?

— Non.

— Avez-vous maintenu une relation avec Armelle Page ?

— Non.

— Et avec Camille Le Lann ?

— On a dû se croiser dans la rue deux ou trois fois. Il était prof à Vannes, je crois ?

— C'est cela.

— En somme, dit Vatel, vous désirez savoir si j'ai quelque chose à voir avec le groupe Hadès ? Pourquoi vous intéressez-vous à moi ? Si j'ai bonne mémoire, il y avait du monde sur cette liste ?

— Ne vous tracassez pas, on compte bien potasser chacun des cas. Alors ?

— Ma réponse est non, dit Vatel sans ciller.

Pourquoi Valentin eut-il la certitude, à cette seconde, que son interlocuteur ne disait pas la vérité ?

— J'ai épluché votre programme de 91. Assez proche, au bout du compte, des proclamations d'Hadès ?

Vatel eut une moue amusée.

— Est-ce si étonnant ? Des deux côtés, beaucoup de générosité initiale et de la candeur à revendre.

— Vous me paraissez bien indulgent, monsieur Vatel.

Il se faisait l'avocat du diable. Sa propre conviction à lui était-elle si diamétralement opposée ?

— Indulgent envers les gens d'Hadès ?

Pour la première fois, Vatel semblait perturbé, il fronçait les lèvres comme s'il avait besoin d'affûter les termes de sa réponse.

— Je respecte la pureté de leur dessein, dit-il, et je les plains. Parce qu'ils se sont fourvoyés. Un type d'erreur qui se paie comptant.

Il reprit, la voix embrumée :

— Oui, je peux les comprendre. Je connais la violence insupportable d'un regard de déshérité, je n'ignore pas quelle révolte il engendre, quelle faim d'action, à quel terrible désenchantement, hélas, il peut conduire.

— Vous vous référez, je suppose, à vos propres engagements passés ?

— Vous savez cela aussi...

Il hocha la tête, murmura :

— Brelo... C'est si vieux déjà... La Source était une belle idée. Il n'en subsiste rien.

Nouvelle pause. Le rotor d'un appareil ménager vrombissait dans la cuisine. Dans le jardin, l'allégresse babillarde des fillettes.

Valentin se risqua :

— Vous avez été dans les ordres
— En effet.
Le visage de Vatel était comme un masque de cire. Mais les yeux n'avaient rien cédé de leur flamme.
— Si ce n'était pas trop inconsidéré, même de la part d'un flic, pourrais-je savoir pourquoi...
Il peinait à trouver une formulation qui ne fût pas désobligeante.
— ... pourquoi, comme on dit, j'ai jeté le froc aux orties ?
Vatel décolla les mains de ses genoux en assortissant son geste d'un haussement lourd des épaules, qui évoquait sans doute les aléas de la fatalité.
— Beaucoup de raisons, je pense. L'échec d'une grande aventure, au cours de laquelle je n'ai pas vraiment trouvé auprès de ma hiérarchie, le soutien espéré. Et, plus encore, la conclusion d'un très long cheminement intérieur, qui s'est traduit par une révision radicale. J'ai choisi, en homme libre, de mener une vie normale parmi mes semblables, de ne pas refuser l'affection d'une femme, d'avoir droit aux rires d'un gosse.
Il désigna la fenêtre.
— Vous avez des enfants, commandant ?
— Un fils, dit Valentin, sourdement.
Il se leva, Vatel fit de même, soupira :
— Dieu, que les options essentielles sont parfois difficiles à prendre ! Que d'incompréhension s'y manifeste ! De part et d'autre. L'institution ecclésiastique est une très vieille dame, jamais pressée. Pourquoi le serait-elle ? Elle a pour elle l'éternité.
— Vous paraissez amer, remarqua Valentin. Vous lui en voulez ?
Il se fit l'aveu que sa curiosité devenait incongrue.
— À l'Église ? dit Vatel. Plus maintenant. Elle avait ses exigences, j'ai décidé d'assumer les miennes.
Il leva le bras vers le crucifix en bronze cloué au-dessus de la porte.

— Je l'ai ramené de La Source. Vous voyez, il est toujours là !

Sur le seuil de la maison, Vatel accompagnait des yeux, songeur, la haute silhouette du policier qui s'éloignait.

Il sursauta. Un bras tiède lui encerclait le cou.

— Pourquoi voulait-il te voir, Patrick ?

Il contempla sa femme avec tendresse.

— Viens, Marion.

Il l'entraîna, ils prirent place sur les deux chaises appariées, encore chaudes de la récente confrontation.

— Il est temps que je te dise certaines choses importantes, Marion.

Il lui saisit les mains, les serra entre les siennes.

— Il est venu me parler d'Hadès. Et j'ai dû à nouveau réciter mon rôle. Un rôle que je suis las de jouer. À toi je ne veux plus mentir, plus jamais, je te le promets. Alors écoute-moi bien, ma chérie.

Le crépuscule tombait à grandes guides. Au 13 du boulevard de la Paix, les lumières étaient déjà allumées. Quand Valentin pénétra dans son bureau, Anne-Laure travaillait encore à l'ordinateur.

— Toujours sur le pont ? s'étonna-t-il. Vous savez qu'il est pas loin de huit heures ?

— Je suis rentrée moi-même il y a peu. Après un saut aux écoutes, je commençais à trier la récolte. Tenez, un premier jet.

Elle lui tendit une feuille chargée de gribouillis.

— J'ai pu tirer un certain nombre de sonnettes à partir des indications de Pierrig, mais ne vous attendez pas à des scoops. Tous ceux que j'ai réussi à toucher sont apparemment rangés des voitures, aucun ne fait dans l'activisme. Je précise que plusieurs des signataires de 91 ont quitté la région, certains depuis assez longtemps. Quant à Armelle Page, tout laisse à penser qu'elle a déménagé à la cloche de bois : le moulin qu'elle occupait au Bono est vide, elle a bouclé portes et fenêtres et tiré tous les contrevents, ce qui n'était pas dans ses habitudes, m'a dit une de ses rares voisines. Il y avait de la paperasse dans sa boîte aux lettres, je l'ai fauchée.

Du menton elle montra une liasse sur le bureau.

— Pas réellement excitant : quelques pubs et les trois derniers numéros du *Télégramme*, journal auquel, renseignements pris, elle n'est abonnée que depuis trois semaines. Cela ferait remonter l'absence à vendredi.

Valentin déchiffrait les pattes de mouche de sa collaboratrice.

— Eh bien, elle se sera offert un week-end prolongé ?

— Non. J'ai appelé Le Mans. Son chef direct est lui-même aux cent coups. Normalement, madame Page est joignable vingt-quatre heures sur vingt-quatre. Mais son téléphone est en veille permanente et elle ne répond pas aux communications confiées à sa messagerie.

Ayant achevé sa lecture, Valentin, assis, massait ses orteils à travers l'empeigne des derbys.

— Touzé demandera à Goavec un mandat de perquisition, dit-il. On s'en occupera demain.

— Vous avez vu Vatel ?

— Oui. Un type assez curieux. Il assure n'avoir pas eu de contacts suivis avec Le Lann et la fille Page depuis 1991, et nie, cela va sans dire, toute forme d'appartenance au réseau. Pas l'ombre d'une preuve contre lui. Il aurait pourtant assez, à mon sens, le profil de l'emploi.

Anne-Laure attendit de son patron un éclaircissement sur ce point, mais il ne jugea pas utile d'expliciter sa pensée.

— Je m'aperçois, dit-il, que j'ai oublié de lui faire écouter le message anonyme adressé à Sabatier. N'ayons pas trop de regrets : ça n'aurait pas marché. Bon, on arrête là les frais. Demain il fera jour.

Anne-Laure boutonnait sa saharienne.

— Dieu vous entende ! plaisanta-t-elle. Parce que, pour le moment, il est en train de foutre le camp vitesse grand V, le jour ! Vous avez vu le ciel ?

Il se pencha, découvrit, au coin supérieur de la fenêtre, une course de nuées convulsives, teintées de suie. Les lumières des deux lampes en service vacillaient et ils entendirent gronder le tonnerre.

— On est bons pour la saucée, fit Valentin. Allez, on ferme !

— C'est pas de refus, dit-elle, je suis nase !

— Moi de même. Anne-Laure, on casse la graine ensemble ce soir ? Le père Dréano a prévu des moules au curry. Il les prépare bien. À moins que votre régime... On ne vous voit plus guère à L'Ami Pierre.

Anne-Laure éteignit le spot du coin informatique.

— C'est oui, Bertrand, dans l'enthousiasme ! Pour un plat de moules, je dînerais avec le diable !

45

Même jour, soirée.

Il réussit à se garer près de l'immeuble Belle Époque, juste devant sa Mitsubishi au pare-brise timbré du caducée. Il nota avec soulagement, au bas de l'une des fenêtres du rez-de-chaussée, la coulée jaune qui s'échappait des contrevents de bois : comme il l'escomptait, elle était encore là.

Trois heures plus tôt, il l'avait vue par hasard embarquer des bagages dans sa voiture et, bravant l'interdit officiel — de par la volonté de son père il était toujours le paria de La Cerisaie —, il s'était approché. Ils avaient échangé quelques phrases, elle avait eu le temps de lui dire qu'elle retournait dans le Sud-Ouest, « pour de grandes vacances », qu'elle prenait le dernier express du soir, en direction de Toulouse.

Sans rien connaître des causes de ce départ imprévu, il avait senti au ton de ses paroles qu'il s'agissait d'une absence très longue, voire définitive. Et de cela, il n'était pas question. Dans l'urgence, il avait résolu de passer à l'action, non qu'il fût réellement pris de court — son plan était de longtemps monté — mais il lui fallait l'adapter aux circonstances.

21 h 10. Il tenta de forer du regard le filet compact de la pluie, ne distingua aucune silhouette fâcheuse. La rue des Pastorelles était une artère tranquille, peu passante, et le temps ce soir n'incitait guère à la balade romantique. Le vent avait encore forci, il plaquait contre les vitres de la 2 CV de puissantes giclées crépitantes. Sur la voie, des rus s'étaient formés, il devinait leur grouillement livide autour de lui, le caniveau charriait papiers, feuillages, pétales, débris variés, qui s'entassaient contre les roues des véhicules en stationnement, une grille d'égout, engorgée, ronflait en bouillonnant.

À une distance difficilement mesurable, l'unique lampadaire diffusait un halo délavé, dont la faible réverbération ripait sans le transpercer sur le maillage serré de l'averse, pareil à un falot tremblotant dans le brouillard.

S'étant répété que c'était l'ambiance idéale pour ce qu'il avait à faire, il enfonça, à toucher les oreilles, sa casquette à visière de cuir, fit passer sur le K-way boutonné jusqu'au menton les sangles du petit sac à dos où il avait rangé son matériel. Puis il enfila des gants de laine marine et sortit de la 2 CV, la boucla, courut sur le trottoir. Quelques mètres à barboter dans les flaques et il pesa sur le bouton de l'interphone.

L'attente lui parut interminable, et il envisagea même l'hypothèse désastreuse que l'oiseau se fût déjà envolé. Mais non, on décrochait.

— Oui ?
— C'est moi, souffla-t-il.
— Qui ?
— Moi, Cyril, précisa-t-il, en étouffant sa voix derrière

ses mains. J'aimerais te faire la bise avant que tu t'en ailles. Tu veux bien me recevoir ?

Un grognement, de surprise ou d'irritation. Et il entendit le déclic du pêne libéré. Il s'engouffra dans le hall, donna de la lumière. Il n'était venu ici qu'une seule fois, cela faisait déjà plusieurs mois, mais il s'y retrouvait sans peine. Il n'y avait que deux occupants au rez-de-chaussée, un chirurgien-dentiste à gauche, dont il apercevait la plaque professionnelle, et Alice Bersani en face. Il sonna.

Elle ouvrit aussitôt, un sèche-cheveux en main et poussa une exclamation :

— C'est quoi, ce déguisement ? Tu pars aux Kerguélen ?

— Non, mais j'ai pris mes précautions. T'as vu le temps ?

— Entre. Une seconde seulement : je suis à la bourre.

Il la suivit à l'intérieur du coquet deux pièces qu'elle louait depuis plusieurs années. Ses godillots abandonnaient en clapotant sur le parquet leur énorme signature. Il les enleva, s'attirant cette réplique moqueuse :

— Compliments, je ne te savais pas si soigneux !

Il parcourut le séjour en chaussettes, cependant qu'elle achevait son brushing dans le cabinet de toilette. Deux valises en polyester souple vert pistache étaient posées à plat sur des chaises. Au milieu de la table ronde en merisier, un sac-besace noir entrouvert, un trousseau de clés.

Il se dirigea vers la salle de bain, dont elle n'avait pas refermé la porte.

— Alice, demanda-t-il, pourquoi tu mets les bouts ? Ce départ en vacances, ça t'a prise comme une envie de pisser ? Non, c'est pas possible, il y a autre chose. Tu t'es accrochée avec le caudillo ?

Elle continua de faire voleter ses frisettes. L'ombre de ses bras en mouvement s'allongeait sur le plancher du couloir. La pluie tambourinait contre les volets, le vent émettait de longues plaintes de matou en chasse.

— Oui, dit-elle enfin, on s'est chamaillés ce matin. Ça devait arriver. J'en ai ras-le-bol de la smala Sabatier. Marre de ton père, marre de cette chieuse de Véronique.

— Elle est malade.

— Eh bien qu'elle se soigne ! jeta-t-elle avec violence. Mais elle se soignera sans moi.

Le ronflement du moteur s'éteignit. Et Alice réapparut, sa crinière cendrée impeccablement ordonnée, pimpante dans son ensemble de lin rose.

— C'est sympa de ta part, Cyril, d'être là. T'es bien le seul de la famille que je vais regretter un peu.

Elle le reluqua, la lèvre gouailleuse.

— Quoique toi aussi, mon pauvre gars, j'aie souvent pensé que t'avais un grain ! N'empêche, je t'aime bien.

Elle pouffa.

— Mais, putain de Dieu, la tronche que t'as dans cet attirail !

Il sourit complaisamment.

— Tu reviendras quand, Alice ?

— Je ne reviendrai plus ici. Sauf un ou deux jours, plus tard, pour déménager.

Elle eut un geste circulaire, qui enveloppait le mobilier.

— C'est la vie. Bon, mon petit Cyril, je crois qu'on va se dire adieu.

— Y a pas le feu, protesta-t-il. À quelle heure est ton train ?

— Vingt et une heures cinquante.

— Tu ne vas pas à pattes à la gare ? T'entends la musique ? fit-il, en écho aux coups de bélier qui ébranlaient la bâtisse. Je pourrais t'y conduire ?

— T'es gentil, mais j'ai retenu un taxi, il sera là dans un quart d'heure.

— Ah... C'est quoi ton bahut ?

— J'ai appelé Radio-Taxis. Pourquoi ?

— Pour rien. C'est une boîte sérieuse.

— On le dit. Alors, on se les donne, ces bisous ?

Elle le serra contre lui. Il reçut une fois encore l'empreinte de son corps flexible et chaud, et respira son odeur, ce composé rare de parfum raffiné et de crue féminité. Il se détacha d'elle.
— Adieu, Alice. Porte-toi bien. Et qui sait ? À un autre jour !
Elle écarta les bras.
— Inch Allah !
Elle se frappa le front.
— Merde, mon sèche-cheveux !
Elle fila vers le cabinet de toilette, revint avec l'appareil.
— Les trucs dans les salles de bain, c'est toujours ça qu'on paume, t'as remarqué ?
Elle alla à l'une des valises, actionna les deux poussoirs, remonta le couvercle. Cyril lui avait emboîté le pas, glissant, silencieux, sur ses chaussettes. Dès l'entrée, il avait repéré, trônant sur le chemin de table, la coupe à pied en gros verre bleu, emplie de citrons, de coings et de grenades décoratifs.
Il l'empoigna, la brandit au-dessus de sa tête. Des fruits churent et se dispersèrent sur la table. Le bruit alerta l'infirmière qui refermait la valise, elle voulut se retourner, elle n'en eut point le loisir. Mû avec force, le lourd récipient l'atteignit à l'arrière du crâne. Elle lâcha un « han » ridicule, tomba à genoux.
Cyril la traînait déjà, à demi groggy, jusqu'au divan de salon, sur lequel il la coucha. Prestement, il se délesta du sac à dos, manœuvra le zip du compartiment central, en retira un rouleau de ruban adhésif, dont il découpa une longueur avec les dents. Il l'appliqua sur la bouche de la jeune femme, qui ne réagit pas. Dans le même sac, il trouva une pelote de grosse ficelle de chanvre et il en ligota les poignets, les chevilles, le torse de l'infirmière, qu'il arrima solidement aux pieds du meuble.
Le taxi à présent. Il prit le numéro dans l'annuaire, appela la station, dit que la personne qui les avait contac-

tés annulait la course. Il coupa court aux récriminations de la standardiste, raccrocha.

Il alla dans la cuisine, y dégota une serpillière et essuya avec soin les marques que ses chaussures avaient laissées sur les lames du parquet.

Puis il vida la besace. La clé de la Mitsubishi y était, fixée à un anneau chromé, ainsi qu'un billet de première classe aller pour Toulouse, via Nantes et Bordeaux. Il hésita un court instant. Non, ni l'une ni l'autre ne figuraient dans son organigramme.

Il chiffonna le billet et le fourra dans une des poches du K-way, il replaça l'anneau dans le sac. Il se saisit de la breloque en forme de cœur posée sur la table qui retenait les deux clés de la maison et de l'appartement. Ultime œillade à l'allongée, qui semblait dormir, yeux clos, pareille à une momie sous ses bandelettes, il attrapa les deux valises. Il se rechaussa, sortit sans avoir éteint, referma.

En quelques enjambées, il fut à la porte de l'immeuble après un regard sur la rue, toujours noyée sous les trombes d'eau, il fonça jusqu'à la 2 CV, y jeta les valises, s'installa au volant. Vingt et une heures quarante-trois. Sa marge était étroite, mais il devait y arriver. Sauf pépin. Il démarra, roula pied au plancher, se paya un feu rouge, frôla vingt fois l'accident.

Il vit avec soulagement le panneau éclairé de la station. L'horloge, au-dessus de l'entrée, affichait vingt et une heures quarante-sept. Il se gara au petit bonheur, reprit les valises, galopa vers le hall d'accès aux voies. Il aboutit sur le quai alors que les haut-parleurs annonçaient l'entrée en gare de l'express venant de Brest.

Il fut le premier à grimper à bord, tomba, sans l'avoir calculé, sur une voiture de première quasiment vide, casa les deux valises dans le porte-bagages, redescendit.

Toujours courant, il reprit la 2 CV, rallia plein pot la rue des Pastorelles, où il constata avec satisfaction que le créneau qu'il occupait tout à l'heure était toujours libre. Il s'y logea. Avec le trousseau en forme de cœur il ouvrit les deux portes. Ayant à nouveau largué ses godasses boueuses, il pénétra dans le séjour. Il était vingt et une heures cinquante-six, son escapade n'avait pas duré plus d'un quart d'heure.

Entre-temps, l'infirmière avait émergé des brumes et le regardait avancer, les mirettes chavirées d'appréhension. Il s'accroupit à son chevet.

— Écoute-moi bien, Alice. J'ai un travail à terminer, pour lequel j'ai besoin de ton concours. Si tu joues le jeu, t'as pas de mouron à te faire. Dans le cas contraire...

Le Walther PPK surgit au bout de son poing.

— C'est celui que j'avais au bois de Lanvaux. Il est chargé. Et tu as pu te rendre compte que je savais m'en servir. Je n'hésiterai pas à tirer, si j'y suis obligé. Alors à toi de voir : tu coopères ou non ?

Les paupières d'Alice s'abaissèrent, traduisant son assentiment.

— Parfait. Je vais t'enlever ces entraves. Mais n'oublie pas : si on fait sa mauvaise tête, pan, pan ! C'est O.K. ?

Nouvelle approbation muette. Il décolla le ruban qui la muselait. Elle respira longuement, s'humecta les lèvres.

— Qu'est-ce que tu vas me faire ?
— Du bien. Attends, bébé, je te démaillote.

Il trancha ses liens, l'aida à se remettre debout. Elle vacillait, étourdie, et il dut la soutenir quelque temps. Tout en la tenant en joue, il récupéra ficelle et adhésif, les enfouit dans le sac à dos, dont il retendit les bretelles sur ses épaules. Elle inspectait la pièce avec une expression égarée.

— Où tu as mis mes bagages ?
— T'occupe. Tes valises sont en lieu sûr.
— Et mon train ?
— T'a pas attendu. C'est pas grave, t'en prendras un autre. Allez, on y va.

Elle eut un sursaut effrayé.

— Où tu m'emmènes, Cyril ?
— T'es trop curieuse. Marche.

D'une brève pulsation de l'arme il lui intima l'ordre de passer devant lui. Il cueillit le sac-besace au passage, éteignit. Sans la perdre de vue, il remit ses chaussures, ouvrit, reverrouilla l'appartement. Bras dessus bras dessous, ils traversèrent le hall de l'immeuble dans l'obscurité, Cyril maintenant discrètement le canon du Walther contre le sein de sa prisonnière.

Ils parvinrent à la 2 CV sans encombre. Il la fit entrer à l'arrière de la voiture, se faufila près d'elle et, aussitôt, il posa le sac-besace, l'enlaça, paralysa ses bras, pendant qu'il lui appliquait sur le visage un gant imbibé de chloroforme qu'il avait caché dans une boîte en plastique sous un des sièges. Il la maintint d'une poigne ferme, insensible à sa gesticulation et à ses tentatives de ruades. Sa résistance faiblit assez vite, cessa complètement, et l'infirmière glissa contre le dossier. Il la poussa sur le tapis de sol, la recouvrit du plaid qui attendait, plié en quatre, sous la banquette. Il reprit le volant, s'éloigna de la petite rue, toujours transie sous le déluge.

À vingt-deux heures trente-six, il stoppait devant le portail de La Cerisaie. Il descendit pour repousser les lourds battants, salua d'un grand geste Lucien, dont il discernait les traits déformés derrière une vitre ruisselante, en train d'identifier l'arrivant. Il repartit, mit le cap sur l'ancienne écurie, immobilisa la voiture à la hauteur de l'entrée.

S'étant assuré qu'il n'avait pas de témoin — le jardinier-gardien n'avait aucune raison de surveiller ses faits et gestes et qui d'autre, en cette soirée pourrie, pouvait zoner dans le parc ? —, il écarta le plaid, tira à lui le corps étalé, encore dans les vapes, le repositionna à la verticale, et, ayant attrapé la besace, il agrippa Alice à la taille, lui fit franchir le seuil.

Libellule gambadait à la rencontre du maître. Il la refoula de la pointe du pied, traîna l'infirmière jusqu'au lit, sur lequel il la fit basculer. Elle demeurait inerte, les prunelles révulsées.

Il emplit d'eau un verre à moutarde et lui en flanqua

le contenu à la face. Elle tressauta, toussa, s'étrangla, s'ébroua. Une danse effrenée des paupières préluda au retour de la conscience. Elle eut un hoquet, essaya de prendre appui sur ses avant-bras, et vomit.

Il la regarda se débattre dans les spasmes de la nausée.

— Grosse sale ! fit-il, enjoué. Si tu te voyais ! T'as pas honte de dégueuler dans mes draps ?

Elle voulut peut-être sourire, se contenta d'un rictus. Il alla chercher la serviette de toilette suspendue à un clou, à droite du lavabo et torcha son menton souillé. La crise s'était apaisée, l'infirmière recouvrait peu à peu sa lucidité. Elle frissonna, roula des prunelles.

— Qu'est-ce que tu m'as... Où suis-je ?

Il arrondit le bras dans un grand geste théâtral.

— Dans mon cinq-étoiles ! affirma-t-il, toujours badin. Et voici le début des festivités.

Il alluma le spot de la table, en dirigea le faisceau sur elle.

— Pleins feux sur la star !

Dans une boîte à chaussures remisée sous le lit il préleva quatre paires de menottes, achetées plusieurs semaines auparavant dans un sex-shop du quai de la Fosse, à Nantes. Tout spécialement pour elle. Depuis le temps qu'il rêvait de ce moment ! Il y avait des mois que le script du show était minutieusement rédigé.

Il en assujetit deux à ses poignets, deux aux chevilles, attacha les bracelets libres à bonne hauteur aux quatre pitons vissés, dans ce dessein, aux angles du bâti. Il la dévêtit avec application, ôta les élégants escarpins, la veste, la jupe entravée et le string. Il délaça le soutien-gorge, remonta le tee-shirt noir au-dessus de ses seins.

Elle suivait ses gestes sans manifester d'émotion.

— Tu veux me violer ?

— Hé, hé... Ça te fait mouiller, hein ?

— Si c'est pour me baiser, dit-elle, t'avais pas besoin de tout ce cinéma, tu le sais bien.

Il la contempla, écartelée, se pencha pour lui humer l'entrecuisses. Elle sentait la femme, l'aigre, la peur. Il commença à la caresser sans cesser de la regarder. L'angoisse dans ses yeux, observa-t-il, s'atténuait, elle devait se forcer à envisager encore une mise en scène perverse, échafaudée par son ravisseur, et il était évident qu'elle en acceptait la perspective.

Il sentit une flambée de désir lui picoter les reins, à sa virilité gonflée perlait déjà sa sueur intime. Envie de la posséder là, bestialement, de la déchirer, de l'avilir. Il se maîtrisa. Le boulot d'abord.

Il s'assit au bord du lit, faisant grincer sous son poids les lattes du sommier. Dehors, la pluie flagellait les tuiles, la tempête harcelait la vieille construction, dont les membrures à chaque assaut craquaient. Il consulta son réveil.

— Vingt-trois heures. Tes valoches, Alice, voguent vers Toulouse, et toi t'es là, à poil, ficelée sur le plumard d'un garçon pas comme les autres, tu te rappelles ce que tu m'as dit tout à l'heure ? Que j'avais un grain. Ça doit être vrai. Et c'est pas fait pour te redonner la pêche, hein, ma belle !

De sa main gantée il lui ratissa le sexe. Des gouttes d'eau s'effilaient à la visière de sa casquette et s'étoilaient sur la peau grenue.

— Oui, fit-il d'un ton léger, je vais sans doute te violer. Et sans doute aussi t'amocher un brin.

Il s'en fut prendre sur la table un bistouri, en vérifia le fil sur son pouce. Il revint s'asseoir. La peur à nouveau dilatait les pupilles de l'infirmière.

— Tu ne vas pas me tuer ?
— Possible.

Soudainement elle se mit à hurler. Il rit.

— Tu peux gueuler ton saoul, ma fille, ça soulage. Je te signale, très chère, qu'on est seuls tous les deux. Même le ciel a choisi son camp !

Avec une lenteur étudiée, il promena la lame sur son ventre, fit mine d'en vriller le nombril, agaça l'un de ses tétins.

— Cyril, implora-t-elle, horrifiée, je t'en supplie, ne

me fais pas de mal ! Tu sais que je t'aime bien. On était bons copains, non ?
Il hocha la tête.
— Copains, tu crois ?
Il parut réfléchir.
— Eh bien, ma cocotte, tout va dépendre de toi.
— Qu'est-ce que tu me veux, Cyril ? Je suis prête.
— Ça tombe bien, j'ai quelques questions à te poser.
Il continuait, comme distraitement, à l'effleurer de sa lame.
— Mes questions seront claires. Que tes réponses le soient aussi. Et d'abord, mettons les choses au point. C'est bien mon père qui, le 19 avril, a éliminé le type d'Hadès ?
— Je l'ignore.
— C'est lui. Je l'ai vu cette nuit-là parler au véto Charasse. Beaucoup plus tard qu'il ne l'a prétendu. La vérité c'est qu'il était embusqué aux Boréales quand le mec s'est pointé avec sa bombe. Il l'aura assommé, j'imagine, j'avais pas eu de billet pour la corrida, mais c'est plus que vraisemblable. Le coup de feu a dû partir à ce moment. Après, il a pas moisi sur place, il s'est taillé, a pu sauter par-dessus la clôture, juste avant que ça pète. Ne lui restait plus qu'à te demander de tricher sur l'heure.
— Seulement quand il a eu des problèmes avec les flics.
— Admettons. Qui a liquidé Camille Le Lann ?
— Est-ce qu'on l'a liquidé ? Ton père aussi, tu penses ? Arrête, Cyril !
Il l'avait pénétrée de l'index et la ramonait.
— Chochotte ! Tu fais moins de manière quand c'est mon papa ! Venons-en à la gentille Véronique. Et là, ma douce, t'es aux premières loges. Très tôt, t'as voulu te débarrasser de cette femme, pour mieux roucouler avec mon vieux. Le canard placé à la maternité, c'était toi ?
— Oui.
— Et depuis tu la soignes, façon Marie Besnard ?

— Non !

Il lui décocha une torgnole.

— Ne mens pas. C'est toi qui l'empoisonnes à petit feu, tu voulais te la faire.

— Non !

— Ou l'expédier à l'hôtel Maboul. Mais ça a foiré quelque part. Et t'as eu la trouille d'être prise la main dans le sac. Alors tu te barres. Tu te barres parce que t'as les jetons. Ou alors c'est combine et compagnie, rien que de la poudre aux yeux. Un faux départ, pendant que le vioque la fait interner. Et tu rappliques. Exact ?

Elle ne répondit point. Des larmes dévalaient le long de ses joues, se mêlant au filet de sang qui suintait de sa narine fendue. Il lui saisit à pleine main les poils de la toison, les tira méchamment. Elle cria :

— Cyril, tu me fais mal !

— Mais non, dit-il, j'ai pas encore commencé !

Il se redressa, posa le bistouri, se défit du sac à dos, du coupe-vent, de la casquette et des gants. Il reprit place auprès d'elle.

— Et maintenant, chérie, ouvre bien tes esgourdes. Je vais te dire pourquoi je pouvais pas te laisser partir en vacances et pourquoi on se trouve là côte à côte dans ma piaule, ce soir.

Il frotta son visage humide sur la manche de son polo.

— Ça fait des siècles que tu fricotes avec mon père, je le sais. Et j'ai décidé de vous punir l'un et l'autre. Le bonhomme d'abord. C'est moi qui, à deux reprises, ai braqué sur lui l'attention des poulets. Mais ça lambinait beaucoup trop à mon gré. J'ai alors eu l'idée du flingue. Les journaux avaient fait état d'une douille ramassée aux Boréales et qu'ils disaient provenir d'un certain type de pistolet chleuh, ils fournissaient tous les détails. J'avais plus qu'à me procurer en occase ce modèle, apparemment assez courant. Il me restait encore quelques kopecks, c'était un peu avant que le pater me coupe les vivres, j'ai dégoté le joujou dans un rade à Nantes. Fastoche : pour cinq cents balles aujourd'hui, tu t'offres ce que tu veux !

Tout en parlant, il n'arrêtait pas de lui fourgonner le sexe, sans brutalité. Elle soufflait très fort sous le doigt de son tourmenteur, bouche ouverte, ses petites dents d'ivoire lustrées de salive, on aurait pu croire qu'elle jouissait.

— Dans un premier temps, poursuivit-il, j'envisageais de planquer le pétard dans son bureau et de convoquer la poulaille. J'ai trouvé mieux. Et c'est sûr que je ne pouvais plus endurer que cette bêtasse de Véro tombe en transes, comme une minette devant Johnny, à la seule vue de son queutard de mari ! J'avais déjà essayé de l'affranchir, quelques jours plus tôt, en la dirigeant vers l'étage pendant que vous vous envoyiez en l'air. Mais bordel de Dieu, voilà-t-y pas que ça repartait pour elle comme en 14 ! Une autre bonne leçon s'imposait.

Il la dévisagea avec une sorte d'attendrissement complice.

— On s'est tout de même bien marrés, toi et moi, hein, Alice, au bois de Lavaux ! Seulement, tout ça c'était qu'un amuse-gueule. Véro est une pauvre gosse, contre qui j'ai rien de sérieux et je visais beaucoup plus haut. Oui, j'avais résolu de remettre la balle, une praline pareille à celle qui, peut-être, a occis Gildas Stéphan, non plus aux flics, mais à des gens autrement motivés : ceux d'Hadès. Sauf erreur, je crois avoir cogné à la bonne porte et Véro, sans s'en douter, aura été ma messagère. À eux la corvée. Moi je pouvais pas faire ça, tu comprends ! Pas à mon foutu géniteur ! Pour toi par contre, ma colombe, j'aurai pas ces scrupules !

Terrorisée, elle éclata en sanglots :

— Pitié, Cyril ! Je ne t'ai en aucune occasion fait le moindre tort, tu ne peux rien me reprocher !

— Rien !

Son rire fusa, hystérique.

— Rien, tu dis ? Aurais-tu oublié ma mère ? Jamais je ne te pardonnerai le calvaire que tu lui as fait subir, jour après jour, nuit après nuit, et jusqu'à la fin, lorsque tu te vautrais encore avec l'autre, à quelques mètres de la mourante !

Il s'étendit près d'elle, son membre raidi battant contre son ventre. Il entoura d'une main le cou gracile, tandis que l'autre pétrissait la chatte distendue.

— Tu as assassiné maman. Je voudrais que tu souffres comme elle, longtemps, longtemps, désespérée comme elle l'a été, dans l'attente effrayée de la mort qui va venir !

Pendant qu'il lui murmurait à l'oreille sa malédiction, ses doigts, échappant au contrôle de sa volonté, les uns branlaient de plus en plus vite, les autres serraient de plus en plus fort, écrasant les veines du cou délicat, qui saillaient comme des cordes. La tête d'Alice se balançait sur le polochon, ses yeux jaillissaient hors des orbites. De ses lèvres tachées d'une bave jaunâtre fluait un râle ininterrompu.

Et puis le corps se tétanisa, se détacha quelques secondes en arc de la couche, comme pour s'arracher aux quatre griffes de fer qui le crucifiaient, et il se rabattit. Cyril sentit la femme se ramollir sous sa paume, à l'instant précis où de ses propres reins, au paroxysme de l'excitation, sa sève giclait à gros bouillons.

Il desserra les doigts, se releva, dégrisé, poisseux, déprimé. Trop tôt. Il ne ressentait aucun remords de son acte, de la déception simplement.

La serviette de toilette gisait en boule sur le ciment. Il s'essuya, observa les globes blancs, figés dans la dernière épouvante, la belle plante impudique répandue sur la couette, comme une invite à l'amour. Oui, beaucoup trop tôt, soupira-t-il, j'aurais aimé que son agonie dure cent ans.

Il décrocha les menottes, lui arracha ses bagues, sa montre, son bracelet en argent torsadé, son collier de perles, les cabochons de ses oreilles. Habits, chaussures, bijoux et menottes furent rassemblés avec la besace et le trousseau de clés dans les deux vastes sacs-poubelles qu'il avait préparés à cet effet. Il les disperserait demain matin dans les décharges de la région.

Au gros œuvre maintenant. Ayant déployé sur la table une grande feuille de plastique noir, il souleva le cadavre et l'y étendit. Dans la caisse à outils, il sélectionna les instruments adéquats, un jeu de scies égoïnes, une tenaille broyeuse, un hachoir. Il se courba sur le corps. Avec son scalpel il surligna à fleur de peau le plan de coupe. S'attaquerait-il en priorité au thorax ? ou à la tête ? Il réfléchit, le menton dans la main.

Il y eut un grand floc sur sa droite, il regarda, rêveur, le rectangle verdâtre de l'aquarium qui luisait faiblement dans la pénombre, et il se mit au travail.

46

Mardi 9 juin, 9 h 55.

Il est probable que cette toux l'a réveillée. Une toux catarrheuse et grasse, étrangère aux bruits familiers. Quelques secondes à se désengluer de la masse cotonneuse d'une anesthésie médicalement provoquée, et la réalité peu à peu s'impose, déroulant en son cerveau la guirlande des heures qui ont précédé le sommeil.

Ce qui la frappe avant tout, c'est la pensée qu'Alice a évacué La Cerisaie, elle ne l'entendra pas de sitôt seriner à Tiphaine sa berceuse, ces gargouillis de gorge dans la chambre voisine sont ceux de Mme Sabatier mère, convoquée la veille pour remplacer au pied levé l'infirmière auprès de l'enfant. Oui, elle se remémore la grande agitation qui s'est emparée de la maison hier après-midi, les allées et venues incessantes et les messes basses dans le couloir, une véritable panique.

— Un problème familial rappelle d'urgence Alice chez elle, s'est contenté de dire Jacques. Maman accepte momentanément de venir s'occuper du bébé.

À vingt et une heures, il a fait prendre lui-même à sa femme médicaments et somnifères. Lorsque sa belle-mère a entrebâillé la porte de la chambre pour lui souhaiter la bonne nuit, Véronique commençait déjà à s'assoupir. Ainsi que cela se produit de plus en plus souvent, elle a dormi comme une brute, assommée par les drogues qu'elle absorbe à jet continu.

À deux ou trois reprises, la canonnade de la tempête l'a extraite de l'inconscience, mais elle a vite replongé. Elle se souvient que c'est Jacques qui, avant d'aller au travail, est monté lui servir son bol de thé et ses rôties, cet office aussi, jusqu'à ce matin, incombait à l'infirmière. Il a évoqué l'ouragan qui, disait-il, avait endommagé les serres de Lucien. Brièvement, il a commenté la présence auprès de Tiphaine de sa mère, dont elle entendait les toussotements.

— Il m'a fallu parer au plus pressé. Pour la suite, on verra. Repose-toi bien, ma chérie, c'est cela l'important.

Véronique allume la lampe du chevet, lit l'heure à son vieux réveil de voyage. Dix heures trois déjà ! Une clarté diffuse tempère la nuit de la chambre et des copeaux de soleil scintillent aux meurtrières des contrevents. Elle se lève, enjambe le plateau du petit déjeuner abandonné sur la moquette. Elle n'y a presque pas touché, elle s'est immédiatement rendormie.

Devant le lavabo, Véronique procède à une toilette de chat, qui l'épuise.

Elle réintègre la chambre, endosse sans entrain la jupe de lainage gris souris et le pull en mailles jersey crème dont elle s'affuble depuis quelque temps, une vêture d'hiver, qui flotte sur son corps amaigri, elle a toujours froid. Elle ouvre la fenêtre, rabat les contrevents. La lumière est si crue qu'elle est obligée de se voiler la face un moment, aveuglée. Le ciel est redevenu propret, lavé par les cataractes de la nuit, la pelouse chatoie sous le soleil, le paysage revit, éclatant de teintes neuves et de chants d'oiseaux. Elle non. Elle continue d'avoir très mal, dans son corps, dans sa tête.

Une lame de détresse la submerge, elle tourne le dos à la nature en liesse. Depuis le chambardement qui, la veille, a mis en émoi la maisonnée, elle pressent de nouveaux dangers, près de fondre sur elle. Y a-t-il un sens, une cohérence aux événements des dernières heures ?

Elle tente d'y voir plus clair. Cela a débuté le matin, avec l'arrivée de Nabeul. Un examen plus long que les autres fois. Il lui a posé un tas de questions, il paraissait très concentré, dira-t-elle soucieux ? Inquiet ? Jacques assistait à la séance. Tous deux ensuite se sont enfermés dans le bureau et l'entretien s'est prolongé. Au départ du psychiatre, Alice a pris le relais. Entrevue certainement orageuse. Véronique a surpris des éclats de voix et, quand ils se sont séparés, le choc hargneux de la porte contre le chambranle.

Elle n'a plus revu l'infirmière. Avant midi, alors qu'elle hasardait quelques pas dans l'allée, elle a remarqué la petite voiture japonaise en bas de la terrasse, mais Alice n'y était pas et elle ne l'a pas croisée non plus pendant qu'elle remontait dans sa chambre. Elle a dû quitter La Cerisaie au moment où, comme chaque jour désormais, Véronique faisait la sieste. Sans un mot d'explication, sans un au revoir.

« Une affaire familiale urgente », a déclaré Jacques. Mais elle devine qu'il n'a pas dit toute la vérité et que ce qu'il lui dissimule n'est pas étranger à la manigance dont les mâchoires, elle le sent, se resserrent sur elle un peu plus chaque jour. Quelque chose est en train de se mettre en place, qui va la broyer. Pourquoi insistent-ils tous, depuis quelque temps, sur « le grand repos » auquel elle devra s'astreindre ? Tous, le psy, son mari, Alice encore, il n'y a pas quarante-huit heures, la même antienne, presque les mêmes termes, ils se sont donné la consigne, ils veulent la préparer. À quoi ? Quel rôle occupe dans ce scénario le départ en catastrophe de l'infirmière ? Et si la spectaculaire absence d'Alice n'était qu'un rideau de fumée éclipsant l'essentiel ? L'essentiel, c'est quoi ? « Des vacances au cabanon », a affirmé Cyril.

Elle frissonne. Est-ce le dernier acte qui se joue ? Elle aurait tant besoin de s'en ouvrir à quelqu'un ! Avec amertume elle songe que Martine Carréjou l'a oubliée. Quant à Cyril...

Cela fait quatre jours qu'elle lui a adressé son S.O.S. Il en a pris connaissance, il est à La Cerisaie, elle le sait. Hier matin, durant sa courte promenade dans le parc, avant la visite de Nabeul, elle a entrevu sa 2 CV garée devant la bicoque. Pas question de s'en approcher : à l'entrée du sentier, Lucien binait le massif de millepertuis, elle aurait juré qu'il ne s'était posté — qu'on ne l'avait posté — en cet endroit que pour l'épier. Mais bon Dieu, qu'est-ce qu'on redoute ? Qu'elle file à l'anglaise ? Sans sa fille ?

Il faut que je revoie Cyril, se dit-elle. Lui seul est capable de m'éclairer sur ce qui se trame, de m'aider à desserrer le lacet qui m'étrangle.

Démarche arrêtée sur-le-champ. Elle chausse des ballerines, drape sur ses épaules un châle en mohair à larges mailles, sort de la chambre, frappe à la porte d'à côté.

— Oui ? répond la voix cassée de Mme Sabatier.

Véronique entre.

— Ah ! s'écrie la vieille dame, vous êtes sur pied ! Je n'osais pas vous déranger.

Elle désigne le poupon qui rêve aux anges dans ses dentelles :

— Mademoiselle rattrape sa nuit. Bonté divine, elle m'en aura fait voir de toutes les couleurs, la friponne ! Il est vrai qu'avec le chambard extérieur... Mais vous n'avez pas entendu, je pense ? ajoute-t-elle, une nuance d'envie dans le ton. Vous deviez dormir. Tant mieux, il faut que vous dormiez beaucoup.

La rengaine. Elle aussi ! À la dérobée, Véronique guigne sa belle-mère. Grande, très droite, très sèche, un port altier, qui signe plusieurs générations de condition bourgeoise. Il n'y a jamais eu d'intimité entre les deux femmes. Véronique n'ignore point que Mme Sabatier n'était pas enchantée de ce remariage.

Mais la fiancée avait garni sa corbeille de quelques bons atouts sonnants et trébuchants, ce sont des arguments que, dans ce milieu, on sait prendre en considération, Cyril le lui avait rappelé cyniquement, quelques semaines auparavant. En tout cas, Mme Sabatier a toujours témoigné à sa bru beaucoup d'estime, à défaut d'affection.

Véronique embrasse la menotte potelée de son enfant et tourne les talons.

— Je vais faire une petite promenade, maman.

La figure compassée de Mme Sabatier se durcit encore.

— Vous ne croyez pas, Véronique, que...

Elle fait aussitôt retraite.

— Vous avez raison, oui, la matinée est clémente, profitez-en. Mais ménagez-vous, hein, prudence !

— Soyez tranquille, maman, je vais juste m'aérer quelques minutes.

Elle ressort, descend à pas lents l'escalier. Ses jambes sont comme deux barres de plomb et elle est forcée de se soutenir à la rampe.

Dehors, la réverbération qui éclabousse les graviers lui meurtrit les paupières, l'étourdit. Elle suspend sa marche, accorde à sa vue fatiguée un temps d'accommodation, avant de reprendre la route à un train de sénateur, sur le chemin blanc jonché de feuillages et de branchettes brisées. Du coin de l'œil, elle inspecte ses arrières. Personne, la surveillance mollit. Marguerite doit être à ses poules et Lucien, ce matin, a certainement de quoi s'employer autour de sa verrière maltraitée par le chahut nocturne.

Au bout de l'allée, grosse déconvenue : pas de trace de la 2 CV. Tant pis. Véronique s'engage sur le sentier d'accès au refuge du jeune homme, dont elle longe le pignon. La clé est toujours à sa place, glissée sous la dalle de schiste. Elle s'en saisit, revient devant la maison. Nouveau coup d'œil alentour. Elle s'introduit dans le logis, repousse la porte.

Comme à sa première incursion, les volets protégeant l'unique fenêtre sont fermés et l'endroit baigne dans une mi-ombre de crypte, sur laquelle tranchent l'auréole verdâtre entourant l'aquarium et le rouleau de lumière blanche qui tombe de la lucarne, à l'aplomb de la table, dans un poudroiement de paillette de poussières. Elle redécouvre l'atmosphère moite du réduit, ces relents de vieilles choses, plus agressifs encore qu'en sa mémoire. Le silence est oppressant, où s'inscrivent des susurrements de canalisations sur sa droite, des clapotis d'eau parfois, qu'une nageoire fouette, dans une zébrure phosphorescente.

Cyril a dû partir de bonne heure ce matin, la pièce est en désordre, le drap-housse et la couette tirebouchonnent jusqu'au ciment, un bol sale traîne sur l'évier, parmi des rogatons de biscottes.

Devant la table, curieusement déblayée, Véronique se reproche de n'avoir cette fois encore rien prévu pour écrire. Elle aperçoit alors, dans le fatras de fioles et de bocaux qui ont atterri sur le sol, la timbale en étain bosselée où Cyril remise ses crayons. Elle en attrape un, arrache un coin de page à l'un des magazines empilés sur la chaise. Pour les quelques mots qu'elle a l'intention de lui laisser, cela suffira.

Elle s'assoit, se penche. Se redresse, narines palpitantes. Sous les remugles pisseux de l'ancienne écurie elle vient de capter une fragrance verte, totalement incongrue dans ce décor de pouillerie et qui lui rappelle... Elle hume de plus belle. Ma foi oui, aussi saugrenue qu'en soit l'idée, elle a cru reconnaître la note florale, délicatement épicée, de ce parfum qu'Alice affectionne. Je déraille, se morigène-t-elle. Pourquoi l'infirmière aurait-elle échoué ici ? Et quand ? Ça n'a ni queue ni tête.

Véronique étale son morceau de papier-journal, en lisse la marge du pouce, se trouble de le sentir se gondoler sous la pression. Elle examine le verso du feuillet, observe la plaque sombre qui le marbre à présent. Elle ratisse la table du chant de la main et constate que son auriculaire adhère au bois. Dans l'une des rainures entre les planches, un fil de mastic brun est serti, qui s'écaille sous l'ongle. Elle flaire ses doigts, a un haut-le-cœur. Cette odeur âcre, on dirait... mais oui, on dirait du sang ! C'est impossible.

Véronique pousse un cri d'effroi. Elle se met debout, éperdue, claquant des dents, glacée de sueur. Le crayon échappe à sa main, roule à terre et elle ne le ramasse pas. Un réflexe pourtant lui fait reprendre sur la table la bande de papier-journal, dénonçant son intrusion, qu'elle chiffonne et enfonce dans l'une des poches basses de son pull.

En titubant, elle cherche la sortie. Elle a l'impression, tant l'effort d'articuler ses membres lui est pénible, que ses semelles aussi sont collées au ciment par un empois dont elle s'entend énoncer la nature avec terreur : du sang, il y a du sang partout ! Elle défaille. Devant elle, à l'extrémité de la pièce, les pensionnaires de l'aquarium se déchaînent, leurs roulés-boulés et leurs entrechats jettent dans le clair-obscur des fulgurances blêmes. Miasmes fauves, arômes floraux, exhalaisons de sang frais...

La nausée aux dents, se cognant aux rares meubles de l'habitation, elle finit, cahin-caha, par atteindre la porte.

Manœuvrer le battant, puiser la clé au fond de sa poche, l'ajuster à la serrure, une suite d'opérations éprouvantes qui l'achèvent. Elle s'adosse à la muraille, paupières closes, l'esprit égaré, sans ressort, se répétant passivement : son sang, le sang d'Alice, moi aussi je vais mourir.

La perception, dans un éclair de conscience, du risque qu'elle court en s'attardant ici la secoue, fustige un reste de volonté et remet la machine en marche, la ramène à l'arrière de la masure. Du bout de sa ballerine elle écarte l'ardoise, fait choir la clé, repousse le couvercle de la cachette.

Elle rejoint la sente, extirpant l'une après l'autre ses chaussures de l'humus détrempé, qui les happe, les aspire, les régurgite avec des flatuosités sourdes. Il lui semble qu'elle patauge dans une lave poisseuse. Le ciel est rouge, rouges les gravillons de l'allée, là-bas, et les buissons de millepertuis, oui, une marée de sang l'enveloppe, un déluge qui l'encercle, emplit sa bouche, l'étouffe.

Une ombre se démène devant elle, on crie. Un visage, tout près, qui enfle, se distend dans une grimace monstrueuse. Un bras rouge se lève, menace. Elle aimerait fuir, ses jambes ne répondent plus.

Des sons font éclater ses tympans. Elle se sent partir. Résignée, elle attend le coup de grâce de l'assassin.

47

Même jour, vers midi.

CYRIL repoussa les deux lourds vantaux métalliques et, en grognant, il abaissa la béquille d'arrêt, actionna le verrou. Le retour de Véronique, un mois plus tôt, après sa courte cure en Mayenne, avait coïncidé avec la nouvelle consigne paternelle : garder le portail fermé en permanence, de jour comme de nuit. Disposition que Cyril estimait stupide et qui donnait crédit à la situation de claustration dont s'était plainte la jeune femme. « Je suis prisonnière », lui avait-elle écrit.

Cyril remonta dans la 2 CV. Il était fourbu. Depuis la veille au soir, il n'avait pas trouvé une heure pour se détendre. Pourtant préparée avec minutie, la besogne nocturne était apparue beaucoup plus délicate et ardue qu'il ne l'avait prévu, le programme avait pris du retard. Et il faisait déjà jour lorsque la voiture avait franchi la grille, le coffre plein de sa cargaison de sacs-poubelles noirs.

Ce décalage horaire avait compliqué l'ultime phase de l'opération, car le dépôt des sacs dans les nombreuses décharges communales de la région, qu'il avait au préalable soigneusement répertoriées, exigeait une totale discrétion ; à plusieurs reprises, il avait dû modifier son planning et prolonger sa distribution hors des limites du département. Comble de malchance, il avait crevé au retour, du côté de Pluméliau, il avait ses mains collantes de graisse noire, il n'aspirait qu'à les nettoyer à grande eau.

Alors qu'il s'engageait sur le chemin menant à sa résidence, il aperçut Lucien dans l'allée principale. Le jardinier agita le bras, eut un geste pour attirer son attention ou l'inviter à l'attendre. Cyril feignit de ne pas comprendre et continua sa route, troublé. À l'instar de son épouse, docilement asservi aux volontés du maître. Lucien, depuis la disgrâce du fils, fuyait le contact. Pourquoi ce revirement d'attitude ? Cyril réfléchissait qu'il avait déserté La Cerisaie pendant près de sept heures, et tant de choses en sept heures pouvaient se produire...

Il stoppa devant l'ancienne écurie, descendit. Il ne s'était pas trompé, Lucien accourait. Merde, merde, marmotta le garçon, pourquoi il me cherche, cet enfoiré ? Bien qu'il se répétât qu'il avait pris assez de précautions pour garder l'âme sereine, il restait sur le qui-vive en se portant à la rencontre de l'employé.

— Bien content de vous voir, Cyril. Je voulais vous dire...

Il s'interrompit, examina le jeune homme en se grattant le front sous le chapeau de paille, qu'il avait rejeté en arrière, à la Trenet. Ses petits yeux pers pointaient comme deux têtes d'épingles entre les épaisses paupières craquelées.

— Vous êtes sorti de bonne heure aujourd'hui, Cyril, constata-t-il. Et vous n'êtes pas rentré à La Cerisaie de la matinée, je crois ?

De quoi je me mêle, pauvre croûton, songeait Cyril. Rien, décidément, n'échappait à la vigilance fouineuse du vieux larbin.

— Oui, reconnut-il, de mauvaise grâce, plusieurs courses à Lorient. Et il m'a fallu changer de roue.

Il leva ses mains noircies.

— Pourquoi ? La baraque a pris feu ?

— Mme Sabatier a eu un malaise, tout à l'heure. Je me trouvais là, heureusement. Un pur hasard.

Il secoua la poupée qui lui décorait le pouce droit, raconta qu'un éclat de verre lui avait déchiré le doigt tandis qu'il rafistolait un panneau de serre et que, gagnant le pavillon pour désinfecter la plaie, il avait remarqué Mme Sabatier qui zigzaguait au bout de l'allée, il s'était dépêché, était arrivé à temps pour la soutenir au moment où elle s'écroulait, avait réussi à la ramener dans sa chambre. Alerté par ses soins, le patron avait sans tarder appelé le docteur Nabeul.

— Il vient de repartir. On en a causé avec Marguerite, ça a l'air conséquent. Et ça pouvait pas plus mal tomber, vu que Mlle Bersani a dû s'absenter hier. Un parent à elle dans le Sud-Ouest qui allait pas fort non plus. Mais vous êtes sans doute au courant ?

Il tiraillait les poils en queue de vache qui lui garnissaient la lèvre, un éclair rusé filtrait à nouveau entre les paupières de crocodile.

— Oui, dit Cyril, elle m'en a touché un mot avant son départ. Je fais un saut à la case. Merci de m'avoir prévenu, pour Véro.

— C'est naturel, affirma le jardinier. Je suis sûr que votre père ne demandera pas mieux que de vous en parler lui-même. Il avait l'air, quand je l'ai quitté, très préoccupé par la santé de Mme Sabatier.

M'étonnerait, songeait Cyril, que ce soit la véritable raison de ses soucis. Après tout, si Véronique en est là, il y est bien pour quelque chose, le padre !
— J'y vais. En espérant que je ne me ferai pas vider. Au fond, mon brave Lucien, j'suis p't-être ben toujours contagieux, hé ?
Il tourna les talons, s'introduisit dans son gourbi. De l'entrée, il inspecta la pièce. Tout était normal, le paddock défait, les restes du petit déj au milieu de l'évier, Libellule qui trottinait amicalement sur le ciment rincé de frais. Il renifla. L'odeur, tout de même...
Il alla prendre dans l'appentis-W.C. une bombe de désodorisant « Brise printanière » et en aspergea les quatre coins du logis. Il rangea le produit, observa de loin les poissons qui jouaient à la baballe, dans de grands ploufs chatoyants. Il aurait dû réactiver la veilleuse de l'aquarium, ces foutues bestioles avaient grand besoin de lumière, mais il ne put s'y résoudre.
Curieusement, peut-être par fatigue, il éprouvait une répulsion à l'idée de les regarder festoyer. Il allait en premier lieu s'accorder un semblant de toilette, ensuite il se présenterait à la maison, insisterait pour que son père le reçoive, essaierait de voir Véronique. L'occasion aussi pour lui de prendre sur place une bonne douche, ça ne serait pas un luxe.
Il se savonna les mains, offrit avec volupté son visage au jet glacé du robinet.

48

Même jour, 12 h 45.

Fidèle à son habitude, l'ex-curé avait accumulé les formules soigneusement balancées :
— Il n'est pas exclu, avait dit Patrick Vatel au téléphone, que le projectile que t'a remis le fils Sabatier soit sorti de l'arme de Gilou, mais attention, il serait présomptueux de l'affirmer. Pierre-Henri insiste sur ce point. Il faudrait demander au laboratoire de la police une expertise beaucoup plus pointue. Démarche qu'il estime pour le moment irréaliste, sinon inconséquente, en tout cas très risquée.
Donc prudence, plus que jamais raison garder, pas d'initiative prématurée et patati et patata... Le sempiternel discours lénifiant d'un homme qui, décidément, avait ramassé son drapeau au fond de sa poche. Oui, pour Patrick le temps de la révolte était bien révolu, Vatel le sage tournait au gros pépère capon.
Mel lui avait dit son fait, sans ménagement. Elle reposait tout juste le combiné, encore frémissante d'indignation, lorsque la sonnerie de son portable à nouveau retentit. Respectant la discipline qu'elle s'était imposée, elle ne se manifesta point avant d'avoir entendu Cyril s'annoncer.
— Votre amie Véronique va être transférée en centre psychiatrique.
— Ce n'est pas possible ! Quand ?
— Si j'interprète correctement ce que vient de me déclarer mon père, ce serait imminent, peut-être dès demain. Le docteur Nabeul aurait déjà signé la mesure d'internement. Une belle saloperie, montée de toutes

pièces, ils sont tous dans le coup, je vous l'ai dit. Ah, tout de même, une bonne nouvelle : la geisha de mon père, Alice, l'infirmière a mis les bouts hier !
— Pourquoi ?
— Sais pas. Version paternelle : elle aurait subitement eu le mal du pays. Bon débarras, on va pas chialer sur son sort, hein ?
Son rire grinça. Il reprit :
— Voilà. Vous m'aviez demandé de vous prévenir, c'est fait. À vous de juger. Je vous rappelle si j'apprends quelque chose d'autre. Salut.
Il coupa la communication. Mel s'assit, le cœur battant. Était-ce le signal qu'elle attendait depuis plusieurs semaines ? Sabatier avait assassiné Gilou, et Camille aussi, elle en gardait la conviction, en dépit de tout ce qu'elle avait entendu dire autour d'elle. Il allait payer. En même temps, elle arracherait à ses griffes une autre victime condamnée, sa femme, la gentille Véronique. Comment elle s'y prendrait, elle n'en avait pas encore une idée claire, mais elle sentait que le destin avait enfin frappé les trois coups : le dénouement était là, à portée de main.
Elle s'imposa quelques minutes de délibération. Et elle appela Pierre-Henri.

49

Même jour, 14 h 30.

LE grelot du téléphone, là-bas, bégayait sottement dans la maison désertée. Roberte était sortie. Pour changer.

Valentin reposa rageusement l'appareil. Quelle était l'activité de sa femme le mardi après-midi : stretching ? yoga ? initiation à l'espéranto à l'Université du temps libre ? Il ne savait plus, et d'ailleurs quelle importance ? Il rappellerait plus tard.

Deux heures et demie déjà. Et le lieutenant qui n'avait toujours pas repris son service !

— Mais qu'est-ce qu'elle fout, celle-là ! gronda-t-il tout haut, gagné par une flambée de colère. L'heure c'est l'heure, bordel !

Il se calma incontinent, jugea grotesque sa réaction d'humeur, se traita de vieux débris. Il avait tort, doublement. Parce que le programme du jour n'était pas chargé au point de ne pas autoriser une pause de quelques minutes et parce qu'Anne-Laure était tout sauf une tire-au-flanc, ne rechignant pas, quand il le fallait, à déborder l'horaire réglementaire, sans jamais réclamer les compensations auxquelles elle avait droit.

Valentin ôta son veston, s'assit. Il avait la panse lourde, le cerveau empâté, une bouche sale de gueule-de-bois. D'un œil éteint, il relut les titres du journal ouvert sur le bureau, à la page régionale. Le quotidien consacrait plusieurs colonnes au coup de chien qui avait sévi dans le golfe le soir précédent et une partie de la nuit, il détaillait les dizaines de pins déracinés, des toitures de hangar emportées et même les installations d'un camping, vers Sarzeau, endommagées par la mini-tornade, terme un tantinet abusif, mais les cicatrices de l'ouragan de 87, encore visibles à la pointe de Bretagne, favorisaient la surenchère météorologique.

Valentin s'était bien rendu compte de la violence de la tempête. À l'hôtel Bel-Azur où il logeait, sa chambre était sous le toit. Pendant des heures, les tôles de couverture avaient joué des castagnettes au-dessus de sa tête, lui interdisant le sommeil. Et il avait pensé à Romain, dans son grand dortoir du centre médico-éducatif de Combourg. Romain avait toujours eu une peur maladive du vent. Tout petit, avant qu'ils ne soient obligés de se séparer de lui, il se rappelait, les nuits de tourmente, il le prenait quelquefois dans son lit — le couple occupait déjà des chambres séparées — et lui murmurait à l'oreille des choses caressantes qui finissaient par le calmer.

Mais il n'y aurait personne, cette nuit, pour le prendre dans ses bras, pas une présence tendre, rien que le triste alignement des lits de fer sous la veilleuse, et s'il criait sa terreur...

Levé aux aurores, il avait téléphoné aux Colchiques, indifférent à l'incompréhension polie que suscitait sa démarche. Romain avait bien dormi. Et pourtant, avouait-on, depuis quarante-huit heures, l'enfant n'était pas au mieux de sa forme, une angine, avec de la fièvre, qui se résorbait lentement.

— Mais ne vous tracassez pas, monsieur Valentin, tout cela est assez bénin.

Les propos de la directrice ne l'avaient qu'à moitié rassuré. Rien n'était bénin chez Romain, le moindre rhume était gros de complications, il en serait toujours ainsi. Jusqu'au jour où la pauvre carcasse épuisée de son gosse abandonnerait la partie, définitivement.

Avant de se rendre au bureau, il avait prévenu Roberte, elle lui avait promis qu'elle se rendrait au centre dans la matinée. En foi de quoi il essayait en vain de la joindre.

Coudes sur la table, il cala son front entre ses mains et se coula dans une demi-somnolence paresseuse.

Il se redressa vivement. Après un simulacre de grattouillis à la porte, Anne-Laure pénétrait en rafale dans la pièce, essoufflée.

— Je suis confuse, Bertrand. J'ai voulu au passage reprendre le linge aux Trois Hermines, j'y ai perdu un bon quart d'heure : leur petite recrue est bien gentille, mais pas vraiment une flèche ! J'ai aussi emporté vos calcifs, maître, vous les trouverez dans la Golf.

— Merci.

Les deux policiers fréquentaient la même blanchisserie, place Nazareth, et il n'était pas rare qu'Anne-Laure fît la commissionnaire.

— Touzé a appelé, dit Valentin. Le juge Goavec donne le feu vert, on aura les mandats de perquise demain matin.

Anne-Laure se débarrassait de sa saharienne.

— J'ai croisé Lebastard à l'entrée, dit-elle. Il ne se sentait pas très bien, il rentrait chez lui.

— Qu'est-ce qu'il a ?

— Je ne sais pas. Je lui ai trouvé une fichue mine. Ça fait quelque temps déjà qu'il n'a pas la frite.

Valentin l'observa un moment, qui se donnait un coup de peigne au miroir de son coffret de beauté. Il murmura :

— *Vae soli...*

— Pardon ?

— Une parole de l'Ecclésiaste : « Malheur à qui est seul ! » Je suppose que l'imprécation est unisexe. Pour en revenir à Lebastard... Vous ne croyez pas qu'il lui manque une compagne ?

Le couvercle du poudrier claqua, elle détourna la tête et il eut l'impression, peut-être se trompait-il, qu'affleurait aux joues de la jeune femme une touche de rose qui ne devait rien au maquillage.

— Faut que j'aille saluer mes « grandes oreilles », dit-elle sans lui répondre.

Elle gagna le local où, trois fois par jour, elle contrôlait les enregistrements. Elle revint quelques minutes plus tard, une cassette en main.

— Rien de bien alléchant. Cependant... Jugez-en vous même, Bertrand.

Elle introduisit la cassette dans le baladeur, joua avec les touches, l'œil sur l'index du compteur, et lança l'enregistrement qu'elle avait sélectionné. Une standardiste à la diction façonnière psalmodia :

— Entreprise Sabatier, j'écoute.

Une femme lui répondit, dont la voix chevrotait :

— Je voudrais parler à M. Sabatier. Je suis sa mère.

— Un instant, je vous prie, madame.
Et la basse carrée de Sabatier :
— Maman ? Qu'est-ce qui...
— Il faut que tu rentres, Jacques. Véronique a eu un malaise et toute seule je ne peux pas...
— Calme-toi, maman. Je préviens Nabeul et j'arrive.
Un blanc de quelques secondes, puis un nouveau ronflement sur la ligne :
— Secrétariat du docteur Nabeul, à votre service.
— Sabatier. Je veux parler à votre patron. Immédiatement, mademoiselle.
— Bien sûr, monsieur Sabatier. Je vous le passe.
— Allô, Pascal ? C'est Jacques. Véronique ne va pas bien. Vous pourriez venir ?
— Oui, je vais m'arranger pour me libérer.
— Merci, vieux. Je suis dans un sacré merdier : Alice s'est fait la malle.
— Mlle Bersani est partie ? Quand cela ?
— Hier. Je vous raconterai. On se retrouve là-bas, d'accord ?
— Entendu, Jacques. À tout de suite.
Anne-Laure bloqua le défilement.
— Eh bien, qu'en dites-vous, Bertrand ?
— À quelle heure ces deux appels ?
— Onze heures sept et onze heures neuf.
— Le psy s'est bien déjà transporté à La Cerisaie hier ?
— Exact, en fin de matinée. Mais c'est la première fois qu'il est fait allusion au départ de l'infirmière. Nabeul, au demeurant, l'ignorait. Vous avez entendu, Bertrand ? Sabatier avait l'air catastrophé.
Valentin se gratouillait la fossette de la lèvre supérieure.
— Nous allons vérifier cela sur place.
— Sous quel prétexte, si nous ne voulons pas griller notre source ?
Valentin dépliait les manches de sa chemise, se reboutonnait, enfilait son veston.

— On en a un de prétexte, dit-il, du sur-mesure : le corbeau. Allez, Anne-Laure, on y va.

Par chance, Sabatier se trouvait encore à La Cerisaie. Prévenu par la cuisinière, il descendit sur-le-champ et, à la différence des confrontations précédentes, il ne manifesta aucun mécontentement. Ils ne l'avaient pas revu depuis plusieurs semaines et ils furent frappés par la transformation : le potentat si sûr de lui avait beaucoup perdu de sa superbe. Il ne posa aucune question et les invita courtoisement à entrer au salon.

— Comment va Mme Sabatier ? demanda Anne-Laure.

— Pas très bien.

Il se passa une main sur le visage.

— Pas bien du tout. Le docteur Nabeul vient de prendre la décision de la faire hospitaliser dans sa maison de santé, à Sulniac.

— Je suis navrée, dit Anne-Laure. Pourrions-nous lui parler ?

— Cela ne me paraît pas indiqué, dans son état actuel. De toute manière, vous ne lui arracheriez pas un mot : elle est sous neuroleptiques.

— C'est pour bientôt, le transfert en clinique ?

— Demain matin. Ça ne pouvait pas s'éterniser.

Il les couvrit l'un après l'autre d'un regard d'aveugle, comme si, à cet instant seulement, il découvrait la présence des policiers.

— Pourquoi êtes-vous venus ?

— Pour prendre des nouvelles de la santé de votre épouse, dit Valentin.

— Et de Mlle Bersani, renchérit Anne-Laure.

Il tressaillit.

— Alice ? Pourquoi ?

— Pouvons-nous la voir, elle ?

— Non, Alice est absente. Depuis hier après-midi.

Valentin eut un bref échange muet avec sa subordonnée.

— En fait nous le savions, dit-il. Nous avons reçu un autre appel anonyme, toujours la même source, apparemment, nous apprenant le départ subit de l'infirmière. Pour quelle raison vous a-t-elle quittée ?

— Il ne vous l'a pas dit, votre informateur ?

— Il a fait court, affirma Anne-Laure avec aplomb. Pourquoi est-elle partie si brusquement ?

— Rappelée chez elle, dans le Gers. Une parente très chère en train d'avaler son acte de naissance et qui a souhaité la voir une dernière fois.

— C'est fâcheux, remarqua Valentin. Je veux dire : fâcheux pour vous, dans ce contexte.

— Ma mère nous a dépannés hier soir. Mais elle a eu une nuit bien inconfortable, le bébé ne dormait pas, la tempête, probable. Elle est sur les genoux. Maman n'a pas le cœur des plus solides. Je lui ai conseillé de rentrer chez elle ce soir. Marguerite, l'employée de maison et moi-même assurerons le relais. Solution évidemment bâtarde et le docteur Nabeul m'a fait admettre la nécessité de lui confier sans tarder Véronique.

— Je comprends, dit Anne-Laure. Mais au fait, de quoi souffre votre épouse ? Nous la croyions guérie ?

— Guérie... Elle n'a jamais véritablement repris le dessus depuis ses ennuis en avril dernier. Elle est demeurée très fragile : une contrariété, et elle plonge. Savez-vous que ce matin elle a frôlé la syncope ?

Les policiers se concertèrent à nouveau du regard.

— L'infirmière, dit Valentin, s'est donc absentée hier après-midi. Et la grave indisposition de votre femme a eu lieu ce matin. Aucun rapport ?

— Quel rapport ?

— On est bien obligés de noter la coïncidence : Mme Sabatier est au premier chef concernée par la défection brutale de sa garde-malade, en qui, me semble-t-il, elle avait toute confiance. Et vous me dites qu'il suffit d'une contrariété pour la faire rechuter. Voyons, Mlle Bersani a-t-elle déjà quitté la ville ?

— Elle a un appartement à Vannes, 17, rue des Pastorelles, rappela Anne-Laure qui lisait une des notes de son carnet d'enquêtes.

— Elle n'est plus à Vannes, dit Sabatier.

Il transpirait, de plus en plus mal à l'aise.

— Elle m'avait dit qu'elle prendrait le dernier express de la journée pour Toulouse, à vingt et une heures cinquante. Elle aurait dû se trouver dans sa famille aujourd'hui.

— Aurait dû ? s'écrièrent ensemble les deux policiers.

Sabatier posa sur eux ses yeux gris.

— Elle n'a pas débarqué à Toulouse. Une cousine à elle m'a téléphoné au bureau. Alice lui avait demandé de venir l'attendre au train du matin, elle s'est donc présentée à la gare. Alice n'y était pas. Après avoir essayé de la joindre à son appartement, elle s'est résignée à m'appeler.

Un silence. Sabatier examinait ses mains étalées sur le buvard, le regard vide.

— Elle aura pris un autre train ? suggéra Anne-Laure.

— Il n'y en avait pas d'autre avant huit heures aujourd'hui.

— Ou un autre moyen de transport ?

Elle n'était pas vraiment enchantée de ce qu'elle avançait et Sabatier se contenta de secouer la tête sans ajouter un mot.

Les enquêteurs se levèrent.

— Vous avez l'adresse de la cousine ? dit Valentin.

Il parut d'abord ne pas avoir entendu. Il releva enfin la tête.

— L'adresse... Non, je ne connais pas cette personne.

— Elle vous a bien laissé un numéro de téléphone ?

— Non.

— Et vous ne le lui avez pas demandé ?

Il souleva les épaules avec accablement.

— Pardonnez-moi, commandant. Je ne sais plus où j'en suis.

Le désarroi du chef d'entreprise les mettait mal à l'aise. Ils abrégèrent l'épreuve, prirent congé.

— Effarant ! fit Valentin quand ils se retrouvèrent dans la Laguna. Un Sabatier décomposé, sa femme à la veille d'être enfermée à l'asile, sa maîtresse volatilisée... Balzac, Anne-Laure, je vous le disais, il y a quelques jours !

— Va pour Balzac, mais ça nous éloigne encore un peu plus d'Hadès, non ?

— On y reviendra. Plus vite que vous ne pensez.

Il démarra.

— Voici ce que je vous propose, Anne-Laure. On se dissocie. Je sollicite en priorité un entretien avec le psy, vous, vous prenez votre bagnole et vous filez au 13, rue des Pastorelles. Tâchez d'y glaner un max d'infos. La femme Bersani a des voisins, ce serait bien le diable si personne n'avait été témoin de ses allées et venues, hier, et principalement de son départ. Elle ne s'est pas rendue au train à pattes, voyez si elle a retenu un taxi, vérifiez à la gare, etc. On en recause à la boîte tout à l'heure, O.K. ?

Alice Bersani n'avait qu'un voisin au rez-de-chaussée de l'immeuble où elle louait son deux pièces, rue des Pastorelles : un chirurgien-dentiste occupé à traiter une carie et qui, contrarié d'avoir dû lâcher sa cliente la gueule ouverte, montra peu d'enthousiasme à éclairer le policier.

— J'ai fermé mon cabinet hier à dix-neuf heures, comme chaque jour. À l'heure que vous mentionnez, je n'étais donc plus là.

— Et avant ?

— Je ne l'ai pas vue. Vous savez, madame, quand je bosse, je bosse ! Voyez au-dessus ! Maintenant excusez-moi, on m'attend.

Anne-Laure fit la tournée des résidents présents, sans profit. Tel ou tel avait pu entrevoir Mlle Bersani dans l'après-midi, mais on ne savait même pas qu'elle était partie.

— Lieutenant, vous vous rappelez la flotte qui tombait hier soir ? On avait tiré les volets et, croyez-moi, on avait autre chose à faire que de surveiller la rue !

Elle n'eut pas davantage de succès au cours du porte-à-porte auquel elle s'astreignit dans le quartier. Alice Bersani, qui n'y avait effectué que de brefs séjours, y était d'ailleurs à peu près inconnue. Place de la Gare, au siège de la principale compagnie de taxis de la ville, elle obtint enfin un renseignement intéressant. Oui, déclara la standardiste, une dame Bersani avait bien réservé un véhicule pour vingt et une heures trente au 17, rue des Pastorelles, mais elle l'avait décommandé quelques minutes avant l'heure du rendez-vous.

— J'assurais la permanence de nuit, on avait pas mal d'appels et notre voiture était déjà en route, j'ai exprimé mon mécontentement, mais le type m'a raccroché au nez.

— Un type ? s'étonna Anne-Laure. Ce n'est pas Mlle Bersani qui a annulé la course ?

— Ah non, madame, c'était un homme. Du genre goujat, si vous voyez ce que je veux dire.

À la gare, la préposée au guichet, une boulotte au visage d'écolière semé de taches de son, ayant décortiqué avec circonspection sa carte de police, lui récita sa leçon : les titres de voyage n'étaient pas personnalisés, aucun moyen en conséquence de connaître l'identité des clients.

Anne-Laure s'entêta.

— Mais elle a pu établir un chèque, régler par carte de crédit, ça laisse des traces ! Elle a pris son billet hier, quelqu'un parmi vos collègues l'aura peut-être remarquée, grande, élégante, très soignée, blonde... Je me permets d'insister, mademoiselle. Puis-je rencontrer votre supérieur ?

La petite dut penser qu'elle allait se faire taper sur les doigts. Elle céda :
— Je vais voir.
Elle disparut. Revint peu après, escortée par une espèce d'hidalgo gourmé, la pointe Bic coincée sur l'oreille et un classeur sous le bras.
— Et alors, lieutenant, dit-il, aimable, où on en est ?
— Je vous demande pardon ?
Le type dut avaler sa salive, la pomme d'Adam courant sur le cou maigre.
— Vous êtes bien ici pour Mlle Bersani ?
— En effet.
— C'est moi qui, ce matin, ai contacté à son sujet les services du commissariat.
— Vous avez fort bien fait, dit Anne-Laure sans se démonter. Cela vous ennuierait-il de me répéter ce que vous leur avez dit ?
L'agent de la S.N.C.F. eut un recul et la dévisagea, paupières battantes.
— C'est très simple, dit-il d'une voix d'abord fluette, qui s'affermit au fil du discours. En début de matinée, nous avons reçu un fax de nos collègues de Toulouse, nous spécifiant que deux valises avaient été récupérées dans une voiture de l'express 4364. L'étiquette attachée à l'une des valises portait un nom et une adresse.
Il ouvrit le classeur, se mouilla l'index, compulsa des feuillets, lut :
— Bersani, Alice, 17, rue des Pastorelles.
Le cœur d'Anne-Laure se crispa.
— Les bagages sont arrivés à destination, et pas la propriétaire ?
L'homme avait repris du poil de la bête. La face exsangue se fendit d'un sourire finaud.
— Ou elle les aura oubliés, ce sont des choses qui arrivent ! Par acquit de conscience, j'ai téléphoné à deux reprises chez elle, rue des Pastorelles, mais je n'ai eu personne. C'est alors que j'en ai avisé le commissariat.
— Je vous remercie, monsieur.

Elle conclut abruptement l'entretien, salua, sortit de la gare et se faufila sous le volant de la Golf, en évaluant la nouvelle. Les services de Bardon, bien qu'alertés depuis le matin, s'étaient gardés de répercuter le tuyau auprès de leurs collègues rennais. Le petit jeu de cache-cache continuait et au fond, se dit Anne-Laure, c'était de bonne guerre. Valentin pourrait-il encore sérieusement soutenir que les tribulations de Mlle Bersani — et ce qu'elle apprenait avait de quoi alarmer — relevaient de la compétence exclusive de l'équipe anti-terroriste ?

Même Lebastard, songea-t-elle avec amertume, ne s'en était pas ouvert quand ils avaient échangé quelques mots à la porte du commissariat. Il aurait pu y faire allusion pourtant, connaissant l'intérêt de Valentin pour tout ce qui, de près ou de loin, touchait à Sabatier, il n'y aurait sûrement pas manqué naguère...

Elle se dit que son itinéraire de retour à la boîte passait à proximité de la rue Ravel, où Pierrig habitait. Et il était chez lui. Si elle s'offrait le détour ? Elle s'inquiéterait de sa santé, ils bavarderaient quelques minutes seule à seul, trop longtemps que ça ne s'était pas produit. L'occasion, pourquoi pas, de dissiper certains malentendus.

En fonctionnaire zélée, toutefois — elle était consciente qu'en la circonstance les convenances personnelles avaient tendance à prendre le pas sur les obligations de service —, elle appela le bureau, constata, soulagée, que son chef n'était pas encore rentré de chez le psychiatre.

Elle sonna durant un bon moment. Et elle en était à se dire qu'il n'y avait personne au logis lorsqu'un pas traînant glissa derrière la porte. On ouvrit. Une vieille dame âgée aux bandeaux de neige lui souriait.

— Madame Lebastard ? Lieutenant de police Carola. Je suis une collègue de votre fils.

— Ah, madame Carola, je suis ravie de faire votre connaissance, mon fils m'a souvent parlé de vous ! Donnez-vous la peine d'entrer.

Anne-Laure la suivit dans le hall.

— Pierrig s'est absenté, continuait la vieille dame, mais il ne sera pas long, une commission à faire, du tabac, je crois. Hélas, il s'est remis à fumer et ça n'est pas fameux pour lui. Il est patraque tous ces jours-ci. Eva, commanda-t-elle, élevant la voix, tournée vers l'intérieur de l'habitation, d'où parvenaient les éclats d'une conversation animée, baisse un peu le son, s'il te plaît !

L'ordre fut aussitôt exécuté.

— Ma petite-fille se trouve exceptionnellement là ce mardi, expliqua Mme Lebastard : sa maîtresse est en conférence pédagogique. Et la télé, qu'on l'aime ou pas, est bien utile dans ces cas-là !

Elle ouvrit une porte.

— Je vous fais entrer dans son bureau, vous y serez plus tranquille. Pierrig ne devrait pas tarder, répéta-t-elle. Asseyez-vous, madame Carola.

Elle se retira. Saisie, Anne-Laure retrouvait un décor bien ancré dans son souvenir : les murs tendus de toile écrue, la jolie table de travail, l'ensemble hi-fi, dont la musique les avait fait danser, et derrière cette porte...

Se raidissant contre l'émotion qui lui serrait la gorge, elle revivait la soirée et ce qui s'en était suivi, et qui n'était pas un accident. En l'accompagnant chez lui après la séance au Palais des arts, elle imaginait aisément le scénario probable du tête-à-tête, elle en acceptait l'idée sans contrariété. Ils se plaisaient, ils avaient baisé, la belle affaire ! Libres tous les deux, ils n'avaient de comptes à rendre à quiconque. Elle ne regrettait rien.

Par contre, il était clair qu'à dater de ce soir-là leur relation s'était détériorée. Du seul fait de Pierrig. Oui, Lebastard depuis une dizaine de jours la fuyait. Le léger différend qui les avait opposés avant qu'ils ne se séparent, à propos des tables d'écoute, ne constituait pas une explication recevable. Je l'ai déçu, quelque part. Peut-être, qui sait, en lui résistant si peu ? Il doit me prendre pour une fille facile...

Eh bien, dans un instant ils mettraient les choses à

plat, Anne-Laure n'était ici que pour cela, entendre ses griefs, s'il en avait, et elle-même lui dire...

La sonnerie du téléphone la ramena au présent. Le combiné était posé sur la table, tout près, mais elle n'osa point décrocher. Mme Lebastard va certainement intervenir, se dit-elle. Si elle a entendu... Pierrig n'a-t-il pas dit que sa mère était dure d'oreille ?

Elle se leva, retomba aussitôt sur sa chaise. Pierre-Henri Lebastard, par répondeur interposé, entrait en lice, invitant l'intervenant à lui confier un message. Et une femme s'exprimait, une séquence réduite à quelques mots :

— Mel. Je te croyais là. J'essaie sur ton portable. Si je ne t'ai pas, rappelle-moi.

Un vol d'abeilles noires tourbillonnait devant les yeux d'Anne-Laure. Cette voix grave, elle l'avait déjà entendue. Elle n'eut pas à fouiller longtemps les replis de son cerveau, elle prononça d'instinct son nom : Armelle Page, la brunette délurée qui, le 23 avril précédent, déférant à leur convocation, avait évoqué dans le bureau sa relation d'enfance avec Gildas Stéphan. Mel, avait dit la correspondante. Mel, Armelle, il ne s'agissait pas d'une simple occurrence de sonorité, cette femme qui avait été l'amie de Stéphan, le poseur de bombe, elle-même fortement soupçonnée de connivence avec Hadès, sans doute en fuite, cette femme tutoyait l'officier de police Pierre-Henri Lebastard !

Anne-Laure resta quelque temps sans réagir, à douter de sa raison, à chercher des repères. Une pensée la remit debout : Pierrig allait rentrer d'un moment à l'autre avec sa provision de cigarettes et elle serait forcée de lui réclamer des éclaircissements. Non, pas maintenant, elle n'était pas prête.

Elle sortit dans le hall, arracha la fillette à son film télé, lui dit de bien vouloir l'excuser auprès de sa grand-mère, qu'elle devait impérativement repartir. Elle n'attendit pas la dame, s'éloigna en courant de la maison, sauta dans sa voiture.

Assis au flanc de son bureau, Valentin avait, une fois encore, donné quartier libre à ses infortunés orteils.

— Navré pour le spectacle son et lumière que je vous inflige ! bougonna-t-il. J'ai les panards en compote. Faudra que je me résigne à consulter.

— Je vous en prie, Bertrand, ne vous gênez surtout pas pour moi. Alors ?

— Nabeul m'a reçu. Un type plutôt moins tordu que la moyenne — dans la profession ils le sont tous peu ou prou —, assez banal finalement, à part le nœud pap à pois. J'ai bien entendu eu droit au baragouin *sui generis*, que je vous traduis au plus près : l'équilibre psychique de la petite Sabatier serait très compromis, il s'en inquiétait depuis quelque temps et, la thérapie ne produisant pas les bienfaits escomptés, s'orientait vers une série d'examens lourds en laboratoire. La crise carabinée qu'elle s'est payée ce matin, avec collapsus et manifestations hallucinatoires, l'a incité à prendre le taureau par les cornes. Il l'a assommée aux anxyolytiques et a décidé de la faire interner dans son établissement dès demain matin. À la différence de Sabatier, il n'exclut pas que le départ inopiné de l'infirmière ait accéléré le processus pathologique. Et vous ?

Anne-Laure s'était bien reprise et elle put posément rapporter les temps forts de son enquête, les valises entreposées à la gare de Toulouse, en l'absence de la voyageuse, et aussi l'étrange épisode du taxi, cette voix d'homme qui décommandait le véhicule retenu par la demoiselle Bersani. Et elle tut le reste, elle cacha l'essentiel, renvoyant à plus tard l'affolante révélation.

Péniblement, Valentin fourrait son pied blessé dans un des derbys.

— Il est incontestable, dit-il, que nous avons là tous les ingrédients d'une belle tragédie domestique. Dommage que... Une seconde.

Le téléphone sonnait sur le bureau. Valentin se leva, contourna la table en boitillant, un pied garni, l'autre en attente, il souleva l'appareil, écouta, dit d'une voix sans timbre :

— Très bien. Je tâcherai moi-même d'y faire un saut dès que possible. Tiens-moi au courant... C'est cela. Au revoir, Roberte.

Il replaça le combiné sur son socle, clocha jusqu'à son siège.

— C'était ma femme. Romain est malade.

— Rien de grave ? dit Anne-Laure avec sympathie.

— Non, non. Ça n'est pas encore pour cette fois.

Il se rassit, attrapa son second soulier.

— Bon. On transmet à Touzé ce qu'on a pêché l'un et l'autre. À lui de faire le tri. Vous aviez raison, lieutenant, nous n'avons pas été détachés à Vannes pour résoudre les problèmes internes du clan Sabatier !

Étaient-ce les nouvelles qu'il recevait de son fils ? La fatigue ? Une autre manifestation de cette instabilité d'humeur qu'on observait chez lui depuis quelque temps ? À l'instar de Sabatier tout à l'heure, le commandant Valentin accusait le coup, il n'était plus qu'un homme usé, sans ressort. Vaincu.

Situation sinistrement cocasse, songeait Anne-Laure. Au moment exact où le vieux lutteur était tenté de jeter l'éponge, elle rapportait, elle, dans sa musette, le pion décisif capable d'enterrer Hadès. Un pion qui avait pour nom Pierre-Henri Lebastard, capitaine de police. Et c'était pour la jeune femme, en cette fin de journée presque estivale, comme un monstrueux coup de tonnerre, la conscience qu'un monde sous ses pieds s'écroulait et que le soleil plus jamais n'aurait ses couleurs.

Elle ne relança pas la conversation. Elle prit place en silence devant son vieux Mac. Non, elle n'était pas prête. Besoin d'une halte pour voir plus clair sur sa route. Avant d'allumer le grand incendie.

Même jour, 16 h 35, téléphone.

— Patrick ? Pierre-Henri. Mel vient de m'appeler. Véronique Sabatier s'apprête à prendre pension à la maison de repos du docteur Nabeul, à Sulniac. Mel affirme qu'il s'agit d'un internement abusif, tramé par le mari et le psychiatre et elle est résolue à s'y opposer.
— S'y opposer, grand Dieu ! Tu me fais peur. De quelle manière ?
— Je l'ignore pour l'instant. Mais connaissant la haine qu'elle voue à Sabatier, on est en droit de redouter le pire. Je l'ai trouvée hyperexcitée. Elle m'a tout de même promis de me recontacter avant ce soir.
— Essaie de la raisonner. Toi, elle t'écoute encore.
— J'en doute. D'accord, je ferai l'impossible. Je te tiens au courant. Salut.

16 h 40, téléphone.

— Bonjour, maman, oui, c'est moi, Pierrig. Excuse-moi, mais j'ai dû repasser à la boîte, un boulot imprévu. Je ne rentrerai sans doute pas très tôt.
— T'as une drôle de façon de te reposer, mon grand ! Tarde pas trop quand même, Eva te réclame. Ah ! ta collègue est venue à la maison.
— Qui donc ?
— Madame Carola.
— Pourquoi ?
— Elle ne l'a pas dit, elle voulait te voir. Elle n'est pas restée longtemps, je ne l'ai même pas vue ressortir.

16 h 50, téléphone.

— C'est Cyril. Ça y est, le hold-up est fin prêt, ils l'emmènent.

— Quand ?
— Demain matin aux aurores. Nabeul viendra en personne la cueillir au gîte, c'est dire combien le psy marche à fond dans l'embrouille !
— Il faut empêcher ça, Cyril.
— D'ac. Mais comment ? Je fous le feu à l'asile ? Je trucide Nabeul ? Je m'invite pour en causer au 19-20 de France 3 ?
— Arrête tes clowneries. J'ai ma petite idée. Mais j'aurai besoin de ton aide. Je peux compter sur toi ?
— Pour les grandes causes, toujours présent ! C'est quoi le plan ?
— Pas au téléphone. Tu pourrais te déplacer ?
— Affirmatif. J'ai reçu ce matin la collante de la fac : brillamment recalé. J'ai donc tout mon temps.
— Parfait, je t'attends. Bye.

21 heures, répondeur.

— Pierrig, c'est Anne-Laure. Il faut absolument que je te parle. C'est très, très important. Appelle-moi à l'hôtel, dès que tu seras rentré.

22 heures, téléphone.

— Ce que tu me dis, Pierre-Henri, est ahurissant ! Comment espère-t-elle tromper la vigilance de Sabatier ?
— Elle s'est bien gardée de me le préciser, elle se méfie trop. Eh oui, Patrick, même de moi ! J'ai quand même appris que le fils Sabatier lui refile un coup de main. Elle a aussi fait allusion à Suzon, la doctoresse d'Hennebont. Celle-ci accepterait d'accueillir la jeune femme.
— Suzy Donval ? On est en pleine confusion mentale ! Et après, quel est le programme ?

— Après, c'est la bouteille à l'encre. Savoir seulement s'il y aura un après ! J'ai les foies, Patrick, comme jamais.
— Il y a de quoi ! Nous devons absolument empêcher cette folie.
— Tu proposes quoi ? Qu'on prévienne Sabatier ? Ou Valentin ? Tu oserais ? Moi non, je ne peux pas dénoncer Mel.
— Il ne me reste donc qu'à prier pour notre amie.
— Tant qu'à faire, pense aussi au copain, il en a besoin. Je ne te l'ai pas encore dit, mais j'ai le sentiment qu'à l'heure qu'il est les collègues de Rennes savent tout du capitaine Lebastard.
— Tout ? Qu'est-ce qui s'est passé ?
— Une boulette de Mel, cet après-midi. Je t'explique.

50

Mercredi 10 juin, 6 h 45.

ELLE avait dû le surprendre au saut du lit. L'homme qui se montrait dans l'embrasure avait la tignasse emmêlée et la barbe sale et il s'était contenté de jeter à la hâte sur son pyjama un gros pull au col camionneur.
— Bonjour, Pierrig. Tu peux m'accorder deux minutes ? Je suis confuse de me présenter chez toi à pareille heure, mais tu ne m'as pas laissé le choix. Je t'avais demandé hier soir de m'appeler à l'hôtel.

Il l'examina un instant, une moue de contrariété lui déformant la bouche. Puis il acheva d'ouvrir la porte.
— Entre, Anne-Laure. Je me doutais bien que tu viendrais.

Il la précéda dans le hall, raclant le carrelage de ses

baskets dont les lacets traînaient. Il se retourna, posa un doigt sur ses lèvres :

— Eva dort encore.

À son invitation, elle pénétra dans le salon-bureau, la petite pièce chaleureuse, au décor raffiné, où elle aboutissait pour la troisième fois en quelques jours et qui, ce matin, lui parut froide, sans attrait, étrangère.

— Assieds-toi.

— Pierrig, on ne va pas tourner autour du pot. Tu sais pourquoi je suis là.

— Oui. Maman m'a signalé ta visite, hier. Ayant eu à interroger à distance le répondeur, j'y ai trouvé ce message. Contrôle d'horaire vite effectué, j'en ai déduit que tu l'avais entendu.

— Je suis furieuse ! Je n'ai pas fermé l'œil de la nuit. Pierrig, qu'est-ce que je dois comprendre ?

— Ce que tu as compris, Anne-Laure. Tu as devant toi un des bandits que tu traques depuis deux ans, le capitaine Pierre-Henri Lebastard, ci-devant membre à part entière du groupe Hadès ! Tu peux me juger, me flanquer à la gueule mon indignité, quelle honte, toi, un officier de police, associé à un ramassis de criminels, etc., etc. J'assume, j'assume tout.

Il avait le teint cireux, des cernes violacés sous les paupières, des spasmes lui labouraient les joues. Pour lui également la nuit avait été longue.

— Le plus terrible, reprit-il, c'est que je n'arrive pas à me sentir coupable. Non, je ne regrette rien, sinon d'avoir échoué, trop tôt.

— Trop tôt ?

Il hocha la tête.

— Il y avait tant à faire. Nous avons cafouillé sur toute la ligne. Tableau de chasse : deux potes rayés des cadres, et la mort, j'en ai peur, n'a pas dit son dernier mot.

La phrase résonna désagréablement dans la tête d'Anne-Laure. Mais Lebastard continuait, avec une fièvre qui s'amplifiait :

— Ça fait longtemps que j'aurais voulu t'en parler. Je

ne le pouvais pas. Pas seulement par loyauté envers les camarades. Par... par rapport à toi.
— À moi ?
— Je vais être ridicule, mais au point où j'en suis... Tu avais pris une place dans ma vie, Anne-Laure, et plus d'une fois j'ai rêvé que toi et moi, un jour, pourquoi pas...

Il s'ébroua, comme s'il chassait de trop cruels souvenirs.

— Il aurait fallu que j'ose te dire qui j'étais, mais je ne pouvais pas, je n'en avais pas le droit et...

Il répéta :
— Je ne pouvais pas.

Elle l'écoutait, émue, mettre à nu son âme.

— Pourquoi, fit-elle, m'évitais-tu depuis quelque temps ? Ce n'était tout de même pas à cause de ce stupide accrochage ici même, l'autre jour ?

— Non, bien sûr. Ce soir-là, j'ai vécu un vrai moment de bonheur. Un très bref moment. Au cours de la nuit qui a suivi, j'ai tout mis sur la table. Et j'ai fini par réaliser qu'il n'y aurait pas de lendemain, qu'une relation durable entre nous était impossible. J'ai alors décidé de casser le fil, tout de suite. Pour que je ne rêve plus.

Anne-Laure dissimulait de plus en plus mal son émotion.

— Tu me mets dans une situation intenable, Pierrig. Qu'est-ce que je suis censée devoir faire ?

— Ton boulot de flic, non ?

Il y eut un court silence.

— Je repense à tes propos tout à l'heure. Tu semblais redouter quelque chose ?

Les paupières gonflées par l'insomnie battirent.

— Mais non, je ne sais pas ce qui...

Il s'interrompit, se couvrit brusquement la figure d'une main, murmura, comme une imploration :

— On ne peut pas accepter ça...

— Accepter quoi ? Parle, Pierrig, je t'en conjure.

Il détacha ses mains, lui offrit son visage torturé.

— Ce matin même, des trucs graves risquent de se produire. Sabatier va faire hospitaliser sa femme...
— Je suis au courant.
— Pour Mel... pour Armelle Page, on est en présence d'un internement abusif, machiné par le mari avec la complicité du psychiatre, et elle a résolu de s'y opposer. Par tous les moyens.
— C'est-à-dire ?
— Elle est déterminée à récupérer Véronique Sabatier, de gré ou de force, à l'occasion du transport de la malade à la clinique.
— La récupérer ? Mais de quelle façon ?
— Je l'ignore. J'ai tenté hier, à plusieurs reprises, de l'amener à renoncer à une action que je sais désespérée, et d'autant plus dangereuse.

Encore sous le coup de la révélation, Anne-Laure s'appliquait à réfléchir froidement.

— Il n'y a pas cinquante solutions, Pierrig, il faut que tu essaies encore. Tu peux la toucher ?
— J'ai un numéro de portable, dit-il d'un ton éteint. Mais je ne me fais aucune illusion : ça ne servira à rien.
— On verra. Si ça ne marche pas, tu en es bien conscient, pas d'autre solution : on fait donner la grosse artillerie. Cela aussi tu peux le lui dire. Appelle-la, Pierrig.

Il expira avec bruit, se leva, alla décrocher le téléphone sur le bureau, pianota un indicatif.

— Mel ? Oui, c'est Pierre-Henri. Tu es toujours là-bas ? Ah, tant mieux ! Mel, j'ai passé une nuit épouvantable et je te le redemande instamment : abandonne ton projet, il n'en sortira que du malheur... Non, je ne radote pas ! J'ai très peur pour toi, Mel et pour... Est-ce qu'on ne pourrait pas en parler... c'est cela, nous rencontrer, rien que quelques minutes, accordons-nous au moins cette dernière chance, avant que... Oui, d'accord, Mel, tu es sympa... Parfait, j'y serai. Je file à la bagnole et je fonce. À tout de suite.

Il reposa le combiné, s'essuya le front, dit d'une voix mécanique :
— Elle consent à me recevoir. Je pars sur-le-champ.
— Bravo, Pierrig.
Ils revinrent dans le hall. Lebastard enfila un imper, le boutonna, la mine funèbre. Anne-Laure l'observait.
— Tu es sûr que tu n'oublies rien ?
Elle désignait les chaussures dénouées et le pyjama à raies bleues, dont les jambes chiffonnées dépassaient largement la lisière du vêtement de pluie.
— Plus le temps d'être correct, dit-il, c'est une question de minutes. Ah, mon Motorola.
Il rentra dans le salon, réapparut, un mobile miniaturisé en main, ainsi qu'un feuillet de bloc qu'il tendit à Anne-Laure :
— Mon numéro de portable, tu ne dois pas l'avoir. Quel que soit le résultat de ma démarche, je te préviens.
— J'attendrai ton coup de fil. Je pars au bureau et ne le quitterai pas. J'y serai seule, jusqu'à neuf heures.
Ils s'embrassèrent.
— Adieu, Anne-Laure. Tu le vois, j'ai sauté le pas, et je n'en suis pas fier.
— Si c'est pour éviter un drame, tu peux l'être. Au revoir, Pierrig.
— Appelle-moi Judas !
Il lui tourna le dos, gagna la porte.
Un goût de fiel à la bouche, Anne-Laure mit machinalement en route. À l'ouest, derrière les chevaux de frise des antennes de télévision, le ciel était rose, des grives se répondaient en écho, une belle journée se mettait en place. Elle s'éloigna rapidement.

51

Même jour, 7 heures.

De sa voiture Mel suivit des yeux la Safrane qui éliminait les derniers mètres de la pente et disparaissait, avalée par le mamelon. Un médecin se rendant à La Boissière, elle avait eu le temps de distinguer le caducée sur le pare-brise.
 Elle avait garé la Honda dans un boqueteau de hêtres et de sapins, à l'entrée de la large et onduleuse voie privée, bordée de jeunes tilleuls, qui desservait la clinique. L'établissement ne se trouvait pas dans son champ visuel mais, de l'endroit qu'elle occupait, à l'intersection de l'allée et de la route de Sulniac, elle contrôlait bien la situation. La circulation, à cette heure matinale, était quasi inexistante. Maintenant, tout était possible, l'épisode de la Safrane le prouvait, et elle n'avait pas intérêt à lambiner dans le secteur. Sept heures dix, logiquement, l'ambulance ne devrait pas tarder.
 Elle mit le moteur en marche, alluma une gitane. Elle s'étonnait de son calme, alors que l'action dans laquelle elle se jetait à corps perdu était si grosse de périls. Elle se répéta la réflexion de Cyril un instant auparavant : « Toi et moi on était faits pour s'entendre : aussi barjots l'un que l'autre ! »
 C'était vrai que ce qu'elle entreprenait défiait la raison, ni Vatet ni Lebastard ne s'étaient privés de le lui seriner. Elle eut un rire muet. Le pauvre Pierre-Henri, elle l'avait bien roulé dans la farine ! À l'heure qu'il était, il devait filer ventre à terre vers Questembert et, pendant qu'il la cherchait là-bas, elle avait les mains libres.

Pour la centième fois, elle se récita le programme mis au point la veille avec le garçon. Ils arrêtaient l'ambulance du centre psychiatrique, neutralisaient les occupants, elle montait dans le véhicule, s'introduisait à La Cerisaie, prenait en charge Véronique. C'était, sur le papier, d'une simplicité biblique. Mais comment ne pas voir que, ne serait-ce qu'à ce stade, les aléas étaient innombrables, les dérapages potentiels imprévisibles ?
Par exemple... Certes, Sabatier ne la connaissait pas personnellement, mais on ne pouvait écarter l'éventualité qu'il flaire la supercherie, l'absence de son copain Nabeul, notamment, étant de nature à éveiller ses soupçons, et qu'il ne tarde pas à se renseigner à la clinique. Par ailleurs, ils n'étaient point assurés que l'entrepreneur ne tiendrait pas à accompagner l'ambulance dans sa propre voiture. Ce qui n'entrait pas dans leur stratégie. Il leur fallait donc miser sur l'extrême vélocité de leur intervention. Et une bonne pincée de baraka.
Supposé cette étape franchie sans dommage, Mel ressortait de La Cerisaie avec Véronique. Quelque trois cents mètres plus loin, au lieu-dit La Croix Méhaigniée (ils avaient soigneusement sélectionné l'endroit), Cyril la rattrapait, transférait la malade dans sa 2 CV et prenait avec elle la direction d'Hennebont, pendant que Mel, à grand raffut de sirène, continuait sa route au volant de l'ambulance, tirant dans son sillage, elle l'espérait, les flics qui ne manqueraient pas de mordre à ce leurre.
Diversion mise à profit par Cyril, qui arrivait les doigts dans le nez à destination et confiait Véronique à Suzy, la copine de Mel.
Le docteur Suzanne Donval, installée comme pédiatre à Hennebont, était une amie de longue date, qui, à la création d'Hadès, avait soutenu leur combat. Les servitudes de son métier ne lui avaient pas permis de participer aux actions du groupe, mais elle lui avait maintenu sa sympathie et, à diverses occasions, avait rendu de menus services.
Non seulement elle consentait à cacher Véronique

337

— divorcée, sans enfants, elle vivait seule dans une grande maison hors agglomération — mais elle s'engageait à soumettre la jeune femme, en toute discrétion, aux examens cliniques que semblait nécessiter son état.

Mel entre-temps aurait été appréhendée, elle en acceptait la pensée, mais elle garderait le silence. Jusqu'au moment où, le dossier accusateur de Suzy étant bouclé, elle lancerait le pavé dans la mare. Scandale énorme. Sabatier devrait enfin rendre des comptes à la justice.

Pas de la manière, certes, que Mel avait envisagée, autrement brutale et plus personnelle, mais tant pis. Elle n'avait jamais tué jusqu'à ce jour, ce ne serait donc pas ce matin qu'elle troquerait l'habit de paladin pour celui d'exécuteur, et c'était peut-être très bien ainsi.

À la vérité, elle était fatiguée, elle aussi. J'ai pris un sacré coup de vieux, songea-t-elle, mélancolique. Comme tous les autres. Elle allait tirer sa dernière salve pour l'innocence persécutée, et après, rideau. Elle n'aspirait plus qu'à retourner à l'anonymat, à cacher ses ailes brisées et à survivre, sans soubresauts, sinon sans mémoire, dans le morne écoulement des jours.

Elle se crispa. Là-haut, deux brefs appels de klaxon venaient de retentir. Le signal convenu avec Cyril : l'ambulance était en vue. Elle sortit la Honda du bosquet, la bloqua en travers de l'allée, coupa le moteur, alluma les warnings. Elle se couvrit la tête de sa capuche noire, prit son pistolet et le sac en plastique renfermant son matériel. Prestement, elle regagna l'abri des frondaisons.

L'ambulance dardait le nez au sommet du chemin, veilleuses allumées et gyrophare en action. Derrière, lui collant presque aux basques, la 2 CV de Cyril. La soudaine plainte des freins et le déclenchement de l'avertisseur sonore indiquèrent qu'on se préoccupait de la voiture stoppée en pleine voie. À petite allure le véhicule hospitalier continua de progresser, et s'immobilisa. Il y avait deux hommes à bord.

Le chauffeur glissa de son siège et s'approcha. Jeune,

grande crinière foisonnante, allure de vif-argent, il arborait la longue blouse blanche de sa condition. Il contourna la voiture, l'examina avec soin.

— Je ne vois personne, cria-t-il à l'intention du second occupant, qui ouvrit à son tour sa portière.

Collée à un tronc d'arbre, muscles bandés, pistolet au poing, Mel épluchait les mouvements des deux hommes.

Elle nota que, respectant à la lettre le scénario, Cyril s'était extrait sans bruit de la 2 CV, masqué lui aussi, et, en deux sauts, atterrissait à l'arrière de l'ambulance. C'était le moment pour elle d'entrer en scène.

— Au secours ! lâcha-t-elle d'une voix mourante.

L'infirmier virevolta et se dirigea à grandes enjambées vers la hêtraie.

— Il y a quelqu'un ? s'alarma-t-il. Vous êtes blessée ?

Elle le laissa venir, il dépassa sans la voir l'arbre qui la protégeait. Et elle se détacha, ses chaussures écrasant en silence le terreau moussu, en un éclair elle fut derrière lui. Le canon de l'arme bien en main, elle frappa violemment l'homme à l'occiput. Il tangua sur ses longues quilles, voulut peut-être se retourner, n'en eut pas le loisir : un second coup, encore plus appuyé, lui portait l'estocade. Il s'affaissa sur le ventre, ne bougea plus.

Mel enfonça le pistolet dans la poche intérieure du blouson et revint au trot vers la route, où elle s'inquiéta de n'apercevoir personne :

— Cyril, ça va ?

Une tête encapuchonnée se dessina derrière la vitre de la portière droite.

— Au petit poil ! répondit une voix allègre. Tu viens m'aider ?

Elle le rejoignit.

— Nabeul, dit Cyril en désignant l'homme aux cheveux grisonnants inanimé, dont le nez saignait, tachant le nœud papillon bleu canard. Il a voulu faire le malin, j'ai dû forcer la dose !

— Vite.

Ils l'agrippèrent, le traînèrent sous le couvert, l'alignèrent auprès de l'infirmier. Mel se débarrassait de sa capuche, imitée par le jeune homme.

— Range les trois caisses correctement sur le bas-côté. Grouille, faudrait pas qu'un petit curieux se pointe.

Il repartit en courant. Mel ôta la blouse de l'infirmier, lui ligota les poignets, les bras, le torse, les chevilles. Elle coupa la ficelle, fit un double nœud, s'attaqua au psychiatre. Elle opérait rapidement, et elle achevait l'ultime serrage quand Cyril la rejoignit. Elle tailla une longueur de sparadrap, remit l'adhésif à son complice :

— Chacun le sien.

En quelques gestes, les deux représentants de la médecine, toujours inconscients, se retrouvèrent bâillonnés jusqu'aux oreilles. Ils les traînèrent plus avant dans les profondeurs du bois.

— Faites de beaux rêves les enfants, dit Mel. Allez, on se tire.

— Eh bien, chapeau ! s'écria Cyril, admiratif, en l'accompagnant jusqu'au chemin. On dirait que t'as fait ça toute ta vie !

— J'ai été aux Éclaireuses de France. Une assez bonne école.

Elle se courba pour attraper la blouse, enfila une manche tout en marchant.

— Compliment pour compliment, tu te débrouilles pas mal non plus.

— Merci. C'est fou ce que je me marre !

— T'excite pas trop, dit Mel, la suite devrait pas être triste non plus. Rendez-vous tout à l'heure à la Croix Méhaigniée. D'accord ?

Au volant de l'ambulance, lunettes fumées sur le nez, Mel récapitulait : tout s'était déroulé conformément au plan, ni bavure ni contre-temps, l'opération commando n'avait pas duré plus d'un quart d'heure.

Restait la phase deux, au moins aussi délicate, comportant, elle en était très consciente, des tas de blancs sur la partition. La réussite du coup de main dépendait de trop de facteurs qu'elle ne maîtrisait pas. On croise les doigts, se dit-elle. La chance pour l'heure semblait leur sourire, et Mel constatait qu'elle n'avait jamais été plus maîtresse de ses nerfs.

La 2 CV en serre-file, l'ambulance à petite allure traversa la ville sans encombre. Elle prit la 101 vers Baden, dont elle se détacha à Locqueltas pour s'engager en direction de Ploeren.

Mel ralentit encore. L'objectif n'était plus très éloigné, elle reconnaissait le profil de la route qu'elle avait pratiquée à plusieurs reprises lors de ses séances de guet devant la propriété. Elle reconnut sur sa gauche le fût tronqué de la croix en granit près de laquelle devait se faire le transbordement de Véronique, interrogea le rétroviseur. Parfait, la 2 CV coupait la chaussée pour se garer derrière le calvaire.

Devant le portail de La Cerisaie, elle dut klaxonner afin de se faire ouvrir. De la main elle remercia le moustachu en chapeau de paille qui séparait les deux vantaux et elle remonta au pas l'allée, vint se garer parallèlement à la terrasse.

Cyril la rattrapa alors qu'elle posait le pied à terre. Il avait parcouru les quelques centaines de mètres en courant et haletait, tel un chien fourbu. Sa présence à cet instant ne figurait pas au planning, elle en conçut de l'irritation et le lui fit comprendre à mi-voix.

— J'ai pensé que ça valait mieux, murmura-t-il, on ne sait jamais, je peux être utile. Discute pas, je suis sûr qu'on nous regarde. On s'est rencontrés là par hasard, je suis en train de te proposer de te guider à l'intérieur. *Understand* ?

D'un geste large vers la façade, il l'invita à l'accompagner. Bon gré mal gré, elle se rallia à la combinaison, ensemble ils pénétrèrent dans le hall de la maison. Cyril salua Marguerite, debout au seuil de l'office, la mine chagrine, et montra les degrés de chêne :

— C'est là-haut, mademoiselle.

Ils escaladèrent les marches, parvinrent à l'étage.

— Un instant, dit Cyril d'une voix forte, je préviens mon père.

Il alla frapper à une porte, entrouvrit :

— Papa, c'est la clinique.

Sabatier sortit de la pièce, alla au-devant de Mel. Il s'arrêta, stupéfait.

— Comment ? Le docteur Nabeul n'est pas avec vous ?

Mel lui tendit aimablement la main.

— Non, un empêchement de dernière minute. Il vous demande de l'excuser.

Elle eut un sourire désarmant.

— Ça ne devrait pas poser de problème. Votre fils, qui a eu la gentillesse de m'escorter, m'a dit que Mme Sabatier était très calme ce matin. Est-ce qu'on pourrait songer au départ ?

Sabatier parut indécis durant quelques secondes. Puis il s'inclina :

— Ma femme se repose dans sa chambre, je vais la chercher.

— Je te donne un coup de main, papa ? dit Cyril.

— Si tu veux. Prends la valise.

Il ouvrit la porte de la chambre, demanda :

— Tu es prête, ma chérie ?

Quelques instants plus tard, Véronique apparut, soutenue par son mari. Elle aperçut Mel, la dévisagea avec insistance, sembla même sur le point de dire quelque chose. Mel détourna la tête. Cyril vint s'incorporer au petit groupe, portant le bagage de sa belle-mère.

— Eh bien, allons-y, dit Mel. Si vous voulez, monsieur, me laisser m'occuper de votre épouse, j'ai plus l'habitude que vous.

— Je le crois volontiers.

Mel prit la place de Sabatier, elle enlaça la jeune femme, la soutint, émue de la trouver si légère à son bras. Elles suivirent lentement le corridor. Véronique s'était mise à trembler. Mel sentit qu'elle continuait à

s'interroger. Et elle devina plus qu'elle n'entendit les mots difficilement articulés :
— Vous êtes... vous êtes...
— Chut, Véro, lui chuchota-t-elle à l'oreille, oui, c'est moi, votre amie, je suis là pour vous, ayez confiance.
Alors qu'elles parvenaient à l'escalier, Cyril se porta à leur hauteur.
— Grouillez-vous, souffla-t-il. Mon père ne suit plus. Et j'aime pas ça.
Ils descendirent les marches aussi rapidement que le permettait la faiblesse de Véronique, s'engagèrent dans le hall. Toujours devant la cuisine, Marguerite assistait au départ de sa jeune patronne, en se tapotant les paupières avec un coin de mouchoir.
— Attendez !
Sabatier dévalait l'escalier. Il s'immobilisa au milieu de la dernière volée et observa le trio, visage durci.
— Je viens d'appeler La Boissière. Une ambulance a bien quitté la clinique. Y avaient pris place le docteur Nabeul en personne et un infirmier. Pas de femme à bord.
Ses prunelles gris-de-fer se fixèrent sur Mel.
— Qui êtes-vous ?
Durant deux secondes, leurs regards se croisèrent, se défièrent, dans un silence d'une rare intensité dramatique, que scandait seule la respiration encombrée de la malade.
Et tout se dénoua très vite. Sabatier fourra la main dans la poche de sa veste. Plus rapide, d'un même élan, Mel repoussait violemment Véronique, extrayait son arme, en libérait du pouce la sûreté et levait le bras. Les deux détonations se répondirent. Touché à la jambe, Sabatier lâchait un cri de douleur, tandis que la balle qu'il avait lui-même tirée éraflait l'épaule gauche de Mel avant de faire exploser un vase de Sèvres. Hurlements des femmes terrorisées.
Mel à nouveau visait posément sa cible qui pissait le sang et, une main tamponnant sa cuisse blessée, s'effor-

çait de recouvrer son équilibre en s'accotant à la balustrade.

— Non, non, je ne veux pas !

Cyril avait crié et tentait de lui saisir le poignet. Le coup partit prématurément et fit mouche, atteignant Sabatier à la tête et déclenchant une autre salve de glapissements épouvantés. Le promoteur tomba en arrière, roula le long des marches, jusqu'au marbre du hall, où il demeura inerte. Cyril, qui s'était avancé, se penchait sur le corps ensanglanté. Il se redressa, adressa à Mel un regard fou.

— Vous m'aviez promis... Je l'ai tué, j'ai tué mon père !

Mel serrait maintenant contre elle Véronique qui grelottait, effrayée.

— Non, Cyril, tu n'y es pour rien. Viens, on a encore à faire.

Il demeurait au centre du hall, bras ballants, hagard, réitérant son mea-culpa :

— Je l'ai tué, j'ai tué mon père.

Mel ne pouvait plus attendre. Le garçon, choqué, ne lui serait d'aucun secours. À elle de jouer désormais. Elle sortit de la maison, et portant plutôt que soutenant Véronique complètement tétanisée, elle atteignit l'ambulance, y fit monter la jeune femme, prit le volant, démarra en trombe.

À la sortie, elle faillit écharper l'homme au chapeau de paille, qui tentait de refermer la grille et qui dut sauter sur le côté pour éviter la collision. L'aile droite de l'ambulance rabota du métal, l'engin se détacha du portail en louvoyant, se stabilisa sur la route et prit de la vitesse.

Debout près du corps, Cyril regardait la flaque rouge qui rampait sur les dalles. Perçant un brouillard serré, des mots griffaient son cerveau :

— Oui... tout de suite, s'il vous plaît... c'est cela, La Cerisaie... merci...

Marguerite replaçait le combiné sur le meuble-téléphone et s'avançait vers lui. Des fragments de porcelaine épars craquaient sous ses pantoufles.

— Le docteur Rivoal arrive.

Elle recommença de pleurnicher :

— Le pauvre Monsieur Sabatier, si c'est Dieu possible, dans quel état on l'a mis !

— Le dernier état, dit Cyril. Il est mort.

Il remonta à l'étage. Il pénétra dans l'une des chambres, celle qui avait été dévolue à l'infirmière. Il s'arrêta devant le lit. C'était là qu'ils avaient l'habitude de se retrouver tous les deux. Il se racla l'arrière-gorge, expectora, le crachat atterrit au milieu du drap gros bleu, impeccablement rabattu sur la couverture de mohair jaune, s'y accrocha comme une gélatine répugnante.

Il passa dans le bureau paternel. La lampe était encore allumée, Sabatier y était entré un instant plus tôt pour appeler la clinique. Il s'approcha de la table, l'épaisse moquette buvait le bruit de ses tennis. Au rez-de-chaussée, Marguerite continuait de gémir et, tout près aussi, Tiphaine s'était mise à pleurer, elle avait dormi la nuit précédente dans la chambre de Sabatier.

Tiphaine pleurait, et sa maman ne l'entendait point. Où était à présent Véronique ? La mort de Sabatier avait fait voler en éclats le canevas et c'était lui, Cyril, qui en était responsable. Sans son concours, Véronique avait-elle une chance d'arriver à Hennebont ? Une toute petite chance ? Il allait faire quelque chose pour elle Oui, il pouvait au moins retarder la chasse et donner un peu d'air aux fugitives en retardant les policiers à La Cerisaie. Mais lui n'attendrait pas leur arrivée.

Il décrocha le téléphone. Pour le coup, il n'avait pas à déguiser sa voix.

— Hôtel de police, j'écoute, dit le préposé.

— Prévenez le commandant Valentin. Qu'il monte à la propriété La Cerisaie. Tout de suite. Dites-lui qu'Hadès est venu. Et qu'il y a des cadavres.

Il coupa aussitôt.

52

7 h 30.

Anne-Laure se demandait si elle n'avait pas la berlue. Ce qu'Anatole Spininger lui débitait au téléphone était tellement incroyable...
— Vous voulez répéter ? dit-elle.
Le planton chauve obéit. Il venait de recevoir un message téléphonique, destiné au commandant Valentin et lui signalant qu'Hadès avait frappé dans la propre habitation de Sabatier et qu'« il y avait des cadavres ».
L'élocution de « la Tchache » était d'une lenteur horripilante, encore aggravée, pouvait-on supposer, par la fatigue de sa nuit de garde, et il morcelait ses phrases de petites pauses, la voix à ce point inexpressive qu'Anne-Laure avait le sentiment que l'énormité de l'information lui échappait totalement.
— Qui était au bout du fil ?
— Il a pas dit. Un mec. Il a dit comme ça : C'est Hadès, y a des cadavres, faut prévenir Valentin. Il a pas dit autre chose.
Anne-Laure reposa l'appareil. Que faire ? Le plus urgent : remonter à la source. Après tout, cet idiot aura peut-être tout compris de travers. Elle appela La Cerisaie, n'eut d'abord personne. Puis quelqu'un décrocha.
— Allô ? dit une voix d'homme enrouée.
— Lieutenant de police Carola. Qu'est-ce qui se passe chez vous ?
— Ah, madame, un grand malheur. J'allais justement prévenir le commissariat. Une femme s'est présentée tout à l'heure à la propriété, déguisée en infirmière, elle a tué M. Sabatier, deux balles quasiment à bout portant,

et elle s'est barrée dans l'ambulance en enlevant la pauvre Mme Sabatier.
— Sabatier est mort ?
— Hélas, oui, il est là dans le hall, il baigne dans son sang. On a appelé un médecin, mais qu'est-ce qu'il pourra faire ? Notre maître est mort, c'est affreux.
— Qui est la meurtrière ? demanda Anne-Laure, la gorge obstruée, alors qu'elle avait immédiatement compris.
— Je ne sais pas. Pour ce que j'en ai vu, une personne plutôt jeune, pas très grande, mince, chevelure rousse. Elle conduisait l'ambulance de la clinique qui devait emmener Mme Sabatier ce matin. J'étais à mon poste, dans le pavillon du gardien, je me suis pas méfié, je lui ai moi-même ouvert le portail et voilà. C'est horrible.
— Je comprends votre émotion, monsieur. Calmez-vous, nous arrivons. Vous me passcrez le toubib s'il arrive à La Cerisaie avant nous, d'accord ?
Elle téléphona aussitôt au Bel Azur, se demanda si elle ne surprenait pas Valentin au lit, car le « oui » qu'il lui concéda, au bout de plusieurs secondes sans réponse, était du genre rogue. Elle lui fit le récit des événements survenus à La Cerisaie, en intégrant à son récit, sans dévoiler le nom de son informateur, les détails complémentaires qu'elle avait obtenus quelques instants plus tôt de Lebastard.
— D'après le rapide portrait que m'en a fait le gardien, je suppose que la femme qui a descendu Sabatier pourrait être Armelle Page. Le correspondant de Spinec, en tout cas, a parlé d'Hadès.
— Hadès, évidemment ! s'exclama Valentin. La boucle se referme. Vous voyez que nous avions raison, Anne-Laure, de maintenir La Cerisaie dans notre mire.
Il était pour le coup bien réveillé.
— J'avise Touzé. Et Bardon : on ne peut pas s'offrir le luxe de se priver du concours des collègues de Vannes, ça sent trop mauvais, plus question de jouer en solo. Enfin ça sera à Goavec et Touzé de régler ça avec Bar-

don. Restez pour le moment au bureau, je vous y rejoins. Ah, voyez sans tarder à la clinique pour l'ambulance. Une ambulance ! On a beau connaître leur toupet, là, pardon, ils ont fait fort ! Cela dit, une bagnole pareille lâchée dans la nature ça doit se remarquer comme un pif au milieu du visage. Je veux un max de renseignements sur le véhicule, marque, couleur, numéro minéralogique, etc. Vu ? À tout de suite, Anne-Laure.

Elle se mit en rapport avec La Boissière. Runavot, le directeur de l'établissement, expliqua qu'à sept heures quinze le docteur Nabeul en personne avait quitté la clinique, accompagné d'un infirmier, pour rallier comme convenu La Cerisaie. On ne les avait pas revus, on était sans nouvelle. Qu'étaient-ils devenus ? Il y avait de quoi être alarmé.

— Gardez votre sang-froid, monsieur Runavot, on les retrouvera. Dites-moi, quand vos voitures sont sur la route, je suppose qu'il vous est loisible de communiquer ?

— Bien entendu. Nous avons la liaison radio.

— Parfait. Vous allez vous en servir immédiatement, monsieur Runavot. Essayez d'établir le contact avec la ravisseuse, faites-la causer. Et tenez-nous au courant.

Elle le laissa après avoir enregistré le descriptif de l'ambulance, une 405 de couleur bleu pâle, et son numéro d'immatriculation.

Lebastard téléphona peu après. Il se trouvait à l'hôtel de la Gare, à Questembert, où Armelle Page lui avait fixé rendez-vous et, fort marri, constatait qu'elle lui avait posé un lapin. Anne-Laure lui expliqua pourquoi, et lui apprit le tragique dérapage dont La Cerisaie avait été le théâtre. Effondré, Pierrig dit qu'il rentrait au plus vite à Vannes, où il espérait être utile.

À sept heures quarante, Valentin s'engouffrait dans le bureau, non peigné, non rasé, le col de sa chemise à carreaux prune mal ajusté, libérant une houppe de poils poivre et sel. La machine policière était en branle, annonça-t-il. Touzé avait pris l'affaire en main, les problèmes de compétence étaient réglés et Bardon acceptait de collaborer.

— C'est décidé, tout le monde marche du même pas. La préfecture est alertée, on met la gomme.

Anne-Laure lui fit part de son intervention à La Boissière. Oui, elle avait le signalement de la voiture détournée.

— Très bien. Répercutez sur-le-champ à Touzé pour diffusion.

Ils se répartirent les tâches : Anne-Laure demeurait à la boîte, elle assurerait l'interface entre les diverses parties impliquées sur place, lui filait à La Cerisaie, où les flics de Bardon devaient déjà être à pied d'œuvre.

Valentin reparti, Anne-Laure appela Rennes, eut le grand chef et lui dicta les éléments d'identification de la voiture volée. Touzé ne s'attarda point. Ses services n'étaient pas encore parvenus à joindre le préfet et il attendait son coup de fil, passablement énervé.

Coup sur coup, deux importantes communications téléphoniques tombèrent boulevard de la Paix. La première émanait du docteur Rivoal. Il venait d'examiner la victime et appelait de la propriété.

— M. Sabatier respire encore. Il ne me semble pas que des organes vitaux soient atteints, mais il a perdu beaucoup de sang et la blessure au cou m'inquiète. Pronostic réservé, donc. J'ai prévenu l'hosto, il va être évacué incessamment.

Runavot aussi se manifesta. Respectant la consigne d'Anne-Laure, à deux reprises il s'était branché sur la fréquence de la 405 bleue. En pure perte : aux premiers mots on avait coupé la transmission. Depuis, plus rien.

— Persévérez, conseilla Anne-Laure. On ne sait jamais, elle peut finir par craquer. Vous pourriez me passer le canal d'appel de la bagnole ?

Elle prit note du renseignement fourni par Runavot, transmit aussitôt les deux informations à Valentin, qui approchait de La Cerisaie.

À sept heures cinquante-cinq, Lebastard s'amenait à

son tour, souffle court et yeux égarés. Avec sa face crayeuse, dans son pyjama rayé bleu, très visible sous l'imper déboutonné, il évoquait vaguement l'image d'un rescapé des camps de la mort.

— Où on en est, Anne-Laure ? Est-ce que je peux faire quelque chose ?

— Possible, oui.

Elle lui dressa un inventaire succinct de la situation et mit en valeur la seule donnée positive recueillie pour le moment : Sabatier vivait encore.

— Dieu soit loué ! s'écria Lebastard. Cela, il faut absolument que Mel le sache, ça peut tout changer.

— Je le crois aussi. Et c'est là que tu dois nous aider, Pierrig. As-tu une idée de l'itinéraire qu'elle pourrait vouloir emprunter ? Mieux encore : où, à ton sens, aurait-elle pu envisager de se réfugier ? Elle a bien prévu un point de chute pour elle et sa malade ?

— Elle comptait se rendre à Hennebont. Une amie à elle aurait accepté de l'héberger.

Anne-Laure sifflota :

— Bravo, Pierrig. Ça c'est un scoop !

— J'appelle Su... Je l'appelle. Oui, je la connais, ajouta-t-il sans plus d'explications. C'est une femme raisonnable, elle comprendra que vu le contexte...

Il tendit le bras vers le téléphone. Anne-Laure arrêta son geste.

— Non, pas encore. Attends.

Elle attrapa dans un tiroir une carte qu'elle déploya sur le bureau.

De l'ongle de l'index elle souligna un tracé.

— Hennebont, murmura-t-elle. Presque trop simple. C'est à trente bornes, il n'y a pas vingt façons d'y aller et il est possible qu'à l'heure qu'il est déjà l'ambulance ait été repérée. Si elle a réellement choisi ce cap... Car cette réflexion, elle aussi a dû se la faire.

— À moins qu'elle n'ait complètement disjoncté, dit Lebastard, déprimé.

Anne-Laure replia la carte.

— Tu as son numéro de portable. Pourquoi n'essaierais-tu pas de l'avoir, dans l'ambulance ?

Il eut une moue sceptique.

— Elle ne me répondra pas.

— Tente le coup. Tu as quelque chose d'excessivement important pour elle à lui faire savoir, n'oublie pas.

— D'accord, je lui parle de Sabatier.

53

8 h 08.

ELLE se demanda d'abord si elle répondrait. Qui pouvait l'appeler si tôt ? Vatel ? Lebastard ? Cyril ? La liste des possibles correspondants fut vite épuisée. Elle se décida, leva le pied, serra vers la berme et, tout en conduisant la Honda au ralenti, attrapa l'appareil dans la poche de son blouson, appuya sur la touche.

C'était Lebastard, qui suppliait :

— Il faut que tu rentres, Mel, ce que tu fais n'a pas de sens.

— Change de disque, tu veux ?

— Enfin quoi, reviens sur terre, Mel ! Tu n'as pas l'ombre d'une chance. Avant une demi-heure, les flics seront partout, ils ne te lâcheront pas.

— Je te le répète : non.

— Sacrée tête de mule ! Écoute ce que j'ai à t'apprendre : Sabatier n'est pas mort. Et ça, c'est tout bon pour toi. Si tu acceptes...

— Sabatier ressuscité, ben voyons ! Avec deux pruneaux dans le caisson ! Tu me prends pour une minus ou quoi ?

— On le transporte à l'hosto. Salement amoché, mais vivant. Je te le jure !

— Et moi, je ne te crois pas ! Adieu, Pierre-Henri, n'essaie plus de me joindre, on n'a plus rien à se dire.

Elle coupa, relogea l'appareil dans son vêtement. La Honda reprit de la vitesse. Mel circulait à présent sur la D 183, un peu avant Elven, dont elle découvrait au loin, à travers les châtaigniers, les imposantes tours à mâchicoulis, et elle avait entrepris de gagner le nord du département.

Quarante minutes plus tôt, elle filait sur la D 19, entre Mériadec et Sainte-Anne-d'Auray, quand Runavot s'était adressé à elle, sur le radio-téléphone du bord. L'appel du directeur de La Boissière l'avait fait réfléchir. La défection de Cyril, qui la privait de la 2 CV, relais sur laquelle elle avait bâti son plan, supprimait du même coup la manœuvre de diversion mise au point, concentrant l'attention sur le véhicule utilitaire où elle avait continué de rouler en compagnie de Véronique. Il était nécessaire qu'elle évacue presto l'ambulance. Trop facilement repérable, peut-être déjà repérée.

Après avoir neutralisé le système de liaison radio, elle avait refait le parcours en sens opposé, en empruntant une petite voie tranquille, par Plescop et Saint-Avé. À Sulniac, elle avait garé l'ambulance à l'abri sous les frondaisons du bois, avait transbordé Véronique dans sa propre voiture, une Véronique toujours amorphe, incapable de prendre la mesure de ce qui arrivait.

Alors qu'elle ramenait l'ambulance, elle avait pu cogiter à loisir. Plus question d'aller à Hennebont. À l'heure qu'il était, Valentin et la police devaient tout savoir de sa destination. La démarche insistante de Lebastard n'était-elle pas le signe qu'il était passé dans leur camp ? Elle le constatait avec une tristesse hautaine : le loyal Lebastard avait trahi la cause, et c'était sans doute une sorte de loi naturelle, tout flic, un jour ou l'autre, était condamné à réintégrer la niche.

Elle avait alors songé à cette scierie désaffectée, à la

lisière de la forêt de Lanouée, entre Rohan et La Trinité-Porhoët. Elle la connaissait bien, dans les débuts d'Hadès, ils y avaient un temps planqué du matériel. Elle y déposerait Véronique, appellerait du secours, le S.A.M.U., et repartirait. Où ? Elle n'en avait aucune idée.

Elle n'avait plus de projet, plus d'horizon. Elle avait accompli la mission qu'elle s'était fixée : Sabatier avait payé de sa vie ses crimes — impossible de prêter foi aux allégations de Lebastard —, elle avait vengé Gilou et Camille. Véronique remise en bonnes mains, elle aurait terminé sa tâche, la suite ne concernait qu'elle-même : fuir encore, se battre jusqu'au bout, libre d'illusions, pour sa propre estime, pour le panache, ou rentrer dans le rang, se préoccuper de sauver sa peau, misérablement... elle ne savait pas.

Véronique était assoupie, yeux clos, visage translucide, lovée comme un fœtus au creux du siège. Encore un peu plus choquée depuis la scène terrible à laquelle elle avait assisté quelques instants auparavant. Une seule fois, dans l'ambulance, juste après le départ de La Cerisaie, elle avait entrouvert les lèvres, prononcé un nom :

— Tiphaine...

Mel l'avait réconfortée, Tiphaine était en sécurité, elle retrouverait sa maman, bientôt. Véronique n'avait pas réagi et, depuis, elle gardait cette posture d'animal forcé, recroquevillée sur le fauteuil.

De deux doigts, Mel effleura la joue glacée. Elle sentit le frémissement, devina le mouvement de recul du corps, qui se tassait un peu plus. Moi aussi, je lui fais peur, pensa-t-elle tristement. La pauvre fille, elle a tant souffert... Pitié, tentation quasi maternelle de la prendre entre ses bras et de la serrer contre elle, comme un petit enfant...

— Aie confiance, Véro, murmura-t-elle, je te protégerai. Jusqu'au bout.

Elle abordait Trédion. Pas d'uniformes en vue, la bourgade paraissait dormir encore. Tout allait bien, on devait être en train de traquer l'ambulance, là-bas, vers la route d'Hennebont. Précautionneusement, elle contourna le village et reprit la 133 en direction de Callac.

54

8 h 11.

Valentin avait croisé à la grille du domaine le fourgon qui emportait Sabatier à l'hôpital. Il n'était à La Cerisaie que depuis quelques minutes lorsque Anne-Laure l'avait joint sur son mobile pour lui apprendre que l'ambulance avait été repérée à la sortie de Plescop, roulant d'ouest en est, vers Saint-Avé. S'étant fait apporter une carte routière, Valentin avait médité sur le champ immense des itinéraires possibles et rappelé à sa collègue que la fugitive ne privilégierait pas forcément la ligne droite au cours de sa cavale.

Il lui avait résumé à grands traits les informations glanées sur place, concernant le drame. À deux reprises, Armelle Page avait déchargé son arme sur Sabatier qui s'efforçait de l'empêcher d'emmener son épouse. Le premier projectile l'avait frappé à la cuisse gauche et avait dû sectionner une artère, car il avait perdu beaucoup de sang. Bien qu'elle-même touchée — Sabatier avait lui aussi utilisé une arme —, la jeune femme avait tiré une seconde balle, laquelle avait traversé le cou, sous l'oreille, et paraissait avoir lésé des centres nerveux. Marzic, ayant précédé de peu Valentin sur les lieux, rapportait le pronostic plutôt pessimiste du docteur Rivoal, qui était reparti avec l'ambulance de l'hosto et avec qui Valentin n'avait donc pu s'entretenir.

Avant de raccrocher, il avait prié sa collaboratrice de se faire préciser par le planton du commissariat la teneur exacte du coup de fil reçu par lui vers sept heures trente et censé révéler les événements tragiques survenus au manoir. Selon Anne-Laure, Anatole Spininger avait parlé de « cadavres ». Dieu merci, on ne déplorait pour l'heure qu'une victime, grièvement atteinte, cet empoté de Spinec n'aurait-il pas déformé le message ?

Valentin avait repris ses interrogatoires auprès des deux témoins présents : Marguerite, la cuisinière, toujours très perturbée, ne s'exprimant, entre deux crises de larmes, que par bribes décousues, et Cyril qui ne pleurait pas, mais avait répété ce qu'il avait déjà dit à Marzic : c'était lui qui, en essayant de s'interposer, avait détourné la trajectoire de la balle ayant blessé son père à la tête, sans doute mortellement. Constatant l'abattement de son interlocuteur, Valentin s'était employé à persuader le jeune homme que sa responsabilité n'était pas engagée, mais il n'était pas certain d'y être parvenu.

Il était ensuite monté à l'étage, où il s'était entretenu quelques instants avec Mme Sabatier mère, qu'on avait réembauchée au pied levé, pour qu'elle s'occupât du bébé. Prévenue de sa visite par Lucien, le gardien-jardinier, la vieille dame était venue à sa rencontre, tenant dans ses bras l'enfant endormi, les yeux secs, très digne dans son chagrin.

— Je ne me fais pas d'illusion, Jacques est condamné. Ne protestez pas, j'ai eu l'hôpital, il n'a aucune chance de s'en sortir. Sinon, dans quel état ! Mon fils est fichu. Il ne faut pas que ce bout de chou perde aussi sa maman. Vous nous la rendrez, commandant ?

Remué par cette détresse contenue, et affichant une assurance qu'il était loin d'avoir, Valentin lui avait affirmé qu'on mettait tout en œuvre pour rattraper sa belle-fille et qu'il était très confiant dans un dénouement heureux.

Il la quittait, quand Anne-Laure appela, assez excitée.

— Je crois que nous tenons le bon bout, Bertrand !

On nous informe à l'instant qu'une voiture particulière a inversé brutalement sa direction sur la nationale 166, à l'entrée de Sérent, où deux gendarmes étaient en planque. Une Honda blanche. Son numéro a été noté, on contrôle au fichier. Il était à prévoir que la ravisseuse ne s'attarderait pas dans l'ambulance.

— La bagnole a été prise en chasse ?

— Les deux gendarmes ont bien essayé mais la Honda a viré à droite sur la départementale 133 et, assez vite, ils l'ont perdue de vue. Mais elle n'ira pas loin, tout le secteur est quadrillé, les renforts rappliquent. Je viens d'avoir Touzé. Gonflé à bloc, le boss ! Il a pu discuter avec le préfet, on nous garantit l'ensemble des forces disponibles. Bardon marche à fond. On a contacté le G.I.G.N. et la gendarmerie promet même un hélico !

— Qui prendra son vol après la bataille ! persifla Valentin.

— Pas si sûr. Touzé dit qu'il sent une volonté de la hiérarchie de mettre le paquet. Ah, autre chose, Bertrand. J'ai questionné Spininger. Il soutient mordicus que le type au téléphone a fait état de plusieurs morts. « Y a des cadavres », voilà sa phrase texto, d'après « La Tchatche ». Et là-bas ?

— Routine. J'essaie d'en savoir un peu plus sur les circonstances du duel. Je dis duel, parce qu'il semblerait que la demoiselle Page soit elle aussi blessée. À vérifier. On maintient le contact. Salut.

Il coupa la communication, de mauvais poil, et il savait pourquoi : sentiment désagréable d'avoir tiré les marrons du feu pour son chef de section qui, jusqu'à ce jour, dans la lutte engagée contre Hadès, n'avait pas particulièrement brillé par son esprit de solidarité. L'ouvrier de la onzième heure s'autoproclamant stratège de l'opération finale, bravo ! Pas de doute, ça passait mal.

Il redescendit au rez-de-chaussée, évitant avec soin les traînées de sang qui maculaient les dernières marches. Marguerite était toujours affalée sur une chaise paillée au milieu de la cuisine et refaisait à l'intention de deux autres policiers, nouvellement dépêchés à La Cerisaie par Bardon, un récit larmoyant de la scène.

— Une vraie sorcière ! Elle poussait de force la pauvre petite vers la porte. Et alors M. Sabatier, dans l'escalier... C'est trop horrible !

Elle abrita son visage dans ses mains, se remit à chouiner. Debout derrière elle, son mari lui tapotait doucement l'épaule :

— Marguerite, allons, allons...

Valentin lui fit signe de le rejoindre. Lucien obtempéra aussitôt.

— Monsieur Boucharon, est-ce vous qui avez téléphoné ce matin au commissariat, autour de sept heures trente, pour signaler la bagarre et le rapt ?

Il eut l'air très étonné.

— Ah non, commandant, pas moi. À cette heure-là je ne savais pas grand-chose. Je me trouvais dans le pavillon, lorsque j'ai entendu la pétarade, pan, pan, pan, trois coups très rapprochés. Je suis sorti et j'ai aperçu l'ambulance qui manœuvrait à toute valdingue devant la terrasse. Ça m'a paru plus que louche et je me suis dit : faut que t'ailles refermer la grille, mais la bagnole a foncé sur moi, j'ai juste eu le temps de plonger. Regardez, commandant.

Il montra son pantalon de toile bleue déchiré au genou.

— J'ai alors dropé jusqu'à la maison. Et j'ai vu le spectacle. Marguerite a eu le temps de me dire qu'elle avait prévenu le toubib et elle est à moitié tombée dans les pommes.

Valentin ne comprenait toujours pas.

— Dans ce cas, qui a alerté la police ?

— Tiens, mais c'est pourtant vrai, fit Lucien en se grattant la moustache. Qui donc ?

Un silence. La psalmodie dolente de la cuisinière :

— ... Il était là, il a vu assassiner son père. Et le pauvre petit qui disait comme ça que c'était lui qui...

Valentin chercha des yeux le jeune homme.

— Où est Cyril ? demanda-t-il, gagné par une soudaine appréhension.

Le jardinier à son tour passa en revue les personnes sur place.

— Il est pas là. Probable qu'il a réintégré sa bicoque. Il avait l'air salement secoué, lui aussi !

Valentin appela Marzic :

— Vous venez avec moi. Tout de suite.

Il dégringola les deux marches de la terrasse et se mit à courir dans l'allée, tirant dans son sillage le major, pas vraiment enchanté par ce sprint improvisé.

— Où on va, commandant ? On pourrait pas prendre une bagnole ?

Valentin ne lui répondit pas, accéléra encore. L'ancienne écurie fut bientôt en vue. Il connaissait l'endroit, où il avait déjà rencontré Cyril, le jour où, avec Anne-Laure, il avait cuisiné tous les résidents de La Cerisaie. Il effaça au pas de course les derniers mètres du chemin d'accès, s'arrêta hors d'haleine.

Marzic le rattrapa en se massant les côtes et soufflant comme une locomotive. Il cracha blanc, râla :

— Un coup à me faire gerber mon p'tit déj, commandant ! Pourquoi est-ce que...

Valentin, avec autorité, lui montrait la porte aux planches mal équarries, entrouverte. Une vague lueur jaune se devinait à l'intérieur, vacillante. Ils pénétrèrent dans le logis, s'immobilisèrent, saisis par le décor. À quelques mètres devant eux, posées sur un meuble bas, plusieurs bougies blanches étiraient leur flamme, qui dansaient au filet d'air, animant sur les murs un jeu d'ombres.

Valentin tourna la tête, poussa une exclamation :

— Nom de Dieu !

Au bout du lit, la forme se balançait doucement, noire dans le contre-jour. Cyril. Il s'était pendu à l'une des poutres du toit, la pointe de ses tennis raclait le ciment.

Valentin se précipita, remit sur ses pieds la chaise renversée, se hissa avec effort.

— Un couteau, vite.

Marzic lui en tendit un qui traînait sur l'évier. Valentin trancha la ficelle, retint le corps.

— Attrapez-lui les jambes.

À deux ils le soutinrent, ils l'allongèrent sur le lit.

— Eh ben, commentait Marzic, il s'est pas raté, le môme ! Si c'est pas pitié ! Si jeunot !

Valentin desserra la cordelette qui enserrait le cou, effleura les joues du désespéré. Il écarta les yeux de la face de lémure.

— Il est encore chaud, remarqua-t-il. Appelez un toubib, Marzic. N'importe qui, ça n'a pas beaucoup d'importance. On ne peut plus rien pour ce pauvre type.

Pendant que le major s'exécutait, Valentin fit quelques pas dans la pièce. Il s'arrêta devant la petite crédence en bois verni sur laquelle étaient disposées les bougies. À l'arrière-plan, la photographie d'une jeune femme aux traits purs, qui souriait.

Marzic avait passé son coup de fil et s'approchait à son tour en pelotant sa joue grasse.

— On dirait un autel, observa-t-il ingénument. C'était sa mère ?

— Je crois bien, oui.

Sa mère, en effet, songeait Valentin avec compassion. Anne-Laure lui en avait dit quelques mots, Cyril n'était qu'un gosse quand elle était décédée, on pouvait imaginer l'épreuve, la blessure jamais refermée. Et maintenant son père, avec la particularité aggravante que Cyril se sentait impliqué dans son malheur.

— Commandant ?

Marzic attirait son attention sur l'aquarium, à l'autre extrémité de la salle, où s'ébattaient des nuées de petits poissons — des piranhas, leur avait expliqué Cyril —, leurs écailles rutilant à la lueur des chandelles. Dans les turbulences de l'eau, il sembla à Valentin discerner un objet couché au fond du réservoir et qui oscillait doucement au gré des remous. Il s'avança, eut un recul en découvrant le squelette d'un visage sans chair, sommé d'un frétillement d'étoupe dorée et dont les cavités noires semblaient le narguer.

Le major, derrière son dos, enroulait en pelote la longueur de ficelle détachée du cou du pendu.

— C'est quoi ?

— Vous le voyez bien, une tête de mort.

— Mais, bredouilla le policier, tout retourné, qu'est-ce qu'elle fout là ? Qui est-ce ?

— Comment voulez-vous que je le sache ? rétorqua Valentin, bougon.

— D'après les cheveux, dit Marzic, on devrait...

Valentin dit oui, c'est cela, les cheveux. Il croyait comprendre. Il avait devant lui ce qui subsistait de la femme dont la disparition tourmentait tant Sabatier : Alice Bersani. Spinec avait parfaitement entendu : Cyril, ce matin, lui annonçait une série de cadavres.

Huit heures trente. Le portable grésillait. Anne-Laure, à l'autre bout, avait le verbe triomphant.

— On ne se gourait pas, il s'agissait bien de la Honda d'Armelle Page. On a rétabli un moment le contact avec elle, puis on l'a à nouveau paumée, avant Plumélec. Une vraie anguille. Mais elle ne nous échappera pas longtemps, l'ensemble du secteur est quadrillé. Et vous voyez, Bertrand, que tout arrive : l'hélico de la gendarmerie vient de prendre l'air !

— Oui, fit Valentin, lugubre, tout arrive, en effet. Cyril Sabatier s'est fait hara-kiri.

— Quoi ?

— Par pendaison, dans son gourbi. Et on a retrouvé chez lui Alice Bersani. Enfin, ce qu'il en reste. Et c'est pas joli-joli.

55

8 h 32.

Depuis la grosse alerte à l'entrée de Sérent, Mel multipliait les changements à vue et vibrionnait d'un tracé à l'autre, alternant départementales, chemins vicinaux, voies d'intérêt local, portions de sentiers de grande randonnée, passages aussi encaissés que des traboules.

Elle ne savait plus très bien où elle roulait, elle tournaillait comme une toupie ivre, visage contre le pare-brise, mâchoires serrées, sans boussole, tous ses plans anéantis, farouche. Sa blessure au bras gauche l'élançait. Pas de casse, mais la balle avait cisaillé les chairs du biceps sur une dizaine de centimètres, du sang sourdait encore à travers la manche de son blouson déchiqueté. Elle ne s'en embarrassait point, elle n'avait pas le loisir de pleurnicher sur ses bobos.

Près d'elle, Véronique paraissait toujours dormir. Seule une plainte parfois descellait les lèvres blanchâtres, cloquées par la fièvre, ou un soubresaut qui cabrait le corps rapetissé sur le siège, le décollait du dossier, et elle reprenait sa posture pétrifiée, masque d'albâtre sous la broussaille des cheveux noirs, comme morte. Et, débordante de pitié, Mel lui murmurait alors des paroles tendres :

— Je te sauverai, mon petit, je te sauverai !

Son unique objectif désormais, l'idée fixe qui la soutenait dans sa chevauchée sauvage.

Nouveau virement de bord, négocié sur l'aile. Une large coulée verte empierrée. Une superposition de panneaux à l'entrée indiquait des fermes ou des hameaux

Sans avoir eu le temps de les lire, au risque de s'enfermer dans un cul-de-sac, elle s'engagea sur le chemin à la seconde précise où elle devinait la sonnerie du téléphone qui grelottait au fond de sa poche de blouson, étouffée par l'épaisseur du tissu.

Elle se contorsionna pour extraire le mobile, l'appliqua à son oreille, la bouche mauvaise : elle n'espérait rien, de personne.

— C'est Pierrig.

Elle eut un ricanement insultant.

— Va te faire mettre ! Je croyais t'avoir dit qu'entre nous deux c'était fini. *Closed. Terminado.*

— Non, Mel, je ne pouvais pas te...

Un tracteur arrivait en face... Elle ralentit, se colla au talus. Le paysan, quand ils se croisèrent, agita la main amicalement. Jeune, teint de brique, un bonnet de laine à pompon casquant sa bille d'auguste. Elle souleva péniblement son bras meurtri, lui rendit son salut.

— Mel, tu m'écoutes ?

Le tracteur s'éloignait. À contre-cœur, elle revint à Lebastard.

— Ouais. Quoi encore ?

— Au nom de notre vieille amitié...

La voix chevrotait, flanchait. Ridicule. Marre de cette guimauve dégoulinante !

— Feu notre amitié, répliqua-t-elle. Paix à ses cendres.

— Mel, Mel. Si tu te moques de ton propre sort, pense au moins à celle que tu as entraînée dans cette aventure.

— Pas de leçons de morale, s'il te plaît, Pierrig ! Je l'oublie moins que vous tous, je suis la seule à me soucier d'elle.

— Mais, bordel, tu vas au casse-pipe ! Depuis Sérent, tu es dans leur filet, tout est bouclé autour de toi, et un hélico te suit à la trace ! Si tu veux réellement le bien de cette femme, arrête-toi au prochain contrôle, je t'en conjure. Sabatier est en salle d'op. Il va peut-être s'en tirer. Toi aussi, Mel. On plaidera la légitime défense et...

— J'espère bien que ce salaud claquera ! Et toi, je t'ai assez supporté. Va au diable !

Elle balança le portable dans le vide-poche.

Elle perçut alors une trémulation sonore au-dessus de sa tête. La note stridulée se transforma vite en un boucan énorme, qui couvrit le ronflement du moteur. Elle se plia, vit le grand appareil gris, timbré d'un macaron tricolore, qui se dandinait dans le ciel, très bas, avant de s'enlever, d'une souple inflexion de ses pales, pour éviter le bouquet de chênes nains à la courbe de la route.

Elle ne fit ni une ni deux. Avisant à main droite une échancrure dans le remblai, elle freina sec, s'y jeta résolument. Le chemin était étroit, bordé de deux haies de coudriers, dont les faites se rejoignaient en voûte, masquant la lumière et les roues patinèrent sur la glèbe humide, la voiture écorna des fougères. Elle réduisit le train, cahota quelque temps dans des ornières de charrois. Elle n'entendait plus l'hélicoptère, se disait qu'elle l'avait semé. Elle avait abaissé la glace, la nature de juin montait vers elle, somptueuse, chargée d'exhalaisons de terreau et de verdure, un ruisseau roucoulait quelque part, invisible, des oiseaux gazouillaient, le soleil frissonnait derrière les barreaux des taillis.

Elle aboutit à une large allée charretière. Un chien non loin s'égosillait et il lui sembla discerner en contrebas les bâtiments d'une exploitation. Elle reprenait son élan quand elle vit l'automobile, un camion à ridelles, qui stationnait, à cheval sur l'accotement. Elle ralentit de nouveau. Une bétaillère, dont elle distinguait les formes roses qui remuaient derrière la claire-voie, des moignons tirebouchonnant entre les lattes du châssis.

La portière était ouverte côté conducteur et elle découvrit alors, un peu en arrière du véhicule, le chauffeur, bottes de caoutchouc basses et salopette grise, qui soulageait sa vessie en arrosant les scolopendres de la levée de terre.

Concoctée à chaud, l'opération fut rondement menée. Mel stoppa la Honda à couple du fourgon, bondit de son siège, attrapa Véronique hébétée, lui fit contourner l'avant de la bétaillère, la poussa dans la cabine, referma, se transporta bâbord, grimpa à son tour.

La manœuvre, en partie occultée par la masse du camion, n'avait duré que quelques secondes. Comme Mel le prévoyait, la clé de contact était au tableau. Elle démarra aussitôt.

Derrière, le transporteur, cueilli en pleine effusion, et d'abord paralysé par le culot du raid, façon commando, s'était rué à la poursuite de son bahut, se démenant et vociférant comme un possédé, braguette ouverte. Le gros moulin du poids lourd absorba ses vitupérations véhémentes.

Il ne fallut que quelques dizaines de mètres à Mel pour se familiariser avec les cotes de sa machine d'emprunt et en maîtriser la conduite, et elle appuya hardiment sur la pédale. Creuser l'écart, avant que le type ne fasse sonner l'hallali.

À la première opportunité, elle modifia sa trajectoire, fit un bout de parcours dans une sorte de layon encaissé, dont les ronciers griffaient les flancs de la bétaillère, provoquant l'émoi des porcs. Elle s'en dépêtra, obliqua à deux reprises encore, rattrapa un axe plus important et elle lut avec soulagement sur des panneaux l'annonce de la chapelle Saint-Nicolas à gauche et de Plaudren à droite : elle débouchait en pays connu, sur la départementale 182 qu'elle avait déjà suivie après Saint-Jean-Brévelay.

Elle accéléra, traversa le hameau de Guérihuel sans encombre. Les animaux, dans son dos, continuaient de gigoter, leur puanteur s'infiltrait dans l'habitacle. Huit heures quarante-sept, disait la montre analogique. Pas de barrage visible. Mais elle n'était pas dupe, sa liberté n'était qu'un leurre et Pierrig Lebastard sur ce point avait raison : les forces de police avaient tendu leurs lacs, elles tireraient sur le fil quand elles le voudraient.

Elle hasarda un regard vers sa voisine. Brisée par toutes ces épreuves, Véronique avait repiqué dans son hibernation morbide. Mel caressa le visage de la jeune femme, répéta, attendrie :

— Je te sauverai, ma petite Véro.

L'idée lui vint à l'instant même, dans la continuité logique de cette manifestation de sympathie vraie, et s'imposa sans mal. Elle s'étonna de ne l'avoir point envisagée plus tôt, si irrécusable qu'elle se dit qu'elle traînait depuis un certain temps en son inconscient. Elle ralluma le portable, tapota gauchement un numéro.

— Allô ? fit la voix grave de Vatel.

— C'est moi, Mel.

— Mel ! s'exclama-t-il. Où donc es-tu ?

— Sur la 182. Je viens de dépasser Guérihuel, avec un chargement de cochons et les flics aux fesses ou pas très loin. J'ai la môme avec moi.

— Je sais tout cela, Mel. C'est d'ailleurs pourquoi je n'ai pas encore pu me résoudre à partir au boulot. Quelque chose me disait que ma place était ici. J'attendais...

— Alors tu attendras bien encore quelques minutes, Patrick : le gros-cul sera à ta porte dans un quart d'heure. À tout de suite.

Elle mit un terme au dialogue sans se soucier de la réaction de son ami, pesa sur l'accélérateur. Cette paix extraordinaire qui soudainement se glissait en elle... Elle allait remettre sa protégée à Vatel. Et ensuite, à Dieu vat.

À cet instant, elle perçut le grondement. Et, jailli de nulle part, l'hélicoptère de la gendarmerie nationale prit l'affût à la verticale de la bétaillère, tel un busard en maraude, cloué sur l'azur, ailes palpitantes. Son ombre gigantesque courait devant le camion sur la route.

56

8 h 51.

« JACQUES Sabatier, j'écoute.
— Alors ouvrez grand vos oreilles, monsieur Sabatier. Le dimanche 19 avril, entre vingt-deux heures trente et vingt-trois heures, une bombe fera exploser le pavillon témoin des Boréales...
— Qu'est-ce que vous me chantez ? Qui êtes-vous ?
— Le poseur sera l'un des membres du groupe Hadès. Celui-là même qui, le 13 septembre dernier, à la sortie du restaurant de Rochevilaine, vous a transformé en pingouin. À bon entendeur. »
Une légère crépitation ponctua la limite de l'enregistrement. Patrick Vatel appuya sur la touche Arrêt et demeura quelques secondes immobile, accablé, le cœur saignant. Il savait trop bien qui, sous le masque d'une voix déguisée, livrait à l'industriel son abominable délation.
Il retira la cassette, la relogea aussitôt dans son étui, comme si le contact du boîtier lui brûlait la main. Il tomba sur un siège, ferma les yeux, anéanti. Depuis l'autre extrémité du rez-de-chaussée lui parvenaient les bavardages menus des fillettes déjà levées bien qu'on fût mercredi, les jappements de la chienne Gribouille et parfois la remontrance de la maman qui faisait déjeuner les jumelles dans la cuisine.
C'était la seconde fois qu'il ressuscitait la voix d'outre-tombe, elle ne lui avait rien appris, il était au courant de tout depuis cette soirée du 2 juin où Camille était venu le voir. Huit jours déjà avaient coulé, et il le revoyait, intact dans son souvenir, qui débarquait dans son bureau, ruisse-

lant de sueur, les yeux hallucinés. Comme un animal effrayé. Comme un homme au bord du gouffre, qui l'avait supplié, à l'article de la mort, de recevoir sa confession.

Le terrible, l'insoutenable inventaire ! Oui, Camille savait qu'il allait mourir et il se libérait, il disait tout, sa passion muette pour Mel qui ne le regardait même pas, la jalousie irradiant en lui comme un cancer, annihilant toutes les sauvegardes de la morale, de l'amitié, ou de la simple humanité, l'infâme machination qu'il avait ourdie en misant sur la rancune d'un potentat bafoué dans son orgueil, pour qu'il le débarrassât de son rival.

Pari risqué, pari gagné. Mais au tarif fort ! L'angoisse permanente, le remords, et l'envie, vite devenue obsessionnelle, de fuir, très loin, devant la peur et l'ignominie, en emmenant Mel, la trop aimée, qui ne soupçonnait rien du feu qui lui consumait l'âme.

Et, dans le même temps, la haine, jamais évacuée, contre l'homme qui, lorsqu'il était gosse, avait fait de lui son souffre-douleur. Sabatier allait payer pour tout, en bloc. Pour les vilenies et les humiliations endurées dans le passé et, plus encore, pour le crime inexpiable de ce dimanche d'avril, pour avoir été l'instrument et rester le rappel plein de morgue de sa propre déchéance.

À cette fin, utiliser la bande magnétique où il annonçait le coup de force d'Hadès et qu'il avait conservée, sans avoir pourtant, au début, avait-il affirmé à Vatel, de plan concerté, un entretien téléphonique signé, qui compromettait clairement le chef d'entreprise. Il avait donc fait chanter Sabatier, l'avait conditionné par plusieurs interventions codées, comme celle interceptée un matin par sa femme Véronique. Et il avait joué son va-tout.

Le 2 juin, quarante-huit heures avant le départ prévu pour les Antilles, Sabatier avait reçu un courrier à son domicile — instruit par Lebastard, qui subodorait une mise sur écoute des lignes de l'industriel, Camille évitait désormais le téléphone — exigeant le versement immédiat d'une rançon en échange du silence de son informateur. Le jour même, Sabatier, qui avait, depuis un moment, percé l'identité de son racketteur, l'avait appelé à Saint-Goustan. Au cours de leur bref entretien, Sabatier avait tenu à se disculper : il n'était pas l'assassin de Gilou, il avait simplement souhaité lui rendre la monnaie de sa pièce en lui infligeant une solide correction. Le malheur avait voulu que, devinant une présence indésirable, Gilou eût sorti son pistolet au moment où Sabatier lui tombait dessus. Le coup était parti par accident, blessant sans doute grièvement le jeune homme et Sabatier avait juste eu le temps de se sauver avant que la bombe, déjà armée, n'explose.

Vérité ? Commode affabulation ? Camille n'avait pas d'opinion, il n'était pas là ce soir pour condamner, mais pour se nettoyer l'âme. Une rencontre, en tout cas, entre les deux hommes avait été décidée pour le soir, au port.

Et puis, à l'ultime étape, le revirement. Désenchanté, miné, peut-être déstabilisé par les propos de Sabatier et réalisant enfin que Mel, qui venait de refuser de le suivre, ne serait jamais à lui, il avait jeté l'éponge et, après des aveux complets à l'ancien pasteur, il était allé à son rendez-vous en abandonnant sa seule arme efficace, la pièce sulfureuse qui accusait Sabatier. Alors, meurtre ou suicide ? Vatel ne le savait pas plus qu'il ne connaissait les circonstances réelles de la mort de Gilou. Et si, comme on pouvait le prévoir, Sabatier ne quittait pas vivant la table d'opération, ces deux énigmes ne seraient jamais éclaicies.

Vatel émergea de sa rêverie, un peu étourdi. D'ici quelques minutes, Mel déboulerait chez lui, tirant sa traîne de poursuivants : Pierre-Henri l'avait prévenu tout à l'heure qu'elle était prise en chasse par d'impressionnants contingents de police et n'avait aucune chance de leur brûler la politesse.

Oui, dans peu d'instants la demeure serait envahie, le tranquille sanctuaire familial violé, peut-être profané. Vatel n'opposerait aucune forme de résistance, et il ne mentirait plus, il était las de mentir. Il essaierait seulement, dans la mesure du possible, de porter assistance aux deux femmes — Mel aussi était blessée, lui avait dit

Lebastard — et de veiller à ce qu'on épargnât Marion et les enfants.

Il reprit la cassette. Il avait en mémoire les instructions explicites que Camille lui avait laissées juste avant leur séparation en lui confiant l'enveloppe : « Si un ennui devait m'arriver, ouvre-la devant les amis. »

La bouleversante requête d'un condamné, préoccupé de prendre à témoin de son ignominie ceux qui avaient partagé ses combats et ses folies. Vatel avait désobéi à Camille sur ce point, ni Mel, ni Pierre-Henri n'avaient eu connaissance du document et il allait le détruire. Que subsiste quelque chose de pur, dans le fiasco de leur aventure. Sabatier seul aurait pu mettre à mal le scénario. Et Sabatier était moribond !

Il replaça la cassette dans l'appareil, ramena la bande au point zéro. De l'index il passa en revue sa collection de compact-discs, en choisit un, qu'il inséra dans le tiroir adéquat, il effectua ses réglages, mit en route. Les premiers accords du *Miserere* d'Allegri emplirent le bureau. Il se recula, referma les yeux, demeura plusieurs secondes à écouter monter les vagues de la polyphonie, qui recouvraient la honte, l'absorbaient, la dissolvaient et continuaient de rouler, paisibles.

Comme une promesse de rédemption.

57

8 h 55, téléphone.

ANNE-LAURE : Ça y est, Bertrand, l'hélico les a retrouvées ! À hauteur de la chapelle Saint-Nicolas, sur la départementale 182.

VALENTIN : Elles y sont bien toutes les deux ?

ANNE-LAURE : Le pilote assure que oui. Et le gars aussi, qui était allé pisser...

VALENTIN : Pardon ? Je vous reçois très mal. Qui a pissé ?

ANNE-LAURE (*rire*) : Le chauffeur de la bétaillère. Il est formel : deux femmes ont squatté son bahut. D'après le pilote, le camion fonce plein sud. Encadré par l'hélico et deux motards. Ils demandent des instructions. Qu'est-ce qu'on fait ?

VALENTIN — *Statu quo ante*, on laisse du mou. Transmettez, Anne-Laure.

ANNE-LAURE : Je transmets.

VALENTIN : Je ne les connais que trop, les cocos ! N'attendent qu'un signe pour se payer un carton ! Continuez à me tenir au courant. Ah, je me suis casé dans le bureau de Sabatier. Il serait plus simple que vous m'appeliez à son numéro, j'entendrais mieux. Pour Alice Bersani, est-ce que vous avez pensé à prévenir le parquet ?

ANNE-LAURE : C'est fait, commandant. Autre chose : on a récupéré le psy de La Boissière et son employé, dans les bois avant Sulniac. Transformé en sauciflard, Nabeul, mais indemne et nœud pap en place.

VALENTIN : Dieu est bon ! Bien, Anne-Laure, je ne vais pas prendre racine ici. On attend l'ambulance. Dès que le corps est évacué, je reviens à la boîte. Donc, je répète : on reste calmes, je ne veux absolument pas de tir aux pigeons. C'est bien compris ?

ANNE-LAURE : Cinq sur cinq, grand chef. Et aussi sec répercuté au plus haut des cieux !

8 h 59, téléphone.

ANNE-LAURE : Ça chauffe, Bertrand ! Le cinq-tonnes a forcé un barrage à l'entrée de Plaudren.

VALENTIN : Qu'est-ce que je vous disais ! C'est pas malin d'exciter le gibier ! De la casse ?

ANNE-LAURE : Rien de méchant, deux gendarmes contu-

sionnés. Mais ça fait du barouf, les collègues sont hyper-remontés. Il semblerait que le camion se soit réorienté vers l'ouest et... J'allais oublier : Touzé est arrivé.
VALENTIN : Vous me le passez.
ANNE-LAURE : Il est avec Bardon. Ne quittez pas...
TOUZÉ (*exalté*) : Valentin ? Vous êtes au courant pour la bétaillère, une vraie bombe lâchée en pleine circulation ! Il faut au plus vite neutraliser cette forcenée.
VALENTIN : Il faut surtout garder en tête qu'il n'y a pas que la fille d'Hadès à bord.
TOUZÉ : Bien entendu. Doigté et efficacité, ç'a toujours été ma méthode Je vois le préfet à l'instant, on fait le point. Quelle histoire, hein, Valentin ! Et tous ces morts autour de Sabatier ! Son propre fils ! Ça va faire du bruit. Vous voyez que j'avais raison d'estimer...
VALENTIN (*qui a coupé*) : Le con !

9 h 03, téléphone.

ANNE-LAURE : Bertrand ? Le pilote signale que la fugitive, après une boucle, paraît revenir vers la 182. Actuellement localisée à l'ouest de Monterblanc.
VALENTIN : Je peux avoir Touzé ?
ANNE-LAURE : Il discute avec le préfet.
VALENTIN : Il discute, et y a le feu ! Tant pis, j'exige... Quoi ? Une seconde, Anne-Laure, on m'appelle sur l'autre ligne. Oui, Marzic ?
MARZIC : Je me trouve toujours dans la cambuse au fils Sabatier. L'ambulance vient d'arriver, commandant. Est-ce que vous souhaitez...
VALENTIN : Comment ? Je n'entends rien ! Qui est-ce qui gueule ?
MARZIC : La cuisinière. Elle a tenu à voir le corps avant qu'on l'enlève et elle est dans tous ses états.
VALENTIN : Flanquez-la dehors, elle n'a rien à foutre là-bas ! Un moment, je vous rappelle... Anne-Laure ? Excu-

sez-moi, j'étais avec Marzic. Vous m'informiez que la bétaillère...

ANNE-LAURE : Doit s'approcher de Monterblanc. Si elle reprend la 182, ça signifie que depuis un bon bout de temps...

VALENTIN : Je nage un peu. Attendez, je redéploie la carte. Bon, ça y est. Alors ?

ANNE-LAURE : Depuis, disons, la chapelle Saint-Nicolas, et en négligeant quelques fioritures sur les franges, la direction générale empruntée par Armelle Page est nord-sud : Le Guérihuel, Plaudren, Monterblanc...

VALENTIN : Bordel de Dieu ! Après Monterblanc, sur la 182, qu'est-ce que vous lisez, Anne-Laure ?

ANNE-LAURE — Euh... Saint-Nolff. Pourquoi, Bertrand ? Ah, j'y suis, Saint-Nolff est le lieu de résidence de l'ancien curé et vous croyez que...

VALENTIN : J'en suis sûr, c'est la-bas que la fille se rend. J'y file directement. Faites renouveler les consignes aux cracks de la gendarmerie : on ne tire pas !... Marzic, vous êtes là ? Je dois m'absenter. Vous restez sur place jusqu'à l'arrivée du parquet. Et qu'on ne touche à rien. Vu ?

MARZIC : À vos ordres, commandant.

58

9 h 10.

LA bétaillère freina à mort, dérapa, s'immobilisa en travers de l'allée du lotissement et les pourceaux en profitèrent pour glapir en chœur, cependant que s'apaisait le cliquetis du pare-chocs déglingué au barrage de Plaudren et qui tintinnabulait contre la carrosserie.

Mel sauta du véhicule et aida Véronique à descendre. Elle lui prit la taille, marcha avec elle en direction de la propriété. Avant qu'elles n'y parvinssent, la grille fut ouverte et Vatel apparut, sans veston ni cravate, les bras de sa chemises de popeline bleu ciel retroussés jusqu'aux coudes. Sa femme se trouvait derrière lui. En l'apercevant, Mel eut un mouvement de recul.

— Ne crains rien, dit Vatel, Marion est au courant de tout, fais-lui confiance. Tu veux bien, Marion, t'occuper de Mme Sabatier ?

Marion prit en charge Véronique, passa la grille avec elle. Mel inspectait le quartier pavillonnaire encore en léthargie. Tout était calme, à part les grognements des porcs, les clabauderies d'un roquet, le bruit de friture d'un coupe-bordures dans un jardin. Elle n'entendait plus la musique du rotor. Une matinée très ordinaire de belle saison, paisible.

Trop paisible, se disait Mel. Trompeuse. Elle savait bien que la meute lancée à ses trousses n'était pas très loin, et qu'elle devrait repartir, sans retard, rejouer le rôle qui lui avait été assigné, celui du gibier traqué. Avant l'inévitable curée.

— Voilà, dit-elle, prenez soin d'elle. Moi je me taille. Salut, Patrick.

Vatel la retint au poignet. Il avait remarqué la manche de blouson déchirée, le sang.

— Tu es blessée ?
— Trois fois rien.

Il examina la plaie.

— Faut pas jouer avec ça. Marion va te soigner. Entre une minute, avant que ces satanés gorets aient rameuté tout le quartier. Bon Dieu, l'odeur ! Quand même, plaisanta-t-il, t'aurais pu te choisir une escorte plus sélect !

Il lui prit la taille avec détermination. Elle fit mine de résister et, avec un haussement d'épaules, elle se laissa entraîner dans le jardin.

— Qu'est-ce que tu comptes faire à présent, Mel ? Où veux-tu aller ?

— Nulle part.
— Ce n'est pas une réponse. Il serait peut-être temps d'être raisonnable. Nous avons perdu, Mel, nous devons payer. Ne pas l'admettre risque de te coûter très cher.
— Je n'ai plus rien à perdre ni à gagner. Donc rien à redouter. Je suis déjà morte. Alors, curé, lâche-moi les baskets, veux-tu ?

Il s'abstint de lui répliquer. Ils pénétrèrent dans la maison.

— Donne-moi un verre d'eau. Et après je me barre.
— Attends. Marion ?

Elle venait d'aider Véronique à s'étendre dans la chambre d'amis, au rez-de-chaussée. Les petites avaient été confinées dans la véranda, à l'arrière, avec la chienne Gribouille, on entendait leurs rires insouciants, des aboiements.

— Tu pourrais jeter un œil sur la blessure ?

Marion évalua les dégâts en silence et quitta la pièce. Quand elle revint avec un flacon d'alcool et un assortiment de bandes et de pansements adhésifs. Mel s'employait à recharger son arme. Marion l'observa, un peu surprise.

— Vous voulez bien ôter votre blouson ?

Marion remonta la manche du tee-shirt maculée de sang à demi coagulé.

— Ce n'est pas trop méchant, je vous arrange ça.

Mel parut un moment tentée. Brusquement, elle refusa la main secourable, tendit l'oreille, méfiante.

— Vous avez entendu ?

Oui, ça n'avait échappé à personne : des ronflements de moteur, plus loin, vers la route qui longeait le parc immobilier. Vatel se précipita à l'une des fenêtres, écarta le voilage en tergaline. En pure perte, car la vue était coupée par la haie des cyprès émondés court qui ceignait le pavillon.

— Je ne vois rien, dit-il. Ça doit être...

Mel avait réenfilé son blouson et empoignait son arme.

— Adieu.
Elle s'élança, repoussa vivement Vatel qui tentait encore de s'interposer. Elle sortit de la maison, traversa coudes au corps le jardinet, franchit la grille, se hissa dans la bétaillère, démarra, effectua un demi-tour.
— Mel ! Mel !
Elle vit Vatel qui rabattait la grille, puis il disparut de son champ visuel.
À l'extrémité de la rocade miniature qu'elle comptait emprunter à nouveau, une estafette de la gendarmerie stationnait. Elle l'aperçut à temps, freina des quatre fers, serra à gauche au ras d'un muret, propulsa le camion dans le chemin de contournement.
Elle n'était pas seule. De part et d'autre de la voie, comme jaillies d'une fourmilière, surgissaient des formes noires, bottées, armées, casquées, qui agitaient les bras, la mettaient en joue, semblaient éructer des ordres. Un feu nourri éclata soudain. Des balles miaulaient, des tôles transpercées vibraient comme des cymbales. Mel se rendit compte que la machine ne lui obéissait plus. Pneus crevés, la bétaillère ricochait d'une clôture à l'autre et Mel, arc-boutée au volant avait mille difficultés à maîtriser sa course.
Elle avisa une brèche sur sa droite, un carré de terrain vague rehaussé d'une pancarte notariale, en attente de construction. Le véhicule s'y engouffra, écrabouilla l'écriteau et moulina à grandes giclées la terre meuble. Il déboucha sur une lande légèrement pentue, où végétaient des pins sylvestres et quelques bouleaux, il s'y jeta, dévala cahin-caha le plan incliné, en tanguant et ballottant du cul sur le sol raboteux et écorçant les troncs au passage.
Mel évita un amas de rochers, redressa, repartit. À nouveau, le pullulement des hommes armés, dardant leurs mousquetons, devant elle, sur les côtés parmi les arbres et les buissons d'ajoncs, il en venait de partout. Elle fonça rageusement, nota avec une froide jubilation les cabrioles en vol plané des représentants de l'ordre.

Et les armes pour la seconde fois crachèrent leur mitraille, du verre explosa autour d'elle, un coup de fouet lui cingla la poitrine. Et elle ne vit plus rien que ce fût argenté qui grossissait, grossissait...
— Non ! Non !
C'était Véronique qui hurlait... Elle était sortie à son tour et, échappant au contrôle de Vatel, elle courait avec une énergie stupéfiante, bousculait les riverains qui sortaient des habitations et venaient aux nouvelles, elle accédait à la friche, plongeait dans la descente, trébuchait contre des racines, s'étalait, se remettait debout.

Autour d'elle il y avait un grouillement d'uniformes, des cris montaient, des jurons, des invectives. Elle se trouvait à mi-pente quand elle découvrit le camion encastré contre un tronc de bouleau, la fumée qui fusait du radiateur éventré en chuintant comme un geyser. Elle déboula le dévers. Près de la bétaillère, c'était la pagaille et le tohu-bohu, un agglomérat de policiers en tenue, de gendarmes, de civils, on gesticulait, on palabrait, des types couraient avec des extincteurs, un autre s'époumonait dans un portable.

Une concentration plus forte au bas de la cabine enfoncée, des bras qui se tendaient, la mousse entrevue, sous une perruque de traviole, d'une chevelure brune. Véronique eut un étourdissement, ses jambes se pliaient, elle dut s'appuyer à un arbre, yeux clos, trempée de sueur, claquant des dents. Autour d'elle, ordres et contrordres s'entrecroisaient, des bouts de phrases lui parvenaient :
— Elle respire encore...
— Un toubib, maniez-vous le train, nom de Dieu !
— Je te dis qu'elle a son compte.
— Pourraient pas fermer leurs gueules, ces putains de bestioles !
La plainte aiguë d'un moteur là-haut, le claquement d'une portière, une exclamation coléreuse :
— Bande de mickeys !

Des lambeaux de conversation :
— J'avais pourtant été clair, il était bien entendu que...
— On a fait ce qu'on a pu, commandant, c'était elle ou nous.

Elle surmonta son malaise, s'ébranla à nouveau. Elle était au premier rang quand ils étendirent l'accidentée sur le sol. Elle s'agenouilla, se courba, saisit la main souillée de sang et de terre.
— C'est moi, c'est Véro...

Les paupières battirent à peine, une sorte de sourire s'ébaucha sur les lèvres enflées et noires, se figea aussitôt.
— Elle est passée, dit quelqu'un.

Véro sanglotait :
— Martine, ô Martine...

Une main lui saisit le bras, la força à se relever.
— Commandant Valentin, murmura la voix compatissante. Ne restez pas là, mon petit, on va vous reconduire.

Elle ne résista point, se heurta en se retournant à Patrick Vatel, reçut la brève vision de son visage de crucifié. Elle se laissa emporter.

Une civière descendait au petit trot. En haut de la montée tournait le gyrophare d'une ambulance. Les deux infirmiers s'approchèrent, se frayèrent un chemin.
— Vous aussi, monsieur, reculez, s'il vous plaît.
— Non, permettez.

Avec une autorité tranquille, Vatel repoussa le brancard, se pencha, souleva le cadavre.
— Je t'accompagne, dit une autre voix, derrière.

Valentin tressaillit.
— Lebastard, vous êtes là vous aussi ?
— Oui, commandant, dit-il avec un sourire triste. Je devais bien cela à ma camarade.

Il tourna le dos à Valentin interdit, et rattrapa son compagnon. La petite troupe remonta lentement la déclivité, Vatel soutenant le corps tiède de l'éternelle rebelle, Lebastard serrant la main de son amie. Les braillements des bêtes enfermées seraient leur seule marche funèbre. Devant eux, les hommes ouvraient les rangs en silence et regardaient passer, effarés, les trois derniers représentants de ce qui fut le groupe Hadès.

Épilogue

Quelques jours plus tard.

Il n'y a plus d'affaire Hadès. « LA FIN SANGLANTE D'UNE DANGEREUSE UTOPIE », titrait l'édito de *Ouest-France* du 12 juin. Pourtant on a conscience qu'en amont du dramatique dénouement qui a secoué le pays morbihannais, bien des zones d'ombre, et non des moindres, subsistent encore. Jacques Sabatier a-t-il exécuté Gildas Stéphan et Camille Le Lann ? A-t-il tenté de se défaire d'une épouse encombrante ? Les premières analyses réalisées à l'initiative du Dr Nabeul ont détecté une présence significative d'amphétamines dans le sang de Véronique, tout à fait étrangères au traitement suivi par la malade. Mais si c'était Alice Bersani, l'ambitieuse maîtresse, qui, depuis le début, avait mené la danse ? Et Cyril ? En dehors d'une haine forcenée pour l'infirmière, dont témoigne la macabre mise en scène imaginée par lui, que connaît-on du rôle qu'il a pu jouer tout au long de ces mois de violences ? Comment débrouiller l'écheveau de deux mondes si inextricablement mêlés, établir le partage entre ce qui se rapporte aux activités d'une bande d'asociaux dévoyés et ce qui renvoie aux turpitudes d'une famille en crise ?

À ces questions Patrick Vatel et Pierre-Henri Lebastard, les seuls rescapés d'Hadès, tous deux incarcérés à

Fresnes, n'ont jusqu'à ce jour apporté que des réponses fragmentaires, très décevantes. Ceux qui avaient le plus à dire, Stéphan, Le Lann, Alice Bersani, Cyril, Armelle Page, ne parleront plus. Quant à Sabatier père, il est toujours plongé dans un coma profond qui autorise peu d'espoir. Pour nombre de responsables, les mystères de ce printemps sanglant ne sont pas près d'être élucidés.

Loin de la fureur et du bruit, Véronique se remet de ses terribles épreuves dans une clinique de la forêt landaise et les médecins comptent bientôt réunir la maman et sa petite fille.

Presque simultanément, on a appris que, sur proposition du commissaire Touzé, le commandant de police Valentin s'était vu décerner les félicitations officielles du ministre de l'Intérieur « pour la pugnacité exemplaire de cet officier d'élite, grâce à qui il a été mis un terme aux agissements criminels d'une poignée d'illuminés », et que l'intéressé a sollicité une mise en congé spéciale pour convenance personnelle. Ceux qui l'ont approché récemment n'ont pas été surpris. Ils le décrivent très marqué par l'issue tragique de l'histoire, qu'il s'entêterait, contre toute raison, à considérer comme un échec personnel.

La vie cependant continue. Dans la région, les turbulences déjà s'estompent. De Larmor à Port-Navalo, la saison touristique s'annonce exceptionnelle. Dès la mi-juin hôtels et campings affichaient presque complet. Les étrangers affluent, la mer est tiède, les prix s'envolent. Des pêcheurs ont rappelé que, dans les rochers de Quiberon, les araignées cette année sont venues à la côte avec trois bonnes semaines d'avance. C'est un signe qui ne trompe pas : l'été au Golfe sera beau.

18 juillet, Combourg.

La conversation entre les deux hommes s'achevait. Devant l'entrée principale de l'établissement, ils se serraient la main et se séparaient. Valentin rangeait un papier dans son portefeuille et descendait d'un pas rapide les degrés d'accès au centre médico-éducatif.

On dirait que ça s'arrange, ses problèmes de pieds, se dit-elle. Elle traversa le parking, se porta à sa rencontre. Il poussa une exclamation en la reconnaissant :

— Anne-Laure ! Qu'est-ce que vous fichez ici ?

— Je guettais votre sortie. J'ai appelé chez vous, on m'a dit que vous veniez de partir pour Paris en voiture mais que vous aviez l'intention de faire un crochet par Combourg. Je désirais vous voir.

Côte à côte, ils se dirigèrent à petite allure vers le parking.

— Comment va-t-il ? s'enquit la jeune femme.

— Bien, bien. Je m'en entretenais justement avec le médecin-chef. Il dit que tout est normal.

Il fit halte et, à son habitude, changeant incontinent de sujet, il demanda :

— Pourquoi vouliez-vous me voir ?

— Deux infos à vous transmettre. La première : l'orchidée est clamsée.

— Navré.

— La seconde : j'ai reçu ce matin un petit mot de Lebastard. Plutôt démoralisé, Pierrig.

— On le serait à moins, commenta-t-il d'un ton neutre. Voyons, Anne-Laure, c'est pour me dire cela que..

— Non. Je tenais à vous faire mes adieux. On me dit que la pratique a encore cours entre gens civilisés ?

Il encaissa le reproche implicite, se remit en route.

— Pardonnez-moi. J'ai été tellement occupé à essayer de régulariser ma situation administrative. Un véritable parcours du combattant !

— C'est exact ce qu'on raconte : que vous allez entrer à la Trappe ?

Il eut un rire franc.

— Si l'on peut dire ! Quinze jours de récollection à l'abbaye de Port-en-Salut, ça ne fait pas un moine ! J'en avais fichtrement besoin.

— Et après ? insista-t-elle.
— Je ne sais pas. Il me faut prendre du recul, rien n'est encore très clair dans ma tête. Voilà, on arrive.
Il désigna une Renault déglinguée.
— J'ai largué la Laguna de fonction pour ma fidèle R 16. Prélude tout à fait approprié à ces deux semaines de retraite spirituelle !
Ils se firent face, aussi gênés l'un que l'autre.
— Je vais vous regretter, Bertrand, dit-elle.
— Croyez-vous ? répliqua-t-il, retrouvant l'accent de cynisme badin qu'il affectionnait. Vous avez assez de ressources pour ne pas me regretter longtemps. Et puis quoi, il vous reste Touzé !
Elle ne se dérida point. Il ajouta, plus sérieux :
— C'est pourtant vrai, Anne-Laure, qu'on faisait une super-équipe tous les deux !
— Bertrand, dit-elle, quand nous reverrons-nous ?
Il eut un geste élusif et, avec une gravité inattendue :
— Il faut faire confiance à la vie.
Il lui tendit la main. Et, brusquement, il l'attira entre ses bras, la maintint serrée contre son torse.
— Vous m'écrirez, Bertrand ?
Il se détacha et, à nouveau enjoué :
— C'est entendu, dit-il. Je vous inonderai de cartes postales !
— Je vais les attendre. Je vous répondrai, Bertrand. Promis.
Il hocha la tête, tourna les talons. Il s'assit au volant, opéra sa manœuvre, lui adressa un clin d'œil de connivence, s'éloigna. Elle suivit des yeux la vieille guimbarde, qui sortait du parking en crachotant sa fumée blanche, demeura quelque temps immobile.
La fin de matinée était déjà chaude. Des pigeons-ramiers roucoulaient dans les tilleuls du centre. Le long des allées jaunes, des gosses se défiaient à vélo avec des ululements de Comanches, les mères, assises sur les bancs de fer rouges, tricotaient ou lisaient. Adossé à un

toboggan, un joggeur reprenait souffle, un bock à la main.
De minces nuages blancs paressaient dans le ciel. L'un d'eux, à cet instant, s'étira devant l'astre, et la lumière d'un coup s'appauvrit.
Anne-Laure en eut le cœur serré, inexplicablement. Les choses et les êtres autour d'elle soudain lui semblaient gris, inconsistants, absurdes. Elle se répéta l'une des phrases de la lettre désabusée de Lebastard. De sa cellule de Fresnes, il lui écrivait : « Tous nos soleils sont morts. »
Mon Dieu, comme le monde peut être moche, songea-t-elle, angoissée. Elle avait envie de crier, ou de pleurer. Lentement, elle traversa le parking.

REMERCIEMENTS

Les événements et les personnages présentés dans ce livre appartiennent à la fiction, certains de ses décors également, tel ce commissariat, au cœur du roman : que ses usagers veuillent bien me pardonner d'en avoir très librement dessiné le cadre et imaginé les acteurs.

Au long de mon travail, j'ai bénéficié des conseils éclairés du regretté commissaire divisionnaire Jo Tanguy et du commandant de police Michel Boulert, l'un et l'autre en poste à Brest, qui se sont employés, avec une patience inépuisable, à me guider dans les arcanes de la chose policière.

Je ne saurais oublier ceux qui m'ont aidé à mieux comprendre et connaître Vannes et le pays vannetais, en particulier mes bonnes amies de la bibliothèque d'Elven, ainsi que Sylviane, mon gentil mentor. Une pensée aussi pour Jean-Claude, le camarade toujours disponible.

À toutes, à tous, ma profonde gratitude.

DU MÊME AUTEUR

Aux Éditions Albin Michel

LA NUIT ROUGE, film cinéma de J.M. Richard
YESTERDAY
NARCOSE
LA DANSE DES MASQUES, Grand Prix des Écrivains de l'Ouest, Prix du Suspense
DES CROIX SUR LA MER, Prix Pierre Mocaër, Prix Bretagne — Film TV de Luc Béraud
DES FEUX SOUS LA CENDRE
LA PORTE DE L'ENFER
BALLET NOIR, Prix de la ville de Limoges, Prix du Roman Populaire de la ville d'Elven
LA BAVURE, Prix Mystère de la critique, Télésuite de Nicolas Ribowsky

Aux Éditions Denoël

NOCTURNE POUR MOURIR, rééd. Éditions du Batsberg
ALIÉNA
BABY-FOOT
J'AI TUÉ UNE OMBRE
LA VOIX DANS RAMA
LE SQUALE, film TV de Claude Boissol
LES SIRÈNES DE MINUIT, Grand Prix de Littérature Policière — Film TV de Philippe Lefebvre
LE MASCARETT
MORTE FONTAINE, film TV de Marco Pico
ESCROQUEMORT

Aux Éditions Liv'éditions

OUTRE-MORT
BABY-FOOT

À la Librairie des Champs Élysées

CHANTAGE SUR UNE OMBRE

Aux Éditions Ouest-France

FRANÇOIS PERHIRIN, PEINTRE DES ARMÉES, album

Aux Éditions Terre de Brume

ESCALE À BREST, album (en collaboration avec Claude Le Gall)

« SPÉCIAL SUSPENSE »

MATT ALEXANDER
Requiem pour les artistes

STEPHEN AMIDON
Sortie de route

RICHARD BACHMAN
La Peau sur les os
Chantier
Rage
Marche ou crève

CLIVE BARKER
Le Jeu de la Damnation

GILES BLUNT
Le Témoin privilégié

GERALD A. BROWNE
19 Purchase Street
Stone 588
Adieu Sibérie

ROBERT BUCHARD
Parole d'homme
Meurtres à Missoula

JOHN CAMP
Trajectoire de fou

JOHN CASE
Genesis

PATRICK CAUVIN
Le Sang des roses

JEAN-FRANÇOIS COATMEUR
La Nuit rouge
Yesterday
Narcose
La Danse des masques
Des feux sous la cendre
La Porte de l'enfer

CAROLINE B. COONEY
Une femme traquée

HUBERT CORBIN
Week-end sauvage
Nécropsie
Droit de traque

PHILIPPE COUSIN
Le Pacte Pretorius

DEBORAH CROMBIE
Le passé ne meurt jamais
Une affaire très personnelle

JAMES CRUMLEY
La Danse de l'ours

JACK CURTIS
Le Parlement des corbeaux

ROBERT DALEY
La nuit tombe sur Manhattan

GARY DEVON
Désirs inavouables
Nuit de noces

WILLIAM DICKINSON
Des diamants pour Mrs Clark
Mrs Clark et les enfants du diable
De l'autre côté de la nuit

MARJORIE DORNER
Plan fixe

FRÉDÉRIC H. FAJARDIE
Le Loup d'écume

FROMENTAL/LANDON
Le Système de l'homme-mort

STEPHEN GALLAGHER
Mort sur catalogue

CHRISTIAN GERNIGON
La Queue du Scorpion
(Grand Prix de
littérature policière 1985)
Le Sommeil de l'ours
Berlinstrasse
Les Yeux du soupçon

JOHN GILSTRAP
Nathan

JEAN-CHRISTOPHE GRANGÉ
Le Vol des cigognes
Les Rivières pourpres
(Prix RTL-LIRE 1998)
Le Concile de pierre

SYLVIE GRANOTIER
Double Je

JAMES W. HALL
En plein jour
Bleu Floride
Marée rouge
Court-circuit

JEAN-CLAUDE HÉBERLÉ
La Deuxième Vie de Ray Sullivan

CARL HIAASEN
Cousu main

JACK HIGGINS
Confessionnal

MARY HIGGINS CLARK
La Nuit du Renard
(Grand Prix de littérature
policière 1980)
*La Clinique du Docteur H.
Un cri dans la nuit
La Maison du guet
Le Démon du passé
Ne pleure pas, ma belle
Dors ma jolie
Le Fantôme de Lady Margaret
Recherche jeune femme aimant danser
Nous n'irons plus au bois
Un jour tu verras...
Souviens-toi
Ce que vivent les roses
La Maison du clair de lune
Ni vue ni connue
Tu m'appartiens
Et nous nous reverrons...
Avant de te dire adieu
Dans la rue où vit celle que j'aime
Toi que j'aimais tant*

CHUCK HOGAN
Face à face

KAY HOOPER
Ombres volées

PHILIPPE HUET
La Nuit des docks

GWEN HUNTER
La Malédiction des bayous

PETER JAMES
Vérité

TOM KAKONIS
*Chicane au Michigan
Double Mise*

MICHAEL KIMBALL
Un cercueil pour les Caïmans

LAURIE R. KING
Un talent mortel

STEPHEN KING
*Cujo
Charlie*

JOSEPH KLEMPNER
*Le Grand Chelem
Un hiver à Flat Lake*

DEAN R. KOONTZ
*Chasse à mort
Les Étrangers*

PATRICIA MACDONALD
*Un étranger dans la maison
Petite Sœur
Sans retour
La Double Mort de Linda
Une femme sous surveillance
Expiation
Personnes disparues
Dernier refuge
Un coupable trop parfait*

PHILLIP M. MARGOLIN
*La Rose noire
Les Heures noires
Le Dernier Homme innocent
Justice barbare*

DAVID MARTIN
Un si beau mensonge

LAURENCE ORIOL (NOËLLE LORIOT)
*Le tueur est parmi nous
Le Domaine du Prince
L'Inculpé
Prière d'insérer*

ALAIN PARIS
*Impact
Opération Gomorrhe*

RICHARD NORTH PATTERSON
Projection privée

THOMAS PERRY
*Une fille de rêve
Chien qui dort*

STEPHEN PETERS
Central Park

JOHN PHILPIN/PATRICIA SIERRA
*Plumes de sang
Tunnel de nuit*

NICHOLAS PROFFITT
L'Exécuteur du Mékong

PETER ROBINSON
Qui sème la violence...
Saison sèche
Froid comme la tombe

FRANCIS RYCK
Le Nuage et la Foudre
Le Piège

RYCK EDO
Mauvais sort

LEONARD SANDERS
Dans la vallée des ombres

TOM SAVAGE
Le Meurtre de la Saint-Valentin

JOYCE ANNE SCHNEIDER
Baignade interdite

JENNY SILER
Argent facile

BROOKS STANWOOD
Jogging

WHITLEY STRIEBER
Billy
Feu d'enfer

MAUD TABACHNIK
Le Cinquième Jour
Mauvais Frère

THE ADAMS ROUND TABLE PRÉSENTE
Meurtres en cavale

*La composition de cet ouvrage
a été réalisée par Nord Compo
à Villeneuve-d'Ascq,
l'impression et le brochage ont été effectués
sur presse Cameron dans les ateliers
de **Bussière Camedan Imprimeries**
à Saint-Amand-Montrond (Cher),
pour le compte des Éditions Albin Michel.*

Achevé d'imprimer en novembre 2002.
N° d'édition : 21323. N° d'impression : 025312/4.
Dépôt légal : novembre 2002.
Imprimé en France